El linaje maldito

RAFAELA CANO

El linaje maldito

Grijalbo

Papel certificado por el Forest Stewardship Council®

MIXTO
Papel procedente de
fuentes responsables
FSC
www.fsc.org
FSC® C117695

Penguin
Random House
Grupo Editorial

Primera edición: febrero de 2022

© 2022, Rafaela Cano
© 2022, Penguin Random House Grupo Editorial, S. A. U.
Travessera de Gràcia, 47-49. 08021 Barcelona

Printed in Spain – Impreso en España

ISBN: 978-84-253-6091-6
Depósito legal: B-18.876-2021

Compuesto en La Nueva Edimac, S. L.

Impreso en Rodesa
Villatuerta (Navarra)

GR60916

A mis padres, que nos sumieron en la tristeza
al abandonar este mundo,
y a Guadalupe, que nos ha devuelto la alegría
con su llegada a él

Índice

Todos sus moradores son agradables, son corteses, son liberales y son enamorados, porque son discretos. La ciudad [Lisboa] es la mayor de Europa y la de mayores tratos; en ella se descargan las riquezas del Oriente, y desde ella se reparten por el universo.

MIGUEL DE CERVANTES,
Los trabajos de Persiles y Sigismunda

Tendida en las riberas
del mar de España dulcemente yace
la célebre Lisboa,
de las tierras iberas
la más ilustre y de más alta loa.

LOPE DE VEGA

PRIMERA PARTE

1530-1532

1

El día había amanecido en Crato con una niebla tan espesa que apenas se distinguía la gran mole de piedra del monasterio de Santa María de Flor da Rosa, perteneciente a la Orden Militar y Hospitalaria de San Juan de Jerusalén, de Rodas y de Malta. Rodeado por un largo muro, se alzaba majestuoso en una extensión inmensa de tierras en la región del Alentejo. Frente a su grandiosidad, las pocas casas que constituían la aldea de Flor da Rosa, algunas adosadas al propio muro, parecían minúsculas dependencias del propio monasterio.

A mediodía, con el tibio sol de enero esforzándose por asomar entre los jirones de niebla, los pelados y retorcidos troncos de las vides comenzaron a emerger como grandes muñones de la tierra.

Las figuras de los hermanos se recortaron encorvadas sobre las viejas cepas, pero llevaban allí desde tercia. Los más expertos se aplicaban en el manejo de la podadera, cortando minuciosamente sarmientos y zarcillos; los más jóvenes los recogían y los amontonaban para luego retirarlos en carretillas, antes de que alguna planta enferma de yesca infectara al resto.

Cuando la campana tocó para el rezo del ángelus, se dejó oír por todo el monasterio y llegó hasta las viñas, donde los freires interrumpieron el trabajo y, persignándose, se arrodillaron y rezaron con devoción.

Una vez cumplido el precepto, volvieron a la tarea.

—Un día, a no faltar mucho, dejaré de sentir las manos y

me las cortarán —murmuró frey Tadeo mientras se echaba el aliento en ellas.

—Vamos, hermano, aún le quedan a vuestra paternidad muchos frutos que arrancarles a estas vides antes de quedaros sin manos —comentó sonriente uno de los freires jóvenes al tiempo que recogía un haz de sarmientos.

Frey Tadeo se detuvo un momento con la podadera en la mano y miró hacia los ventanales de la biblioteca. Los hermanos reanudaban también su tarea sentándose junto a las ventanas para aprovechar mejor la claridad del día.

—Se debe de trabajar bien con el sol entrando por las ventanas y el brasero calentándote los pies, y no con este frío congelándote los miembros. ¿No predicamos que todos somos iguales? Entonces ¿por qué unos son caballeros y nosotros sus sirvientes? —preguntó al resto.

Ninguno de los freires le contestó. Ya estaban acostumbrados a sus quejas sobre el trabajo, el frío que pasaban en los campos o lo poco agradecida que se mostraba la comunidad con quienes realizaban las tareas más ingratas como la de cuidar las viñas, aunque luego fueran los primeros en beberse el vino.

—¡Vaya! ¡No sabía yo que habíamos acatado la orden de san Bruno que prohíbe hablar! —añadió burlón al ver cómo los freires se afanaban en el trabajo sin contestarle.

—Dios encomienda a cada uno de nosotros una labor, démosle gracias por ello —contestó al fin frey Dionisio, un joven freire que a pesar de llevar poco tiempo en el monasterio era un gran entendido de la vid.

—¿Nos la encomienda Dios o el prior? ¿O mejor dicho, los caballeros nobles? Estoy cansado, ¿me oyen vuestras paternidades? —preguntó de nuevo, sabiendo, ahora sí, que ninguno contestaría a su pregunta.

A pesar de todo, frey Tadeo siguió podando las últimas cepas, las que llegaban hasta el muro del monasterio. De pronto se quedó con la podadera en la mano y la voz se le ahogó en la garganta. Repuesto del susto, gritó con todas sus fuerzas y los hermanos acudieron raudos en su auxilio. Cuando llegaron, pudieron contemplar horrorizados el cuerpo de frey Andrés, el boticario, semienterrado en un montón de hojarasca.

En la biblioteca del monasterio, los freires dedicados a la restauración y encuadernación de libros, a su copiar y a organizar documentos interrumpieron su trabajo al oír la campana y posaron las rodillas en las frías losas del suelo.

Frey Armando, el encargado de la biblioteca desde hacía años, se apoyó en un pupitre y consiguió casi tocar el suelo con una rodilla. Aún no estaba en la ancianidad, pero los fríos del invierno, decía, se le metían en los huesos y apenas podía caminar apoyándose en frey Eugenio, su ayudante. Había días en que los dolores menguaban y entonces se manejaba solo, pero últimamente parecían no darle tregua.

—*Angelus Domini nuntiavit, Mariae.* —Su voz cadenciosa se dejó oír en la estancia.

—*Et concepit de Spiritu Sancto* —contestaron los freires.

Cuando acabaron la oración siguieron con las rodillas en el suelo, sabían que su maestro aún no había dado por terminado el rezo.

—Líbranos, Señor, del Maligno que acecha en cada rincón de esta casa, en cada rincón de nuestra celda y en cada rincón de nuestro corazón. Haz, Señor, que seamos capaces de reconocerlo si es que habita entre nosotros —dijo elevando la voz y subiendo los brazos hacia el cielo—. Mirad que el diablo ha de meter a alguno de vosotros en la cárcel, para que seáis tentados en la fe.

—¡Líbranos, Señor! —recitaron los freires al unísono.

Dos freires jóvenes se miraron y contuvieron un amago de sonrisa.

—Hermano Miguel, ¿acaso el Maligno os incita a la risa? ¿Acaso se ha encarnado en vuestra persona y se burla de las revelaciones de san Juan? —le reprendió frey Armando con voz potente.

Al aludido se le borró la sonrisa de golpe y un escalofrío le recorrió la espalda; sabía cómo se las gastaba su maestro en las cuestiones relacionadas con el Apocalipsis y con Satanás.

—Pido perdón a vuestra paternidad.

Todos volvieron a su tarea, pero los gritos provenientes de la viña hicieron que acudieran prestos a las ventanas. Desde allí vieron a los hermanos correr despavoridos.

En el palacio del monasterio, la imponente chimenea, alimentada por sirvientes con grandes troncos de encina, caldeaba la estancia del prior.

Don Luis de Avís, hermano del rey don Juan, era desde hacía unos meses el prior del monasterio más rico de Portugal, pero lo había visitado pocas veces, y cuando lo hacía, acostumbraba a quedarse en el palacio anexo al monasterio. Tenía veintiún años y, a pesar de que se había ordenado como diácono primero y luego como presbítero, solo estaba dispuesto a cumplir uno de los cuatro votos de la Orden: el de tomar las armas para la defensa de los cristianos; los otros tres, pobreza, obediencia y castidad, aunque tuvo que prometerlos, no tenía intención de cumplirlos. Ya pediría a Dios perdón por ello las veces que hicieran falta.

El sonido de la campana se coló en la estancia donde el prior departía con sus primos frey Duarte de Braganza, administrador del monasterio, y don Alfonso. Al escucharlo, los tres se arrodillaron y rezaron el ángelus. Luego volvieron a sentarse en los sillones fraileros, cerca del hogar, y continuaron con la conversación.

Unos golpes en la puerta los interrumpieron. Un freire joven, alto y fuerte, asomó la cabeza y pidió licencia para entrar.

—¿Me ha mandado llamar vuestra ilustrísima? —preguntó.

—Pasad, pasad, frey Atilio, tomad asiento —dijo el prior haciendo un gesto con la mano para que el recién llegado ocupara el lugar que le indicaba.

El freire entró un poco cohibido, no porque estuviera ante

el prior sino porque nunca olvidaba que este era hijo del rey don Manuel.

—Este caballero es mi primo don Alfonso de Braganza, hermano de frey Duarte. Acaba de sufrir la pérdida de su joven esposa y lo he invitado a pasar unos días en el monasterio.

El caballero saludó con una inclinación de cabeza.

—Espero encontrar entre estos muros el consuelo y la resignación que necesito —dijo don Alfonso.

—Bien, sin más preámbulos, voy a hablar del motivo por el que os he reunido. Ya sabéis que mis obligaciones en Lisboa me impiden pasar todo el tiempo que desearía en el monasterio. Por eso he decidido aliviaros de la carga que os impuse cuando llegué, querido primo. Organizar y administrar este monasterio y atender a sus noventa freires es una tarea demasiado ardua, incluso para vuestra paternidad —dijo dirigiéndose a frey Duarte.

Este le agradeció la deferencia de llamarle «primo» con una leve inclinación de cabeza e intentó tragar el nudo que se le estaba formando desde que frey Atilio había entrado por la puerta.

—Recordad lo que dijo Mateo, ilustrísima: «Mi yugo es llevadero y mi carga ligera» —consiguió decir por fin.

—Os agradezco la disposición, frey Duarte. De todos modos, no debemos abusar del cuerpo. He decidido que vuestra paternidad se ocupe de la disciplina del claustro, seréis el pastor que apaciente al rebaño, por lo que os nombro prior claustral. Y frey Atilio se encargará de la administración y organización del monasterio, será el rector o bailío menor en mi ausencia. Ya sabe vuestra paternidad en la estima que le tengo.

Al nuevo prior claustral se le demudó el semblante, aunque el prior pareció no darse cuenta. Pero lo sabía, como lo sabían todos en el monasterio. Frey Atilio, el hijo de un sirviente que por un azar había podido estudiar junto al hijo del rey en los prestigiosos colegios y universidades, ahora llegaba a lo más alto… Administrar el monasterio más rico del reino, organizar nada menos que el Priorato de Crato, la sede principal en Portugal de la Orden Militar y Hospitalaria de San Juan de Jerusalén, de Rodas y de Malta. Frey Duarte de Braganza se esforzó por dibujar una sonrisa en su rostro, pero solo pudo esbozar una mueca.

Palacios Viejos de Alcaçova, Lisboa
Primero de octubre de 1577

Yo, María de Avís y Habsburgo, infanta de Portugal y duque-
sa de Viseu por la gracia de Dios, hija de Manuel I, rey de
Portugal, y Leonor de Habsburgo, y, por tanto, sobrina del
emperador Carlos, tengo a bien escribir y dejar aquí estas mis
vivencias, estando mi cuerpo enfermo mas con el seso y el en-
tendimiento sanos.

En este estado en el que ahora me hallo, intermedio entre
esta vida mortal y la otra duradera, y próxima a entregar mi
alma al Altísimo, quiero encomendarme a Dios Todopoderoso
para que Él juzgue lo que hice bien y los pecados que cometí,
y suplicándole que la tenga a su diestra si soy merecedora de
su infinita misericordia.

Pido también al Señor que me dé días para recordar los
hechos que acontecieron en el discurrir de mi vida. Ojalá acu-
dan a mi memoria y así pueda hacer el último examen de con-
ciencia y pedir al Señor clemencia por aquellos yerros que co-
metí y que Él, en su infinita misericordia, se muestre piadoso
con este maltrecho cuerpo mío y benevolente con esta alma
pecadora.

Como el poeta castellano, yo también consiento en mi mo-
rir porque creo llegada mi hora, pero antes quiero recordar mi
vida y a los míos.

Mi familia, la corte de mi querido Reino de Portugal, en el pasado tan abundante en infantes y reales personas, ahora se reduce a tres ancianos, contando mi agotado cuerpo, y a un joven y alocado rey que, como los cuatro jinetes del Apocalipsis, arrastramos nuestras desdichas in hac lacrimarum valle.

Estos somos los que sobrevivimos a aquella grande y poderosa corte que pretendió ser la más poderosa de Occidente, la corte de los Avís.

Los Avís y los Trastámara, los Avís y los Habsburgo, Castilla y Portugal, siempre mirándose de reojo y destinados a unirse por lazos de sangre. Tengo para mí que esas uniones fueron las causantes de las prematuras muertes que hicieron del reino más rico de la cristiandad, también el más desgraciado.

No conocí a ninguno de mis cuatro abuelos, a los de Portugal porque fallecieron antes de venir yo al mundo y a los de Aragón porque mi abuelo Felipe de Habsburgo, Felipe el Hermoso le decían en Castilla, murió muy joven y mi abuela Juana, la Loca la llamaban, murió en Castilla encerrada en Tordesillas. De modo que con ninguno tuve trato como se suele hacer en otras cortes.

En cuanto a mis progenitores, mi padre, el rey Manuel I, abandonó este mundo cuando yo apenas tenía cumplidos seis meses de edad y mi madre, Leonor de Habsburgo, desolada y sin consuelo, tuvo que elegir entre quedarse en Portugal desobedeciendo a su hermano o retornar a Castilla dejándome en manos de mis ayas. Optó por lo segundo porque el emperador ya tenía trazados otros planes para ella cuando el cadáver de mi padre aún no se había enfriado ni ella repuesto de su pena.

Si damos pábulo a las hablillas, mi hermano pidió en matrimonio a mi madre cuando quedó viuda, pero ella lo rechazó. Dolido, se negó a que yo saliera del reino alegando que era una infanta de Portugal. Así que tuve que quedarme aquí y, al igual que mi madre se debía al Reino de España, yo me debía a este.

Cuando yo nací, mi padre ya tenía ocho hijos habidos con su primera esposa, de forma que yo era su novena descendiente; pero no por ello se alegró menos de mi venida al mundo, pues amaba mucho a mi madre que era joven y hermosa.

En mi vida siempre estuvieron presentes Castilla y mi familia castellana, a pesar de que solo una vez puse los pies en esa tierra, y mi trato con los Austrias se limitó a mi madre durante los pocos meses que me crio, a mi tía la reina Catalina, hermana de mi madre, y a mi prima Juana, la hija del emperador.

La muerte ha formado parte de mi vida, pues desde niña, mientras jugaba y crecía, he visto morir a mis seres queridos. Luego siempre estuvo cerca y asistí impotente a la partida de otros muchos parientes. A todos los lloré desconsoladamente. Debo decir que no todas las lágrimas que derramé fueron de dolor; algunas, las más amargas, fueron de remordimiento.

Fui la mujer más rica de Occidente, y por eso mi hermano el rey Juan III y otros notables del reino se negaron a mi casamiento con algún rey o príncipe, por temor a que el tesoro real menguara sin mi inmensa fortuna. Todos ellos deben de estar reconcomiéndose donde Dios tuvo a bien llevarlos, porque ahora toda esa riqueza ha de ser repartida entre los más necesitados y quizá el trono ha de quedar vacante, y los Habsburgo, por fin, unirán los dos reinos. Aunque las esperanzas están puestas en mi alocado sobrino Sebastián, nieto de mi hermano y del emperador, tengo para mí que no matrimoniará nunca, pues no mira a las mujeres como hombre.

No debería tener recuerdos de mis primeros años, pero mis ayas, sobre todo Juana Blasfelt, me contaron tantas veces la llegada de mi madre a la corte, así como su salida, que en algún momento mi mente soñadora creyó haber estado presente.

Con lágrimas en los ojos, me hablaban de su dolor, su pena y su desconsuelo por tener que dejarme en Lisboa para ella partir hacia Castilla porque así lo había mandado mi tío el emperador. No entendía yo por qué no pudo llevarme con ella o por qué no pudo quedarse a mi lado y así se lo hacía saber, pero ellas contestaban siempre que yo era una infanta de Portugal y ella una infanta de Castilla.

Mi madre fue reina de Portugal apenas tres años, los mismos que duró su matrimonio con mi padre, el rey Manuel, pues este murió dejándola desamparada y sola. De esta unión nacimos dos hijos; mi hermano murió muy niño y yo aún mantengo la vida gracias al Altísimo. Ella tenía diecinueve años cuando aceptó su destino para desposarse con un rey que casi le triplicaba la edad, sin ilusión por darle un heredero, pues como ya he dicho él tenía ocho hijos, de los cuales seis eran varones; se sacrificó solo para que el Reino de Castilla prosperara al lado de Portugal.

Ahora, quizá porque estoy a las puertas de la muerte, veo las cosas con una clarividencia que no tuve en otro tiempo a causa del rencor y el resquemor.

Como digo, de los Avís quedamos mi hermano el cardenal Enrique, mi sobrino nieto el rey Sebastián y yo, unidos, además de por lazos indisolubles de sangre, por la misma mala fortuna; y también mi tía, la reina Catalina.

Ruego al Altísimo que la luz de la verdad se escape entre los nubarrones negros que acechan ya mi alma y mortifican este pobre cuerpo mío.

2

Frey Atilio salió de la estancia del prior sin que en su cara se reflejase la alegría que lo embargaba. A lo largo de los años había aprendido a disimular tanto la dicha como la desgracia, pero también a leer en el rostro de las personas, y lo que reflejaba el de frey Duarte le preocupaba.

Fue el azar el que lo llevó a donde estaba, el que hizo que estuviese en el lugar y el momento justos, cuando el cuarto hijo del rey, el infante don Luis, que por entonces tenía seis años, se cayó del caballo y a punto estuvo de morir ahogado.

Vio al animal galopar desbocado una fría mañana de diciembre mientras apilaba el heno en las tierras de Crato. Tiró la horca y salió corriendo detrás porque sabía que en algún momento de la carrera el caballo lanzaría por los aires al jinete. Así fue. Lo vio volar y caer en la laguna llena de carámbanos. No se lo pensó; se desnudó y se tiró al agua, y cuando el infante comenzaba a hundirse, lo agarró y lo arrastró hasta la orilla. Ya a salvo, le quitó la ropa empapada y le puso la suya. Vio a lo lejos que el caballo se había parado y, desnudo y tiritando, fue hasta el animal e intentó hacerse con la manta que llevaba debajo de la montura. Pensó que no lo lograría, pues los dedos se le estaban congelando. Por fin consiguió liberar la correa, pero uno de los dedos se le prendió en la hebilla y se lo destrozó. Se echó la manta por encima y, sin pararse siquiera a contener la hemorragia del dedo, volvió hasta donde estaba el infante, se lo cargó sobre los hombros y echó a correr. Tenía once años, pero era alto y fuerte. Quería salvar al hijo del rey, pero hubiera hecho lo mismo por cualquier otro.

El recién nombrado rector entró en su celda, se arrodilló en el suelo y dio gracias a Dios por la merced que el prior acababa de hacerle.

No pudo evitar que se le apareciera la imagen del rey don Manuel sonriendo y recordó lo sucedido hacía muchos años.

—Tu hijo ha salvado la vida al infante don Luis, aun a riesgo de perder la suya —dijo el rey cuando tuvo a padre e hijo delante—. Pídeme lo que quieras y lo tendrás.

—Vuestra majestad ya me da suficiente teniéndonos a los dos bajo vuestra protección.

—Seguro que hay algo con lo que siempre has soñado y que no pensaste que podrías tener, Andrés. Me sirves bien, tu hijo acaba de exponer su vida y ha perdido un dedo por salvar al mío —añadió sonriente don Manuel.

Entonces su padre le miró y, con la humildad del sirviente que le debe todo a su señor, se atrevió a pedirle al rey lo que cambiaría la vida de Atilio para siempre.

—Mi muchacho es listo, majestad, listo y voluntarioso, no tengo sino que decirle una vez las cosas para que las haga mejor que yo. Siempre he lamentado que no pudiera ir a la escuela. Aprovechándome de la generosidad de vuestra majestad, os pediría que alguien en palacio le enseñara a leer y a escribir.

El rey cumplió su palabra y a partir de aquel día el bibliotecario del monasterio, frey Armando, recibió dos veces por semana al hijo del criado y le enseñó a leer, junto a otro muchacho que tras unos días, sin más, dejó de asistir a las clases. También le enseñó gramática y ortografía, y era tal el interés que ponía que el maestro comenzó con el latín. Todos los días Atilio sorprendía a su maestro con alguna cuestión sobre una materia que no habían tratado.

Cuando los carámbanos de la laguna desaparecieron y los almendros comenzaron a florecer, el rey, que aún permanecía en el palacio de Crato, preguntó al freire si el muchacho de Andrés ya sabía leer.

—El muchacho, majestad, sabe leer y escribir en latín y en portugués, tiene nociones de matemáticas que ha aprendido él solo y ha leído todos los libros de historia que tenemos en la biblioteca. Nunca he conocido a nadie que tuviese ese afán por aprender y una mente tan despierta.

Don Manuel mandó llamar a Atilio y le preguntó qué era lo que más le gustaba hacer.

—Estudiar, majestad.

No esperaba el rey esa respuesta, no conocía a nadie que no fuera clérigo cuya vocación fuera el estudio.

Tuvo que remover mucho el rey para que el hijo del criado siguiera formándose. Cuando pasó el verano, Atilio se trasladó a Lisboa para ingresar en el Studium Generale y unos años después a Salamanca, donde estudió Teología y coincidió con el infante don Luis, quien pronto descubrió su bonhomía y lo hizo merecedor de su amistad y confianza. Pero antes había aprendido por su cuenta el griego y conocía en profundidad las obras de Cicerón y Quintiliano.

Durante todos esos años nunca pretendió el joven estudiante ocultar sus orígenes humildes. Y si algún orgulloso alumno lo trataba con desprecio, aunque no era la norma, sus compañeros, hijos todos de nobles castellanos y portugueses, lo defendían por su bondad, su sencillez y sobre todo por su inteligencia, cualidades que hacían olvidar que el alumno más brillante de la universidad era hijo de un simple criado.

Cuando don Luis fue nombrado prior lo quiso junto a él, pero no como sirviente, lo que no suponía ninguna dificultad para entrar en la Orden, sino como Caballero Magistral, cuya admisión solo concedía el Gran Maestre. Tuvo que remover Roma con Santiago para que su amigo fuese aceptado, pues no cumplía el requisito imprescindible: pertenecer a la nobleza.

Siempre tuvo presentes el joven estudiante las palabras que le repetía su padre: «El éxito o el fracaso, los forja uno paso a paso». A sus veintinueve años acababa de dar un paso de gigante: el infante don Luis, el niño al que un día le salvara la vida, le había nombrado rector y ponía en sus manos la administración del priorato más rico de Portugal. Su padre llevaba muerto muchos años, pero él seguía recordando sus palabras.

De pronto, hasta su celda llegaron las voces alarmadas de algunos hermanos que interrumpieron sus recuerdos.

Palacios Viejos de Alcaçova
Primero de octubre de 1577

Los primeros recuerdos que tengo de mi infancia son la llegada de mi tía Catalina, hermana de mi madre, como esposa de mi hermano el rey Juan, y los viajes que la corte hacía por todos los palacios del reino: Sintra, Almeirim, Évora, Muge.

Son recuerdos felices. La reina era muy joven, recién cumplidos los dieciocho, y muy hermosa. Yo andaba por los cuatro años, por tanto debió de ser en el año del Señor de 1525, y el saber que venía de Castilla, de vivir con mi abuela Juana, me llenó de gozo y la recibí como si mi propia madre hubiera regresado.

Mi tía sonreía a todas horas, quizá porque durante la época de su doncellez, encerrada en Tordesillas junto a su madre y abuela mía Juana, llamada la Loca, no fue muy feliz; digo que siempre tenía la sonrisa en los labios y se sorprendía mucho y bien con cualquier nadería que yo le regalaba: una flor del jardín, una cinta para el sombrero... Muchos años después, cuando conocí su historia y las carencias que hubo de soportar en Castilla, comprendí que todo le llamara la atención y que todo fuera causa de regocijo.

Yo holgaba de tenerla junto a mí y le pedía que me cepillara el cabello, y gustaba oír de sus labios que tenía el rostro muy parecido al de mi madre, cuyo retrato siempre me acompañó.

Los meses pasaban felices con fiestas y jolgorios en el palacio. Todos querían conocer a la bella reina castellana que, como una princesa mora, acababa de ser rescatada de su encierro por el bizarro rey portugués. El año de 1526 comenzó con el anuncio de la llegada del primer hijo de los reyes. Toda la corte se llenó de alegría y mi hermano Juan, el rey, henchido de amor y orgullo, encargó dieciocho misas, una por cada año que tenía su amada esposa. Pero entonces apareció la peste en Lisboa y la corte se dio prisa en salir de la ciudad. Fuimos a Almeirim.

A pesar de que la pandemia asolaba Lisboa, fue la época más feliz de mi tía la reina, aunque a veces yo la veía llevarse el lienzo a los ojos y enjugárselos al recordar cómo había quedado de desamparada su pobre madre en aquel caserón de Tordesillas. Y es que mi abuela Juana, a la que nunca llegué a conocer, llevaba dieciséis años encerrada por orden primero de mi bisabuelo Fernando el Católico y luego de mi tío el emperador. Cuán dolorosa debió de ser la separación entre mi abuela y mi tía Catalina. Muchas veces me contó el desgarro que sintió su madre al verla partir para ser reina de Portugal, y cómo sus lamentos no dejaron de oírse hasta que el carruaje estuvo muy lejos de Tordesillas. Pero aun con el recuerdo de su madre lacerándole el alma, mi tía Catalina intentaba ser feliz.

El palacio de Almeirim era un lugar maravilloso, tenía un hermoso jardín y una gran extensión de tierras lo circundaban. Vinieron todos mis hermanos para despedir a nuestra hermana Isabel que marchaba para Castilla a contraer nupcias con el emperador, aunque entonces solo era rey de las Españas.

Pero poco duró la felicidad en la corte. Yo, aunque muy niña, tomaba cuenta de todo, pues si bien no sabía lo que significaba la muerte, veía a mi tía llorar, esta vez a todas horas, y andar por los corredores de palacio como un alma en pena. Los paños negros cubrían los espejos, y es que mi sobrino Alfonso, el primero de los hijos de mi tía Catalina, murió a los pocos meses de nacer.

De vuelta en Lisboa pudimos ver que la peste seguía haciendo estragos, por lo que mi hermano el rey decidió, sin apenas deshacer los baúles, volver a Almeirim. Mi tía tornó a sonreír porque de nuevo llevaba un hijo en sus entrañas. En el verano nos trasladamos a Coímbra y en el otoño Dios le envió una hija, María Manuela, que vino a alegrar a la reina y a toda la corte. Yo me holgaba de tener una primita y le cantaba y la cubría de besos haciendo reír a su madre, la reina, y a todas las damas. Durante tres años fuimos felices en el palacio de Ribeira en Lisboa. Las fiestas y saraos se alternaban con los nacimientos reales.

Pero más desgracias vinieron a enturbiar tanta felicidad, pues pareciera que Dios o la fortuna no quisieran ver a la reina reír. Recuerdo el año que cumplí nueve años como de especial tristeza, pues mis dos sobrinas, Isabel y Beatriz, de muy corta edad, subieron al cielo con dos meses de diferencia, de manera que la reina Catalina sufría la muerte de tres de los cuatro hijos que había traído al mundo.

Todo a mi alrededor era desconsuelo, pero mis ayas, especialmente Juana Blasfelt, lograban distraerme junto a mi prima María Manuela, con la que solo me llevaba seis años. Nuestras alborozadas risas inundaban los jardines de palacio y arrancaban una tímida sonrisa a la reina.

Recuerdo también con cariño que por aquellos años comencé mi instrucción. Ponía mucho empeño en aprender y mi curiosidad era tanta que mis preceptores le daban parabienes a la reina, con lo que quedaba ella muy satisfecha y yo con harto contentamiento.

Como digo, yo me aplicaba en las distintas disciplinas que mis maestros y preceptores me enseñaban y así progresaba rápidamente en gramática y retórica, historia, geografía y matemáticas. Lo que más me gustaba, y en lo que sobresalía, era en el estudio de las lenguas: leía y escribía el latín de corrido; dominaba la lengua de Castilla igual que el portugués, pues aquella se empleaba también en la corte y todos mis hermanos y mi tía la hablaban con mucha precisión y soltura, y en esos *años me esmeré en aprender el francés por ser esta la lengua que mi querida madre usaba en su nuevo estatus de reina de Francia, ya que se había casado con Francisco I, y yo quería dominarla para ser tan feliz como lo era ella.*

3

Todos los hermanos se hallaban en la iglesia rezando de rodillas por el alma del difunto.

De pronto, frey Armando se levantó.

—«¡Ay de la tierra y del mar!, porque el diablo bajó a vosotros lleno de furor, sabiendo que le queda poco tiempo».

La voz del bibliotecario recitando las palabras del Apocalipsis de san Juan sorprendió y sobrecogió a los freires, y algunos, los más jóvenes, se echaron a temblar.

No así el rector que, conociendo sus artimañas y su obsesión por el Apocalipsis, esperó pacientemente a que la calma volviese. Terminado el oficio, se acercó al prior y solicitó permiso para iniciar las pesquisas sobre el suceso.

Don Luis accedió a que frey Demetrio, el ayudante del hermano difunto, acompañara a frey Atilio.

Los dos freires se dirigieron a la botica y allí, observaron con atención el cuerpo sin vida de su hermano.

—A frey Andrés tuvieron que matarlo ayer. He visto muchos cadáveres y, por el *rigor mortis*, diría que lleva muerto veinticuatro horas. La helada de la noche ha conservado el cuerpo. Debió de ser antes de tercia, que es cuando comienzan los trabajos en la viña. ¿Por qué nadie lo echó en falta en los rezos o en el refectorio? —preguntó extrañado el rector.

—Frey Andrés llevaba resfriado unos días y permanecía en cama. Ayer por la mañana, cuando fui a llevarle una escudilla de vino caliente y miel no estaba en su celda. Un rato después lo vi en el huerto, y pensé que se habría sentido mejor y había vuelto a sus quehaceres. Si dice vuestra paternidad que murió ayer, puede que fuese cuando salió a buscar hierbas. Está claro que fue un fuerte golpe en la cabeza lo que le produjo la muerte —dijo el ayudante.

—Sí, lo sorprendieron por detrás y lo desnucaron.

Frey Demetrio miró con estupor al bailío.

—¿Está pensando vuestra paternidad que lo han matado? ¿No pudo tropezar y caer?

—No, de haberse caído no le habría sucedido nada puesto que estaba sobre un colchón de hojas. Como mucho se habría roto algún hueso, pero no hasta el punto de quebrarse la cabeza.

—¡Dios mío! Eso quiere decir que hay un asesino en nuestra comunidad. —Frey Demetrio se estremeció al pronunciar esas palabras.

—Fijaos en el golpe. Se lo dieron por detrás. —El administrador del monasterio se situó a espaldas de su hermano—. Si doy a vuestra paternidad un estacazo desde aquí, ¿cómo caería?

—De bruces, claro.

—¡Exacto! Sin embargo, se encontró el cuerpo boca arriba. No había tampoco mucha sangre en el montón de hojas, aunque la herida debió de sangrar con profusión. Lo que quiere decir que al hermano Andrés no lo mataron en el sitio en el que apareció el cadáver.

—Entonces tendremos que buscar en otro sitio.

—Sí, el monasterio es muy grande, pero estoy seguro de que en algún lugar hallaremos restos de sangre.

Frey Atilio seguía inspeccionando el cadáver.

—¿Qué es esto que tiene en la mano? —preguntó el rector sacando de entre los dedos rígidos una especie de baya.

—Es una cápsula de amapola —contestó el ayudante.

—¿De amapola? ¿De adormidera, quiere decir vuestra paternidad? —interrogó extrañado el administrador—. ¿No está prohibido hacer medicinas con estas plantas en el monasterio? ¿De dónde las sacan?

—Yo nunca vi a mi maestro recogerlas, pero sé que las usaba porque alguna vez las vi escondidas en la botica.

—Tengo entendido que de ellas se extrae el jugo de amapolas. Ingerido en pequeñas cantidades calma el dolor, pero si se abusa produce alucinaciones o placer. Mirad en la bolsa, a ver si hay más.

El ayudante sacó del bolsón unas cuantas cápsulas más.

—¿Y de dónde creéis que las sacaba frey Andrés? ¿Acaso las cultivaba en el monasterio?

—No, las traía de fuera. Una vez lo seguí y lo vi hablar con esa joven, Margarida, la bruja de la aldea. Supongo que ella se las daba.

—¿Por qué la llamáis bruja?

—Bueno, así la llaman en la aldea. Dicen que habla con los muertos.

El bailío recordó que la muchacha se había confesado una vez con él. Estaba preocupada y asustada porque desde niña adivinaba si una persona se iba a morir solo con tocarla. Él la tranquilizó diciéndole que era un don de Dios.

—Si dais crédito a los chismes de la aldea, ofendéis a Dios, hermano. Recordad, no juzguéis y no seréis juzgados. ¿Y a quién le suministraba ese jugo? Porque deduzco que lo prepararía para alguien, a no ser que fuera para él mismo —continuó interrogando el rector.

El ayudante del boticario se quedó callado.

—Hermano, hay un asesino entre estos sagrados muros y mi obligación es descubrir de quién se trata. ¿A quién le suministraba el jugo frey Andrés?

—Él nunca me lo dijo, pero creo que era para frey Armando.

—Bueno, el hermano bibliotecario sufre grandes dolores de miembros, por lo que no es extraño que quisiera aliviarlos con esa medicina aunque estuviese prohibida —razonó el administrador del monasterio mirando a su recién nombrado ayudante, aunque su expresión le hizo sospechar—. Pero frey Andrés le daba más cantidad de la que se necesita para paliar los dolores, ¿no es así?

—Mi maestro pensaba que frey Armando está un poco loco por la obsesión que tiene por el Apocalipsis. Decía que el hermano bibliotecario quería parecerse a san Juan de Patmos, el autor del libro bíblico, y que necesitaba tener visiones. Yo entonces lo relacioné con el jugo de amapolas.

El bailío no salía de su asombro. Creía conocer a su comunidad, era confesor de muchos de ellos, pero empezaba a darse cuenta de que quizá no fuera así.

—¿Y qué sacaba a cambio frey Andrés? —inquirió.

—Alguna vez vi en su celda libros prohibidos, libros de amor... Bueno, ya sabéis... Supongo que frey Armando se los prestaba a cambio del jugo de amapolas.

—¿En su celda? ¿Acaso ignora vuestra paternidad que nos está prohibido entrar en las celdas a menos que sea para cuidar a un enfermo o por causa mayor?

—Lo sé, y confieso mi pecado, pero no pude evitarlo. Algunas veces...

Frey Atilio pensó que había dado con un filón de información. El ayudante del boticario estaba resultando ser un fisgón al que le gustaba conocer vidas ajenas y podría serle de mucha ayuda.

—Es pecado venial. Continuemos. ¿Sabéis de más hermanos a los que frey Andrés le suministrara el jugo de amapolas?

Frey Demetrio negó con la cabeza.

—Bien, id a avisar para que vengan a por el cuerpo. Nosotros hemos terminado. Por ahora.

El ayudante iba a abandonar la botica cuando pareció acordarse de algo.

—He recordado un detalle que quizá sea insignificante, pero que me llamó la atención.

—Decid, hermano. A veces los pequeños detalles son la clave para resolver extraños misterios.

—Pues, como he dicho a vuestra paternidad, ayer no encontré a frey Andrés en su celda, pero sí lo vi a lo lejos hablando con el hermano de frey Duarte, el primo de nuestro prior. Me extrañó por lo temprano de la hora. Eso fue antes de verlo en el huerto.

—¿Con don Alfonso de Braganza? ¿Sabéis si se conocían? —preguntó extrañado el rector.

—Bueno, el invitado lleva poco tiempo aquí... Como no fuera que se conocieran de antes. Aunque, ahora que lo pienso, parecían discutir.

—¿Discutir? ¿Y de qué pueden discutir dos personas si no se conocen? —se preguntó en voz alta, cada vez más intrigado—. Bien, si recuerda vuestra paternidad algo más, no dudéis en decírmelo.

4

La niebla parecía haberse instalado en la aldea de Flor da Rosa e impedía al sol calentar los muros del monasterio. Las figuras de frey Atilio y frey Demetrio, el ayudante del difunto boticario, apenas se distinguían mientras caminaban por las viñas. Acababan de dar sepultura a frey Andrés y querían volver al lugar en el que hallaron su cuerpo antes de que los hermanos reanudaran el trabajo y borraran cualquier huella que pudiera haber dejado el asesino. La hojarasca seguía húmeda por el continuo goteo de la niebla. Los dos freires comenzaron a removerla con un sarmiento seco en busca de algún indicio, pero lo único que encontraron fue lo mismo que el día anterior: unas cuantas hojas manchadas de sangre, las que habían estado en contacto con la herida. Al cabo de un buen rato desistieron ante la evidencia: aquel no era el lugar en el que lo habían matado.

Decidieron inspeccionar las dependencias del monasterio; eran muchas, por lo que el prior los liberó del trabajo para que se pudieran aplicar a averiguar quién se había atrevido a alterar la paz de aquel recinto sagrado. Poco antes de que se pusiera el sol habían peinado todo el monasterio, cuadras, pocilgas y gallineros incluidos.

Cuando tras el rezo de completas frey Atilio se retiró a su celda, el cansancio y la tristeza se reflejaban en su rostro.

¿Quién habría cometido aquel horrible acto? ¿Se habría atrevido a confesar su pecado a alguno de los hermanos? ¿Qué le había llevado a arrebatarle la vida a un ser creado por Dios?

Durante toda la noche se debatió entre una pesadilla en la que se le presentaba el muerto y un duermevela en el que intentaba poner en orden las pesquisas que había previsto iniciar al día siguiente. La campana tocando a laudes le sobresaltó cuando entraba en un plácido sueño.

Ya en la iglesia, no pudo concentrarse en los rezos pues sus ojos iban de un rostro a otro como si quisiera coger a los freires en un renuncio a través de gestos o palabras. Pero nada en ellos le indicaba por quién debía empezar. Pensó que lo mejor era realizar las preguntas pertinentes en el refectorio, después de que todos hubiesen desayunado.

Antes de que abandonaran el refectorio, se levantó y les rogó que esperasen.

—Hermanos —comenzó el rector—, nuestro prior me ha encomendado una ardua tarea, la de esclarecer los hechos luctuosos acaecidos entre estos muros. Debo informaros de que tanto frey Demetrio como yo creemos que a frey Andrés le quitaron la vida.

Un murmullo inundó la estancia.

—Y fue en un lugar distinto al que se halló su cuerpo porque no hemos encontrado sangre en abundancia entre la hojarasca. Además, creemos que lo atacaron por la espalda y que tuvo que ser antes de tercia, que es cuando comienzan los trabajos en las viñas. —Hizo una pausa y continuó—: Por eso he pensado que sería muy provechoso si pudiéramos saber quién de vuestras paternidades vio ayer a frey Andrés.

Estuvo a punto de decir que por el momento los últimos habían sido frey Demetrio y don Alfonso, pero lo pensó mejor y no dijo nada.

Esperó pacientemente a que alguno de los presentes hablase. Observó de reojo a don Alfonso de Braganza y le pareció percibir un ligero nerviosismo en sus manos.

—Yo vi desde la ventana de la biblioteca a un hermano. —La voz de frey Armando, el bibliotecario, resonó en el refectorio—. Se disponía a salir del recinto por la cancilla de las viñas. Era una hora muy temprana, antes de prima, y había muy poca luz, así que no vi de quién se trataba. No podía dormir y fui a por un libro antes de los rezos.

Seguramente las últimas palabras las había dicho para justificar su presencia a esa hora tan intempestiva en la biblioteca, dedujo el bailío. Luego se quedó pensando y una idea le cruzó la mente. ¿Y si no era un freire de la comunidad el que salía del monasterio sino el asesino vestido con un hábito que, después de haber dado muerte al hermano Andrés, huía de allí? Pero ¿cómo había entrado esa persona en el monasterio? Por otra parte, frey Demetrio aseguraba haber visto al boticario.

—¿Diríais que se trataba de un hermano de nuestra comunidad? Quiero decir si se fijó vuestra paternidad en el hábito o por el contrario pudiera ser alguien ajeno al monasterio.

Ahora el murmullo se hizo más fuerte.

—¿Queréis decir que alguien de fuera pudo entrar, acabar con la vida de nuestro hermano y luego abandonar el monasterio? —preguntó el prior, visiblemente afectado.

—Yo también vi esa mañana a frey Andrés. —La voz modulada de don Alfonso de Braganza sobresaltó a la comunidad.

Todas las miradas se centraron ahora en el noble, al que aquella mañana habían invitado a desayunar en el refectorio, en lugar de en palacio como acostumbraba. También don Luis, el prior, había hecho una excepción para compartir el desayuno con sus hermanos.

—Sabéis que hace unas semanas perdí a mi joven esposa y desde entonces el sueño no ha vuelto a cerrar mis párpados —explicó don Alfonso—. Me paso en vela las noches en la capilla rogando a Dios que se apiade de mí. Anteayer, al amanecer, volvía de orar cuando reconocí al hermano boticario a lo lejos, aunque había poca luz. Le conocía porque unos días atrás lo visité en la botica para que me diera unas hierbas que me ayudaran a conciliar el sueño. Se me habían terminado y me acerqué para preguntarle si disponía de más. Me dijo que iba a recoger, precisamente, las hierbas con las que elaboraba la tisana para dormir. Regresé a mis aposentos y supongo que él saldría.

—Entonces ¿no lo visteis salir por la cancilla? —preguntó el rector, que comprendió que la teoría del extraño asesino no se sostenía.

—No, no lo vi salir.

Don Luis, el prior, esperó unos minutos por si algún otro freire tenía algo que decir, pero ninguno añadió nada a lo ya expuesto.

—Bien, si vuestras paternidades lo permiten, frey Atilio y frey Demetrio os harán algunas preguntas con el propósito de aclarar lo sucedido. Ahora, vayamos a nuestros trabajos —dijo el prior al tiempo que se levantaba para abandonar el refectorio.

Unos días después, el rector y el ayudante del boticario se encontraban sentados en un banco de la botica comentando las pesquisas que estaban llevando a cabo.

—¿Cree vuestra paternidad que don Alfonso dijo la verdad y que no vio salir a frey Andrés? —preguntó frey Atilio al joven freire, cuyas dotes de observación le sorprendían cada vez más.

—No veo qué puede ganar con ocultarlo. Ahora recuerdo que una de estas noches le he visto volver a deshoras de la capilla. Conozco las hierbas y su poder, y la única capaz de acabar con el insomnio que dice padecer don Alfonso es el jugo de amapolas.

—¿Podría ser que el hermano Andrés le estuviera suministrando la droga a don Alfonso? —preguntó el rector.

Frey Demetrio pensó un momento antes de contestar:

—Eso explicaría que saliera a buscar las bayas aun estando enfermo. Quizá don Alfonso le pidió más y mi maestro se vio en la necesidad de salir a esa hora pensando que para tercia ya estaría de vuelta.

—Sí, tiene sentido —contestó frey Atilio, pensativo—. Entonces, suponemos que la persona que le suministraba las cápsulas ha de vivir cerca. Podría ser esa muchacha de la que vuestra paternidad me ha hablado. Por otra parte, si frey Armando estaba mirando por la ventana y vio salir a frey Andrés, también tuvo que ver a este hablar con don Alfonso. ¿Por qué no lo ha dicho? ¿Es que acaso sabía el hermano bibliotecario que don Alfonso necesitaba jugo de amapolas? ¿Lo mandó él a hablar con vuestro maestro y por eso se ha callado? Pues, que sepamos, solo el hermano boticario, frey Armando y vuestra paternidad conocían la elaboración del jugo de amapolas. Por tanto, tuvo que ser él quien informara a don Alfonso, eso tiene sentido.

El ayudante se levantó de pronto y se puso a rebuscar entre albarelos y pomos de peltre.

—¿Qué está buscando vuestra paternidad? —preguntó el bailío con curiosidad.

—Si frey Andrés suministraba el jugo a don Alfonso, este le daría algo a cambio. Mi maestro era muy buen boticario, pero pecaba de avaricia. Si le dio dinero o alguna joya, hubo de guardarlo aquí.

El rector se unió a la búsqueda y casi una hora después el registro dio resultado.

—¡Vaya! —exclamó eufórico frey Atilio—. Mirad lo que he encontrado. Hemos matado dos pájaros de un tiro.

El contenido del pequeño albarelo de vidrio se hallaba desparramado sobre la gran mesa de la botica y, entre unas cuantas bayas de amapola verdes, relucía un anillo de oro con incrustaciones de esmalte. Era un aspa roja con cinco pequeños escudetes.

—¿Reconoce vuestra paternidad ese escudo? —preguntó frey Demetrio.

—Creo que pertenece al ducado de Braganza.

—¡Dios mío, entonces se lo regaló don Alfonso a cambio del jugo! —exclamó el ayudante mientras cogía una de las bayas—. Estas bayas no están maduras. No sirven. Deberíamos hablar con don Alfonso, creo que sabe más de lo que ha contado.

—No tan deprisa. Don Alfonso no es un freire de la comunidad al que podamos presionar. Es un noble, que además es hermano del prior claustral y primo de nuestro prior don Luis y del rey. No podemos presentarnos en palacio y decirle que dudamos de su palabra.

—Sí, pero el anillo es una evidencia que le compromete y...

La campana tocando al rezo del ángelus interrumpió las palabras del ayudante.

Ambos se pusieron de rodillas y rezaron con devoción las oraciones a la Virgen.

—Calma, frey Demetrio, ya se nos ocurrirá algo. Ahora sigamos con nuestras tareas —dijo el rector cuando terminaron el rezo para tranquilizar al joven freire.

Después frey Atilio abandonó la botica. Tenía mucho en lo que pensar.

5

Aquella mañana por fin el sol lució espléndido y, a pesar de que el frío de enero no invitaba a caminar, el prior buscó a frey Atilio para dar un paseo por las huertas. Quería saber cómo iban las pesquisas sobre el asesinato de frey Andrés.

—Ya sabéis que esta tarde salgo para Lisboa, no puedo demorar más el viaje. Las nuevas que llegan sobre el terremoto son confusas y necesito estar con mis seres queridos.

—¿Vuestra ilustrísima ha tenido más noticias? —preguntó el bailío con preocupación.

—Una parte del palacio de Ribeira se ha venido abajo. Gracias a Dios que la familia real se encuentra en Alvito porque, de haber estado allí, me cuesta imaginar lo que podría haber ocurrido. El monasterio de Santa María de Belém también ha resultado dañado, calles enteras han desaparecido engullidas por unas olas gigantes y los muertos se cuentan por miles.

—¡Dios mío, pareciera el fin del mundo!

—Sí, por eso debo salir cuanto antes para allá. ¿Hay algún avance sobre el desgraciado suceso?

El rector le informó de los pocos datos que había reunido acerca del asesinato del hermano Andrés.

—Todo es aún un misterio, ilustrísima. Lo único cierto es que alguien le quitó la vida a frey Andrés y que quizá esa persona conviva con nosotros.

—¿Cree, entonces, vuestra paternidad que pudo ser uno de nuestros hermanos? ¿Con qué fin?

Estuvo tentado de contarle al prior el descubrimiento del anillo y las sospechas que albergaba acerca de la relación entre su primo don Alfonso y el boticario, pero se contuvo. Al fin y al cabo, nada ganaba. Lo mejor sería hablar primero con don Alfonso y aclarar las cosas.

—Todo hace sospechar que alguien del monasterio lo mató en algún lugar y luego trasladó el cuerpo hasta las viñas. Alguien con mucha fuerza, claro.

Al cabo de un rato, el prior don Luis dio por terminado el paseo.

—Espero que vuestra paternidad me tenga informado de cualquier avance acerca de este... —dudó sobre la palabra que iba a decir— de esta desgracia.

—Descuide vuestra ilustrísima, si surge algo importante me trasladaré a Lisboa y os lo comunicaré personalmente.

El rector se dirigía a su celda cuando escuchó unas voces provenientes de las cuadras y encaminó sus pasos hacia allí. Lo que vio le sorprendió y disgustó a partes iguales. Don Alfonso, con la ira reflejada en el rostro, trataba de subirse al caballo mientras un freire trastabillaba hasta caer al suelo.

—¿Qué está pasando, hermano? —le preguntó frey Atilio mientras le ayudaba a levantarse.

—Este freire es un inútil que casi me mata —contestó con voz airada el noble, y luego salió al galope de la cuadra.

—Ese hombre es el demonio, frey Atilio, os lo digo yo —dijo el pobre freire con el miedo pintado aún en el rostro.

Esa misma tarde, antes de vísperas, el rector decidió que era hora de tener una conversación con don Alfonso. No quiso que frey Demetrio lo acompañara. Los nobles eran reacios a dar explicaciones a personas que no eran de su condición, aunque fueran hombres de Iglesia. Se dirigió al palacio y se lo encontró cerrado a cal y canto. El prior se había marchado y eso lo explicaba en parte, pero se quedó extrañado porque don Alfonso se alojaba allí y debería haber visto a algún sirviente.

De vuelta a su celda se encontró a frey Duarte sentado en un banco disfrutando del tibio sol de la tarde.

—Este sol se agradece después de tantos días de niebla —dijo acercándose a él.

—Sí, la humedad se nos ha metido en los huesos y ahora necesitamos calentarlos como los lagartos —contestó el noble freire, y cerró el libro que tenía entre las manos.

—Estaba buscando a don Alfonso, ¿sabe vuestra paternidad dónde puedo encontrarle?

El prior claustral se quedó mirando al rector.

—Mi hermano partió esta tarde aprovechando que nuestro primo don Luis se marchaba. Estaba preocupado por los estragos que el terremoto de Lisboa haya podido causar en nuestra familia y hacienda.

—¿Se ha marchado sin decir nada? —exclamó levantando la voz.

Según formulaba la pregunta se dio cuenta de su error. ¿Quién era él para que don Alfonso le comunicara sus decisiones?

—¿Acaso sois el guardián de mi hermano? —contestó con ironía el prior claustral, recordando las palabras del Génesis.

—Os pido disculpas, frey Duarte. Naturalmente, don Alfonso es libre para hacer su voluntad. Es solo que necesitaba que me confirmara algo y su marcha tan repentina me ha desconcertado.

—Mi hermano vino a este lugar buscando paz para su atribulado espíritu y los sucesos acaecidos en estos días no han hecho sino alterarle más. Si os puedo servir de ayuda...

Frey Atilio dudó un instante y al cabo pensó que podría serle útil. Sacó un pañuelito en el que llevaba envuelto el anillo y se lo mostró.

—¿Reconocéis esta joya? —preguntó con cautela y atento a cualquier reacción del prior claustral.

—¿De dónde la ha sacado vuestra paternidad? —interrogó a su vez frey Duarte al tiempo que cogía el anillo.

—La encontramos en la botica dentro de un albarelo, entre rizomas.

—Es una joya de mi familia con el escudo de los Braganza

que ahora pertenece a mi hermano. Sin duda alguien la robó y la escondió allí.

—Sí, eso es lo que debió de suceder. ¿Sabe vuestra paternidad dónde la guardaba don Alfonso?

—Pues supongo que en el cuarto del palacio en el que estaba alojado. Allí entran muchos sirvientes. Es extraño que no me haya comentado nada.

Frey Atilio concluyó que nada más podía aclararle el prior claustral, por lo que se despidió.

—Guardad bien la joya de vuestra familia, hermano, nunca se sabe si el ladrón puede volver a robarla.

Frey Duarte se quedó pensando en las últimas palabras del rector. No sabía por qué, pero le pareció que estaban cargadas de ironía.

6

Frey Atilio se encontraba paseando por la viña. Las vides estaban ahora cubiertas de frondosas hojas y los pámpanos y los zarcillos unían unas cepas con otras haciendo difícil caminar por los senderos que las separaban. Entre el verdor pardo de las vides viejas resaltaba el verde rabioso de los majuelos que daban sus frutos por primera vez.

Los freires se hallaban en plena tarea de aclareo de racimos, cortaban y desechaban los pequeños para favorecer el desarrollo de los más grandes.

Se detuvo, se quedó observando a sus hermanos y pensó que quizá alguno de ellos era el asesino. Habían pasado varios meses desde aquel desgraciado suceso que alteró la convivencia pacífica de la comunidad y él no había adelantado en las pesquisas.

Hasta el momento, lo único que conocía, gracias a frey Demetrio, eran pequeños secretos o vicios de los miembros de la comunidad, pero nada que le llevara tras la pista del asesino. Le quedaban, eso sí, las dudas sobre las respuestas que don Alfonso de Braganza dio en su día y la muy posible relación de este con frey Andrés, que no había podido confirmar porque no habían tenido ninguna noticia del noble.

Durante este tiempo se le habían pasado por la mente muchas ideas, incluida la de que don Alfonso pudo matar a frey Andrés y que por eso adelantó su vuelta a Lisboa. ¿Sería suficiente motivo que el boticario no quisiera entregarle más jugo de amapolas para acabar con su vida en un arrebato de cólera? Él mismo fue testigo de su ira en una ocasión.

En su paseo, el rector llegó al lugar exacto en el que hallaron el cuerpo sin vida del hermano boticario. La hojarasca había desaparecido y por enésima vez observó la tierra, ahora recién cavada.

Se quedó pensando, una vez más, en el asesinato. Miró el muro y tuvo un pálpito.

—Frey Dionisio —llamó al hermano que tenía más cerca—, ¿tiene vuestra paternidad una escala?

El freire desapareció por uno de los senderos para volver al cabo portando una escalera de madera.

Frey Atilio la apoyó contra el muro y subió. Comenzó a escrutar las albardillas de piedra cubiertas de musgo. De pronto, sus ojos se detuvieron en una baya pardusca que estaba encajada en el hueco de una albardilla rota.

Los freires detuvieron la labor para observar al administrador que, subido a la escalera, parecía afanarse en coger algo de lo alto del muro.

—Gracias, hermano Dionisio —dijo el rector cuando hubo bajado—. Me ha sido de una enorme utilidad.

¿Cómo podía haber estado tan ciego? En su empecinamiento por encontrar al asesino dentro del monasterio había pasado por alto la posibilidad de que a frey Andrés lo hubiesen asesinado fuera del recinto y luego tirado el cuerpo por el muro. Eso explicaría varias cuestiones: que el cuerpo no estuviera boca abajo, que no tuviese ningún hueso quebrado por haber caído en el montón de hojas y que no hubiesen encontrado sangre en ningún rincón del priorato.

Esos eran sus pensamientos cuando entró en la botica. Allí, frey Demetrio se afanaba en un cocimiento de hierbas.

—¿Esto es lo que yo imagino? —dijo sin más preámbulos poniendo la baya encima de la mesa.

El recién nombrado boticario la miró con atención.

—Parece una baya de amapola medio podrida. ¿Dónde la ha encontrado vuestra paternidad?

—En lo alto del muro, justo por encima de donde apareció el cuerpo del hermano Andrés.

El joven freire lo miró con incredulidad.

—Hemos estado dando palos de ciego, buscando al asesino dentro del monasterio cuando es de fuera, como lo demuestra esta cápsula de amapola que debió de caérsele a frey Andrés cuando arrojaron su cuerpo por el muro —resumió el rector.

—¡Dios mío! Convengo con vuestra paternidad en que pudieron matarlo fuera del monasterio, pero eso no exime a nuestros hermanos. Nosotros salimos del recinto muchas veces.

Frey Atilio se quedó suspenso ante la despierta inteligencia del joven freire.

—¿Y para qué tomarse tantas molestias si podía matarle aquí dentro? —pensó en voz alta el rector.

—Quizá para que creyéramos que había sido una persona ajena a la comunidad. Una persona, además, muy fuerte, que tuvo que cargar con el cuerpo de nuestro hermano, izarlo y tirarlo por el muro.

Sin poder evitarlo, frey Atilio volvió a pensar en el cuerpo vigoroso de don Alfonso de Braganza.

Ya por la tarde, el administrador del monasterio se dedicó a preguntar a sus hermanos más jóvenes y robustos si recordaban haber salido el día en que había aparecido el cuerpo sin vida de frey Andrés. Todos aseguraron no haber tenido necesidad de salir del monasterio esa mañana.

7

Iglesia de Saint-Denis, al norte de París
5 de marzo de 1531

La lluvia no había cesado en todo el día y el numeroso séquito que acompañaba a Francisco I hasta la iglesia de Saint-Denis, para asistir a la coronación de Leonor de Habsburgo como reina de Francia, comenzaba a dar muestras de nerviosismo. Hacía horas que tendrían que haber cruzado la entrada de la catedral de Notre Dame, pero la copiosa lluvia hacía imposible asomarse siquiera al atrio de la iglesia.

Sin embargo, no era esta la preocupación que ensombrecía el rostro del rey de Francia. A pocos pasos de la iglesia, en una pequeña pero confortable casa, Francisco I se esforzaba en reconciliarse con su amante, Ana de Pisseleu. El rey llevaba recorriendo las tierras de Francia tres meses, durante los cuales se mostró atento y cortés con su flamante esposa, mostrándole castillos y palacios y disfrutando del amor que sus súbditos le prodigaban en cada lugar en el que la comitiva, de casi trescientas personas, se detenía. Durante todo este tiempo no había visitado las habitaciones de su joven amante, no porque el decoro o las altas personalidades eclesiásticas presentes merecieran un respeto, sino porque sus dos hijos mayores, su heredero Francisco y Enrique, lo acompañaban.

Ahora, el rey y su amante yacían en un lujoso diván de seda encarnada.

—Me han contado que anoche permanecisteis casi dos horas en la cámara de la española —dijo con un mohín de falso enfado Ana de Pisseleu.

El rey miró el hermoso rostro de su amante, que en nada desmerecía de la perfección de su cuerpo desnudo.

—Esa española, amor mío, es mi legítima esposa, y si la lluvia lo permite, dentro de algunas horas será tu reina —contestó con una sonrisa en los labios.

Ana se incorporó en el diván e hizo ademán de recogerse el cabello con los brazos a la vez que se recostaba hacia atrás. Sabía que ese gesto, mostrando su exuberante pecho, enloquecía al rey.

Francisco I se inclinó sobre ella y le besó los pechos. Ana emitió un quejido de placer.

—Ahora, querida, necesito tu ayuda. Cuando Leonor accedió a casarse conmigo le puso a su hermano el emperador tres condiciones. Una de ellas era que su hija María se casaría con mi hijo Francisco, el delfín, y se convertiría con el tiempo en reina de Francia. Pero ha surgido un inconveniente. El rey de Portugal no consiente este matrimonio. Estoy dispuesto a ayudar a mi esposa a reencontrarse con su amada hijita, aunque para ello tengamos que raptarla. Y de eso era precisamente de lo que tratamos anoche.

Ana percibió el matiz irónico de las últimas palabras del rey y sonrió.

—¿Tanto os interesa agradar a la española?

El rey la tomó con suavidad de los hombros y volvió a tumbarla en el diván. Ella se dejó llevar. Tampoco había que tensar demasiado la cuerda. Antes o después, le contaría el resto de la historia.

—¿Le parece poco el delfín al rey portugués para una mísera infanta de un mísero reino? —preguntó Ana haciendo un gesto de desprecio con los labios.

El rey sonrió. Siempre lo hacía con los expresivos gestos de su amante, que además de hacerle disfrutar con su cuerpo le divertía.

—Esa mísera infanta es la persona más rica de Portugal, incluso más que su propio hermano, Juan III. Se dice que es la niña más rica de Europa. A la fortuna heredada de su padre, cientos de miles de escudos de oro, se unió la dote que su madre Leonor de Habsburgo llevó cuando se casó con Manuel I y que legó a su hija antes de venir a Francia. Las malas lenguas dicen que el rey portugués se niega a concertar el matrimonio de su hermana porque tendría que entregarle la inmensa fortuna como dote y no está en condiciones de hacerlo. Como ves, la misión es harto difícil, pero no imposible.

Los ojos inteligentes de Ana de Pisseleu se quedaron fijos en los del rey.

—Y algo me dice que esa niña va a venir a Francia a pesar de la oposición de Juan III.

El rey volvió a sonreír.

—Esa es mi intención. Y aquí es donde entras tú, mi hermosa e inteligente Ana. Quiero que diseñes un plan para sacarla de Portugal. Además, en cuanto su hija esté aquí, la española nos dejará tranquilos.

—¿Aún más? —preguntó la amante con picardía.

La risa del rey resonó en la estancia.

La favorita se quedó pensando unos instantes:

—Lo que me pedís no es difícil, pero la infanta sola no nos sirve de mucho, lo que necesitamos es que venga con su fortuna. Y si la sacamos sin que su hermano lo sepa, ¿cómo vamos a conseguir que se la entregue?

—Una vez que se case con mi hijo solicitaremos la dote. El rey portugués no podrá negarse a ello. La infanta tiene derecho. Al fin y al cabo, la única persona que tiene potestad sobre ella es su madre, que da la casualidad de que es mi esposa.

—¿Y por qué casarla con el delfín si la dote va a ser la misma? Ser heredero es un manjar muy codiciado y esa niña, por muy rica que sea, no merece ser reina de Francia. Ya tenemos bastante con una Habsburgo, ¿no creéis? —preguntó coqueta.

—Bueno, di mi palabra al emperador.

—Sí, pero entonces estabais preso y ahora no —dijo Ana acariciando el torso desnudo del rey.

—Por eso te amo tanto, querida.

Aquel día, a principios del año del Señor de 1531, la reina no quiso levantarse de la cama. El desconsuelo y la melancolía que arrastraba desde la muerte de sus hijas Beatriz e Isabel, acaecida unos meses atrás, la sumía en tal estado de postración que se negaba a probar alimento alguno.

Yo, con mis diez años, a pesar de la tristeza que se respiraba en la corte, era una niña alegre a la que los acontecimientos hacían madurar antes de tiempo.

Entré en sus aposentos; sus doncellas habían descorrido las pesadas cortinas para que el sol de mediados de enero inundara de luz la estancia. La recia madera de los ventanales amortiguaba el sonido de los viandantes y del trasiego del puerto del río Tajo.

Me acerqué al lecho y le tomé las manos. Ella se inclinó y me besó en la frente. «Te estás haciendo toda una mujer, María», recuerdo que me dijo, y me volvió a besar con dulzura. Entonces le propuse que por qué no íbamos a algún palacio en el que no hubiéramos estado nunca, por ejemplo al castillo de Alvito, sobre todo porque ese sería un lugar maravilloso para pasar el invierno.

El castillo resultó ser una edificación medieval, con sus torreones, sus almenas y su torre del homenaje, que mi padre había reformado y acondicionado convirtiéndolo en un cómodo palacio. Asomada a los balcones de los torreones me sentía como una princesa mora cautiva esperando que un caballero la rescatase.

Una nueva desgracia vino a enturbiar aquellos momentos tranquilos de los que disfrutábamos. Y es que nos llegaron noticias de que en Lisboa se había producido un terrible terremoto, en el que la tierra había temblado varias veces y unas grandes olas formadas en la desembocadura del Tajo habían arrastrado tierra adentro a numerosas embarcaciones. Los muertos se contaban por miles y muchos edificios mostraban graves daños, entre ellos el palacio de Ribeira.

Mi tía Catalina, la reina, se apresuró a encargar una decena de misas por el alma de los desgraciados.

Unas semanas después del desventurado suceso mi tía volvía a estar encinta, de manera que el primer día de noviembre, cuando el frío comenzó a arreciar, la reina dio a luz a su quinto hijo, un niño robusto y sano. Le pusieron de nombre Manuel y pasó a ser el heredero del trono.

Aquellos meses pasados en el castillo de Alvito los recuerdo alegres, aunque mis pensamientos estaban puestos siempre en mi madre y en sus cartas, que esperaba con impaciencia y con la esperanza de que en alguna de ellas me dijera la fecha en que nos reuniríamos en aquella corte francesa que tanto amor le profesaba. Deseaba también conocer al gallardo y galante rey Francisco, quien, según contaba mi madre en sus cartas, le estaba mostrando el reino en un sinfín de viajes y, sobre todo, la amaba y la respetaba.

8

Palacio de Fontainebleau, sur de París
Octubre de 1531

La reina de Francia esperaba impaciente en el lecho la llegada de su esposo. Hacía varias semanas que el rey no visitaba sus habitaciones, pero esa noche Francisco se mostró especialmente cariñoso en la cena y Leonor de Habsburgo sospechaba que querría yacer con ella.

Se puso uno de sus camisones con encajes de Holanda; sus doncellas le habían deshecho el peinado y cepillado y perfumado el cabello como a él le gustaba. Cuando se quedó a solas, se miró en el espejo y se vio bonita. A sus treinta y tres años aún conservaba el rostro sin arrugas y el talle fino, aunque sus piernas comenzaban a dar signos de hinchazón. Sabía que no podía competir con la lozanía y la desenvoltura de Ana de Pisseleu, que con sus veintitrés años parecía estar ganándole la partida. Pero ella era la reina y estaba segura de que tendría un hijo, y entonces en la corte la mirarían con otros ojos. Sabía que el rey no deseaba tener más hijos, pues el futuro del reino de la flor de lis estaba asegurado con los cinco que ya tenía, pero tampoco los evitaba.

Un hijo, eso era lo que necesitaba. Un hijo legítimo del rey de Francia haría que los franceses dejaran de verla como la reina extranjera, pero además necesitaba volver a tener a un recién nacido entre sus brazos. ¡Tenía tanto amor que dar! Con un esposo que le escatimaba las caricias y con una hija a la que se vio obligada a abandonar en Portugal, su amor permanecía intacto.

La reina se levantó del lecho y se acercó a la ventana. La noche estaba ya avanzada y eran pocas las ventanas de palacio que permanecían iluminadas, entre ellas las que pertenecían a las habitaciones de su esposo. Pensó que quizá ahora estuviera con su amante y las lágrimas asomaron en sus ojos. ¡Si por lo menos su sacrificio sirviera para algo! Si con su sufrimiento conseguía que su adorada María viniera a París, todo habría valido la pena: los desplantes del rey, las miradas de burla de Ana de Pisseleu, el desprecio de su cuñada Margarita, quien la culpaba veladamente de que su hermano el emperador arrebatara el reino de la Baja Navarra a su esposo Enrique Albret. Todo, todo lo daba por bien empleado si conseguía volver a tener a su hija cerca.

Pero los meses pasaban y ni el ansiado hijo era concebido ni las gestiones para el futuro casamiento de su hija con el delfín daban comienzo.

Esa noche, durante la cena, su esposo le había hablado de sacar de Portugal a su hija a la fuerza, le contó incluso los detalles del plan: se llevaría a cabo cuando la corte, que en esa época estaba instalada en Alvito, volviera a Lisboa. Entonces esperarían a que los reyes organizaran alguna recepción con motivo del nacimiento de su próximo hijo. El embajador francés en Lisboa se encargaría de contratar el barco que trasladaría a María hasta algún puerto de la costa atlántica y desde allí a París; todo estaba en marcha, nada podía fallar. Lo que no le contó el rey fue que el plan había sido ideado por su amante y que su amada hija no se casaría con el delfín, sino con su hijo Enrique. Pero la reina se había negado a dicho plan. Amaba a María y lo que más deseaba en el mundo era estar con ella, pero su hija debía salir del reino como lo que era, una infanta de Portugal, y no como una vulgar ladrona que aprovecha las sombras de la noche para huir del lugar del delito.

Quizá la rotundidad de su respuesta había molestado a su esposo y por eso ahora la castigaba con el desplante.

Estuvo a punto de tirar del cordón de la campanilla para que alguna de sus damas acudiera a hacerle compañía, pero luego recapacitó y volvió al lecho, apagó los candelabros y se dispuso a pasar sola otra noche más.

Sin embargo, el sueño no parecía querer llegar a sus párpados.

Volvió a pensar en su hija. En sus cartas decía que estaba aprendiendo francés y que ya lo hablaba con soltura. Tenía diez años y hacía nueve que no la veía. Guardaba como un tesoro los retratos de ella que le enviaba su hermana Catalina, reina de Portugal, y admiraba orgullosa el parecido entre ambas.

Sentía en el alma tener que mentirle en las cartas, pero ¿cómo decirle a una niña que su madre no era la reina feliz que ella creía? ¿Cómo explicarle que la soledad de su madre era aún más inmensa que la suya?

El destino había decidido revivir en su hija sus mismos sufrimientos. Crecer sin padre y alejada de su madre, al igual que ella. Tenía tres años cuando sus padres viajaron a Castilla y la dejaron por primera vez al cuidado de su tía Margarita. Su madre iba a ser coronada princesa de Asturias. Cuatro años más tarde, sus padres viajaron de nuevo a España y nunca más volvió a ver a su padre con vida. Con su madre se reencontró en Tordesillas en 1517, once años después, cuando la encerraron por loca en un caserón y apenas reconocía a sus hijos. ¿Padecería ella también el mismo mal que su madre? ¿Reconocería a su hija cuando la viera?

El recuerdo de su madre encerrada en aquella casa sin contacto con lo que sucedía en su reino le mortificaba el alma.

9

La campana del claustro convocó a los freires a la oración de completas. Aunque hacía años que la Orden seguía la regla de san Agustín, los hermanos, por su carácter militar, estaban exentos del rezo de algunas horas y solo asistían a los rezos de prima y completas. En Crato, sin embargo, por ser el priorato más importante del Reino de Portugal, mantenían tres rezos, añadiendo el de la hora sexta.

Los noventa freires acudieron a la imponente iglesia, unos más diligentes que otros. La noche era cálida y la luna llena refulgía en lo alto del atrio sobre un cielo cuajado de estrellas.

La voz de un hermano comenzó invocando la ayuda de Dios.

—*Deus in adiutorium meum intende. Domine, ad adiuvandum me festina.*

—*Deus in adiutorium meum intende* —contestaron los demás al unísono.

Realizada la oración en la que los freires agradecían a Dios y cantaban a la Virgen, fueron saliendo en silencio y el sacristán, frey Martín, se dispuso a apagar los cirios que alumbraban la iglesia. Solo el que iluminaba el sagrario se mantenía encendido para recordar a todos que quien siguiera la luz de Jesús no andaría en tinieblas, sino que tendría la luz de la vida.

Frey Atilio vio salir al sacristán, quien solía ser el último en abandonar la iglesia, pero esa noche se dio cuenta de que un freire permanecía arrodillado delante del Altísimo. No era extraño que algún hermano se quedara después de completas, robándole tiempo al sueño, para seguir orando. No reconoció al orante, pues estaba inclinado en señal de recogimiento, pero por la apostura del cuerpo le pareció que era uno de los jóvenes.

Se dirigió, pues, a la salida de la iglesia. Pensó que tenía que recordarle al hermano sacristán que repusiese algunos de los cirios ya consumidos, aunque mejor haría en reponerlos él, pues a frey Martín últimamente la cabeza le fallaba demasiado. De modo que volvió sobre sus pasos para entrar en la sacristía. Con las velas en la mano regresó al lugar santo y comenzó la reposición de las ceras en los candelabros. El joven freire ya no estaba delante del sagrario. Miró en derredor, pero no lo vio. La iglesia estaba vacía. Supuso que el hermano habría salido mientras él estaba en la sacristía, a pesar de que no se había demorado mucho tiempo. De pronto, un ruido le sobresaltó. Pensó en ratas, no era infrecuente ver alguno de estos roedores por algunas estancias del monasterio como las cuadras o los almacenes de grano, pero ¿en la iglesia? De nuevo oyó lo que ahora le pareció un crujido que provenía del túmulo del gran prior don Álvaro Gonçalves Pereira.

El administrador del monasterio no era un hombre asustadizo por naturaleza, pero que el ruido proviniese de una tumba le provocó un estremecimiento. A pesar de ello, venció su aprensión y se acercó. Pasó la mano por el frío mármol del sepulcro y dio un respingo cuando volvió a oír el crujido. Ahora ya no le cabía ninguna duda. Alguna rata había entrado en el túmulo. Se persignó ante lo que parecía un sacrilegio y sintió otro estremecimiento. Al fin y al cabo, el último responsable del cuidado de la iglesia y de evitar a esos roedores era él, y si don Luis llegaba a enterarse de que campaban a sus anchas por el sepulcro del fundador se llevaría, como mínimo, una reprimenda.

Se agachó y comenzó a escudriñar la peana por si hubiera algún agujero por donde la rata pudiera haberse colado, pero no vio ninguna grieta o resquicio. Se levantó con trabajo apoyando una mano en la cruz de Malta esculpida en el mármol. Se quedó inmóvil al oír de nuevo el crujido y notó cómo sus dedos se hundían en la piedra, como si esta fuera arcilla, a la vez que el sarcófago se deslizaba de la peana. Apartó la mano y vio con sorpresa que uno de los brazos de la cruz estaba hundido. Frunció el ceño y puso de nuevo la mano, esta vez apretando con fuerza. Sus dedos volvieron a hundirse cada vez más mientras el túmulo se deslizaba hasta dejar una abertura de unos dos codos. Mudo de asombro y con los ojos muy abiertos, frey Atilio se dio cuenta de que acababa de descubrir un lugar secreto. Tenía que comunicárselo al prior, pero quizá Su Ilustrísima estaba al tanto de aquello y enviar un correo a Lisboa llevaría muchos días, y él no estaba dispuesto a esperar para averiguar adónde conducía aquel descubrimiento.

Había oído contar que los antiguos caballeros de la Orden de Malta solían esconder sus tesoros en las tumbas, donde estaban a salvo de los enemigos. Un nuevo estremecimiento le recorrió el cuerpo aunque, en esta ocasión, en vez de provocarlo el miedo fue de placer. Si allí yacía escondido el tesoro de algún caballero de Jerusalén, él lo entregaría al monasterio, para más gloria del lugar.

Se precipitó sobre el altar y cogió el cirio que iluminaba el Altísimo Sacramento. Lo acercó a la abertura y la decepción se reflejó en su rostro pues del tesoro que pensaba encontrar no vio ni rastro, solo unas escaleras que se perdían en la oscuridad.

Por segunda vez pensó en escribir al prior, pero de nuevo desechó la idea. Averiguaría lo que había allí antes de molestar al superior. Con la vela en la mano comenzó a bajar los primeros peldaños. El olor a humedad y moho lo inundaba todo, y se dijo que debería haber llevado un cirio nuevo, pues el del sagrario se consumía rápidamente y pronto se quedaría sin luz. En el quinto peldaño estuvo a punto de caerse porque el mamperlán estaba podrido. De pronto, las gradas desaparecieron para dar lugar a un pasadizo a la izquierda. La sorpresa lo dejó atónito, pues una antorcha iluminaba el angosto pasillo. Comprendió entonces que él no era el descubridor de aquel escondrijo y que quienquiera que fuese el que conocía aquel lóbrego lugar se hallaba allí en ese momento, como indicaba que la antorcha siguiera encendida, quizá acechándolo en la oscuridad, y por primera vez tuvo miedo. A la mente le vino el recuerdo de su hermano asesinado. ¿Y si el asesino se escondía allí?

Las gotas de cera derretida le caían en la mano y tuvo que agarrar el cirio con las uñas para aprovechar lo poco que quedaba. La tenue luz parpadeó varias veces antes de extinguirse y el pasadizo quedó iluminado solo por la antorcha.

Avanzó a pasos lentos mirando más allá de la antorcha por si el peligro pudiera venir de allí, pero enseguida se percató de que estaba solo pues el pasadizo terminaba en otros seis peldaños. La claridad de la luna llena se filtraba por las rendijas de lo que parecía ser una trampilla de madera e iluminaba tenuemente los peldaños, que estaban mojados. Cuando el rector terminó su ascenso se encontró con una angostura de casi diez palmos de larga por la que cabía un hombre. Ya en la superficie, miró a su alrededor y sus ojos no daban crédito a lo que veían. Estaba en un pequeño patio que sin duda pertenecía a alguna de las casas adosadas al muro del monasterio.

Así que aquel pasadizo no había sido construido para esconder nada, sino para salir del monasterio sin ser visto o para huir en caso de peligro.

Se acordó del freire orando delante del sagrario y pensó si no sería él quien se había escabullido por el pasadizo. Y si era así, ¿quién era el hermano que abandonaba en mitad de la noche el recinto sagrado? ¿Adónde había ido? ¿A quién pertenecía aquella casa? La preocupación se reflejó en su rostro. Estaba seguro de que muy pocos hermanos lo conocían.

Comenzó a desandar el camino casi a oscuras. De repente le sobrevino el pánico. ¿Y si ahora no podía abrir la losa del sepulcro y moría allí dentro? Bueno, siempre le quedaba la salida al patio que acababa de descubrir. Tranquilizado por este pensamiento, bajó deprisa los escalones y recorrió el pasillo. Subió el último escalón casi sin resuello y tanteó la pared en la oscuridad. Descubrió una pequeña palanca. Con las manos temblándole por el miedo, la agarró y tiró de ella. La peana comenzó a deslizarse produciendo un ligero ruido.

Esperó un tiempo prudencial, salió de la iglesia y se dirigió a su celda. Esa noche tenía mucho en lo que pensar.

Si el rector no hubiera estado tan absorto en sus pesquisas, quizá hubiera descubierto en la iglesia unos ojos que parecían querer salirse de las órbitas de su dueño.

Frey Tadeo llevaba veinte años en aquel monasterio esperando que cambiara su suerte, viviendo como una sombra sin que nadie se diera cuenta de su existencia, acatando las órdenes de esos freires orgullosos y altaneros, soportando sus desprecios, trabajando la tierra con las manos ateridas en invierno y limpiándose el sudor en los tórridos veranos alentejanos, como freire sirviente que era, pero quizá todo eso comenzara a cambiar esa noche.

Había visto a frey Atilio entrar en la sacristía y se encaminó hacia allí para avisarle de que ya podían ir a recoger los ramones de los olivos y los frutales. Llevaba días pendiente de darle el recado y siempre se le olvidaba. El rector se encargaría, a su vez, de decirle a Chico, el carbonero, que recogiera la leña. Así que se dijo que de esa noche no pasaba. Decidido a dar esa noche el recado, entró en la sacristía pero no lo encontró allí. Cuando volvía a su celda pensó en entrar en la de su hermano, aunque los freires tenían prohibido visitarse en sus celdas. La puerta, como la de todos los hermanos, estaba entreabierta. El freire viñador asomó la cabeza y vio el jergón vacío. ¿Dónde podría estar el rector?

La curiosidad hizo que volviera de nuevo a la sacristía.

De pronto, un ruido procedente de la iglesia hizo que girara la cabeza cuando ya estaba encarando la salida. Y entonces lo vio. El sepulcro del fundador del monasterio se estaba deslizando y de su interior salía frey Atilio. La visión lo dejó estupefacto. Si hubiera sido otra noche lo habría achacado al medio cuartillo de vino que bebían en la cena, pero esa noche era de abstinencia, por lo que no dudó de lo que veían sus ojos.

La vida del freire rector había cambiado por un golpe de

suerte; quizá la suya también lo hiciera. No sabía de qué manera podría utilizar lo que acababa de descubrir, pero pensó que a eso se llamaba en el juego tener un as en la manga.

Ahora, como en el juego, tendría que demostrar astucia para ganar la partida.

A partir de esa noche, al terminar el rezo de completas frey Atilio no perdió de vista a los freires que se quedaban orando. Unas veces permanecía él también haciendo oración, otras simulaba una conversación con el sacristán y se demoraba en la sacristía para desde allí vigilar el oratorio del sagrario. Pero los días pasaban y no sucedía nada.

Hasta que una noche ocurrió. La iglesia estaba desierta, a excepción de un solo freire. El rector se hallaba en la sacristía cuando oyó un ruido que identificó con el arrastre del reclinatorio del sagrario. Se puso en alerta y observó que el único freire que permanecía allí dejaba el oratorio, pero en vez de dirigirse a la salida se paró junto al túmulo del gran prior como si estuviera rezando por el fundador del monasterio. De pronto volvió la cara como para asegurarse de que no había nadie y le vio el rostro.

—¡Por Dios bendito! —se dijo en voz queda frey Atilio—. ¿En qué pasos andáis metido, hermano?

10

La parturienta sufrió una nueva contracción y empujó a pesar de que la debilidad de su cuerpo le impedía hacer un esfuerzo más. No quería chillar, pero no pudo soportar el dolor y un grito desgarrador traspasó las paredes de su humilde casa y llegó hasta la taberna en la que Chico, como cada noche, intentaba aliviar su soledad ante un vaso de vino fuerte.

—El grito viene de la casa de la bruja —dijo un parroquiano.

El carbonero apuró su vaso y salió de la taberna. Enfrente estaba la casa de Margarida y un tenue resplandor se adivinaba a través de la ventana.

Empujó la puerta y vio a la joven tumbada en la cama, bañada en sangre.

Los nervios y el vino ingerido le impedían pensar con claridad. Salió a la calle y miró hacia el monasterio, de donde creyó que podría venirle la ayuda. Salió corriendo hacia el muro que lo separaba de la aldea y tiró con fuerza del cordón de la campanilla.

—Necesito la ayuda de frey Atilio, es cosa de vida o muerte —dijo al freire que le preguntó a través de las rejas.

El rector del monasterio corrió detrás del carbonero y cuando llegaron a la casa de Margarida se percató de lo que sucedía. La joven estaba a punto de dar a luz y la cosa no parecía ir bien.

—Corre en busca de Catarina.

Chico no comprendió lo que el freire quería decir, la joven estaba desangrándose y él le enviaba a buscar a una...

—¡Por Dios, corre te he dicho! ¡Ve a por la partera! —gritó frey Atilio sacando al carbonero de su estupor.

Una cabeza prominente y sanguinolenta apareció entre las piernas de la muchacha, que por fin pudo relajarse. Catarina cogió la cabeza y, tirando con suavidad, sacó el cuerpecito. Con la pericia de quien ha asistido a cientos de partos, le cortó el cordón umbilical y le ató un nudo con un trozo de lienzo. Luego, tomando a la criatura de las piernas, la puso cabeza abajo y le propinó unos golpes en las diminutas nalgas para provocarle el llanto que haría que expulsase los malos humores que había tragado durante el parto. Pero no lloraba. La mujer repitió los golpes con más fuerza hasta que la palma de su mano quedó impresa en las tiernas carnes de la criatura.

—¿Vive? —Con voz débil, la madre preguntó por el hijo que acababa de alumbrar.

La partera volvió a mirar al recién nacido, que ahora parecía dormir plácidamente en sus brazos envuelto en una manta.

—No —dijo al fin.

—Quizá sea mejor así. Me estoy muriendo y la vida que le esperaría no iba a ser mejor que la que yo he tenido.

La vieja se compadeció de la parturienta y por primera vez le habló con dulzura.

—No te vas a morir, Margarida, eres joven y bonita. Encontrarás un marido y tendrás muchos hijos.

Sabía que no era verdad. Era joven y bonita, sí, pero la vida se le estaba yendo en sangre y no aguantaría hasta el alba.

La joven cerró los ojos un momento.

—Dádmelo acá —dijo con la agonía reflejada en los ojos.

La partera se lo entregó envuelto en la manta con la carita descubierta.

La madre recibió en sus brazos el diminuto cuerpo y sonrió. Le apartó la manta y exclamó alborozada:

—¡Es una niña! ¡Es una niña y es *loira*! ¡Rubia, Dios mío, es *loira*! Ana Loira, eso es, te llamarás Ana Loira.

La partera no sabía qué pensar sobre aquella muchacha que sonreía ante su hija muerta y a la que ella misma no tardaría mucho en acompañar.

La joven volvió a cerrar los ojos como para recuperarse del esfuerzo que acababa de hacer, pero los abrió al notar que Catarina intentaba quitarle a la niña.

—No está muerta, Catarina, está dormida, solo está dormida.

La vieja se apartó asustada. No debería haberse dejado convencer por ese freire, pensó. A saber qué iba a hacer esta bruja con el cadáver de su hija.

La moribunda acercó su rostro a la carita de la niña y con el último aliento que le quedaba le vio una marca en el bracito. Su sonrisa se ensanchó al descubrir que la pequeña mancha tenía forma de mariposa.

—Serás grande, hija mía, serás grande y rica si sabes encontrar tu camino —le dijo al oído procurando que la partera no la oyera—. Tu sangre es noble, hija mía, y un día se unirá a la de reyes, pero aléjate del fuego o te consumirá.

Catarina estaba alejada del camastro con el miedo reflejado en el rostro. En un principio se negó a asistirla en el parto porque todos en el pueblo tenían por bruja a la muchacha, que adivinaba si el enfermo estaba próximo a morir solo con tomarle de las manos y que había concebido un hijo sin que nadie la hubiese visto nunca salir de la aldea. Fue el rector del monasterio el que la obligó a asistirla porque es el prójimo, le dijo.

Un grito desgarrador sobresaltó a la vieja partera que, venciendo el temor, se apresuró a tomar el pulso de la joven sin encontrarlo. Se asustó y acercó su rostro a la boca de la joven para comprobar si alentaba, pero ya no respiraba.

—¡Frey Atilio, corred! —dijo saliendo a la calle, donde esperaban el freire y el carbonero.

Una racha de viento helado se coló en la estancia haciendo parpadear las llamas de la chimenea.

El freire, arrebujado en su grueso manto de lana, entró y se acercó al lecho. La sorpresa se reflejó en su rostro al contemplar los ojos abiertos de la joven.

—Acaba de expirar —dijo la partera—. Y la niña también.

El freire se fijó entonces en el bulto que sostenía la madre aún entre sus brazos. Apartó la manta y descubrió el hermoso rostro de una niña con unos enormes ojos azules mirándolo fijamente. Un abundante cabello dorado enmarcaba el perfecto óvalo de la carita.

—No, la niña vive —dijo el rector sonriendo.

Se apresuró a sacar de la faltriquera que colgaba de su túnica una ampollita de cristal envuelta en un paño. Debía darse prisa si quería administrar a la muchacha la extremaunción, pues solo disponía de unos minutos, el tiempo que tardaba en desprenderse el alma del cuerpo y ascender hasta su creador.

—*Per istam sanctam unctionem et suam pissimam misericordiam adiuvet te Dominus gratia Spiritus Sancti, ut a peccatis liberatum te salvet atque propitius allevet* —rezó mientras iba formando una cruz con el óleo sagrado en los ojos, orejas, nariz, boca, manos y pies.

Catarina se santiguó, no por devoción ni respeto ante el sacramento que estaba administrándole el freire sino ante lo que creía que era un milagro, o más bien un acto de brujería. La niña había nacido muerta, ella era testigo, y su madre, la bruja, la volvió a la vida. La niña era por tanto otra bruja.

—¡La niña es una bruja como la madre! —gritó de pronto la vieja—. ¡Estaba muerta y ella la ha vuelto a la vida!

—¡Cállate! —gritó a su vez frey Atilio—. ¡Cállate, si no quieres que te acuse de hereje! Solo Dios tiene poder para dar o quitar la vida, ¿me has oído? Si esta niña está viva es porque ha sido la voluntad de Dios.

—Lo que diga vuestra paternidad —contestó con temor la partera al oír la palabra «hereje» al tiempo que tomaba a la niña que el freire le tendía.

—¿Ha dicho la muchacha a quién quiere que entreguemos

a la niña? —preguntó frey Atilio mientras tapaba el cuerpo con la manta.

—No ha dicho nada, solo que la niña se llamará Ana Loira y... —Iba a añadir que también dijo que se mantuviera alejada del fuego porque si no este la consumiría, pero temió que el rector interpretase sus palabras como sacrílegas y se calló a tiempo—. Y nada más.

—¿Ana Loira? —preguntó sorprendido.

Catarina asintió.

—Ten —dijo entregándole a la mujer unas monedas.

La vieja partera se dispuso a salir, pero de pronto pareció acordarse de algo y volvió la cabeza.

—¿Qué va a hacer vuestra paternidad con la criatura?

—Eso no es de tu incumbencia. —Y tras pensarlo un momento añadió—: Mañana la entregaré a una buena familia cristiana.

—Tiene que mamar —añadió la partera.

—¿Cómo dices? —preguntó extrañado frey Atilio.

—La niña —contestó indicando con la barbilla el lugar donde parecía dormir plácidamente la recién nacida.

—¡Ah, claro, la niña!

—Si no mama en las próximas horas, morirá. Yo puedo mandar a una muchacha de la aldea. Perdió a su hijo hace unos días, está sana y tiene unos pechos como ubres y a rebosar, si no se saca la leche...

—Bien, bien —atajó el freire, que comenzaba a sentirse incómodo con tanto detalle—. Envíala cuanto antes.

Cuando la puerta se cerró tras la partera, frey Atilio se acercó a la niña y, retirándole la manta que la cubría, se dispuso a buscar una marca en su cuerpo.

—Bien, pequeña, nadie podrá negar nunca tu origen —dijo al descubrir en el brazo la pequeña mancha en forma de mariposa.

Después abrió el cajón de una mesita en busca de algún documento que pudiera atestiguar la identidad de la joven. De pronto, sus ojos se quedaron fijos en una bolsa de monedas y un anillo. ¿De dónde los habría sacado aquella muchacha? Estaba seguro de que aquella joya era la que hacía unos meses le había devuelto a frey Duarte. ¿La habría robado Margarida o alguien la había robado y luego se la entregó a la muchacha? ¿Y si era el propio prior claustral quien le había dado la bolsa y la joya a la joven?

Una idea cruzó su mente. Abrió la puerta del patio y salió a la oscuridad de la noche. Con la luz de la palmatoria escudriñó el empedrado hasta encontrar lo que buscaba, una trampilla. La abrió y comprobó que los escalones eran los mismos que daban al pasadizo.

—¡Vaya! Así que era a Margarida a quien visitabais. ¡Por Dios bendito, hermano! ¿Qué estáis haciendo?

Dejó la bolsa y se guardó el anillo. Pensó que la joven, por desgracia, ya no iba a necesitarlo y que quizá algún día, a través de él, la niña podría saber su origen.

El ama de cría apareció poco después acompañada de Catarina. Como había dicho esta, la joven parecía sana, era de carnes prietas y traía un corpiño que apenas podía cubrir la exuberancia de sus pechos. El freire le entregó a la niña y a pesar del frío abandonó la estancia para que la muchacha le diera de mamar. Le llevó mucho rato, pero al cabo la partera salió para decirle que ya podía entrar.

—Se ha prendido bien, la condenada, tiene gana de vida —dijo la vieja riéndose y mostrando unas encías desdentadas—. También le hemos puesto unos lienzos que hemos encontrado. Margarida tenía todo muy bien dispuesto.

El freire depositó una moneda en la mano de la muchacha y otra en la de la partera.

—La niña tiene que mamar cada tres horas. —La joven habló por primera vez y frey Atilio comprobó que tenía una voz dulce y melodiosa.

—¡Ah! Claro, tiene que mamar —repitió sin entender muy bien qué quería decir la muchacha.

—Si no mama, se muere; además, se le tienen que cambiar los lienzos —añadió la criandera ya con más confianza.

—Claro, claro —acertó a decir el rector, al que no le estaba pareciendo tan fácil coger a la niña y llevársela como había pensado.

—Si queréis, me quedo toda la noche aquí y así estoy pendiente de darle la teta y todo lo demás. Eso sí, Catarina se tiene que quedar conmigo.

—Muy bien, os quedaréis aquí hasta mañana velando el cadáver y alimentando a la criatura —dijo dirigiéndose a la muchacha.

Las dos mujeres se miraron.

En ese momento se oyeron unos golpes en la puerta y apareció el carbonero.

El freire lo miró y se percató de que estaba más borracho que de costumbre.

—¿Es verdad lo que ha dicho Catarina, que Margarida ha muerto? —preguntó con un hilo de voz.

—Por desgracia, sí. Ahora ve a Crato, a la iglesia de la Concepción, y avisa a don Carmelo. Dile que mañana tiene que venir a enterrar a Margarida.

El carbonero miró en derredor y descubrió el cuerpo de la joven en el lecho. Se acercó y se quedó parado como si no diera crédito a lo que sus ojos estaban contemplando. Sintió un nudo en la garganta que le aprisionaba hasta casi impedirle respirar y una náusea que le llegaba del estómago a la boca. Echó a correr hacia la puerta y allí, ya en la calle, vomitó el vino malo de la taberna mezclado con la bilis.

—Ese vino te matará —oyó que le decía el freire.

Se limpió la boca con la bocamanga del jubón y se restregó los ojos.

—¿Tienes ahí el carro?

El carbonero asintió. Había vuelto a acercarse al cadáver y ahora le acariciaba el cabello con suavidad.

—Deja a los muertos en paz y vete ya.

—Si a vuestra paternidad no le parece mal, Chico podría quedarse con nosotras esta noche velando a la muerta —dijo la partera.

—Sea —concedió el freire—. Pero mañana al alba vas a hacer el recado a Crato.

El carbonero se limpió la nariz con la sucia manga de su jubón.

11

Hacía horas que la noche había caído en Lisboa. El viento azotaba las aguas del río y los embates de las olas contra las piedras del embarcadero llegaban amortiguados al palacio de Ribeira. Cualquier otra noche el sonido del viento y del agua habría hecho despertarse a sus moradores. Sin embargo, solo un grupo de criadas y doncellas y unos cuantos soldados habitaban el palacio, pues hacía meses que la corte se había instalado en el palacio de Alvito, en la comarca del Alentejo.

En una de las estancias más discretas del palacio, su morador se paseaba nervioso de un lado a otro. Unos suaves golpes en la puerta lo sobresaltaron y se dirigió presto a abrirla.

—La criatura viene de camino —dijo el sirviente apenas hubo entrado, sin saludar siquiera.

—Prepara el carruaje. Partimos ahora mismo.

Al recién llegado le sorprendieron y le asustaron por igual las palabras que acababa de oír de boca de su señor. Por eso se quedó pensando un instante antes de contestar.

—No es prudente que os vean salir de palacio a estas horas. Aunque la mayoría de los sirvientes se han ido a Alvito, vuestra ilustrísima sabe que siempre hay ojos que ven lo que no deben y lenguas que hablan sin saber. Ya tendréis tiempo mañana de ver a vuestro hijo. La persona que me ha informado volverá cuando la criatura haya venido al mundo. Tranquilizaos, la madre está atendida por los criados y la partera.

—Pero podemos decir que vuelvo al priorato —añadió don Luis.

—Seguid mi consejo, ilustrísima. Además, el informante ha quedado en venir al palacio de Ribeira. Es más prudente esperar.

Las palabras del sirviente convencieron al prior de Crato, que le indicó con un gesto que podía retirarse.

Cuando se quedó solo, se recostó en el lecho y pensó en Violante, la joven y hermosa muchacha a la que amaba en secreto y que en esos instantes estaría sufriendo los dolores del parto para traer a su hijo al mundo. Pensó también que nunca le pesó más el cargo de prior que en ese momento. Desde que conoció a Violante Gomes, hacía casi un año, las responsabilidades derivadas del priorato se estaban convirtiendo en una pesada carga que cada día se le hacía más insufrible. Había adquirido una amplia y confortable casa en un discreto barrio de Lisboa e instalado allí a su joven amante, y la visitaba siempre que sus obligaciones le dejaban tiempo libre.

Sin embargo, estaba cansado de mentir y tener que esconderse cada vez que iba al encuentro de Violante, y cada día se le hacía más penoso abandonar la casa y, sobre todo, el lecho en el que gozaba del hermoso y joven cuerpo de su amante.

Recordó la noche en la que le comunicó que esperaba un hijo.

Tres golpes sordos, seguidos de dos más suaves, indicaron a la moradora quién se atrevía a desafiar la lluvia y el viento de aquella noche invernal. Mandó a la criada a la cocina y fue a abrir ella misma. Antes se miró en un pequeño espejo y comenzó a deshacerse deprisa la trenza para dejar caer una hermosa melena negra sobre la espalda.

Cuando abrió la puerta, una ráfaga de viento se coló en la estancia haciendo parpadear las llamas que ardían en el hogar al tiempo que entraba el visitante.

La pequeña habitación estaba caldeada. La joven depositó

un cálido beso en los labios del recién llegado mientras le ayudaba solícita a quitarse el capotillo embreado. Se acercaron a la chimenea donde un tronco enorme crepitaba haciendo saltar chispas y se acomodaron en el suelo sobre una enorme piel de cordero.

—Mi hermosa hechicera —dijo el hombre acariciándole los cabellos negros que resplandecían a la luz de las llamas.

La muchacha volvió a besarle, ahora con pasión, pero cuando él hizo amago de desatar los nudos de su basquiña, ella se deshizo de los brazos que la aprisionaban y riendo se levantó y se acercó a un repostero; vertió en dos jarrillas el vino especiado que contenía una damajuana de barro y agregó unas gotas de un líquido transparente en sendos recipientes.

—Algún día me vas a envenenar —dijo sonriendo el visitante.

—Sí, pero mientras tanto vamos a divertirnos —contestó alegre la joven.

Se desprendió de la ropa, se tendió en la piel de cordero y tomó un pomo de ungüento perfumado que empezó a extender por todo su cuerpo. La visión de su cuerpo desnudo con el cabello reflejando las llamas, el olor a almizcle y el vino especiado comenzaron a surtir el efecto que la muchacha deseaba.

El hombre se incorporó, se deshizo de sus ropas y, excitado, se tumbó junto a ella.

La lluvia comenzaba a amainar cuando los amantes, sudorosos y satisfechos, separaban sus cuerpos. La joven volvió a levantarse para rellenar las jarrillas de vino y con una mirada pícara levantó la ampolla que contenía el misterioso líquido.

—No, solo vino. Esta noche debo regresar temprano. Mi hermano el cardenal está en palacio y mucho me temo que los rumores sobre tu belleza hayan llegado a sus oídos.

—Sois prior, ¿desde cuándo os importa lo que piense un cardenal? —dijo ella al tiempo que regresaba a su lado.

—Sabes que no me importa, pero creo que lo mejor para nosotros es no dar pie a las hablillas —respondió, y le acarició el rostro.

Violante, a la que llamaban la Pelícana, se le quedó mirando largo rato sin hablar. Le gustaba el infante don Luis, el hermano del rey; su pelo y su barba bermejos, sus cejas apartadas y su nariz aristocrática. Desde el día en que lo vio por primera vez montado a caballo soñó con él todas las noches. Hasta que una tarde sus ojos se encontraron a la salida de la catedral y ya no dejaron de mirarse.

—Estoy preñada —dijo de pronto.

Don Luis se quedó en silencio mirando el bello rostro de la joven, que se había puesto serio.

—Me temo que esa no es la noticia que espera el cardenal que le dé —contestó sonriendo.

—Ya sabéis que la sangre no me baja todos los meses, pensé que era otro desarreglo, y ahora ya no puedo hacer nada —dijo con la preocupación reflejada en el rostro.

—¡Claro que puedes hacer algo! —contestó don Luis sin dejar de sonreír.

La sorpresa afloró al rostro de Violante. Tener un hijo del hermano del rey era casi un delito, pero deshacerse de la avanzada preñez era un pecado.

—Tener a tu hijo, a nuestro hijo.

Violante se abalanzó a su cuello y lo besó con dulzura; luego se levantó y se cubrió con un manto mientras el prior comenzaba a vestirse.

Seis meses después, su hijo estaba a punto de nacer y él no tenía el valor ni la hombría para desafiar a la corte y correr al lado de su amada.

A la misma hora que Margarida daba su vida por traer a su hija al mundo y otra joven, Violante, se mostraba radiante tras haber visto el rostro de su hijo, la reina doña Catalina, en el palacio de Alvito, se esforzaba por alumbrar a su quinto vástago, el que pensaba que llegaría a ser heredero y gobernante de uno de los reinos más grandes de la cristiandad.

12

Marvão distaba varias leguas de Crato. Era una villa pequeña de casas desparramadas situada en un risco de la sierra de San Mamede. Desde lo alto se contemplaban las grandes dehesas y a lo lejos el valle del río Sever.

Frey Atilio atravesó una de las puertas de la muralla, la de Avís, cuando el sol estaba en lo alto. Se dirigió a la pequeña plaza. Allí su vista se solazó en la contemplación del paisaje. El pardo de la sierra destacaba entre el verde de encinas y alcornocales. El freire levantó la vista para contemplar el castillo que pertenecía a su Orden, aunque ahora no lo habitara nadie.

El bulto que llevaba sujeto en los brazos se removió y él lo miró con preocupación; hacía ya un par de horas que la niña no comía y temía que le sucediera algo. La muchacha que había amamantado a Ana Loira tuvo la precaución de darle un cuero lleno de leche, pero este hacía tiempo que se había agotado y la niña empezaba a dar signos de tener hambre. Arreó a la yegua y pronto estuvo frente a la casa que buscaba, situada junto a la iglesia, en una explanada pegada a la muralla.

Entró en el zaguán y tocó una campanilla. Una criada entrada en años abrió la puerta y le franqueó el paso cuando vio que se trataba de un freire.

—Pase vuestra paternidad, que hace frío. Mi señor ha salido a atender a un enfermo, pero volverá enseguida.

Frey Atilio recordó que unos meses atrás estuvo en esa misma sala esperando que aquel joven médico, generoso y valiente, le sacara de un aprieto. Entonces no se hacía acompañar de una recién nacida, sino de la amante del prior don Luis, Violante Gomes.

Un día antes, el prior se había presentado en el monasterio con Violante. Cuando el rector abrió la portezuela del carruaje y vio dentro a la joven necesitó unos segundos para comprender lo que su superior estaba dispuesto a hacer.

—Ilustrísima —dijo cerrando la portezuela después de que el prior se hubiera apeado—, la joven no debe bajar del coche. Sería un escándalo. Los hermanos están mirando desde las ventanas y toda la comunidad está pendiente de lo que hacéis.

—Pero Violante está enferma, necesita un médico.

—Yo me encargaré de todo, don Luis. Entrad en el monasterio y saludad a vuestro primo, que se acerca.

Frey Atilio subió al carruaje y ordenó al cochero que saliera del recinto del monasterio sin demora.

—¿Adónde vamos? —preguntó este al tiempo que azuzaba a los caballos.

«A esconder el objeto del pecado», estuvo a punto de responder el rector. Pero ¿dónde? ¿Adónde podría llevar a la joven? Crato estaba demasiado cerca y don Luis se daría prisa en visitarla, con lo que el escándalo estaría servido. Tendría que ser un lugar apartado.

La joven Violante no había pronunciado una palabra desde que frey Atilio se subió al coche. Abrumada por la vista del gran monasterio y por la conversación entre su amante y el freire, se hallaba sumida en una especie de vergüenza y temor.

Mientras el carruaje dejaba atrás las últimas casas de la villa, el bailío pedía en silencio a Dios que le iluminara para arreglar ese nuevo desaguisado, pues seguía sin resolverse el asesinato de frey Andrés.

De pronto, una idea le cruzó la mente. A menudo escuchó hablar al difunto hermano boticario de un joven médico que curaba solo con hierbas, ensalzando su buen hacer y su bonhomía. ¿Dónde vivía? ¡En Marvão! Eso era, en la villa de Marvão.

Se asomó a la ventanilla y le gritó al cochero:

—¡Vamos a Marvão!

—Eso está bastante lejos, frey Atilio —contestó aquel.

—Sí, pero ese es nuestro destino.

Cuando llegaron, el joven médico los recibió cordialmente, como hacía con todos sus pacientes.

El freire se presentó como el administrador del monasterio de Santa María de Flor da Rosa y le contó que la joven era pariente de don Luis, el hermano del rey, y que estaba enferma y necesitaba un lugar en el que quedarse unos días.

La despierta inteligencia del médico comprendió las palabras del freire al referirse a la joven como pariente de don Luis y no del rey, y asintió.

—Diré a mi esposa que prepare un cuarto y cuidaremos de ella hasta que se recupere.

—¿Cómo os llamáis? —preguntó frey Atilio suspirando de alivio.

—García de Orta.

—Mi gratitud será eterna. Dentro de unos días enviaré a alguien a buscar a la joven. Tomad —dijo entregándole una abultada bolsa de monedas.

Después de tantos meses volvía a recurrir a ese médico generoso para que le sacara de otro apuro, pero esta vez el favor que iba a pedirle era mucho más grande.

García de Orta había nacido en Portugal, adonde sus padres, judíos españoles, huyeron de la persecución iniciada por los Reyes Católicos. La familia se convirtió al cristianismo y su carácter de judío converso no le impidió al joven estudiar Medicina, Artes y Filosofía, primero en la Universidad de Alcalá de Henares y, más tarde, en Salamanca. Volvió a Portugal y se casó con Brianda de Solís, una joven perteneciente a una adinerada familia de judíos conversos de Évora. Con treinta años ya era un médico afamado que prestaba sus servicios a las familias nobles y a los comerciantes ricos de las villas vecinas. El matrimonio no era feliz, pero el trato entre ambos era afable. No tenían hijos, por lo que el médico dedicaba todo el tiempo que le dejaba libre el cuidado de sus enfermos a su gran pasión: experimentar con las plantas y crear nuevas medicinas.

Al cabo del rato regresó el dueño de la casa. No se extrañó al ver a un religioso, no era la primera vez que enviaban a algún fraile a buscarle, a pesar de que en todos los conventos contaban con un boticario que solía suplir la mayoría de las veces al médico. Sin embargo, cuando le vio el rostro reconoció en él al freire que hacía unos meses le había llevado a la joven Violante.

Se saludaron como dos buenos amigos que compartían un secreto, aunque no hubieran hablado de ello. Lo invitó a sentarse mientras sacaba de un mueble una jarra de vino dulce.

—De nuevo necesito de vuestros servicios, doctor —dijo frey Atilio sonriendo y mostrando el bulto que llevaba arropado—. Necesita leche.

El médico llamó a la criada y esta se llevó a la niña.

García de Orta le escuchó largo rato sin interrumpirlo. Al cabo, cuando pareció estar al tanto de la situación, habló:

—Bueno, esto que me solicita vuestra paternidad no es lo mismo que cuidar de alguien unos días. Me estáis pidiendo que cuide de esa niña toda la vida.

—No, os estoy pidiendo que acojáis a esta niña como vuestra hija. Sé que sois buena persona y que no tenéis hijos. Quién dice que esta niña no os la envía Dios.

El médico se levantó y paseó por la estancia. Luego salió y fue a la cocina, donde vio a la criada con la niña dormida en el regazo. Se acercó y se quedó contemplando su hermosa carita. Volvió de nuevo a la sala.

—No sé si algún día me arrepentiré de esta decisión. Guardaré el secreto a vuestra paternidad y criaré a la niña como si fuera mi hija, aunque esta es una villa pequeña y el hecho de que de la noche a la mañana mi esposa aparezca con un niño de pecho será motivo de comentarios —dijo a modo de resumen—. Solo quiero que me contestéis a una pregunta.

—Sea —dijo el freire, ya más relajado.

—¿Es hija vuestra?

—Sabéis que un hombre de Iglesia no debe jurar, pero yo os juro, y que Dios me perdone, que no soy su padre. Para vuestra tranquilidad, os diré que su padre es un hombre de bien y cristiano viejo. La niña, por supuesto, está bautizada, la he bautizado antes de salir de la villa.

—¿Es hija de Violante, la joven que me trajisteis hace unos meses? —volvió a preguntar el médico.

—Dijisteis una sola pregunta —contestó el freire, por lo que el médico entendió que no le daría más información—. Pero os contestaré. No, no es hija de Violante. Su madre murió al dar a luz y su padre no conoce su existencia. Nadie sabe que os la he entregado, pues la desgraciada joven no tenía familia.

El médico asintió. No necesitaba saber más.

—Tened —dijo entregándole una hermosa cajita de nácar—. Esto es lo único que unirá a la niña con su origen. Por si alguna vez queréis contárselo y entregárselo. Además hay otra cuestión, digamos que intuyo que vuestra hija heredará la pasión por las hierbas, igual que vos.

—¿Tiene dos días y vuestra paternidad ya se aventura a hablar de las inclinaciones de la niña?

—Estoy seguro de lo que digo. Ya sé que la trataréis como a una hija, pero a nadie le amarga un dulce.

Esta vez, el freire le tendió una bolsa de monedas.

—Os lo agradezco —dijo el médico rechazándola—, pero no puedo aceptarlo. La vida de mi hija no se compra con dinero.

Frey Atilio asintió con la cabeza. No se había equivocado en la elección del médico como padre de la niña. No todos los hombres que conocía habrían rechazado esa cantidad.

—Y recordad, si la niña se interesa por las hierbas o los enfermos, no dudéis en enseñarle todo lo que sabéis, quizá tengáis una buena ayudante. ¡Ah!, lo olvidaba, el nombre de la niña es Ana Loira, su madre así lo quiso y debemos respetar su deseo.

Cuando el freire desapareció por la puerta, el médico se quedó pensando en lo que habría querido decir. No sería hasta algunos años después cuando comprendería el significado de sus palabras.

Al día siguiente el rector estaba de vuelta en el monasterio. Algunos freires habían notado su ausencia en los rezos, pero estaban acostumbrados a sus salidas para atender los avisos del prior y hacer recados propios de su cargo y no le dieron importancia.

Estaba exhausto, así que cuando sonó la campana convocando a los hermanos al primer rezo del día se despertó sobresaltado. Salió de la celda y se echó la capucha.

Cuando llegó a la iglesia, frey Duarte, el prior claustral, se le acercó y le habló en voz baja:

—Ayer busqué a vuestra paternidad por todo el monasterio y no os encontré.

—Un asunto de importancia me obligó a ausentarme.

—¿Acaso relacionado con la muerte de esa muchacha de la aldea? —preguntó con la cabeza gacha.

El rector se lo quedó mirando y pensó en la frialdad con la que se refería a la muerte de Margarida. Al fin y al cabo… En fin, ¿quién era él para juzgar a sus hermanos?

—Fui a buscarle una familia a la hija de esa desgraciada.

—Una familia cristiana, supongo —siguió interesándose frey Duarte.

—Sí, cristiana y acomodada, que le dará una buena educación a la niña.

Frey Atilio estuvo tentado de añadir algo más, pero se contuvo.

13

El sacristán tocó con fuerza el cimbalillo para convocar a sus hermanos a coro y dar comienzo a la eucaristía. Era la hora prima y algunos freires, sobre todo novicios que se quedaban leyendo hasta que el aceite de la lamparilla se consumía, apenas podían abrir los ojos.

Frey Ambrosio llevaba cinco meses en el monasterio y a veces era reprendido amablemente por el bibliotecario por dedicar más tiempo a los libros que a Dios. El joven novicio siempre le daba la misma respuesta sonriendo:

—No solo de pan vive el hombre, hermano.

Acababa de despertarse sobresaltado. Había oído el sonido de la campana, pero creyó que estaba soñando. Sin lavarse siquiera, salió de la celda restregándose los ojos. Vio a los últimos freires entrando en la iglesia, todos con la capucha echada y en silencio, con las manos metidas en las bocamangas de la túnica y la vista puesta en las losas del suelo.

Salvó corriendo el último tramo para llegar al templo antes de que el sacristán le echara en falta y se llevara una nueva amonestación. Con las prisas olvidó echarse la capucha, por lo que su visión de la nave de la iglesia era amplia. De pronto se quedó mirando el sepulcro de don Álvaro Gonçalves. Se frotó los ojos porque creía que aún no estaba bien despierto pero, cuando tornó a mirar, vio lo que parecía un cuerpo tendido al lado del sepulcro del fundador del monasterio. Se acercó pensando que se habría desmayado. No era raro, algunos hermanos hacían ayunos voluntarios y sufrían pérdida de consciencia. Mudo de horror, descubrió el cuerpo de frey Tadeo junto a una mancha de sangre oscura y coagulada. Los ojos del novicio se quedaron fijos en el cuello rajado, por donde sin duda se le había escapado la vida.

El grito de terror recorrió la iglesia cuando los freires ya ocupaban sus estalos.

Frey Atilio llegó corriendo como el resto de los hermanos y, aunque horrorizado ante lo que veían sus ojos, ordenó que nadie tocara el cuerpo de frey Tadeo y que no se borraran las letras. Todos se fijaron en la inscripción que tenía dibujada en la frente y en las palabras escritas en las losas del suelo: VESTRA PECCATA EIUS USQUE AD CAELUM.

El hermano bibliotecario llegó apoyado en su ayudante, quien le iba contando todo lo que veía, pues sus piernas apenas le podían sostener.

—Sí, «sus pecados han llegado hasta el cielo» y Dios se ha acordado de sus maldades. «¡¡¡A los cobardes e incrédulos y execrables y homicidas y deshonestos y hechiceros e idólatras y a todos los embusteros, su suerte será en el lago que arde con fuego y azufre, que es la muerte segunda y eterna!!!» —gritó frey Armando, y su potente voz en la semioscuridad de la iglesia sobrecogió a todos—. ¡¡¡El Maligno ha salido de su prisión!!! «¡¡¡Al cabo de los mil años, será suelto Satanás de su prisión y saldrá, y engañará a las naciones que hay sobre los cuatro ángulos del mundo!!!»

El rector sabía de la obsesión que el bibliotecario tenía por las profecías de san Juan descritas en el Apocalipsis, pero no por ello dejó de sentir el miedo atravesándole el cuerpo.

—Ruego a vuestra paternidad que se tranquilice, no creo que el Maligno haya entrado en esta santa casa. Ya averiguaremos lo que ha sucedido —contestó frey Atilio mientras se ponía de rodillas y observaba con atención el cadáver.

Estaba claro que lo habían degollado, pues la herida del cuello era mortal. Lo que no estaba tan claro eran esos golpes que parecía que le habían dado en la nuca. Todo indicaba que lo sorprendieron por detrás y luego le rajaron el cuello. Pero ¿dónde? Porque esa clase de heridas sangraban con profusión y allí apenas había una mancha.

—«No entrará en esta ciudad cosa sucia, ni quien comete abominación y falsedad, sino solamente los que se hallan escritos en el libro de la vida del Cordero» —siguió parafraseando las Escrituras, ya más calmado, frey Armando.

El rector del monasterio estaba consternado. Hacía casi un año que frey Andrés había aparecido muerto y seguía sin encontrar al culpable. Y ahora acababan de asesinar a frey Tadeo, el hermano viñador, y su intuición le decía que ambos crímenes estaban relacionados, pues a los dos los habían atacado por detrás, quizá porque el asesino no quería que le vieran la cara. ¿Era acaso alguien conocido por las víctimas? Aunque, por otra parte, la manera de acabar con la vida de los hermanos era muy distinta. Mientras el primer crimen parecía haberse cometido sin premeditación alguna, en el segundo el asesino se había tomado su tiempo e incluso dejado pruebas incriminatorias contra frey Armando. Además, ahora don Alfonso, de quien siempre sospechó, no estaba en el priorato. ¿Se trataba entonces de dos asesinos? Frey Atilio sintió un estremecimiento.

El prior don Luis oyó que llamaban a la puerta de su estancia palaciega en la parte este del monasterio. Había llegado de madrugada con la intención de supervisar en los siguientes días las obras de su nuevo palacio en Crato, pues desconocía el motivo por el que se estaban retrasando tanto. Pensaba volverse en unos días a Lisboa para estar al lado de su amada Violante y de su hijo recién nacido.

Dio orden de que no se le molestase, ya tendría tiempo de departir con sus hermanos y ponerse al corriente de todo lo relacionado con el funcionamiento del monasterio. Se extrañó cuando oyó los golpes. Muy importante tenía que ser lo que tuviera que decirle el sirviente para desobedecer. Cuando vio a frey Atilio asomar por la puerta no tuvo duda de que algo había sucedido.

El freire le puso en antecedentes mientras le ayudaba a vestirse.

—¡Por Dios bendito! ¿Tenemos un asesino en el monasterio?

—No puedo contestar a eso, ilustrísima. Pero me siento culpable de este asesinato. Creo que si hubiera resuelto la muerte del hermano boticario, frey Tadeo seguiría vivo. Como ya os he dicho, ninguno nos dimos cuenta de nada. Solo el joven novicio.

—¿Sospecha vuestra paternidad de alguien del convento?

—Tanto la muerte de frey Tadeo como la de frey Andrés están envueltas en un misterio que no acierto a descifrar. Ya sabe vuestra ilustrísima que en un principio pensé que al hermano boticario lo mataron aquí, aunque luego todo indicaba que fue muerto fuera del monasterio y arrojaron su cuerpo por el muro. Sin embargo, y pese a todas las pesquisas, no hemos conseguido descubrir al culpable. Ahora tenemos otro cadáver y espero que esta vez el asesino haya cometido un error, porque si no es así, que Dios se apiade de esta comunidad.

—¿Habéis hallado algún indicio? —preguntó con preocupación el superior.

—El cuerpo estaba alejado del sepulcro, aunque en la peana había sangre. —El rector se quedó un momento absorto en sus pensamientos—. ¡Qué raro! Podría tener relación con el asunto de... pero no creo.

—¿Qué asunto? —interrogó el prior levantando las cejas—. ¿Y por qué puede estar relacionado con el crimen?

—Bueno, es algo que sucedió hace unos días y que tiene que ver con...

Don Luis se le quedó mirando fijamente.

—Creo que vuestra paternidad tiene mucho que contarme, ¿no es así?

—Sí —dijo por fin con voz cansada—. Es una historia que, como os he dicho, no guarda relación con nuestro hermano muerto, o quizá sí.

Le hizo un resumen al superior de cómo había descubierto el pasadizo en el túmulo de don Álvaro Gonçalves. Don Luis no daba crédito a lo que estaba oyendo y le interrumpía a cada instante.

—¿Frey Duarte de Braganza, mi primo? ¿Estáis seguro? ¿Y adónde iba por ese pasadizo?

—Todo parece indicar que se veía con una muchacha de la aldea, ilustrísima —dijo el freire bajando la voz, a pesar de que nadie podía oírle.

Don Luis no pudo disimular el asombro que reflejaba su rostro, tenía las cejas arqueadas y la boca abierta.

—Una joven llamada Margarida. Hace varios días nació su hija. La joven murió, pero la niña vive.

—¿Estáis seguro de lo que decís? —repitió el superior, cada vez más intrigado.

—Yo mismo lo seguí, yo le di la extremaunción a la muchacha, y he sido yo el que se ha hecho cargo de la niña —contestó frey Atilio.

—¿Se lo habéis contado a alguien?

—A nadie.

—Bien, ya departiremos sobre ese asunto. ¡Que mi primo Duarte tenía una amante! —añadió, y sonrió con burla—. Bueno, es una posibilidad. Ahora lo urgente es esclarecer la muerte de frey Tadeo.

El rector estuvo a punto de contarle que no era solo una posibilidad. El hallazgo del anillo y la marca de nacimiento lo confirmaban, pero se calló.

14

Unas horas antes de que frey Ambrosio descubriera el cuerpo de frey Tadeo, el hermano viñador se había aventurado a recorrer el pasadizo para ver adónde conducía. Sorprendido y decepcionado al encontrarse en el patio de una humilde casa, miró en derredor sin encontrar mucho significado al hallazgo. ¿Para qué iba frey Atilio a un lugar tan humilde? Sabía de la caridad del rector para con los pobres, pero ¿por qué utilizar el pasadizo? Algo le olía mal en aquel asunto. Entró en la casa, miró por la estancia y se percató de que no había nadie. Comenzó a registrar los cajones de los pocos muebles, y de pronto sus labios se abrieron en una gran sonrisa al descubrir una bolsa de cuero. La cogió y los ojos se le iluminaron cuando vio el brillo de las monedas de oro. Volvió sobre sus pasos, y entró en su celda temblando de emoción y miedo por si alguien lo había visto. Todo seguía en silencio. Descosió una costura del jergón y escondió la bolsa. Ya más tranquilo, pensó que había abandonado la casa demasiado pronto. Seguramente habría más bolsas como aquella, así que tendría que visitarla a la mañana siguiente. Pero ¿y si frey Atilio se le adelantaba y se llevaba todo? Aún faltaban algunas horas para los rezos de prima, así que tenía tiempo de volver, registrar la casa y luego dormir, si podía.

De nuevo recorrió el pasadizo sin dificultad y, apenas hubo subido el último peldaño y asomado el cuerpo, sintió un golpe y se llevó una mano al cuello. Quiso proferir un grito pero la sangre le ahogaba, aunque pudo ver y reconocer el rostro de su asesino antes de desplomarse.

El hombre se quedó mirando el charco de sangre que se iba formando por momentos sin saber qué hacer. Miró alrededor como si el auxilio le pudiera llegar de las paredes de la humilde morada. Entonces vio el frasco de tinta y la pluma que estaban encima de la chimenea y tuvo una idea. Mojó la pluma y escribió en la frente del muerto «R. I. P.». Luego metió el pequeño tintero y la pluma en la bolsa de tela que llevaba.

Intrigado, bajó los escalones y recorrió el pasadizo preguntándose adónde conduciría. Cuando llegó al final, encontró sobre su cabeza una losa de mármol. Intentó moverla, pero era demasiado pesada. Pensó que si el freire había entrado por allí tendría que haber algún mecanismo que hiciera que la losa se moviera. Tanteó la pared y su mano topó con una pequeña palanca. Tiró de ella y se sobresaltó al oír un chasquido y ver cómo la losa se deslizaba dejando una abertura por la que cabía un hombre.

Se asomó con precaución y se quedó pasmado al descubrir que se encontraba en la iglesia del monasterio. Sintió un escalofrío. Volvió a tocar la pared y la losa tornó a su lugar con un ligero ruido. Anonadado por el descubrimiento, fue incapaz de moverse hasta que recordó que el cadáver yacía en casa de Margarida y decidió regresar a por él.

El golpeteo de la cabeza contra los escalones producía un ruido seco y el hombre pensó que en cualquier momento aparecería algún freire desvelado o falto de perdón que habría pasado la noche en la iglesia arrepintiéndose de sus pecados. Sin embargo, nadie acudió y él pudo seguir arrastrando el cuerpo por el pasadizo.

Su primera idea fue abandonar el cadáver allí mismo, donde creía que nunca lo encontrarían, pero luego se dijo que, igual que la casualidad hizo que él lo descubriera, podrían conocerlo otros. De pronto, una sonrisa malévola se dibujó en su rostro:

¿y si dejaba el cadáver al otro lado del pasadizo, en la iglesia del monasterio?

A pesar de la humedad que exhalaba el lugar, el hombre comenzó a sudar por el esfuerzo de subir los escalones hasta llegar al final.

Tanteó de nuevo la pared buscando la palanca y al tirar de ella la peana del sepulcro se deslizó sin apenas hacer ruido. El hombre asomó la cabeza para cerciorarse de que no había nadie y, haciendo un último esfuerzo, subió el cuerpo del freire hasta la superficie.

—Pecasteis contra el sexto mandamiento, hermano, y Dios habrá tomado cuenta de ello. Dios y yo —dijo en voz baja.

Sonrió satisfecho y se le ocurrió que podía escribir algo que aludiera al pecado cometido por el freire. Tomó de nuevo la pluma y en las piedras del suelo escribió: «VESTRA PECCATA EIUS USQUE AD CAELUM», palabras del Apocalipsis.

Sí, así estaba mejor.

15

Brianda de Solís regresó a Marvão después de haber estado unos días en Lisboa visitando a su hermana, que acababa de dar a luz.

Cuando entró en la cocina se encontró a una joven rolliza dando de mamar a una criatura recién nacida.

—¿Quién eres tú? ¿Eres acaso la hija de Mariana? —preguntó intrigada, creyendo que sería una de las hijas de su criada.

—Buenos días, señora —contestó la muchacha con una amplia sonrisa—. El señor doctor me paga para que amamante a su hija.

Los ojos de Brianda se abrieron a la vez que sus labios.

—¿La hija de quién? —volvió a preguntar, esta vez sorprendida.

—¿Pues de quién va a ser? De vuestro esposo y de vuestra excelencia —respondió la joven sin entender por qué la señora le hacía esas preguntas.

A pesar de la perplejidad que reflejaba su rostro, Brianda sonrió al oír el tratamiento que le acababa de otorgar la muchacha.

Salió de la cocina y se dirigió a la oficina donde sabía que estaría su marido.

—Explícame por qué en nuestra cocina hay una muchacha dando de mamar a una criatura que dice que es tu hija —dijo a modo de saludo según cruzaba la puerta.

El médico se hallaba trabajando en la elaboración de un

elixir. Interrumpió su tarea e invitó a su esposa a que se sentara para explicarle lo sucedido. Le contó todo lo que había acontecido en su ausencia.

—Me voy unos días a Lisboa y cuando vengo me encuentro con una hija, ¿has pensado si yo quería criar a una niña que no es mi hija? Claro, ¡tú qué vas a pensar en mí! Solo piensas en tu conveniencia y en tus antojos —gritó Brianda fuera de sí.

—Mujer, si es que frey Atilio me dijo que no tenía dónde llevarla y ...

—¿Frey Atilio? ¿No es ese el freire que trajo a la joven Violante? ¿Es que acaso te has convertido en su salvador? ¡Viene, te trae una criatura, que supongo que es la hija de esa tal Violante, y le abres nuestra casa como si fuera un hospicio! Pues, ¡hala!, mañana a primera hora coges a esa niña y la devuelves. Te niegas a tener un hijo y ahora hemos de cargar con una que a saber de quién será.

—Brianda, por Dios, ¿qué estás diciendo? Yo nunca me he negado a tener hijos; es más, quiero que los tengamos, pero si Dios no nos los envía hemos de resignarnos. Además, ¿y si esta niña es un regalo de Dios? ¿No dices que le rezas todos los días para tener un hijo? Pues quizá Ana Loira sea la respuesta a tus plegarias.

—¿Ana Loira? ¿Es ese el nombre de la niña? —dijo Brianda con un deje de desprecio—. ¿Qué clase de nombre es ese? Ya supongo quién puede ser su madre para ponerle un nombre tan ridículo.

El médico se dijo que a lo mejor se había precipitado al acoger a la niña y que, en efecto, tendría que haber esperado para hablarlo con su esposa. Pero ya estaba hecho. La niña llevaba tres días con él y, por extraño que pareciera, le había cogido mucho cariño.

—No podemos devolverla, Brianda, le prometí al freire que cuidaría de ella. Además, es tan buena, ni llora siquiera. ¿La has visto? Es una preciosidad de niña y está muy sana, no hay más que ver con qué ganas se aferra a la teta.

—Es decir, que estás dispuesto a quedarte con ella.

—Brianda, estoy seguro de que serás una buena madre y la querrás como si fuera hija tuya. Luego, si vienen más hijos, pues mejor. Algunas veces las mujeres se empecinan tanto en tener un hijo que no pueden concebirlo, y cuando se olvidan de ello y están tranquilas, de pronto, se encuentran con la preñez.

Brianda de Solís se quedó mirando a su marido unos instantes y, sin decir nada, salió de la estancia. En su cabeza se mezclaban imágenes, palabras y pensamientos. Se había casado obligada por sus padres hacía cinco años con un hombre al que no amaba y, lo que era peor, que no la amaba; que no le daba hijos, aunque ella supiera que si él los hubiera deseado, le habría dado alguna de aquellas malditas hierbas que las criadas de algunas señoras venían a buscar a veces, unas para tenerlos y otras para evitarlos. No podía negar que por la noche, cuando yacían, su esposo la trataba de forma cariñosa y delicada. Pero por la mañana todo volvía a la rutina. Sus hierbas y sus pacientes, sus pacientes y sus hierbas. Tenían poco trato con las tres familias nobles de la villa, no salían a pasear ni podía lucir vestidos ni joyas, metidos en aquel villorrio que él se negaba a dejar. Menos mal que por lo menos, con la excusa de ayudar a su hermana en los partos, pues ya tenía cuatro hijos, se marchaba de tanto en tanto a Lisboa. Allí paseaba, veía y se dejaba ver, lucía vestidos y joyas en los saraos a los que invitaban a su cuñado por ser oidor de la Audiencia.

Se dirigió de nuevo a la cocina. La muchacha se estaba lavando las manos en la pila y la niña dormía plácidamente en un moisés. Se acercó a ella y la contempló durante largo rato. Era verdad, la niña era preciosa, solo tenía unos días de vida y parecía mayor; le tocó el cabello rubio ensortijado y pasó un dedo por la suave piel de su carita. Esta se despertó y la miró con unos hermosos ojos azules, pero volvió a dormirse. Quizá su esposo tuviera razón y fuera un regalo de Dios, pero si por lo menos pudiera ponerle otro nombre.

—Avísame cuando vuelvas a darle de mamar —dijo a la muchacha antes de salir.

16

Frey Atilio había obtenido permiso del prior para visitar las celdas de los freires, así que se encaminó hacia la de frey Eugenio, el ayudante del bibliotecario. Era el tiempo de descanso, después de nona, y sabía que este gustaba de la lectura.

En efecto, frey Eugenio se encontraba leyendo y se sorprendió al ver al bailío en su celda. Que él recordara, nunca lo había visitado.

—Disculpad, hermano, si os robo vuestro tiempo, pero preciso haceros algunas preguntas.

El joven freire cerró el libro y se puso en alerta. Todos en el monasterio sabían lo ocupado que andaba siempre el administrador del monasterio y que nada escapaba a sus ojos, así que si estaba en su celda sería por algo.

—¿Os gusta escribir? —preguntó después de sentarse, invitado por el ayudante del bibliotecario, en la única silla de la celda.

—Trabajo en la biblioteca —contestó sonriendo el interpelado, extrañándose de la pregunta.

—Sí, claro, pero me refiero en las horas de descanso, como actividad de recreo —contestó el rector sonriendo a su vez.

—¿Por qué lo decís?

Frey Atilio creyó percibir un ligero nerviosismo en su voz.

—He observado que vuestros dedos están manchados de tinta roja, pero tengo entendido que en la biblioteca se trabaja ahora con tinta negra.

—A veces escribo como entretenimiento, pero no se lo muestro a nadie.

—¿Acaso son poesías o relatos inapropiados para un freire?

—Hermano Atilio, os lo suplico —exclamó de pronto frey Eugenio levantándose del borde del camastro donde se había sentado—. Soy poeta, amo la poesía y necesito componer rimas; se las dedico a Dios, pero también a una amada imaginaria. Cuando estuve en Malta conocí a un hermano que era poeta y me dio a leer a Petrarca. Luego leí a Sá de Miranda y quedé subyugado por la poesía. Yo creo que no cometo pecado, pero algunos consideran la poesía obra del demonio.

—Tranquilizaos, no creo que cometáis pecado. Es frey Armando el que considera la poesía pecado, ¿verdad?

El freire asintió.

—Sin embargo os lo consiente, incluso os permite sacar tinta de la biblioteca para escribir, ¿a cambio de qué, hermano? —inquirió el rector.

Frey Eugenio se quedó en silencio con los ojos puestos en el suelo.

—Frey Armando se está quedando ciego —dijo en un susurro—. Él cree que si la comunidad, y sobre todo vuestra paternidad, se percata de ello, quedará relegado de su cargo de bibliotecario. Los libros son su vida, y no puede concebir que nadie más ponga las manos en ellos.

El bailío se quedó pensativo un momento.

—¿Por eso va siempre apoyado en vuestra paternidad, no por tener el mal de las piernas? —preguntó al cabo.

—Lo descubrí una tarde que pasé por la biblioteca. Parecía estar leyendo, pero el libro estaba en hebreo y él no conoce esa lengua. Me llamó la atención y así se lo dije. Me contestó que nunca era tarde para aprender. Luego fueron otros descuidos los que me llevaron a pensar que apenas veía.

—¿Y cómo hace para simular que lee delante de todos?

—En la biblioteca, los libros al uso están marcados con una diminuta muesca en la parte superior derecha, y desde hace unos meses alega que el dolor de piernas le impide subir los peldaños para leer en el capítulo o en el refectorio —explicó el joven freire—. Hermano Atilio, si vuestra paternidad se lo dice, sabrá que os lo he contado yo.

—Estad tranquilo, vuestros secretos están a salvo. No me toca a mí juzgar a nadie. ¿No dice el Señor «no juzguéis y no seréis juzgados»?

El rector se quedó pensando unos instantes. ¿Cuántos secretos más escondía frey Armando?

—¿Creéis, en verdad, ser el único que conoce ese secreto?

El joven ayudante contestó sin detenerse a pensarlo.

—Creo que frey Duarte lo sabe.

—¿Qué os hace pensar eso?

—En una ocasión vi que le pedía un libro. Podía haberlo cogido él mismo porque lo tenía al lado, pero no lo hizo. Yo, que estaba en mi pupitre, me acerqué y se lo entregué. Creo que el prior claustral se dio cuenta de que yo estaba al tanto de que frey Armando estaba perdiendo la vista.

El rector volvió a quedarse pensativo, esta vez largo rato.

—¿Podríais mostrarme alguno de los poemas que escribís?

El freire se removió nervioso en el catre, en el que había vuelto a sentarse.

—Hermano Eugenio, yo aún soy joven, aunque a vuestra paternidad no se lo parezca, y no vivo a espaldas de la belleza —dijo sonriendo el bailío—. El Cantar de los Cantares es el libro más hermoso de la Biblia y su belleza radica, quizá, en que son poemas.

Frey Eugenio se puso de rodillas y, ayudándose de un viejo cálamo, levantó una de las gastadas olambrillas. Envuelto en un lienzo guardaba un librillo de hojas unidas de modo rudimentario que le entregó al rector.

—Son muy hermosos —dijo frey Atilio mientras leía algunos poemas.

Se detuvo en uno hasta completar su lectura. Le pareció un bello poema de amor al estilo petrarquista.

—«A la mujer del cabello de ámbar». Se lo dedicasteis a Margarida, ¿no es así? —dijo levantando la vista del papel.

Al joven freire se le subió el rubor a la cara y asintió.

—Era una joven muy bonita. No es de extrañar que la considerarais vuestra musa, como Laura para Petrarca.

—Entonces ¿habéis leído a Petrarca? —preguntó con los ojos iluminados.

—Ya os he dicho que amo la belleza. Lo leí en mis años de estudiante en Coímbra. Así que componéis poemas —dijo reconduciendo la conversación—, y algunos se los dedicabais a Margarida. ¿Estuvisteis alguna vez con ella?

A frey Eugenio le volvió a subir el rubor al rostro y sus ojos se entristecieron.

—¡Oh, no, no! Ella nunca supo nada. Yo solo la miraba desde la ventana de la biblioteca. A veces subía hasta la torre y desde allí la veía recoger plantas con su cabello trigueño y sus vestidos... —El freire se detuvo.

—¿Sabéis quién puede ser el padre de su hijo? En la aldea nadie sabe nada y la tenían por hechicera.

—¡Margarida no era hechicera! —contestó frey Eugenio con energía.

—¿Y cómo lo sabe vuestra paternidad, si nunca estuvisteis con ella? —inquirió frey Atilio.

—Ella... —Las lágrimas asomaron a los ojos del joven freire—. Ella solo recogía plantas, no hacía hechicería y nunca vi que la acompañara ningún hombre.

—Bien, me habéis sido de mucha utilidad —añadió el rector poniéndose de pie—. Una última cuestión: frey Armando no suele, digámoslo de alguna manera, mostrar simpatía hacia algunos miembros de la comunidad. ¿Le habéis visto alguna vez despreciar a nuestros desgraciados hermanos asesinados?

—Pues no sé... Pero ahora que lo decís, mi maestro sorprendió a frey Tadeo en la biblioteca con un libro de miniaturas en las manos; era muy bello y de los más apreciados, acabábamos de restaurarlo. Solo lo hojeaba, pero él le gritó como si lo estuviera destrozando.

—¿Recordáis las palabras que le dijo?

—Bueno, eran palabras de san Mateo: «¿Desde cuándo damos perlas a los cerdos?». Y le quitó el libro de las manos. Pero aquello fue hace algunos meses, porque frey Armando aún veía.

—¿Diríais que con frey Andrés se llevaba mejor?

—¡Oh, sí, ya lo creo! Era al único que le prestaba libros que para el resto de la comunidad están prohibidos. Siempre iba a la biblioteca al final de la jornada, pero una mañana en que fui a preguntar algo a frey Armando, el hermano Andrés estaba allí y me fijé en el libro que llevaba.

—Ya no os robo más tiempo. Os rogaría que esta conversación la mantuvierais tan secreta como vuestra afición —dijo a modo de despedida, y salió de la celda.

Una vez más, pensó que las dos muertes estaban relacionadas y que habían asesinado a frey Tadeo porque descubrió alguna pista sobre el asesinato de frey Andrés. ¿Se habría negado el hermano boticario a proporcionarle el jugo de amapolas a frey Armando? ¿Habría descubierto frey Tadeo su afición y lo chantajeaba? ¿Por eso lo mató? No era posible, el bibliotecario se estaba quedando ciego; además, se necesitaba mucha fuerza para tirar un cuerpo por el muro o para arrastrarlo y llevarlo hasta la iglesia. ¿Pudo entonces frey Armando asesinarlos con ayuda? Todas las pistas parecían llevarle al hermano bibliotecario. Pero ¿qué relación guardaba con los freires asesinados don Alfonso de Braganza?

Se dijo que no tenía derecho a especular sobre algo tan grave tratándose de un hermano. Sin embargo... Recordó las palabras de Ezequiel: «El camino del hombre recto está por todos lados rodeado por la avaricia de los egoístas y la tiranía de los hombres malos».

Hoy, festividad de San Francisco de Asís, por quien tanta devoción mostré siempre, han venido dos frailes franciscanos a darme la comunión y juntos todos, con la compañía de mis damas y mi tía Catalina, hemos rezado la Oración de san Francisco que ella me enseñó de pequeña. Las últimas palabras recitadas por los padres han llegado hasta mis oídos como una premonición: «Es muriendo como se resucita a la vida eterna. Amén». Luego he fingido quedarme dormida porque deseo seguir recordando mi vida, así que todos han salido de mi aposento excepto una de las criadas que siempre está pendiente de mi cuerpo.

Después de que mi madre se marchase a Francia, yo recibía de ella luengas y cariñosas cartas en las que me daba detallada cuenta de lo que acontecía en aquel reino. Y tengo para mí que en los primeros meses de casada hubo de ser feliz con el rey francés, pues siempre me hablaba de lo gentil y bizarro que era, así como de la fastuosa corte en la que las damas brillaban por sus vestidos y por su danzar, y cómo todas eran discretas y elegantes, en especial la hermana del rey, Margarita de Angulema.

Yo me congratulaba con estas noticias y, como niña que era, me ponía las joyas que mi madre me había regalado antes de partir y me imaginaba danzando con las hijas del rey por los lujosos salones del palacio.

Alguna vez, estando yo ya crecida, oí a una de mis donce-

llas murmurar sobre cómo el gallardo rey Francisco I se divertía con algunas damas y cortesanas que vivían en su palacio, y que de entre todas sobresalía una a la que trataba como a la propia esposa. Yo nunca di crédito a esas hablillas, sin duda nacidas de la maledicencia y la envidia hacia una reina que tenía por esposo a un rey caballero, galante, gallardo, generoso y discreto, pues todas estas cosas decía de él mi madre en sus cartas, y sobre todas ellas que la quería y respetaba.

Yo me holgaba de que así fuera, y pensaba que así sería cuando yo viajara hasta aquel placentero y suntuoso reino para desposarme con el delfín, y tornaba a leer libros sobre Francia para mejor estar preparada y estudiaba con más empeño la lengua de los franceses, en la que llegué a escribir a mi madre muchas cartas para demostrarle que me estaba esforzando para algún día ser tan buena reina como ella y para que mi futuro esposo me amase y respetase como lo hacía el suyo. Con lo que ella quedaba muy orgullosa como madre y yo muy honrada como hija.

17

Tal como hiciera hacía casi un año, el rector interrogó durante días a casi todos los hermanos de la comunidad pero no consiguió ninguna pista que lo llevara hasta el asesino de frey Tadeo. Sí pudo enterarse de otras muchas cosas que por sus ocupaciones se le escapaban. Y recordó los días que siguieron a la muerte de frey Andrés y los secretos que entonces conoció.

En esta ocasión el bailío menor del monasterio no contaba con la ayuda de frey Demetrio, pues lo habían nombrado boticario y tenía mucho trabajo que desempeñar, aunque le tenía al tanto de sus averiguaciones. Lo único que le había ocultado era la sospecha que tenía sobre la posible relación entre el pasadizo y el crimen. Sin embargo, tenía pensado consultarle algunas dudas, pues el joven freire había demostrado un fino olfato para las pesquisas y una gran intuición.

Dejó para el final del interrogatorio al prior claustral y a frey Armando. Al primero porque pensaba que su declaración sería primordial ya que algunas pistas apuntaban hacia su persona, y también porque, debía reconocerlo, le preocupaba enfrentarse a él. Tendría que emplear mucho tacto; frey Duarte no era como los demás freires, y no solo por ser el prior claustral sino porque, aunque la mayor parte de la comunidad pertenecía a la nobleza, él formaba parte de la familia real.

Con respecto al hermano bibliotecario, después de darle muchas vueltas había llegado a la conclusión de que no podía ser el asesino. Además de que su ceguera se lo impedía, sus mermadas fuerzas hacían imposible que hubiera arrastrado el cadáver; claro que siempre cabía la posibilidad de que hubiera contado con ayuda. Sabía que su obsesión por el Maligno y el Apocalipsis le llevaban a tomar jugo de amapolas para parecerse a san Juan de Patmos que quizá le alteraban la mente, pero no lo imaginaba asesinando.

Encontró a frey Armando en la biblioteca.

—Hermano, necesito vuestra ayuda —dijo el rector en tono conciliador.

El bibliotecario se encontraba de pie encuadernando un volumen antiguo ayudado por frey Eugenio. Dejó la tarea y se dejó caer en una silla.

—¡Ah, mis piernas ya no son las de antes! ¿Qué puede hacer un humilde bibliotecario por el gran hermano Atilio?

Al administrador del monasterio no se le escapó la ironía que encerraban las palabras de frey Armando, pero, como otras veces, las pasó por alto. Quizá el bibliotecario recordara a menudo las clases en las que enseñó a leer y a escribir al hijo de un sirviente por orden del rey, pensó una vez más el rector.

—Quisiera saber si esta tinta, que procede de las palabras que se escribieron en las losas, se elabora en el monasterio, y quién mejor que vuestra paternidad para confirmármelo —dijo tendiéndole una ampolleta de vidrio que contenía apenas unas gotas de tinta.

El ayudante se adelantó para coger el pequeño recipiente.

—Permitidme, frey Armando —dijo, y tomándole la palma de la mano derramó un poco de tinta en ella.

—Esta tinta se ha elaborado con agallas de roble —dijo el bibliotecario después de mojarse el dedo en la tinta y llevárselo a la lengua—. Y en vez de agua han usado vinagre.

Al bailío le pareció notar un ligero nerviosismo en la voz de su hermano, pero quizá fueran figuraciones suyas.

—¿Vinagre? Pensaba que la tinta se hacía con agua o con vino, y que se utilizaba este último porque seca más rápido —exclamó sorprendido frey Atilio.

—Así es, pero también se suele usar el vinagre porque impide que críe moho si lleva guardada mucho tiempo o se deja el tintero abierto. Y, además, se ha elaborado con caparrosa —siguió hablando frey Armando, que se había llevado ahora el dedo manchado de tinta a la nariz.

—¿Es la misma tinta que utilizan vuestras paternidades? —inquirió el bailío.

—Aquí utilizamos goma arábiga, pero creo que esta tinta no la lleva. ¿Qué opináis, frey Eugenio? —preguntó a su vez el bibliotecario.

El aludido se llevó el tintero a la nariz y luego vertió una gota en la palma de su mano. Devolvió el tintero al rector y durante unos minutos comprobó con los dedos la textura del líquido negro.

—Creo que, en efecto, no lleva goma y que en su lugar se ha utilizado miel. Además, han debido de echar polvo de cáscara de granada porque la tinta no tiene un negro demasiado intenso.

—Así que, por lo que dicen vuestras paternidades, esta tinta no es la que se utiliza en los trabajos de la biblioteca. Algunos de los ingredientes están al alcance de todos, pero la caparrosa no. ¿Quién tiene acceso a ella? —preguntó el administrador del monasterio con interés.

—Las tierras se guardan en aquella vitrina que no está cerrada con llave —contestó el bibliotecario, y señaló hacia un rincón de la biblioteca en el que había un mueble con pomos, albarelos y una decena de tinteros de vidrio.

—Entiendo. Así que cualquiera de nuestros hermanos pudo entrar en la biblioteca y coger el polvo —dijo al fin frey Atilio.

—Bueno, pudo coger el polvo, pero luego hay que saber elaborar la tinta —añadió frey Eugenio—. No consiste solo en mezclar los ingredientes, es necesario conocer los tiempos de maceración o cocción de las agallas para extraer los taninos y saber las proporciones exactas.

—Claro —añadió el rector—. ¿Y diríais que esta tinta tiene las proporciones exactas?

El freire volvió a mojar el pulgar y el índice en la tinta que permanecía en la palma de su mano y de nuevo comprobó la textura.

—Yo diría que está muy conseguida.

—Bien, ¿cuántos hermanos trabajan en la biblioteca? —dijo frey Atilio cambiando de tema.

Frey Armando le informó que el número variaba según el trabajo que hubiera, pero ahora estaban todos los quince, pues el prior había encargado que se copiaran unos manuscritos de la Orden que estaban muy deteriorados.

—Quería preguntaros también por las palabras que el asesino escribió en el suelo, doy por hecho que son del Apocalipsis —añadió el administrador.

—«Sus pecados han llegado hasta el cielo y Dios se ha acordado de sus maldades» —repitió elevando la voz frey Armando—. El hermano Tadeo, al igual que frey Andrés, era un pecador, por eso Dios envió a un ángel castigador y les ha arrebatado la vida con su espada.

—Solo que en este monasterio no hay ángeles y sí freires —contestó el rector—. ¿Era vuestra paternidad el confesor de frey Tadeo?

El bibliotecario fijó los ojos en él para infundir temor como tantas veces hizo en el pasado, solo que ahora su víctima sabía que aquellos ojos, igual que los del hermano Tadeo, no tenían vida.

—No —contestó al cabo—. Pero si ha muerto a hierro, con hierro debió de ser su pecado.

No quiso replicarle frey Atilio que la historia y la vida estaban llenas de hombres asesinados a hierro sin haber empuñado uno en su vida, como Nuestro Señor Jesucristo, que terminó su vida atravesado por una lanza. Así que abandonó la biblioteca y fue en busca de la última persona que le faltaba por interrogar.

A frey Duarte lo encontró paseando por el huerto en el tiempo de recreo. Llevaba la capucha echada para resguardarse del viento que había comenzado a soplar.

—Parece que el invierno se ha adelantado hogaño —dijo frey Atilio cuando lo hubo alcanzado.

El prior claustral detuvo el rezo del salterio a la Virgen María y guardó el rosario.

—Sí, es verdad, creo que este viento anuncia el inicio del invierno.

—Hermano Duarte, necesito vuestra ayuda —dijo el rector con humildad—. Llevo días preguntando a todos para arrojar un poco de luz sobre el hecho luctuoso acaecido al hermano Tadeo. No sería conveniente para nuestra comunidad que el asesino quedara impune. Ya ha matado dos veces y Dios sabe cuántas más podría hacerlo. Nadie sabe nada ni ha visto nada, pero yo estoy seguro de que en esta comunidad uno de nosotros tiene las manos manchadas de sangre.

—¿No ha pensado vuestra paternidad que pudiera ser, de nuevo, alguien de fuera del monasterio? A frey Andrés lo mataron fuera del recinto y arrojaron su cuerpo por el muro. Eso es lo que averiguó vuestra paternidad, ¿no?

—Sí, ya he pensado en ello. Pregunté al hermano portero. Nadie de fuera entró ese día en el monasterio, y además frey Martín, el sacristán, asegura que cuando apagó los cirios de la iglesia después del rezo de completas no quedó nadie.

—Pero puede que el asesino entrara en un descuido y se escondiera, por ejemplo, detrás del túmulo de don Álvaro.

—O que entrara en la iglesia por algún lugar que nosotros desconocemos.

Frey Duarte se detuvo un momento y se quedó mirando a su interlocutor. El administrador del monasterio le mantuvo la mirada y creyó percibir un ligero temblor en la barbilla del noble.

—¿A qué os referís, frey Atilio? ¿Acaso a una puerta secreta al estilo de las antiguas fortalezas de Jerusalén? —preguntó el prior claustral con un deje sarcástico.

—Bueno, es una posibilidad. Si alguien entró y no fue visto, quizá utilizó alguna entrada que desconocemos.

—¿Y por qué habría de conocerla el asesino?

—Eso lo ignoro, pero puede que la conociera porque algún hermano, sabedor de esa entrada secreta, se lo contase a alguien y ese alguien fue el asesino —conjeturó el rector—. O no.

El prior claustral sonrió.

—Hermano Atilio, creo que vuestra paternidad elucubra demasiado. Quizá no sea tan complicado. Algún vecino entró a robar en la iglesia, y frey Tadeo, que por casualidad llegó el primero a los rezos de prima, lo sorprendió y el desconocido lo mató.

El bailío se quedó pensando.

—Sí, ¿pero un vecino que sabe escribir en latín y conoce el Apocalipsis? Además, la sangre estaba seca, por tanto tuvieron que matarle unas horas antes de prima, y entonces cabe preguntarse: ¿qué estaba haciendo en la iglesia a esas horas? Todos nosotros conocíamos lo poco madrugador que era el hermano Tadeo.

Habían llegado al final del sendero y unas pocas gotas comenzaron a caer.

—En fin, no os entretengo más —dijo frey Atilio antes de despedirse—. Si se os ocurre alguna otra teoría, os agradecería que la compartierais conmigo por si arroja un poco de luz a este laberinto oscuro en el que me hallo.

Frey Duarte se quedó pensando en las últimas palabras del rector. ¿Conocía el secreto del pasadizo? Y si era así, ¿creería que él era, por tanto, el asesino? Un latigazo de miedo le recorrió el cuerpo.

—¡Ah! Una última cuestión —dijo frey Atilio volviéndose cuando ya se marchaba—. ¿Creéis que los dos asesinatos podrían estar relacionados? Es decir, si encontráis algún nexo entre los dos hermanos muertos.

—Pues si lo hay, lo desconozco. Pero eso deberá averiguarlo vuestra paternidad, que sois el investigador.

Al rector no se le escapó la ironía en las palabras del prior claustral.

18

El sol acababa de ponerse en la aldea de Flor da Rosa cuando una sombra recorrió la calle y tomó el camino del pequeño cementerio. Miró para atrás para cerciorarse de que no había nadie, empujó la verja de hierro oxidada y entró.

No era noche para salir de casa, pues todos los moradores de la villa estarían preparando la cena para celebrar la Natividad del Señor.

Con pasos seguros y un pequeño farol de mano encendido, se dirigió al lugar que llevaba visitando a menudo desde hacía casi dos meses. Allí, delante de una tumba sin lápida y con una tosca cruz de madera en la que aparecía pintado un nombre y una fecha, se detuvo.

El aire frío de diciembre hacía parpadear la tenue llama del farol proyectando sombras amenazadoras.

—Ya estoy aquí, querida Margarida —dijo sentándose en la tierra húmeda por el relente de la noche—. ¿Pensabas que por ser Nochebuena te iba a dejar sola? No. Yo seguiré siendo tu ángel de la guarda y el de tu hija cuando la encuentre. No te preocupes, amor mío, estará bien y te prometo que cuando sea mayor le contaré quién era su madre y la traeré aquí.

19

En el monasterio, el miedo se había apoderado de parte de los hermanos y la desconfianza se percibía en los actos cotidianos. ¿Volvería el asesino a actuar? El rector se había acostumbrado a mirar sus caras en busca de alguna señal que le indicara quién de ellos había puesto fin a la vida de dos freires.

Aquella mañana, frey Atilio fue a buscar al hermano boticario. Frey Demetrio estaba atareado intentando conseguir un elixir a base de higos, miel y vino.

—Quiero que me acompañéis a registrar la celda de frey Tadeo. El prior me ha dado permiso para hacerlo —dijo al tiempo que entraba en la botica.

—¿Espera vuestra paternidad encontrar algo? —preguntó el joven freire retirando el cocimiento del infiernillo de aceite.

—No lo sé, pero cuatro ojos ven más que dos.

El tibio sol de diciembre luchaba por dejarse ver entre la densa niebla cuando los dos freires se dirigieron al claustro. Las celdas estaban entreabiertas y a esa hora aparecían desiertas, pues todos los miembros de la comunidad estaban en sus labores. Solo algún enfermo liberado de sus obligaciones permanecía en su cama.

Frey Atilio y el nuevo boticario encontraron cerrada la celda que había pertenecido al hermano viñador y la abrieron. A simple vista era como todas las demás. Un jergón con un crucifijo en la cabecera, una mesa de pino con una silla y una palangana de cerámica con una jarra de peltre con agua. Encima de la mesa había un rosario y un devocionario.

El bailío cogió el libro y lo hojeó.

Abrieron el cajón de la mesa, pero nada encontraron digno de mención.

Frey Demetrio se acercó a la cama y comenzó a palpar el colchón. A través de la basta tela se adivinaba el vellón. Cuando no hubo quedado ni un palmo por revisar, se sentó en el jergón y se quedó pensativo.

—Si frey Tadeo escondió algo en la celda tuvo que hacerlo aquí —dijo señalando la cama—, pero no noto nada. Si me permite vuestra paternidad, creo que deberíamos rajarlo y ver si hay algo dentro.

El rector asintió y poco después toda la lana estaba desparramada por las losas de la celda.

—¡Lo sabía! —exclamó sonriendo frey Demetrio, y le mostró una bolsa de monedas en la mano.

El administrador se quedó mirando la bolsa y la reconoció.

—Esa bolsa estaba en la casa de la muchacha que murió hace unas semanas, Margarida. La vi cuando fui a darle la extremaunción.

—Lo que nos viene a decir que frey Tadeo estuvo en esa casa.

Frey Atilio se quedó pensando. ¿A qué iría el hermano viñador a la casa de Margarida? ¿Conocía el pasadizo y entró por él? ¿Acaso averiguó que la muchacha era quien le proporcionaba las bayas a frey Andrés y fue a hacerle chantaje? Cada indicio que aparecía, cada pista que seguían, enmarañaba más el asesinato.

De pronto una idea se abrió paso entre sus pensamientos. ¿Y si al hermano lo mataron en casa de Margarida y luego arrastraron su cuerpo por el pasadizo y lo dejaron en la iglesia? Eso explicaría la ausencia de sangre. Tendría que ir a la casa de la muchacha y, a su pesar, volver a utilizar el pasadizo. Pero si lo mataron allí, la bolsa tuvo que cogerla otro día puesto que la habían encontrado escondida en su celda. Y la robó después de que Margarida hubiera muerto, eso estaba claro. ¿Acaso no sabía que la muchacha estaba muerta y fue a su casa a hacerle chantaje?

20

Casa Palacio de Tordesillas, Valladolid
Diciembre de 1531

La reina doña Juana de Trastámara miraba ensimismada desde la ventana cómo caían los primeros copos de nieve del invierno. Como cada mañana, desde hacía veintidós años, la reina loca, como la llamaban en Castilla, se pasaba las horas con los ojos fijos en la nada.

Don Bernardo de Sandoval, marqués de Denia y guardián de la reina, entró en la estancia.

—Majestad, ha llegado un correo de Portugal, de vuestra hija Catalina —dijo el marqués.

En los ojos de doña Juana brilló por un momento una chispa de alegría y sus labios musitaron el nombre de su hija pequeña. Catalina había permanecido a su lado hasta los dieciocho años, hasta el día que salió del encierro para ser reina de Portugal; el único consuelo que había tenido desde que su amado esposo Felipe de Habsburgo abandonó esta vida dejándola en la más inmensa soledad y con una criatura en su vientre; la única que no había conocido a su padre.

Sus labios volvieron a susurrar el nombre de su amada hija.

—No sé para qué te molestas en leerle las cartas, su mente está cada vez más trastornada —dijo Francisca Enríquez, esposa de don Bernardo.

Hacía trece años que Bernardo de Sandoval había sido nombrado administrador de la casa de la reina doña Juana y, a pesar de que vivían rodeados de comodidades y lujos, disfrutando incluso de los vestidos y las joyas de la reina, doña Francisca estaba harta de aquel destierro y aquel caserón desangelado. Si lo soportaba era porque gracias a aquel nombramiento estaban amasando una cuantiosa fortuna y obteniendo cargos y prebendas para su familia.

—Ya lo sé, mujer —contestó el marqués—. Pero creo que cuando le leemos las cartas de sus hijas, sobre todo de Catalina, parece que entiende algo. Alguna vez la he visto sonreír.

—Sí, la sonrisa de los locos —replicó doña Francisca—. A ver qué dice ahora la de Portugal, que se cree la mismísima reina de Saba. ¡Quién la ha visto y quién la ve! ¡Desagradecida! De no ser por su hermano el emperador, que la sentó en el trono de Portugal, se hubiera muerto de asco en este villorrio, y mírala ahora, llena de joyas en el reino más rico de Occidente.

—Bueno, mujer, en cuanto a joyas tú no puedes quejarte —argumentó don Bernardo mirando el collar de perlas y las pulseras y los anillos de su esposa.

—¿Pretendes que vista como una pordiosera? Yo no tengo la culpa de que la reina quiera vestir como las criadas.

El marqués de Denia leyó la carta en voz alta, más para informar a su esposa que para enterar a la reina. En ella, doña Catalina contaba que había dado a luz a su quinto hijo y que se sentía muy dichosa de tener un esposo que la amaba y respetaba y un pueblo que la quería, y que confiaba en el Señor para que algún día volviesen a encontrarse. Nada decía de que tres de sus hijos nacidos habían muerto.

Doña Juana volvió a pronunciar el nombre de su hija con voz casi imperceptible.

Doña Francisca dejó la labor que estaba bordando, se levantó y se acercó a la reina.

—¿Ha dicho algo vuestra majestad?

La reina volvió la cabeza y miró a la marquesa. Sus ojos se quedaron fijos en el collar de perlas que llevaba en el cuello.

—¿Acaso lo reconocéis? —preguntó sonriendo—. Fue el

primer regalo que os hizo vuestro esposo cuando llegasteis a Flandes, ¿lo recordáis? Sería una lástima que no lo luciera nadie, ¿no cree vuestra majestad?

La reina de Castilla se giró y de nuevo se quedó absorta en la contemplación de los copos de nieve.

—Cinco hijos de los cuales tres han muerto, como siga así no le quedará ninguno para heredar ese trono.

—¡Cállate, Francisca! No digas eso, si doña Catalina no informa de ello a su madre será para no hacerla sufrir más, su mente podría empeorar.

—¿Empeorar? —interrogó con un gesto de desprecio en sus labios—. Pero si ya no sabe ni quién es. Hoy, sin ir más lejos, se ha negado a que sus doncellas la aseasen. Y mírala, cualquiera diría que aún es reina.

La nieve había comenzado a cubrir el suelo cuando unas lágrimas furtivas anegaron los ojos de la reina de Castilla y se deslizaron lentamente por sus mejillas.

SEGUNDA PARTE

1532-1557

Desde que recuerdo he oído decir que la venida al mundo de un hijo es siempre motivo de alegría. En aquel otoño de 1531 hubo dos nacimientos reales. Sin embargo, cuánta dicha produjo la llegada de uno y cuántas desavenencias la del otro.

Yo me maravillaba de todo lo que sucedía en palacio, y con disimulo escuchaba las conversaciones de mis ayas y las damas de la reina sobre los rumores de uno de los nacimientos, y no alcanzaba a ver por qué uno era motivo de alegría y el otro de desdicha.

También por aquel tiempo comenzaron a llegar a la corte noticias del Priorato de Crato, del que mi hermano Luis era superior. Se hablaba de un freire asesino.

La villa había estado siempre en mis pensamientos por ser el lugar elegido por mi padre para celebrar su boda con mi madre en 1518, aunque nunca la visité.

Las muchas lecturas que realizaba con mi preceptor o a solas en las largas tardes de invierno hicieron de mí una niña soñadora, y las hablillas que oía sobre el priorato despertaban en mi desbocada imaginación historias maravillosas, hasta tal punto que me imaginaba que era una princesa cautiva de algún rey berberisco y que un ejército de bizarros freires de la Orden de Jerusalén, con sus hermosas capas rojas, salían del monasterio de Nuestra Señora de Flor da Rosa para rescatarme, o que algún freire paseaba por el oscuro claustro con un puñal en la mano.

En la primavera de 1532 mi hermano Luis vino a visitarnos desde Crato. De los ocho hermanos de padre que tenía, el infante Luis era mi preferido. Cuando yo nací él tenía quince años, y a pesar de la diferencia de edad fue siempre al que mostré más cariño pues era el más parecido a mí, o yo a él. Siendo yo niña me leía cuentos y me contaba historias, y paseábamos por los jardines del palacio de Ribeira o me llevaba por el río Tajo en una de las barcas que siempre estaban amarradas en el embarcadero. Recuerdo que nos reíamos mucho. Luego, a medida que yo cumplía años, él se fue tornando un joven triste al que la responsabilidad del priorato le pesaba sobre los hombros.

La tarde en que me hizo una confidencia creo que dejé de ser una niña para convertirme en una mujer capaz de comprender el sufrimiento por amor. Años más tarde también yo llegaría a sentirlo y siempre me habrían de venir los recuerdos de aquel encuentro.

—¿Sabes que he tenido un hijo, María? —me dijo forzando una triste sonrisa.

Yo le contesté que sí, que se lo había oído a mis ayas, pero que cuando preguntaba nadie me contestaba.

—Es que a los ojos de Dios y del mundo he cometido un pecado terrible.

Ya he dicho que yo era muy dada a leer libros y poesías y sabía que el amor empujaba a hacer locuras que a veces nadie comprendía. Le respondí que no creía que hubiera cometido ningún pecado, porque si se concibe un hijo con amor no existía maldad en ello. Recuerdo que dije esa palabra, «concibe».

Mi hermano se me quedó mirando, ahora sí, con una gran sonrisa en los labios.

—Aquel que llegue a ser tu esposo será un hombre muy dichoso, María —me dijo, y me besó en la frente.

Tuvimos muchas de estas conversaciones a lo largo de nuestra vida y el día que conocí a su hijo, mi hermano Luis se mostró feliz. Aunque antes de eso habrían de pasar años y muchos y luctuosos sucesos.

21

Desde que acaecieran los asesinatos en el monasterio hacía un año, frey Atilio se había vuelto extremadamente observador. Creía que con aquella actitud descubriría una pista, un indicio por pequeño que fuera, que le llevara a desenmascarar al asesino. Por eso no le pasó desapercibido que frey Eugenio, el ayudante del bibliotecario, no era el mismo. No solo había adelgazado, pues eso era evidente a los ojos de todos, sino que su comportamiento era muy distinto, y si él sabía algo de la condición humana diría que estaba sumido en la melancolía.

No lo perdió de vista en la biblioteca, mientras simulaba que leía, y allí el ayudante se pasaba las horas absorto mirando por la ventana hasta que alguien le llamaba la atención porque quería sacar o devolver algún libro. También se percató de que durante los rezos sus labios se movían al compás de las oraciones o los cánticos, pero estaba seguro de que ni rezaba ni cantaba.

Aquel día, después de nona, en el tiempo que los hermanos disponían para el ocio, frey Atilio vio al ayudante de frey Armando paseando por los huertos y se acercó a él. Eran las primeras horas de la tarde y el sol otoñal invitaba al paseo. Abstraído como estaba, frey Eugenio no lo vio llegar.

—Veranillo del membrillo, por San Andrés concluido —dijo a modo de saludo el rector del monasterio.

El ayudante pegó un brinco y el libro que sostenía cayó al suelo. Solícito, frey Atilio se agachó y lo recogió.

—Siento haberos asustado. Hoy parece que todos nos hemos puesto de acuerdo para pasear —dijo mirando a un grupo de freires que pasaba a su lado conversando en voz queda—. Claro que este solecito invita a ello, ¿no creéis?

El hermano Eugenio lo miró y asintió con la cabeza. Entonces el rector pudo observar las profundas ojeras que cercaban sus ojos.

—Vayamos hacia los robles, este sol membrillero no es bueno para la cabeza —propuso al ver que aquella parte de las huertas estaba desierta.

El ayudante del bibliotecario se dejó conducir hasta los bancos de madera situados a la sombra de los tres grandes robles.

—Sé que algo os preocupa, frey Eugenio, y a tenor de lo que estáis sufriendo me temo que sea algo importante —comenzó frey Atilio mientras se sentaba en uno de los bancos.

El joven freire hizo lo propio y se quedó en silencio; el administrador dudó si había oído lo que acababa de decirle. De pronto comenzó a escuchar los sollozos de frey Eugenio, primero silenciosos y luego acompañados de hipidos.

—Calmaos, hermano. El Señor siempre nos envía el auxilio. ¿Queréis que os oiga en confesión?

—He pecado, padre, y mi pecado no tiene perdón. Toda la furia de Dios caerá sobre mí, y me lo merezco —contestó limpiándose las lágrimas que corrían por sus mejillas.

—Ya conocéis el salmo: «Compasivo y clemente es el Señor, lento para la ira y grande en misericordia». Aliviad vuestro espíritu, hermano.

—Mentí a vuestra paternidad cuando me preguntó si conocía a Margarida. Yo la amaba, la amaba en silencio, soñaba con poseer su cuerpo y le componía los versos que os enseñé. Iba de cuando en cuando a su casa para recoger agallas, pues estos robles no dan suficientes para elaborar toda la tinta que necesitamos. Yo le regalaba poemas y ella los leía en voz alta. Su voz penetraba en mis sentidos y me sentía el hombre más dichoso de la tierra.

—¿Tuvisteis trato carnal con ella? —preguntó frey Atilio poniendo voz al pensamiento que de pronto le cruzó la mente: ¿podía ser frey Eugenio el padre de Ana Loira? No, la marca de nacimiento no dejaba lugar a dudas.

—Ella no veía en mí a un hombre, sino a un siervo de Dios. Más de una vez, bromeando, la incité al pecado pero ella se reía y no se lo tomaba en serio. Un día fui a su casa y me fijé en su preñez, y entonces la insulté, le dije cosas horribles, le arranqué los poemas de las manos y los tiré al fuego. No pude dormir durante días y no ponía la cabeza en mi trabajo ni en los rezos. ¿Quién era yo para pedirle explicaciones? Yo no la merecía. Temí perderla para siempre. Así que volví a su casa para proponerle que huyéramos juntos, yo dejaría los hábitos y cuidaría de su hijo. Iríamos al pueblo de mi madre, ella nunca estuvo de acuerdo en que yo ingresara en la Orden, soy su único heredero y ya es mayor, nos hubiera acogido con los brazos abiertos.

El ayudante del bibliotecario se detuvo un momento para respirar hondo.

—Si queréis, podemos dejar esta conversación para cuando vuestra paternidad esté más tranquilo.

—No, hermano Atilio, si no os cuento todo hoy ya no podré hacerlo nunca.

El rector asintió en silencio.

—Cuando llegué aquella tarde a la puerta, escuché una voz de hombre y supuse que sería aquel con quien mantenía relaciones. La ira me subió a la garganta y la rabia y los celos me hicieron llorar. En un primer momento quise entrar y darle una paliza al que se había aprovechado de la inocencia de Margarida, pero luego lo pensé, yo era un hombre de Iglesia, sería un escándalo para el monasterio. Me fui de allí y fingí estar enfermo esa noche para no acudir a los rezos. Margarida murió unas semanas después. Estoy seguro de que Dios la castigó. Se llevó su vida para que no interfiriera en la mía. Desde entonces el remordimiento y la culpa me atormentan y no me dejan vivir. Yo era el culpable de todo, yo debería haber sido castigado con la muerte y no ella. ¿Por qué tuvo que llevársela? ¿Porque era una pecadora?

—Dios no desea la muerte ni los males para sus hijos. En el evangelio de san Juan se nos cuenta que en una ocasión los discípulos preguntaron a Jesús por qué era ciego de nacimiento un hombre que se les acercó, ¿acaso había pecado él o sus padres? Jesús les contestó que las enfermedades o la muerte no son un castigo por los pecados ni son enviadas por Dios. De Dios solo procede lo bueno. El mal está en el mundo porque este no es perfecto. Hermano, sois un buen freire, por eso sentís lo que habéis hecho, pero Dios os ha perdonado y solo espera que os reconciliéis con él. No sufráis más. El Señor, en su infinita misericordia, solo quiere el bien y vuestra paternidad debe dar gracias por ello.

Frey Eugenio se puso de rodillas para que el rector le diera la absolución:

—*Ego te absolvo a peccatis tuis in nomine Patris et Filii et Spiritus Sancti.*

El ayudante del bibliotecario se sintió reconfortado después de haber abierto su alma y su corazón. Iba a despedirse cuando recordó algo.

—Frey Atilio, quería comentaros algo muy extraño que me ha pasado esta mañana en la biblioteca.

—Decid, hermano.

—¿Recuerda vuestra paternidad la tinta que nos enseñó a frey Armando y a mí, la que se usó para escribir las palabras sobre las losas cuando asesinaron a frey Tadeo?

—Sí, lo recuerdo muy bien. Era diferente de la que se usa en el monasterio. Tenía, si no recuerdo mal, vinagre y caparrosa.

—Así es. Pues bien, ordenando los libros de una de las vitrinas me he encontrado un tintero lleno de esa misma tinta. Está muy espesa, por lo que supongo que hace tiempo que fue elaborada.

Frey Atilio, sorprendido, se quedó mirando al ayudante del bibliotecario.

—¿Estáis seguro? —preguntó dudando de lo que decía el freire.

—Me extrañó que estuviera allí, y pensé que quizá se habría extraviado y la tinta se había echado a perder, así que derramé unas gotas en mi mano y vi que tenía el mismo olor y la misma textura.

—¿Se lo habéis dicho a frey Armando?

—No, lleva enfermo unos días, por eso estaba colocando yo los libros en esa vitrina. De haber estado él lo hubiera hecho con mi ayuda.

—¿Creéis que alguien pudo elaborarla y luego esconderla allí? —preguntó intrigado.

—Bueno, el armario siempre está cerrado con llave, pero alguien pudo cogerla y esconder la tinta allí, sí.

Cuando el rector regresó a su celda, su rostro traslucía una nueva preocupación.

Unas horas después, se presentó en la biblioteca para recoger el tintero. Frey Armando seguía enfermo, por lo que fue frey Eugenio el encargado de dárselo.

—¿Debo decírselo a frey Armando? —preguntó el ayudante.

—Solo si os pregunta por él. Si no, haced como que lo habéis olvidado.

El bailío volvió a sus quehaceres, aunque durante toda la tarde no pudo quitarse de la cabeza la confesión de frey Eugenio. ¿Y si le había vuelto a mentir y fue él quien mató a frey Tadeo porque lo confundió con el amante de Margarida? Las sospechas que antes recaían sobre frey Armando se habían desvanecido hacía meses, desde que descubrió que al hermano viñador lo mataron en casa de la muchacha. No podía imaginarse a frey Armando enfermo y casi ciego arrastrando el cuerpo por el pasadizo e izándolo hasta la iglesia. Había vuelto allí y pudo comprobar que, aunque habían limpiado la sangre, aún quedaban restos. No así en el pasadizo, donde todavía se veía claramente la sangre seca en las losas. Por otra parte, ¿quién había elaborado la tinta que frey Eugenio le había entregado? ¿Quién la había escondido? ¿Y si alguien la robó? ¿Quién se molestaría en preparar tinta de baja calidad si la de la biblioteca era mejor? Podría haberla cogido de allí, porque si algo estaba claro era que ese alguien estaba relacionado con la biblioteca ya que conocía el arte de elaborarla y las proporciones exactas. Era otra pista de un misterio que llevaba todas las trazas de perpetuarse en el tiempo.

22

Palacio de Fontainebleau, al sudeste de París
Junio de 1533

D oña Leonor, reina de Francia, leyó la carta que acababa
de enviarle el rey de Portugal. Era corta y fría. Juan III le
informaba de que no podía consentir el matrimonio de María
con su primo Maximiliano dada la poca edad de la niña. No
daba más explicaciones.

La reina se levantó y se acercó al ventanal que daba a los
jardines, exultantes de belleza. Pensó en los pequeños pero cuidados jardines del palacio de Malinas y en cómo su tía Margarita le enseñó a cortar rosas sin pincharse con las espinas. Una
sonrisa triste se dibujó en su rostro y no pudo evitar que las
lágrimas empañasen sus ojos. Los años de su infancia pasados
en Malinas se le antojaban ahora los más felices de su vida, a
pesar de que no pudo gozar del cariño de sus padres, ausentes
primero y luego muerto su padre y encerrada en la lejana Castilla su madre.

Estaba segura de que Juan III no le había perdonado la negativa a casarse con él, ni a ella ni a su hermano Carlos, y le
devolvía el golpe donde más le dolía, negándole la compañía
de su querida hija. Hacía doce años se vio obligada a dejarla al
cuidado de sus ayas para obedecer al emperador, los mismos
que llevaba intentando concertar un matrimonio que la arran-
cara de la prisión portuguesa en la que se hallaba, pero hasta

ahora ninguna de las muchas negociaciones habían dado resultado.

Se sentía engañada por su esposo, que se comprometió a casar a María con su hijo Francisco, el delfín. Bien era cierto que aquel le propuso sacarla de Portugal y obligar al rey Juan a pagarle la dote, a lo que ella se opuso porque no estaba dispuesta a que su hija saliera del reino como una vulgar ladrona. También se sentía engañada por su hermano Carlos, que no había cumplido su palabra de obligar al rey francés a formalizar lo pactado, quizá por miedo a que la abultada dote de su sobrina fuera utilizada para comprar armas y voluntades que luego utilizara en su contra. Pero sobre todo se sentía engañada por el rey de Portugal, que si en un principio aceptó, más tarde se dejó influir por el emperador y se negó a permitir que su hija saliera del reino.

Ese acuerdo matrimonial se rompió un año después, aunque Francisco accedió a casarla con su segundo hijo, Enrique. A la reina no le gustó el cambio, no porque su hija no llegara a ser reina de Francia, sino porque durante los años de cautiverio en España de los dos hijos del rey, ella tuvo ocasión de conocerlos muy bien, y mientras que Francisco era educado y sufría la prisión como un deber, Enrique se mostraba soberbio y su carácter pasaba de la melancolía a la ira. El tiempo que llevaba conviviendo con él no había sino confirmado lo que pensaba. Aun así cedió. Lo único que deseaba era tener a su hija cerca. Pero el tiempo iba pasando, y tanto su esposo como su hermano no parecían tener prisa por iniciar las capitulaciones matrimoniales.

Sin embargo, hacía dos meses que había recibido una carta del emperador en la que le exponía lo ventajoso que sería para María unirse en matrimonio con el hijo de su hermano Fernando, Maximiliano, quien, aunque era aún muy niño, un día heredaría el imperio de su padre. Aparte, argumentaba su hermano Carlos en la carta, que no acababa de fiarse de Francisco I, porque quién le decía a él que el francés no utilizaría la fortuna de María para intentar arrebatarle los territorios de Italia y

Francia a los que tuvo que renunciar a raíz de la derrota en la batalla de Pavía.

La propuesta del emperador ilusionó de nuevo a Leonor porque, aunque no pudiera vivir con su hija en Francia, la sacaba de Portugal y siempre era mejor casarla con su sobrino que con Enrique, el iracundo y futuro duque de Bretaña.

Ahora, la carta que acababa de recibir la hundía de nuevo en el dolor, y no solo porque alejaba otra vez el sueño de sacar a su hija de Portugal sino porque, quizá precipitándose, le había escrito contándole los pasos que su tío el emperador estaba dando para concertar su matrimonio con su primo Maximiliano. Sintió en el alma el dolor que, sin querer, le estaba provocando a su hija. No tendría más remedio que exigir o implorar a su esposo que acelerara los trámites para el desposorio de María con Enrique, pues no quería dar crédito a los rumores que habían llegado a sus oídos.

Doña Leonor caminaba deprisa por los corredores del palacio. Estaba enfadada. Salió a los jardines precedida por el mayordomo que diligentemente la guio hasta el estanque de las carpas. Era el lugar favorito del rey y allí se refugiaba cuando quería estar solo. La reina hizo un ligero movimiento con la mano y el criado, tras hacer una reverencia, volvió por el caminillo de tierra.

Hacía días que no veía al rey y meses que él no visitaba su alcoba. Ya estaba acostumbrada a ver a la amante de su esposo por los salones de palacio y a sentir las miradas de burla y desprecio de esta cuando se cruzaba con ella.

Francisco I se encontraba de buen humor, pues la tarde anterior había recibido una carta de su amante Ana de Pisseleu comunicándole que llegaría al día siguiente. Llevaba ausente tres semanas, las que había necesitado para casarse con Juan IV de Brosse, a quien Francisco I nombró duque de Étampes unos días antes. Lo hizo presionado por su amante, pues quería a toda costa ser duquesa. El hecho de nombrar duque al caballero de Brosse levantó no poco revuelo en la corte, pero no era esto lo que molestaba al rey, sino que nombrar duquesa a Ana requería buscarle un marido y esto desataba sus celos.

Sin embargo, Ana insistía una y otra vez. La inteligente joven sabía que algún día el rey se cansaría de ella y la reemplazaría por una amante más joven, como hiciera con Francisca de Chateaubriand. No quería terminar como su antecesora, encerrada en una habitación durante años para finalmente acabar asesinada por mandato de su esposo con el fin de que este recuperara el honor perdido durante tantos años. Ana necesitaba ser duquesa, así su marido le debería el título y, sobre todo, las rentas que este conllevaba. El rey transigió y ahora, por fin, después de tres aburridas semanas, llegaba su querida Ana.

Francisco I vio a su esposa acercarse por el caminillo y se le demudó el semblante. No tenía tiempo ni ganas de discutir con la reina asuntos matrimoniales, pensó.

No se equivocaba el rey de Francia sobre el propósito de la reina. Habían llegado a sus oídos los rumores de que Enrique de Valois estaba comprometido con la noble italiana Catalina de Médicis.

—No era ese el compromiso que contrajisteis con mi hermano respecto a mi hija María. Primero anulasteis el matrimonio con vuestro hijo el delfín y ahora, a mis espaldas, concertáis el matrimonio de Enrique con Catalina de Médicis —dijo la reina después de hablar largo rato con su esposo.

—Vuestro hermano, querida esposa, no me tiene ahora prisionero. Y os recuerdo que fuisteis vos quien se opuso a que vuestra hija saliera de Portugal.

—Porque queríais sacarla del reino como a una vulgar ladrona —contestó airada la reina.

—Era eso o nada. Y elegisteis nada. No me vengáis a reprochar a mí lo que solo fue vuestra culpa.

Doña Leonor estuvo a punto de replicarle que si hubiera consentido la salida de su hija a espaldas del rey de Portugal, este jamás le habría dado la dote y ahora María estaría a su lado, sí, pero sin un mísero maravedí, viviendo de la caridad del rey de Francia, quien, naturalmente, la habría casado con algún caballero sin fortuna.

—Vuestra hija es aún muy niña y yo necesito una mujer para dar herederos al trono —dijo el rey, con un tono más tranquilo.

—¡Por Dios! Mi hija tiene solo dos años menos que la joven italiana, y además no se casa con el delfín, por lo que no ha lugar a pensar en herederos —contestó doña Leonor, exasperada.

—Las negociaciones para matrimoniar con vuestra hija estaban siendo difíciles. Vuestro hermano no hacía sino poner cortapisas, y las últimas exigencias del rey de Portugal eran inaceptables.

La reina Leonor se quedó mirando extrañada a su esposo.

—Ignoraba que el rey don Juan hubiera puesto más condiciones.

—Vuestro cuñado, sin duda aconsejado por el emperador, pretendía pagar la dote a plazos. Por lo visto no desea desprenderse de la fortuna de vuestra hija y no hace sino…

La reina volvió la cabeza para buscar el motivo por el cual su esposo se había interrumpido. En lo alto de la escalinata estaba Ana de Pisseleu saludando con la mano.

—Bien, me temo que está todo dicho —dijo Francisco, tajante—. Y ahora, si me disculpáis, tengo otros asuntos que tratar.

La reina se quedó de pie, dando la espalda a la escalinata, sin atreverse a volver al palacio por temor a encontrarse con la amante de su esposo.

Una vez más, tuvo que esforzarse para que las lágrimas no acudieran a sus ojos. Aún le quedaban orgullo y dignidad.

En la primavera del año del Señor de 1535, el rey convocó Cortes en la ciudad de Évora, donde se hallaba establecida la corte desde hacía un tiempo. Se iban a discutir allí cuestiones de suma importancia para el futuro del reino; también mi hermano quería convencer a las Cortes de la conveniencia de establecer un Tribunal del Santo Oficio; pero sobre todo quería que se nombrase heredero del trono portugués al infante Manuel, pues el primogénito había muerto en 1526.

Évora, una villa con casi doce mil habitantes, nos había recibido con fiestas y jolgorios y fue testigo, durante el tiempo en que la corte permaneció allí, tanto de las alegrías como del sufrimiento de sus reyes, con los que compartió risas en las fiestas pero también lágrimas cuando la pena inundó el palacio.

Nos establecimos en el Palacio Real, en el que mi difunto padre había creado un hermoso jardín y que mi hermano mejoró y embelleció durante el tiempo que allí estuvimos.

Yo andaba por los quince años y ya tenía definido mi gusto por la lectura, especialmente por la poesía. Solía reunirme con algunas damas a recitar poemas en una galería porticada que miraba a un hermoso naranjal y que dimos en llamar la Galería de las Damas. Fue por entonces cuando se despertó en mí la afición al teatro gracias a los autos del genial Gil Vicente que solían representarse en el palacio.

Los primeros meses se pasaron raudos y la reina y toda la

corte no cabían en sí de dicha viendo crecer sanos a los infantes.

Las fiestas de la Natividad del Señor de 1536 se preveía que serían las más felices de nuestra vida. Los hijos de los reyes, los infantes Manuel, Felipe y Denis junto a la infanta María Manuela, que ya tenía nueve años, alegraban con sus risas y sus infantiles juegos cada rincón del palacio. Nunca se habían visto tantos infantes corretear por los salones y a la reina Catalina, preñada ya de su octavo hijo, no se le borraba la sonrisa del rostro.

A veces veíamos cómo contemplaba extasiada el juego de los niños y que se le escapaba algún suspiro o lágrima, y todos sabíamos que era por los tres hijos muertos, pero luego, y tras enjugarse los ojos con un lienzo, volvía la alegría a sus ojos y acompañaba, orgullosa, a sus hijos en sus juegos.

Parecía que la desgracia, o el mal de ojo, como decía el pueblo llano, se alejaba de la corte y Dios, en su infinita misericordia, se apiadaba del sufrimiento de la reina trocándolo en dicha. Nada de lo que sucedía en aquellos días hacía presagiar los acontecimientos funestos que nos estaban aguardando, ninguna nube negra parecía poder oscurecer el cielo azul y límpido que brillaba en Évora.

La villa, que tanto se había congratulado con las nuevas de la llegada de tres infantes, habría de llorar la desventura de la muerte de otros tres.

23

Habían pasado cinco años desde que la paz de la que gozaba la comunidad del monasterio de Santa María de Flor
da Rosa se viera alterada por el asesinato de dos freires. El
hecho de que no se hubiera descubierto aún al perpetrador de
aquellos horribles crímenes hacía que frey Atilio se sintiera culpable y que, a pesar del tiempo transcurrido, no cejara en el
empeño de dar con alguna pista.

Aquella mañana, después de los rezos de prima, el rector
salió a pasear por la viña. Le gustaba ese lugar: los senderos
limpios de follaje, las vides cavadas con esmero... Los hermanos viñadores hacían bien su trabajo. Sentía admiración por
frey Dionisio, que dirigía las labores, pues era inteligente y me-
ticuloso en su oficio.

Pero había otra razón por la que el bailío del monasterio
visitaba habitualmente aquel lugar. Tenía la esperanza de hallar
algún indicio que le llevara, por fin, a descubrir al asesino del
hermano boticario.

En cuanto al crimen de frey Tadeo, había vuelto unas cuantas veces al pasadizo y estaba convencido de que le dieron muerte en la casa de Margarida y que luego arrastraron su cuerpo
hasta la iglesia.

Durante los primeros meses de investigación, las sospechas
le llevaban una y otra vez a don Alfonso de Braganza en el
primer asesinato y a frey Duarte y frey Armando en el segundo.
Aunque tampoco descartaba al hermano Eugenio. Seguía pen-

sando que los dos crímenes estaban relacionados, pero no hallaba la conexión. Entonces pedía perdón a Dios por haber dudado de sus palabras y por haberlos juzgado.

Recordó las muchas horas que frey Demetrio y él pasaron preguntando a todos los miembros de la comunidad acerca de dónde estaban el día en que hallaron muerto al hermano boticario, pero ninguno pareció salir ese día y frey Atilio no pudo sacar provecho del tiempo empleado. Lo mismo sucedió con las pesquisas realizadas sobre la muerte de frey Tadeo.

El frescor de la mañana era agradable, aunque ya se presentía que sería un día caluroso. Estaban a mediados de septiembre y el verano parecía no querer irse.

Vio a lo lejos a la docena de freires que se afanaban en la vendimia. Ese año la cosecha no sería abundante por la poca lluvia de la primavera y el mucho calor del verano, pero a cambio, pensó, el vino sería más recio y sabroso, aunque lo bebieran mezclado con agua.

Llegó hasta donde trabajaban los viñadores y los saludó amablemente. Admiraba a aquel grupo de freires, algunos caballeros de familia noble, que nunca se quejaban del frío o del calor que pasaban en la viña esforzándose por arrancar a la tierra los mejores frutos. Mandados por frey Dionisio, cuidaban con mimo las vides y ayudaban también a la elaboración del vino.

—Este año acabaremos pronto la vendimia —dijo el maestro viñador cuando vio a frey Atilio acercarse.

—Ya me he dado cuenta, pero a cambio el vino será especialmente dulce.

—Ya lo creo, las uvas tienen mucha azúcar y son muy sabrosas, así que casi no hará falta especiarlo —contestó frey Dionisio, que además se encargaba de la bodega.

El rector siguió su paseo hasta el lugar en que hallaron el cuerpo de frey Andrés. Se detuvo y miró el muro como siempre hacía.

Luego se quedó observando a los hermanos que cortaban los racimos, los echaban a los cuévanos y los transportaban al lagar en carretillas de mano.

En unos días comenzaría la pisada de la uva, pero antes tendrían que preparar las tinajas: lavarlas, ahumarlas con sarmientos secos, untarlas de pez... Cuando estuvieran listas echarían el mosto y añadirían las bolsitas de especias: clavo, pimienta, granos del paraíso... Después tendrían que espumarlo con cedazos, catar y por último, cuando frey Dionisio lo ordenara, se trasegaría en cántaros o vasijas de cobre.

¡Cuánto trabajo para que toda la comunidad pudiera disfrutar de la bebida del dios griego Dionisio! Frey Atilio sonrió y se dijo que no podía ser otro freire sino el hermano Dionisio quien cuidase la viña y elaborara el vino.

Emprendió el camino de regreso a sus quehaceres. Y una vez más pensó que nunca abandonaría las pesquisas, porque estaba seguro de que algún día ese detalle, esa pista que se le escapaba, se le revelaría con toda claridad. Y entonces, sí, daría con el asesino.

24

El día amaneció tibio y soleado aunque ese invierno se recordaría en Évora como uno de los más fríos de los últimos
años. La familia real en pleno había asistido a la misa de la
Natividad del Señor. La reina Catalina se mostraba pendiente
de su hijo Dinis, que con casi dos años parecía crecer fuerte y
sano. A su lado caminaban sus otros hijos: María Manuela, de
nueve años; Manuel, el heredero al trono, de cinco, y Felipe,
de tres. Tras asistir a la muerte de sus otros tres hijos y haberlos
llorado desconsoladamente, la reina empezaba a recobrar la
sonrisa.

A la salida de la iglesia de Nuestra Señora de la Asunción el
sonido de las campanas se confundía con las voces del gentío
que aclamaba y vitoreaba a sus reyes. Pronto la intensidad de
los gritos amortiguó cualquier otro sonido, y es que los pajes
de los infantes comenzaron, como era costumbre, a lanzar monedas para que solo los niños pudieran recogerlas del suelo. De
vez en cuando, aquellos les entregaban a los dos príncipes mayores alguna moneda para que la tiraran, lo que hacía que el
pueblo gritara enfervorecido.

El médico García de Orta se había trasladado a Évora hacía
dos años obligado por su esposa, que no aguantaba más vivir en
un villorrio. «Allí está la corte, así que prosperarás, y si no, por
lo menos podremos alternar con los Vimioso o los Cadaval»,
insistía Brianda. Aquel día asistía con su esposa y su hija a la
entusiasta acogida que el pueblo de Évora brindaba a sus reyes.

No permitía que la niña se agachase a recoger ninguna moneda por miedo a que le pisaran las manos o, en el peor de los casos, que se cayera al suelo. Ana Loira gritaba siguiendo la trayectoria de las monedas lanzadas al aire.

—¡Allí, padre, allí! Han caído allí.

Una moneda fue a parar a los pies del médico y este consintió que su hija se agachara a recogerla. La alegría de la niña le hizo sonreír, pero la sonrisa se le borró de pronto cuando vio que su hija estaba haciendo pucheros.

—¿Qué te pasa? ¿Por qué lloras? —le preguntó mientras la cogía en brazos.

—Me ha quemado la mano, no la quiero —dijo la niña mientras tiraba la moneda al suelo.

—¿Por qué la has tirado? —dijo enfadado ante lo que creyó que era un capricho de la niña.

—Estaba caliente, como la mano de Isabel cuando se murió, ¿te acuerdas?

Sí, recordaba lo que sucedió con la sirvienta que había cuidado de Ana desde que llegó a su casa; hacía solo unos meses de aquello.

Isabel cayó enferma de lo que parecía un simple resfriado y cuando Ana Loira fue a verla a su habitación y le cogió la mano, salió llorando y le dijo que la mano de la criada le quemaba. Al día siguiente, y sin causa aparente, la criada murió.

García de Orta no sabía si lo que acababa de decir su hija guardaba relación con lo que le ocurrió con la criada.

De camino a su casa se olvidó de lo sucedido.

Lo que el médico no vio fue que al sacar las monedas de la bolsa para entregárselas al infante Manuel, al paje se le cayó una en el regazo de la nodriza que sostenía en brazos al infante Dinis y había rozado una de sus manitas.

Una semana después, Évora celebraba la llegada del nuevo año y lloraba la muerte del pequeño Dinis.

Muy de mañana, García de Orta hizo por informarse sobre lo sucedido al infante hablando con uno de sus colegas.

—El infante no ha logrado superar el mal de costado. El frío se le ha metido en los pulmones y nada se ha podido hacer por él. Lo peor es que el heredero muestra señales de lo mismo.

El médico converso llegó a su casa muy preocupado, pero no tuvo tiempo de hablar con su hija como era su deseo porque su esposa le dijo que un enviado de palacio lo estaba esperando desde hacía un buen rato. Cogió su bolsa y salieron prestos. Nada más llegar, le informaron de que el rey solicitaba sus servicios para atender al príncipe heredero. García de Orta no había estado nunca en palacio e ignoraba que el rey supiera de su existencia.

Cinco médicos se hallaban a la cabecera del enfermo, pero ninguno osó saludarlo, excepto Antonio Silva, el colega al que había preguntado esa mañana y que movió la cabeza en señal de bienvenida.

El niño, ardiendo de fiebre, parecía dormir en un sueño agitado. Su pecho subía y bajaba acompasando la respiración dificultosa y sonora. Se acercó a él y le tomó el pulso. Luego le exploró la boca con unas antiparras especiales que sacó de la bolsa y que provocó que los demás galenos se miraran entre ellos.

—Parece que el príncipe ha cogido frío, pero además…

—En eso hemos coincidido todos —dijo don Manuel Pereira, uno de los médicos, mirando con prepotencia al médico converso—. Pero, gracias a Dios, esta vez lo hemos cogido a tiempo. Recomendamos hacerle una sangría para…

—¿Estáis vos de acuerdo en que sanará pronto? —preguntó la reina dirigiéndose a García de Orta e ignorando lo que recomendaba don Manuel Pereira.

—Majestad, la última palabra siempre la tiene Dios. El príncipe es cierto que ha cogido frío, pero es en la garganta y no en los pulmones. Por lo que he podido apreciar, creo que tiene anginas malignas, en España lo llaman garrotillo. ¿Habéis notado si el príncipe mostraba dificultad para tragar o afonía?

—Sí, hace días que al príncipe le costaba hablar, pero todos lo achacamos al frío.

—Pues es algo más grave, majestad. El príncipe está débil y no aconsejo practicarle ninguna sangría, es más...

—Pero ¿cómo os atrevéis a contradecir a cuatro médicos cristianos? —gritó don Manuel Pereira, que se había erigido en portavoz del grupo resaltando la palabra «cristianos».

—No está en mi ánimo contradeciros. Coincido en todo lo que habéis dicho, pero creo que es más grave de lo que parece y...

—¿Creéis que por haber estudiado en Salamanca podéis venir a decirnos lo que está bien y lo que está mal?

—Señores —intervino la reina—, el médico García de Orta dice bien, mi hijo está muy débil y las sangrías lo debilitarían aún más. ¿Cuál es el tratamiento que debemos seguir? —preguntó dirigiéndose al médico converso e ignorando la presencia de los demás.

—Lo más urgente es que el príncipe expulse las membranas que tiene adheridas en la garganta y que le impiden tragar, respirar y casi hablar —dijo sacando un frasco de cristal. Luego vertió un poco del contenido en un vaso y se lo dio a beber al príncipe—. Es menester que vuelva a mi casa para preparar cataplasmas y tisanas.

Los médicos volvieron a mirarse; ya habían oído que el médico converso preparaba sus propias medicinas a base de plantas recogidas por él mismo o traídas de lejanos lugares.

Don Antonio Silva, el más joven de ellos, se acercó al judío y le habló simuladamente al oído.

—Convengo con vos en que tiene algo en la garganta, pero tened cuidado con don Manuel Pereira, es peligroso.

García de Orta se quedó pensando en las palabras del joven galeno.

Ya era noche cerrada cuando el médico volvió de segundas a su casa. No pudo disimular la cara de preocupación cuando su hija se abalanzó sobre él.

—Hoy he curado a mi muñeca, le dolía mucho la cabeza y

le he preparado una cataplasma de carcoma de las maderas. A ver si tienes algún ungüento en tu bolsa.

El médico sonrió y se recostó en una mecedora. Cerró un momento los ojos mientras oía cómo su hija rebuscaba en la bolsa. De pronto, un grito de la niña acabó con su tranquilidad.

—¿Qué te ha pasado?

La niña se miraba la mano con las lágrimas asomándole en los ojos.

—¿Te has pinchado con algo?

Se levantó para ver el daño en la mano de su hija, pero no apreció nada.

—Me he quemado, en la bolsa tienes algo que quema.

El médico miró en el interior de la bolsa y vio un paño empapado de ungüento que había usado esa tarde con el infante.

—Hay cosas que me queman, padre. Es igual que la moneda, ¿te acuerdas? Pero esta vez ha sido mucho menos que cuando me quemó Isabel.

El padre abrazó a su hija, pero una sombra de inquietud cruzó sus ojos. ¿Tenía su hija una enfermedad que hacía que algunos objetos la quemaran? ¿Había desarrollado una extraordinaria sensibilidad a algún material?

Cinco meses después de que Ana Loira hubiera sentido la quemazón dentro de la bolsa de su padre, todo parecía haber vuelto a la normalidad en la casa de García de Orta y en el palacio.

El médico olvidó el repetido incidente de las manos ardientes de su hija, el príncipe mejoraba considerablemente gracias a los remedios que él le procuraba y aunque don Manuel Pereira le seguía mirando con desconfianza, ya no se mostraba tan hostil. La primavera le sentaba bien al infante y la sonrisa había vuelto a los labios de la reina.

Hasta que un día de mediados de junio unos recios golpes sobresaltaron al médico y a su familia. Un cochero del rey lo esperaba en la puerta para llevarle a palacio. El príncipe parecía haber empeorado.

A García de Orta se le empañaron los ojos cuando contempló los estertores del pequeño infante. Miró a la reina que, anegada en lágrimas, imploraba a Dios con un crucifijo entre las manos, postrada de rodillas ante el lecho del niño. Las doncellas, un poco más apartadas, hacían lo propio. Solo el rey Juan mostraba entereza ante el fatal desenlace que se adivinaba.

Cuando el médico, abatido, regresó a su casa esa noche fue a ver a su hija, que dormía plácidamente. La imagen del pequeño infante agonizando se le representó nítida y se preguntó si sería capaz de soportar el dolor de ver alguna vez a su hija como acababa de ver al hijo del rey.

Las campanas de todas las iglesias de Évora comenzaron a tocar a difuntos al alba. El príncipe Manuel, el que estaba destinado a gobernar el reino más rico de la cristiandad, había muerto. Era el quinto hijo al que lloraban los reyes. La reina Catalina, sin apenas haberse restablecido del parto de su octavo hijo, Juan Manuel, creyó por primera vez en su desgraciada vida que sus hijos crecerían sin madre, pues durante semanas no tuvo fuerzas ni valor para mirar al recién nacido. Una profunda melancolía se adueñó de su cuerpo y unos pensamientos funestos la obligaban a permanecer despierta noches enteras pese a los remedios que los médicos le procuraban. Una idea terrible comenzaba a perturbar a la reina, la de que su linaje estuviera maldito.

—Es inútil que siga pariendo más hijos, todos morirán —repetía con la mirada perdida.

La sombra del miedo comenzó a cubrir cada rincón del reino y el nombre de la reina Juana la Loca, madre de doña Catalina, encerrada en un pueblo perdido de Castilla y olvidada por todos, comenzó a susurrarse en voz queda por los corredores de palacio.

Recuerdo aquel invierno de 1537 como uno de los más fríos de mi vida. Nevó durante toda una semana y las gentes de Évora, cautivadas el primer día por lo que tenían por una maravilla, acabaron odiando la nieve al verse impedidas de salir de sus casas sin que resbalasen en el hielo, que hacía que los carros se atollasen y que las caballerías avanzasen asustadas, presas sus patas de algo desconocido para ellas.

Yo, pese a tener solo dieciséis años, acababa de recibir como regalo por la Natividad la noticia de que el rey me pondría casa propia, es decir, que podría vivir en mi propio palacio y organizarlo y administrarlo a mi antojo.

Disfrutaba yo por aquellos días ideando y trazando mil planes de cómo sería mi vida fuera del palacio que me había visto nacer. Sin embargo, algo vino a empañar la felicidad que me embargaba.

—María, he de hablar contigo —me dijo una mañana mi tía Catalina.

Me puse alerta, pues siempre que la reina o mi hermano, el rey, pronunciaban aquellas palabras era para darme malas noticias, pues las buenas, como eran escasas, no requerían de formalidades.

—Has de saber que el rey ha iniciado las negociaciones para un doble matrimonio con los Tudor: ha decidido que te desposes con el rey Enrique, que busca nueva esposa, y el infante Duarte, tu hermano, se casará con la hija del rey, María Tudor.

Yo conocía parte de la historia del rey de Inglaterra porque las damas de la corte, ávidas de nuevas, se entretenían comentando la vida disoluta y poco edificante de Enrique VIII. Recordaba haberle oído contar a mi tía Catalina las humillaciones y vejaciones sufridas por su tía Catalina de Aragón, primera esposa del monarca inglés.

Creo que la reina leyó en mi rostro la inquietud y la desazón con las que recibí la noticia. No me salían las palabras para replicarle.

—¿Mi madre es sabedora de esta nueva? —pregunté.

—Ya debe de haberle llegado la carta en la que se le informa de ello. Estamos seguros de que se complacerá con el enlace. —Al notar mi poca alegría por su respuesta, añadió—: Ser reina de Inglaterra no es tan malo.

—Ser reina de Inglaterra es un honor, tía, pero no hay ninguna dicha en convertirme en la esposa de un rey que me triplica la edad, que humillaba y vejaba a su primera esposa, mi tía abuela, hasta que la repudió, y que ha mandado ejecutar a la segunda —contesté en un atrevimiento que no era propio de mi persona.

Mi tía, viendo la sensatez de mi respuesta, sonrió y me acarició el rostro. Era la primera vez que la veía sonreír en ese infausto año de 1537 en el que había enterrado a otro hijo.

Meses más tarde, cuando el olor de las flores de azahar se colaba por los ventanales de palacio, la reina dio a luz a su octavo hijo, un varón fuerte y robusto que vino a alegrar la tristeza que se respiraba en el Palacio Real, pero a las dos semanas falleció el príncipe Manuel y mi tía se sumió en la melancolía.

Un tiempo después, cuando mi tía comenzaba a recuperarse de la pérdida de otro hijo más, pude hablar con ella.

—Es un varón muy hermoso y fuerte, tía. Dios lo protegerá —dije refiriéndome a su octavo hijo, Juan Manuel.

—Sí, este hijo crecerá sano, Dios no me ha abandonado. —Luego me miró y su sonrisa se ensanchó—. Tu querido pretendiente Enrique VIII ya ha elegido esposa, Ana de Cléveris, *por lo tanto las negociaciones sobre tu matrimonio quedan anuladas, así como las del infante Duarte con la princesa María Tudor.*

Era la primera vez en muchos años que mi tía usaba la ironía en sus palabras.

Con mi sonrisa di a entender la satisfacción que sentía: me libraba de un matrimonio no deseado y mi hermano, el infante Duarte, se quedaba en Portugal.

La tranquilidad de la rutina se instaló en palacio hasta que una tarde anunciaron que un caballero portugués recién llegado de Castilla solicitaba audiencia. Mi hermano el rey y mi tía Catalina lo recibieron de inmediato, pues eso significaba que venía a entregar cartas de su querida hermana Isabel, la esposa del emperador.

El caballero se llamaba Ruy Gómez de Silva y en cuanto lo vi entrar me enamoré. Era alto y de talle bizarro, con unos ojos negros muy expresivos, de frente despejada y barba poblada.

Los reyes lo invitaron a pasar esa noche en palacio y durante la cena mis ojos se encontraron con los suyos y yo, turbada, por primera vez en mi vida comprobé que todos los sentimientos encontrados que sentían las damas de mis lecturas ante el caballero digno de su amor se correspondían con lo que yo estaba sintiendo en ese momento, pues quería mirarle y a la vez huir de allí, o que me mirara y al mismo tiempo que me ignorara.

Sus modales exquisitos y su amena conversación informando de todo lo que acontecía en Castilla y de lo feliz que era la emperatriz Isabel no hicieron sino que yo sintiera más admiración por él. Tenía veinte años y yo dieciséis.

Yo era por entonces una joven soñadora y solía dormirme pensando en el día en que sería proclamada reina, como lo habían sido mis abuelas, mi madre, mis tías o mis primas, y el que un enviado de la emperatriz llegado de Castilla no dejara de mirarme me turbó tanto que a mitad de la cena hube de retirarme para que mi tía no se diera cuenta de la confusión de mis sentimientos.

Cuando a la mañana siguiente pregunté a una de mis damas por el caballero portugués, me dijo que se había marchado a Lisboa donde tenía parientes.

Tardé tiempo en olvidar su rostro y en dejar de soñar con él. Cuando cinco años después volví a verlo, sus ojos me parecieron aún más profundos y sus modales y su cortesía más exquisitos. Pero yo ya no soñaba, solo pensaba en ser reina y dar herederos a un trono.

25

La corte de Paulo III hizo su entrada en la ciudad francesa amurallada de Aguas Muertas con todo el boato y esplendor del que era capaz el papa de Roma.

Hacía dos días que Carlos V y Francisco I, rey de Francia, esperaban impacientes la llegada del prelado, que los había citado allí con el fin de firmar la ansiada paz que, aunque ninguno de los dos se atrevía a solicitar, tanto necesitaban sus reinos. Los dos monarcas con su acompañamiento ocuparon dos alas opuestas del gran castillo para, precisamente, evitar el encuentro hasta contar con la presencia de Paulo III.

En una de las estancias reservadas al séquito francés, la reina doña Leonor sonreía feliz a sus damas de compañía. Tenía razones para ello. El rey de Francia aceptó que lo acompañara tras escuchar sus argumentaciones: conocía muy bien a su hermano y podría interceder si las negociaciones no llegaban a buen puerto. Además, aquel viaje suponía el triunfo sobre Ana de Pisseleu que, aunque no consiguió que se quedara en París, por lo menos no visitaría al rey en su alcoba por deferencia al papa. Pero, sobre todo, su sonrisa se debía al as que creía guardar en la manga y que pondría sobre la mesa llegado el momento. Sonrió de nuevo al pensar en la jugada con la que acababa de comparar su más que probable intervención.

Las principales negociaciones habían tenido lugar en Niza y solo la influencia y la habilidad del poderoso papa Paulo III logró arrancar a los dos monarcas una tregua en las hostilidades. Era mucho de lo que debían desprenderse tanto su esposo como el emperador. Carlos debería renunciar a sus derechos sobre el ducado de Borgoña, por el que tanto luchó. Su esposo, a su vez, debería renunciar al ducado de Saboya, al reino de Nápoles y a los territorios de Artois y Flandes.

Sobre estas renuncias, la reina Leonor no tenía nada que alegar. Incluso le traía sin cuidado que tanto su esposo como su hermano tuvieran un ducado más o menos, aunque se guardaba mucho de expresar su parecer a quienes la rodeaban, y en especial a los interesados.

El tema que más le interesaba de todos los que iban a tratarse en aquella reunión, y por el que realmente había insistido tanto en estar presente, era la alianza de matrimonio que el papa Paulo III traía entre sus propuestas para unir a los dos reinos en la paz y que ella había conocido por una carta recibida de un noble flamenco perteneciente a la legación papal. Según rezaba la misiva, el prelado propondría que Carlos, duque de Orleans, tercer hijo varón del rey de Francia, se uniera a María de Habsburgo, hija del emperador, o en su defecto con su sobrina, Ana de Habsburgo-Jagellón, hija de Fernando de Habsburgo. Y eso era, precisamente, lo que ella trataría de impedir.

—Majestad —dijo una dama de compañía abandonando el alféizar de la ventana sobre la que atisbaba—, la comitiva del papa acaba de cruzar el puente.

La reina de Francia sabía que desde el momento en que Paulo III entrara en el castillo debía obrar con suma discreción y cautela. Se despidió de sus damas de compañía francesas y con un gesto indicó que la acompañaran las damas castellanas. Eran tres nobles damas que estuvieron con ella en Castilla desde que llegó en 1517, las mismas que la acompañaron a Portugal cuando contrajo matrimonio con Manuel I y que luego la siguieron hasta Francia. Eran de su absoluta confianza y a las únicas a las que puso al tanto de su propósito.

Una vez que hubieron salido, una de las damas se adelantó con la intención de entregar a un sirviente la carta que doña Leonor había escrito hacía días. Luego, y seguida de las otras dos, la reina se refugió en su cámara a esperar la contestación.

La respuesta llegó casi una hora más tarde, pero cuando la reina Leonor la leyó, la sonrisa volvió a su rostro. «Os recibiré». Eran solo dos palabras las que contenía la misiva, pero suficientes para que las esperanzas volvieran a renacer en ella. El primer paso de su plan estaba en marcha.

—Muy urgente ha de ser lo que tiene que decir la reina de Francia para solicitar audiencia con esta premura —dijo Paulo III nada más ser anunciada doña Leonor por el noble flamenco.

La reina hincó la rodilla para besar el anillo del Pescador que el papa le ofrecía.

—Santidad, os ruego me disculpéis, pero el asunto que me trae a vuestros aposentos es tan urgente como delicado.

El papa de Roma hizo un gesto para indicar a todos los que se hallaban en la estancia que salieran.

La gran sala de audiencias del castillo se hallaba engalanada para la ocasión. No todos los días se podía ver a los dos monarcas más poderosos de la cristiandad reunidos con el papa.

El estandarte del emperador con el águila bicéfala sobre la cruz de Borgoña, en el que el toisón de oro acolaba los escudos de todos los reinos, portado por un bizarro oficial de caballería flamenco, apagó la aparición del pendón francés. Todos los ojos se clavaron en el estandarte de Carlos V y unos, henchidos de orgullo, y otros, heridos en su amor de patria, reconocieron el alarde y la demostración de poder del rey de todas las Españas.

Cuando el séquito de los dos monarcas hubo encontrado el acomodo asignado, hicieron su entrada los reyes. Francisco I acompañado de la reina Leonor, y sus hijos Francisco, delfín de Francia, y Enrique y su esposa Catalina de Médicis, su hermana Margarita y su hija Margarita, de quince años de edad. Al emperador lo acompañaban su buen amigo el duque de Alba y otros altos dignatarios y nobles.

Sentados a la mesa atiborrada de manjares, la velada transcurrió como era de esperar. Hubo música, bailes, intercambio de valiosos regalos y tertulia, sin que ninguno de los temas tratados en Niza volviera a ponerse sobre el mantel.

Atrás quedaban las suspicacias del emperador a desembarcar en Aguas Muertas y su preferencia por encontrarse con el monarca francés en su galera. De nuevo, su amigo el duque de Alba lo había convencido para reunirse en el castillo.

Todo lo que se negoció en Niza quedó sellado y rubricado, y ahora solo quedaba festejar los acuerdos. Nunca en tan poco tiempo dos reyes firmaron tan magnas capitulaciones, entre las que se encontraban el compromiso de una paz que duraría diez años, el libre comercio entre los vasallos de ambos reinos o el que ninguno de los dos monarcas diere favor al enemigo del otro.

Los documentos fueron rubricados por insignes personalidades como el marqués de Aguilar y el comendador mayor de León por la parte del emperador, y el cardenal de Lorena y el condestable de Francia por la parte del rey Francisco.

Así que ahora tocaba disfrutar. Cuando el papa consideró oportuno y antes de que algunos invitados comenzaran a dar muestras de embriaguez, se dirigió al rey Francisco, sentado a su derecha.

—Debemos dar gracias al Altísimo, pues todo ha transcurrido según su voluntad.

—Así es. Pero también vuestra santidad tiene parte en esta empresa. —El rey de Francia sonrió—. Gracias a vuestra intercesión, la paz reinará ahora en Occidente.

—Obligado estoy a decir que dos grandes reyes así lo han querido y sé que no faltarán a la palabra dada. Sin embargo, me quedaría más tranquilo si estas capitulaciones se cerraran con unos matrimonios que unieran para siempre los reinos de Francia y de España.

El rey Francisco arqueó las cejas. Ninguno de sus consejeros le había mencionado que se tratarían casamientos, y aunque la idea no le parecía peregrina, antes al contrario, pensó que quizá el emperador ya habría tratado el tema con el papa y esa sospecha le hizo torcer el gesto, pues debería haber sido informado de un asunto tan delicado.

Los ojos inteligentes del prelado atisbaron la sombra de la duda en los del monarca francés y se apresuró a despejarla.

—Se me ocurrió durante el camino, y creo que fue una buena ocurrencia —dijo Paulo III, y soltó una risita porque la frase le pareció ingeniosa, además de por lo que consideró una mentirijilla.

Luego se giró a su izquierda, donde se encontraba sentado el emperador, y le dirigió a este casi las mismas palabras que acababa de decirle al rey francés.

Al otro lado de la mesa, la reina Leonor no prestaba atención a la conversación que el duque de Alba, siempre cortés, trataba de entablar con ella. Sus ojos estaban centrados en el obispo de Roma y en sus gestos. Por eso cuando vio que su hermano el emperador, a quien conocía muy bien, se irguió en su estrado y apretó la prominente mandíbula, sabía que Paulo III le acababa de decir que el matrimonio en el que había pensado se tendría que llevar a cabo entre María, la hija del rey portugués y la reina Leonor, y Carlos, duque de Orleans, hijo de Francisco I. La reina de Francia tuvo que echar mano de su abanico para intentar disimular la alegría y el nerviosismo que por momentos se iba apoderando de ella. Tampoco se le pasó por alto la tenue sonrisa de su esposo, a quien, si ella no se engañaba, la proposición del papa le agradaba sobremanera.

Después de los bailes, las damas se retiraron a sus aposentos.

La princesa Margarita, cuñada de la reina Leonor, se acercó a esta para felicitarla por el compromiso que acababa de firmarse. Esa alianza suponía estrechar lazos nada menos que con el rey más poderoso de la cristiandad. Aunque ella hubiera preferido que su sobrino se casase con la hija del emperador, no se le escapaba que la dote que traería a Francia la hija del rey portugués no podía compararse con la que aportaría el rey castellano, cuyas arcas, según las lenguas afiladas, estaban vacías. Y pensándolo bien, quizá ese matrimonio le conviniera más para los planes que acariciaba desde que en 1527 se había casado con Enrique Albret, rey de la Baja Navarra, y que consistían en que Carlos V restituyera a su esposo el Reino de Navarra.

—Querida Leonor —dijo sonriendo—, os felicito por el nuevo matrimonio y me alegro de que vuestra hija, por fin, pueda reunirse con vos. Será muy dichosa.

La reina Leonor agradeció las sinceras felicitaciones de su cuñada.

En 1538 volví de Évora, donde seguía asentada la corte. El otoño había llegado a Lisboa y una tarde en que los cielos se cubrieron de nubes y las hojas caídas se arremolinaban al paso de las caballerías entré en la que sería mi nueva casa, los Palacios Viejos de Alcaçova.

Habían sido estos la morada de mi padre el rey Manuel cuando se casó en primeras y segundas nupcias con mis tías abuelas Isabel y María, hijas de los Reyes Católicos, y aquí nacieron y vivieron algunos de mis hermanos hasta que el palacio de Ribeira estuvo acabado.

Los llamábamos así porque se componían de varias construcciones grandes, antiguas y con una arquitectura desmadejada, pero que a mí me parecieron maravillosas la primera vez que las vi.

Me llamó la atención la imagen de san Miguel que estaba en la capilla del palacio. Mi padre le tuvo siempre mucha devoción y en 1504 estableció que en todas las villas del reino se sacase una imagen del ángel custodio.

Mi primera alegría se vio enturbiada porque al no estar el palacio situado cerca del río no me llegaba a través de las ventanas el bullicio del puerto que tanto entretenimiento nos proporcionaba a mis damas y a mí misma. Recuerdo el día que bajó de una carabela un animal nunca visto por nosotras, un enorme monstruo con un cuerno en la frente. Pero aquella era mi casa y como tal empecé a quererla desde el momento en que entré en ella.

Yo tenía diecisiete años y me había acostumbrado a que la muerte encontrara siempre un resquicio por el que colarse entre los débiles muros de la felicidad, pues unos meses antes, en este mismo año, mi desgraciada hermana Beatriz, casada con el duque de Saboya, moría con treinta y tres años al dar a luz a su noveno hijo, aunque antes habría de ver morir a otros siete, pues solo el tercero, Manuel Filiberto, la sobrevivió

Como digo, ya estaba acostumbrada a que la muerte fuera una invitada más, y así, con mi corazón deshecho y con la alegría de mis diecisiete años, comencé a dirigir, si no mi destino, sí el día a día de mi vida.

Mi hermano el rey me asignó el séquito de una reina, que además era heredera de una gran fortuna: mayordomo, repostero, caballerizo mayor, veedor, montero mayor, capellán, camareras, criadas, secretario, maestro de danza, cantor y treinta y tres damas de compañía, entre ellas mi querida Juana Blasfelt y su esposo Francisco de Guzmán.

Ahora pienso que lo hizo para que no echara en falta mi destino como reina, pues nunca llegaría a serlo. Y fue entonces cuando empecé a tomar conciencia de lo que mis ayas me contaban cuando niña, que era la mujer más rica de Europa.

Del palacio de Ribeira hice traer valiosos muebles, paños de tapicería, cuadros, vajillas de plata, reposteros, alfombras y joyas, toda la dote de mi madre Leonor de Habsburgo que, dando muestras una vez más de su generosidad, no había querido llevarse a Francia y quiso dejarla para mí.

Igual que a una desgracia le sigue otra, una nueva buena va en pos de otra. Así, en los primeros días de noviembre recibí en mi nuevo palacio una carta de mi madre en la que me comunicaba mi inminente compromiso con Carlos de Valois, duque de Angulema, sexto hijo del rey Francisco. Mi madre lamentaba que no fuera el delfín, pero a cambio me decía que era el más bizarro y cortés de todos los infantes, y sobre todo que, por fin, nos reuniríamos.

Este era el tercer hijo del rey de Francia con el que me comprometía, después de anularse el matrimonio con Francisco, el delfín, y con Enrique, duque de Orleans.

Yo disfrutaba de mi recién estrenada independencia y, aunque visitaba a menudo a los reyes en el palacio de Ribeira, cada vez me acostumbraba más a mi viejo palacio.

26

La primavera entró con fuerza en el palacio real de Évora perfumándolo con el olor de las decenas de naranjos que adornaban los magníficos jardines.

Hasta la reina Catalina quiso dar la bienvenida a la alegre estación, y en la corte los trajes negros y oscuros, sobrios y de tejidos sencillos, quedaron desterrados para dar paso al colorido de los rasos y los tafetanes. Hacía casi dos años que los príncipes Manuel y Dinis habían muerto y los tres hijos que alegraban la vida de la reina, el mayor Felipe y el pequeño Juan Manuel, junto a la infanta María Manuela, crecían sanos ante la mirada orgullosa de su madre. Además, la reina tenía otro motivo para sonreír, pues apenas hacía un mes que había dado a luz a su noveno hijo, Antonio, cuando ya creía que el dolor y la tristeza habrían secado su vientre como lo hicieran con sus ojos. Las sombras de la locura, una vez más, pasaron de largo y todo el reino volvió a respirar tranquilo.

El médico García de Orta se encontraba preparando ungüentos, pomadas y otros remedios ayudado por su hija en un pequeño aposento que tenía acondicionado con todo lo necesario para la elaboración de medicinas.

Sonó la campanilla instalada en la puerta de su casa. Desde aquel infausto día no había vuelto a prestar sus servicios a los reyes. Pensaba que don Manuel Pereira se habría encargado de hacer correr por la corte el rumor de que él fue el responsable de la muerte del infante Manuel, por lo que el recado le desconcertó.

Durante el corto recorrido en el carruaje pensó que quizá sus sospechas acerca de la mala intención del médico real fueran infundadas. En ese momento, el extraño hecho de las manos ardientes de su hija pasó por su mente. ¿Por qué se acordaba ahora de eso? La voz del cochero deteniendo a los caballos le sacó de su abstracción.

Un criado le condujo por los mismos corredores que atravesó dos años antes y el recuerdo del príncipe moribundo hizo que se le formase un nudo en la garganta.

Un escalofrío le recorrió el cuerpo cuando las puertas de la estancia se abrieron. El médico creyó que sus nervios le estaban traicionando, pues todo lo que contemplaba lo había vivido ya. Un pequeño de cinco años tendido en una inmensa cama con dosel, los médicos del rey a la cabecera del lecho, la reina enjugándose los ojos con un lienzo, las doncellas aplicando paños de agua fría en la frente del príncipe para bajar la fiebre... Cerró los ojos un instante, pero cuando los volvió a abrir el escenario seguía siendo el mismo.

Vio a la reina acercarse a él y se inclinó reverencialmente.

—Salvad a mi hijo, por Dios os lo pido, salvadlo.

Ante la mirada expectante de los galenos y los fríos ojos de don Manuel Pereira, García de Orta observó al enfermo con detenimiento. Con sus ya conocidas antiparras, exploró la boca del príncipe dando por descontado que padecía el garrotillo, enfermedad causante de la muerte del príncipe Manuel, aunque los puntitos blancos que detectó en las encías no le parecieron un buen síntoma. Luego pasó a observar los ojos enrojecidos del niño. Pero fueron las pequeñas manchas en la espalda las que le pusieron sobre aviso.

—Veo que de nuevo buscáis los síntomas del... ¿cómo se decía en vuestra tierra? Ah, sí, garrotillo —intervino don Manuel Pereira con un punto de burla en la voz, y enseguida se dio cuenta de lo poco afortunado de su comentario. Carraspeó para tratar de romper el silencio que se había adueñado de la estancia mientras los ojos de la reina, encendidos de dolor e ira, lo traspasaban.

En ese momento el príncipe tuvo un acceso de tos y la reina Catalina corrió a su lado para darle un sorbo de tisana.

García de Orta abrió su bolsa y comenzó a sacar frascos y pomos que fue poniendo sobre una de las mesitas.

—¿Qué es? —preguntó el médico joven con interés cuando vio que García de Orta abría uno de los frascos.

—Es un licor balsámico hecho a base de hojas de ruda, higos y miel. Según Dioscórides es el mejor remedio para la tos —respondió, y procedió a darle una cucharada al enfermo.

Después vertió unas gotas de aceite de eufrasia en una palangana y dijo a una criada que lavara con la mezcla los ojos del niño varias veces al día. Por último, echó el contenido de una bolsita de tela en un azafate, lo mezcló con aceite y untó la espalda del príncipe.

—Es raíz de bardana molida, le aliviará la comezón.

—¿Qué creéis que padece el príncipe? —volvió a preguntar el médico joven.

—Seguramente todos hemos visto que se trata de la alfombrilla, aunque se puede confundir con un simple resfriado —contestó a sabiendas de que ninguno de los médicos había diagnosticado la enfermedad—. Y pueden seguir dándole las tisanas de tomillo y romero para bajar la fiebre.

Todos asintieron con la cabeza, todos menos el médico Pereira que, apretados los labios y encendidos los ojos de rabia, veía cómo sus colegas daban la razón a un judío.

Cuando García de Orta volvió a su casa el sol ya estaba en lo alto. Pese al cansancio acumulado, el médico se dirigió a su despacho para leer y preparar nuevos remedios para la enfermedad del príncipe. Su hija entró corriendo para darle un abrazo y este se dejó llevar por su efusividad. Entonces se acordó de algo que había pensado mientras estaba en palacio. Aunque tenía sus reticencias, decidió llevarlo a cabo.

—Ana Loira, mira lo que te he traído —dijo sacando de la bolsa un caballito de madera coloreada.

—¿Es para mí? —preguntó la niña cogiendo entusiasmada el juguete.

—Lo he tomado prestado, mañana debo devolverlo —dijo sin dejar de mirar su mano.

La niña se quedó mirándolo con sus inmensos ojos azules. Luego empezó a sentir que el juguete le quemaba la mano y lo tiró con fuerza al suelo.

—¿El juguete te ha quemado? —inquirió el padre con voz pausada, sintiendo el corazón golpeándole en el pecho mientras observaba cómo su hija se tocaba la palma de la mano.

La niña vio el miedo reflejado en los ojos de su padre y asintió con la cabeza.

El médico la consoló y le aseguró que devolvería el juguete inmediatamente.

—Será nuestro secreto, hija. No se lo digas a tu madre, se preocuparía por una tontería.

Cuando la niña salió de la estancia, García de Orta se quedó pensativo. Las manos le temblaban cuando recogió el caballito de debajo de la mesa. Conocía casos de personas que podían sentir la muerte cuando tocaban a los enfermos, pero no había oído nunca que alguien pudiera predecirla solo con tocar objetos que hubieran estado en contacto con los moribundos.

Al día siguiente, al amanecer, el médico judío se presentó en palacio y pidió ver al enfermo. Los reyes estaban descansando, por lo que fueron las ayas del príncipe y uno de los secretarios del rey quienes le acompañaron al aposento. El niño parecía respirar con dificultad. Una de las doncellas se afanaba en poner paños de un cocimiento hecho a base de saúco, tomillo y romero para bajar la fiebre.

García de Orta se acercó al lecho y descubrió la espalda del pequeño infante. Alarmado y entristecido, comprobó que las manchas ahora eran más grandes.

Ordenó a las criadas que quitaran todas las reliquias de santos que rodeaban al infante y que lo estaban asfixiando. Las sirvientas se miraron confundidas.

—¿Las que están colgadas en la cabecera también, señor?

El médico miró el testero de la cama y vio escapularios, bolsitas, rosarios, campanillas... ¿Cuándo se acabaría la superstición?, pensó.

—No, esas no molestan, podéis dejarlas.

Las criadas suspiraron aliviadas.

Luego se fijó en los puntos en el bracito y se le demudó el semblante.

—¿Quién ha ordenado que le practiquen una sangría al infante? —preguntó visiblemente enfadado.

—He sido yo.

La voz de don Manuel Pereira se oyó en toda la estancia.

García de Orta levantó la cabeza y se enfrentó con los fríos ojos de su colega.

—¿Y se puede saber cuál fue la razón? El niño está demasiado débil, casi lo matáis.

—El príncipe ha mejorado, la sangría que se le practicó anoche le...

—¡Por el amor de Dios, el príncipe se está muriendo! —gritó el médico judío.

A don Manuel Pereira le tembló el labio y la ira comenzó a subirle por la garganta.

—Si se muere, será por vuestra culpa; lleváis todo un día experimentando con esas hierbas que solo utilizan las brujas. Habéis demostrado ignorar los conocimientos básicos de la medicina y ahora, a saber cómo, habéis pronosticado que el príncipe va a morir. ¿Quién nos asegura que no habéis hecho algún tipo de hechizo?

—¡Sois un miserable! —gritó García de Orta abalanzándose y cogiéndolo del cuello.

Las puertas se abrieron y la figura del rey se impuso en el aposento.

—¿Qué está sucediendo aquí? —preguntó don Juan mirando a ambos médicos.

Don Manuel Pereira se inclinó ante el monarca y comenzó a hablar.

—Majestad, el príncipe ha mejorado después de que yo ordenase anoche una sangría, pero según las ideas del médico judío no es así porque...

El rey hizo un suave gesto con la mano y el médico guardó silencio. Se acercó al lecho donde su hijo ardía de fiebre y deliraba. Se volvió hacia García de Orta.

—¿Vivirá mi hijo?

—Majestad, la última palabra siempre está en boca de Dios, él es el único que...

—Vos sois médico y os pregunto a vos, no a Dios. ¿Vivirá mi hijo?

El médico judío intentó tragar el nudo que tenía en la garganta. De nada servía engañar al rey.

—El príncipe está muy enfermo, majestad, creo que el desenlace será inminente.

A media tarde las criadas de palacio se dispusieron a cubrir todos los espejos con paños negros y las damas de compañía, doncellas y sirvientas, enrojecidos los ojos por el llanto, sacaron de los arcones los vestidos de luto. La reina acababa de perder a su sexto hijo.

27

Lisboa se había convertido en la ciudad más importante de Occidente. Sus calles, sus edificios y sus gentes parecían haber olvidado el terremoto de 1531 en el que murió casi la tercera parte de su población y ahora, con casi cien mil habitantes, se mostraba ante todos como lo que era: la ciudad más rica y cosmopolita del mundo.

Mercaderes llegados de Venecia, Génova y Amberes se establecían a diario en la ciudad y desde el puerto exportaban sus productos a todos los países civilizados. Sedas importadas de Venecia, tejidos de Flandes o especias y plantas medicinales de Brasil, y un provechoso mercado de esclavos traídos de Mozambique, India, Brasil, que asombraba y horrorizaba por igual al viajero. La ciudad era un gran bazar en el que se vendía y se compraba de todo.

Cualquier familia que se preciara de ser alguien en la ciudad debía tener esclavos moros o etíopes que ayudaban en las tareas de la casa, pero también en el campo o en los distintos oficios. Se contaban casi diez mil.

En las calles aledañas al palacio de Ribeira, sobre todo en la bulliciosa rua Nova, se abrían decenas de comercios entre los que sobresalían los cinco o seis que vendían productos de la India: porcelanas, objetos de marfil y de nácar, diamantes, perlas... Pero también la moda por el saber había provocado que varios libreros abrieran su establecimiento en la concurrida calle y mostraban libros en portugués, castellano o latín a precios desorbitados. Plateros, confiteros, perfumistas, sombrereros, pero también panaderos, mesoneros y pescaderos ocupaban las calles cercanas a la rua Nova.

Los lisboetas se sentían orgullosos por igual de sus doscientas zapaterías, sus cuatrocientos plateros y sus cuarenta y seis boticas, sin darle importancia a que solo hubiera dos maestras para enseñar a leer a las niñas.

El lujo, el boato y las apariencias importaban tanto que las familias nobles competían por ver quién tenía más esclavos o más cubiertos y vajillas de plata.

Eran tantas las transacciones comerciales que algunas se hacían en plena calle. Así, en la plaza Pelourinho Novo un puñado de hombres de letras se sentaban a diario delante de una mesa y ofrecían su pluma y su ingenio para copiar lo que el cliente les solicitara, ya fuera un contrato de arrendamiento, la venta de un esclavo o una carta o poema de amor.

Quem não viu Lisboa, não viu cousa boa. «Quien no ha visto Lisboa, no ha visto cosa hermosa», repetían los viajeros cuando volvían a su lugar de origen y relataban las hazañas de los aventureros e intrépidos marinos, exploradores y viajeros portugueses.

Lisboa era la capital del comercio y sus gentes se habían acostumbrado a reír disfrutando de la riqueza de la ciudad, pero también a llorar por las calamidades como el terremoto o la peste, o las desgracias familiares que sufrían constantemente sus reyes.

Pero no solo en la capital portuguesa se apreciaba la riqueza y la cultura que inundaba todo el reino. En las colonias, Brasil, Goa, Macao, el Congo o remotas islas, en villas y pueblos, familias poderosas, condes, duques, príncipes y reyes comenzaron la fiebre de las fundaciones. Así, cientos de palacios, casas nobles, iglesias, conventos, ermitas, santuarios, colegios de universidades, casas de misericordia, hospitales de pretendientes de pobres... se extendieron por todo el imperio compitiendo en ornamentación, suntuosidad o número de religiosos.

Aunque también la intransigencia y el excesivo celo por

todo lo que se apartara de la ortodoxia religiosa se persiguió con fuerza y la Inquisición se estableció en algunos lugares con dramáticas consecuencias.

Portugal se mostraba entre lo divino y lo humano como el reino más rico de la cristiandad.

28

García de Orta había sido nombrado médico principal de los reyes por orden expresa de la reina Catalina, pues a pesar de no haber salvado a sus hijos valoraba sus excelentes cualidades. El nombramiento conllevaba que él, junto a su familia, tuviera que mudarse a Lisboa y residir en el palacio de Ribeira, así como que nombrase a su propio ayudante. Eligió a Antonio Silva, el joven galeno que componía el grupo de médicos que atendía a la familia real.

Ana Loira apenas mostró entusiasmo cuando su padre les dio la noticia. Su madre, sin embargo, no cabía en sí de gozo; por fin iban a vivir como les correspondía y podría alternar con su hermana y su cuñado. García de Orta le explicó con cariño a su hija que no era una opción, pues el médico principal del rey debía vivir en palacio.

El modo de tratar a los enfermos de la familia real cambió desde que el médico judío se estableció en palacio: se prohibieron las sangrías, los ayunos y las purgas. A cambio, el médico y su ayudante aconsejaban paseos diarios, caldos nutritivos y limpieza y aseo; administraban cocimientos, tisanas, pomadas y ungüentos elaborados en su propia botica, pues García de Orta se hizo traer desde su casa todos sus enseres: redomas, balanzas, moldes, matraces, tamices y morteros se desparramaban ahora en la amplia mesa de mármol de la estancia en la que trabajaba, y donde flores, frutos, hojas, raíces y rizomas, molidos o enteros, llenaban frascos, albarelos, orzas y pomos ordenados escrupulosamente en las estanterías.

Ana Loira, a sus nueve años, sabía reconocer las plantas por el olor o la forma de sus hojas y recitaba de corrido las propiedades de cada una ante su orgulloso padre y su preocupada madre, que cada vez que su hija acertaba con los síntomas de una enfermedad afirmaba que enseñar a una niña aquellas cosas no estaba bien y que a ver si algún día no lo lamentaban.

—Serás la primera mujer médico de Portugal, hija mía, ya verás —dijo el galeno.

No había vuelto a hablar con su hija sobre la quemazón que le producía el tocar algunos objetos, pero de vez en cuando se preguntaba si no poseería algún don para averiguar cuándo una persona iba a morir. Cada vez que este pensamiento cruzaba su mente un escalofrío le recorría el cuerpo, pues tenía la certeza de que si alguien supiera de sus sospechas, Ana Loira estaría en peligro. Creía tener bien aleccionada a su hija y le había hecho jurar que nunca le diría a nadie lo que le sucedía a veces en las manos.

A la niña le gustaba acompañar a su padre cuando este visitaba las habitaciones de las damas y las camareras de la reina para tratar alguna dolama o enfermedad leve, y era de ver cómo ellas quedaban encantadas de los conocimientos de la niña, que a veces las obsequiaba con alguna ampolla de bálsamo oloroso elaborado por ella misma a base de aceite y flores y que las señoras aceptaban agradecidas.

Aquella tarde fría de enero, Ana Loira entretenía con su charla infantil a las damas de la reina mientras su padre administraba una pomada en las manos a una de las señoras. Se oyeron unos golpes en la puerta del salón y, sin esperar respuesta, entró un sirviente nervioso solicitando al médico que le acompañara. García de Orta cogió su bolsa y siguió al criado. Rogó a Dios que no fuera ninguno de los dos príncipes, aunque el corredor por el que iban conducía a sus aposentos. Su corazón comenzó a palpitar con fuerza.

Cuando entró, sonrió ante la tranquilizadora estampa que

veían sus ojos y dio gracias a Dios: la reina y algunas de sus damas bordaban cerca de la ventana mientras el príncipe Antonio, de diez meses, reía alborozado por los arrumacos de su hermano el heredero Juan Manuel, de tres años.

El príncipe había vomitado por la mañana y luego también por la tarde, le contó la reina Catalina.

El médico observó al niño durante largo rato y nada le indicó que estuviera enfermo. No tenía fiebre, el color sonrosado de su carita denotaba salud y ni en el cuerpo ni en la boca vio nada anormal.

Después de tranquilizar a la reina, se marchaba ya cuando tuvo un pálpito. Su hija estaba cerca, tenía la oportunidad de asegurarse de que al niño no le iba a suceder nada. Por un momento estuvo tentado de coger alguno de los juguetes del príncipe y dárselo a Ana Loira, pero luego se avergonzó de su pensamiento. ¿Qué clase de médico era que no podía averiguar por sí mismo si el niño estaba enfermo o no?

—Confío en vuestra experiencia —oyó que le decía la reina—. No podría soportar más dolor, ya no.

Sin pensarlo y en un acto reflejo, cogió un sonajero de plata y lo metió en su bolsa.

Volvió a por su hija a la sala de las damas y una vez fuera le entregó el sonajero.

—Padre, soy mayor para tener un sonajero.

—Cógelo, Ana Loira.

Asustada por la orden de su padre, asió el juguete.

—¿Te quema la mano, hija? —preguntó con la angustia reflejada en el rostro.

La niña asintió con la cabeza.

El médico se llevó las manos a la cara en un signo de desesperación.

—¡Oh, Dios mío, otra vez no! —exclamó con el rostro aún cubierto por las manos.

Ana Loira creyó haber enfadado a su padre con su respuesta.

—Padre, pero me quema muy poquito, no es como la otra vez cuando el caballito.

Sin decir nada, agarró a su hija de la mano y la llevó hasta un banco situado en el gran corredor en el que estaba sentado un niño al que no reconoció.

—No te muevas de aquí hasta que yo vuelva —dijo, y abandonó el corredor a toda prisa.

—¿Cómo te llamas? —preguntó el niño.

—Ana Loira.

—Eso no es un nombre, A-na Loi-ra —repitió separando las sílabas.

—Se va a morir —dijo ella mirando muy seria al niño—. ¿Es tu hermano?

—¿Quién?

—El príncipe Antonio.

—No, es mi primo, se llama como yo. ¿Y cómo sabes que se va a morir? ¿Eres bruja?

—No, mi padre es el médico de palacio y yo también voy a serlo.

—Pues si tu padre es médico tiene que curarlo. Además, en palacio hay muchos médicos. ¿Cuántos años tienes? Yo ya soy mayor, tengo nueve años.

—Mi padre es García de Orta y es el mejor, y yo también seré la mejor. Nadie puede curar al príncipe, ni siquiera mi padre que es el mejor. Ah, y yo soy tan mayor como tú, tengo también nueve años.

—¿Por qué sabe tu padre que se va a morir?

El niño se quedó mirándola y pensó que era tonta, era una niña tonta y engreída, pero también que era la niña más guapa que había visto nunca y que su cabello no podía compararse con ninguno que hubiera visto.

—¡Contesta! ¿Por qué sabe tu padre que se va a morir?

Los niños volvieron la cabeza sobresaltados por la voz del hombre. Ninguno conocía a don Manuel Pereira.

Ana Loira lo miró asustada y salió corriendo hacia el salón de las damas.

—¿Es tu hermana? —preguntó encarándose con el niño, que negó con la cabeza—. ¿Quién eres, entonces?

—Mi padre es el infante don Luis, y el rey es mi tío —contestó de corrido, como quien está acostumbrado a decirlo.

El médico se le quedó mirando con curiosidad. Así que era el hijo bastardo de don Luis, aquel que decían que tuvo con una judía.

—¡Vaya! Pues encantado de haberos conocido —dijo haciendo una pequeña reverencia.

Luego dejó al niño solo y se dirigió a las habitaciones de los infantes. Pidió al mayordomo que anunciara su presencia, pues como integrante del grupo de médicos podía hacerlo.

Cuando entró en la estancia vio a García de Orta inclinado sobre el príncipe, mirando su cuerpo desnudo con detenimiento. La reina no estaba, por lo que apenas se detuvo en saludar a las doncellas y las criadas que cuidaban del pequeño.

—Supongo que estáis buscando algún indicio de enfermedad en un cuerpo sano —dijo a modo de saludo.

—Me cercioro de que esos vómitos no son síntoma de algo por lo que debamos preocuparnos.

—Vuestra hija afirma que ya sabéis que el príncipe va a morir.

El médico judío dejó de examinar al infante y palideció.

—¿Habéis hablado con mi hija? —preguntó sin volver el rostro, temiendo que su interlocutor viera el miedo reflejado en él.

—Sí, estaba muy triste porque le habéis dicho que el príncipe Antonio se va a morir.

García de Orta suspiró aliviado. Temía que su hija hubiera dicho algo sobre la quemazón de sus manos, aunque estaba claro que el viejo galeno había sacado sus conclusiones. Sí, Ana Loira era muy inteligente.

—Los niños siempre se ponen tristes cuando alguien está enfermo porque creen que después llega la muerte —dijo mirando al médico.

—¿Y bien? ¿Habéis encontrado algún indicio de enfermedad?

—No, creo que esos vómitos no indican nada de gravedad. Si queréis cercioraros, podéis comprobarlo vos mismo.

—¡Claro que lo haré! Sigo siendo médico real y llevo muchos más años que vos tratando a los miembros de esta familia.

García de Orta inclinó la cabeza a modo de saludo y abandonó el aposento.

Don Manuel Pereira se giró para decirle algo a su colega, pero se quedó en silencio al ver cómo García de Orta dejaba con disimulo el sonajero sobre uno de los muebles; las criadas también lo vieron, pero no le dieron importancia.

Recordó que hacía tiempo le vio hacer lo mismo con un caballito de madera y se quedó intrigado, pues no creía que su colega fuera un ladrón; era judío, un perro judío, pero con mucho dinero, por lo que no necesitaba robar un caballito o un sonajero para después devolverlo. No, aquello tenía otra explicación y él llevaba tiempo pensando en ello.

Recuerdo aquel año de 1540. Por primera vez las puertas de los Palacios Viejos de Alcaçova se iban a abrir y el motivo era la celebración de mis diecinueve espléndidos años. Nunca he presumido de los dones y las gracias con los que el Señor me dotó, pero ahora quiero recrearme en aquella soleada tarde de junio en que fui muy dichosa.

El año anterior había sido especialmente doloroso, pues a la muerte del infante Felipe, de cinco años, se le unió la de mi hermana Isabel, esposa del emperador Carlos. Creo que convivir con la muerte hacía que nos aferrásemos a los momentos de felicidad cuando estos llegaban, y así, pasado una vez más el luto, las puertas de mi palacio se abrieron para recibir la exultante primavera porque no sabíamos cuándo las Parcas volverían a cortar el hilo de alguna vida de los Avís.

Pero mientras me preparé para disfrutar de aquella tarde maravillosa en que conocí a mi sobrino Antonio, hijo de mi querido hermano el infante Luis.

Había hecho sacar uno de los lujosos trajes que mi madre me había dejado cuando se marchó a Francia. Era la primera vez que me atrevía a ponerme uno de sus vestidos acompañado con sus ricas joyas.

¡Qué cerca nos acechaba la guadaña de la muerte y qué ajenos a ella vivimos esa primavera y el verano siguiente!

Cuando aún los ecos de la música y los bailes, el olor de las flores y el sabor de los manjares permanecía en nuestra memo-

ria, y cuando las primeras hojas comenzaron a caer en el estanque del jardín de mi palacio, mi hermano Duarte, que se preparaba para cumplir los veintisiete años y llevaba dos disfrutando de las mieles del amor, abandonó este mundo para que se siguiera cumpliendo la maldición de los Avís. De nuevo comenzaron a oírse por todo el reino los rumores de que nuestro linaje estaba maldito.

29

El invierno se estaba prolongando ese año y el mes de marzo comenzó con un frío inusual para la época. El médico García de Orta salió de su casa embozado en su grueso manto de lana. No era una tarde para aventurarse a salir, pero sus pacientes eran lo primero. Unas gotas gruesas de aguanieve comenzaron a caer y para resguardarse se cubrió la cabeza bajo el manto. El coche le esperaba al otro lado de la calle. Hacía un mes que ya no era el médico real y volvía a vivir en su antigua casa.

Cuando ponía el pie en el estribo, un hombre joven se le acercó y le miró a la cara.

—¡Caray, muchacho, cuánto tiempo! —dijo al reconocer a su antiguo ayudante, don Antonio Silva.

—Os he metido una carta en la bolsa, señor, leedla —contestó, y apretando el paso desapareció de su vista.

Intrigado por el encuentro y por las palabras del joven, García de Orta subió al coche y se dispuso a leer la carta.

La caligrafía era irregular, como si la hubieran escrito con prisa. A medida que iba leyendo su rostro iba adquiriendo el color del cirio y un ligero temblor se apoderó de sus manos. La leyó otra vez y otra más. La guardó en la bolsa.

Llegó a la casa de su primer paciente y la criada le cogió el manto para ponerlo cerca de la chimenea. La estancia estaba caldeada, por lo que el médico se sintió reconfortado. Antes de atender al enfermó pretextó calentarse las manos en el hogar y, en un descuido de la criada, tiró la carta al fuego.

Intentó concentrarse en la tarea de extirpar las vesículas producidas por el impétigo, pero las palabras escritas por su joven ayudante lo abstraían. Por fin, y después de un largo rato, dio por concluida la cura.

—¿Vendréis mañana? —preguntó el hombre, un comerciante rico y sin familia, al que llevaba años atendiendo de sus diversas dolencias.

García de Orta no prestaba atención. El hombre repitió la pregunta.

—Disculpad. No, no, creo que mañana no podré venir. Voy a dejaros este ungüento para que os lo apliquen.

Cuando estaba cogiendo el manto de manos de la criada pareció acordarse de algo y se volvió.

—Disculpadme, señor Alvire, pero ¿podríais pagarme alguna de las visitas? Sé que siempre lo hacemos al finalizar el mes, pero me han surgido unos imprevistos y necesito el dinero.

—¡Por Dios! Ahora mismo. No tenéis por qué disculparos, los imprevistos nadie los puede prever —dijo, y se rio de su propia gracia.

García de Orta se guardó la abultada bolsa con las monedas que le acababa de entregar el comerciante y se despidió.

Deambuló por las calles y vio el puerto a lo lejos. Las palabras de su amigo escritas en la carta le martilleaban la cabeza: «No volváis a vuestra casa… No volváis a vuestra casa… No volváis a vuestra casa…». Sintió la lluvia empapándole y entró en un mesón. Cuando salió, hacía rato que la noche se había echado y las pocas farolas de aceite que alumbraban las callejuelas aledañas al puerto proyectaban sombras amenazadoras para quien se atreviera a desafiar la hora y el tiempo.

Preguntó por la posada del Francés a dos hombres. Estos lo miraron con desconfianza pero le indicaron el camino. Era el mejor establecimiento del puerto, donde se servía un vino espeso sin bautizar y un guiso de cordero especiado a quien pudiera pagarlo. Los parroquianos solían ser capitanes, oficiales o capataces de cuadrillas que podían darse el lujo de comer y beber decentemente.

El médico judío se sentó en una de las mesas libres y pidió una escudilla de guiso de cordero y una jarrilla de vino.

Cuando el posadero le sirvió, preguntó por el capitán Corinto.

—No tardará en llegar. Su barco zarpa mañana y suele pasar la noche con sus oficiales aquí para asegurarse de que no faltará ninguno.

A pesar de no haber probado bocado desde el mediodía no tenía hambre, pero hizo un esfuerzo por comerse el guiso, más por agradar al posadero que por saciar su apetito. Pensó que su esposa y su hija estarían preocupadas por su tardanza, aunque luego le vinieron a la mente las palabras de la carta. Las recordó una a una, se la sabía de memoria y quería encontrar sentido a aquella locura.

> Debéis iros, la Inquisición irá esta noche a deteneros. No sé de qué se os acusa, pero es grave. Don Manuel Pereira os ha denunciado. Id esta noche al puerto. En la posada del Francés encontraréis al capitán Corinto, decidle que vais de mi parte. Embarcad con él y huid. No volváis a vuestra casa. Dejad una carta al posadero, yo me encargaré de llevársela a vuestra esposa. Buena suerte, amigo.

¿De qué podrían acusarlo? Sus abuelos eran judíos, él nunca lo ocultó, pero aquellos, como sus padres, se bautizaron y abrazaron la fe en Cristo y él fue educado en el amor de Dios. Cierto que las desavenencias con don Manuel Pereira habían sido continuas y que cuando fue nombrado médico del rey no se lo perdonó, pero no podía entender qué le llevaba a acusarle falsamente.

El posadero se acercó para decirle que el capitán Corinto acababa de llegar.

—¿Quién pregunta por mí? —El vozarrón se oyó en toda la taberna.

García de Orta se levantó y se dirigió al grupo que acababa de ocupar una mesa, supuso que el posadero les habría informado.

—Me llamo García de Orta y soy médico. El joven Antonio Silva me ha dicho que quizá necesitéis un buen médico a bordo.

El capitán, un hombre entrado en años y generoso de carnes, con una cara rubicunda curtida por el sol y unos ojos inteligentes, lo observó con detenimiento.

—¿Os busca la justicia por algún delito? —preguntó mirándole a los ojos.

—Me buscan, sí, pero no he cometido ningún delito —contestó el médico sosteniéndole la mirada.

El marino frunció el ceño sin dejar de mirarle.

—Mis abuelos eran judíos; yo no, pero quizá me busquen por ello.

El hombre de mar asintió varias veces despacio y con un gesto le indicó que se sentara a la mesa.

—Bien, necesitamos buenos médicos a bordo, y si mi pariente Antonio Silva os ha recomendado, por algo será.

Más tarde, cuando los acompañantes del capitán se retiraron, García de Orta se dirigió a él.

—Capitán, no quiero acarrearos problemas. Como os he dicho, no he cometido ningún delito, pero alguien me ha denunciado con falsedades a la...

Él no lo dejó terminar.

—Amigo, no tenéis que explicarme nada. Suelo leer en los ojos de las personas y los vuestros son limpios, me dicen que no os merecéis lo que os está pasando. He supuesto de quién huis y no quiero saber más.

—Ni siquiera estoy seguro de querer hacerlo. Me avergüenza huir como un cobarde y dejar abandonadas a mi mujer y mi hija —dijo el médico con la voz quebrada.

El capitán Corinto asintió sin dejar de mirarle.

—Creedme, doctor, lo mejor que podéis hacer es poner tierra, en este caso mar, de por medio. Sé de lo que hablo. Si os quedáis, os detendrán y seguramente os condenarán. Vuestra esposa e hija se convertirán en la familia de un condenado, con lo que eso conlleva, quizá hasta las interroguen. Si subís a mi barco, solo serán la mujer y la hija de un huido de la justicia;

no es lo mismo un fugitivo que un condenado. Estarán a salvo si vos no regresáis a casa.

Los dos hombres se despidieron no sin que antes el médico le volviera a dar las gracias.

Ya en el cuarto de la posada, García de Orta daba vueltas a las palabras del capitán. Abandonar a su hija, el ser que más quería en el mundo, le rompía el corazón. ¿Y si no la veía nunca más? ¿Y si cuando volviera, si es que volvía, no quería saber nada de él por haberla abandonado? Sintió que sus ojos se humedecían. No, eso no sucedería, sabía de la bondad de su hija y de su grandeza de corazón, y también sabía, ay, por desgracia, que su mujer proferiría todo tipo de improperios contra él cuando se enterara de su huida y que la niña, entristecida, tendría que escuchar.

Pensó en su esposa. Se pondría furiosa, sí, pero cuidaría de ella. Pese a que no sentía un gran amor por su hija como lo sentía él, siempre la cuidó y había querido para ella la mejor educación.

Recordaba que, los primeros meses en que la niña vivía con ellos, él se hacía el dormido para que Brianda se levantase y así se creara un vínculo especial entre ambas. No lo logró. Sin embargo, una noche en que Ana Loira ardía de fiebre, su esposa la pasó a la cabecera de su cama, poniéndole paños de agua fría en la frente, y cuando por la mañana la niña abrió los ojos sonriéndole y sin fiebre, la vio limpiarse las lágrimas y dar gracias a Dios.

Durante todos esos años se sintió culpable por no poder amar a Brianda; a cambio, no le negaba nada: ropas, joyas, viajes a Lisboa sola o los tres... En cambio, era verdadero amor lo que sentía por su hija. Un amor que nacía en lo más profundo de su corazón, que le hacía enorgullecerse de ella por su inteligencia, por su bondad, por su generosidad, por amar a su madre sin esperar caricias o besos de ella. Tenía que reconocer que era feliz con su hija, incluso con Brianda.

Recordó cuando, hacía apenas un año, le contó la verdad acerca de su origen y cómo Ana Loira le abrazó y le dio las gracias por haber cuidado de ella. No podría haber tenido unos padres mejores, le dijo colmándole de besos. Sería su secreto, insistió él. No quería que Brianda se enterara de que la niña lo sabía. Habían hablado alguna vez de decirle la verdad cuando pudiera comprenderlo, pero su esposa se resistía. Sin embargo, él no quería tener secretos con su hija. Luego, ante los ojos asombrados de la niña, le entregó la cajita que frey Atilio le dio aquel día. Le dijo que era lo único que quedaba de su verdadera madre, que lo guardara como un secreto y si alguna vez, por alguna circunstancia, su madre y él no estaban para cuidar de ella, que se lo entregara a frey Atilio, en Crato, él la ayudaría. La niña volvió a abrazarlo y le contestó que siempre estarían juntos.

Y todo eso estaba a punto de perderlo para siempre si a la mañana siguiente subía a bordo de aquel barco que le llevaría a Goa, en la lejana India. Pero ¿qué otra opción le quedaba? El capitán tenía razón, tenía que elegir entre quedarse y exponerlas a que fueran detenidas por la Inquisición o subir al barco y salvarlas.

Con las lágrimas empañando sus ojos, García de Orta escribió la carta para su esposa y su hija. Les contaba lo sucedido esa tarde y les informaba de que se embarcaba para la India, concretamente a Goa, en un barco portugués, y que pronto mandaría a buscarlas. También le recordaba a Ana Loira algo muy importante que debía hacer si alguna vez se encontraba en peligro.

Antes de que saliera el sol, las trompetas llamando a zafarrancho se oyeron por todo el puerto y la tripulación de los barcos hospedada en las posadas y los mesones del puerto se puso en pie. García de Orta desayunó y acudió raudo al puerto en compañía de los oficiales hospedados en la taberna del Francés. En el puerto estaba atracada la flotilla formada por cinco carracas comandada por Martim Afonso de Sousa.

El respetado marino había llegado al puerto de Lisboa procedente de Goa hacía solo unos meses y fue recibido por el rey y el pueblo lisboeta como un héroe. Formó parte de la primera expedición a Brasil y fundó la primera ciudad portuguesa en la colonia, destacando por su bravura y fidelidad al rey. Nombrado capitán de las Indias en 1533, combatió y derrotó a moros, hindúes y sobre todo limpió de corsarios las aguas territoriales en las que estos atacaban y saqueaban los barcos portugueses. Ahora regresaba a Goa en calidad de virrey de la India para sustituir en el cargo a García de Noroña.

Cuando el médico judío acertó a ver al afamado marino en lo alto del castillo de proa impartiendo órdenes a diestro y siniestro, su aprensión a embarcar hacia un destino incierto desapareció y se dijo que aquello era una prueba de que Dios no le abandonaba, pues le permitía formar parte de la tripulación comandada por un verdadero héroe.

30

Aquel verano de 1540 parecía no querer irse. Ya había principiado el otoño, pero el calor seguía agostando los campos y la falta de lluvias hacía que los labradores no pudieran comenzar a sembrar.

Desde hacía unos días frey Atilio venía arrastrando una melancolía que amenazaba con quedarse para siempre en su cuerpo y en su mente. Necesitaba salir del monasterio, reflexionar sobre su capacidad para dirigir el priorato o la falta de caridad cristiana que imperaba en él, como lo demostraba el que casi diez años después ningún hermano hubiera confesado su crimen. No estaba juzgando a todos los freires de igual manera; la mayoría eran buenos hermanos, trabajadores y obedientes, que vivían según las enseñanzas de Jesús. Sí, como decía san Mateo, la comunidad estaba sembrada de buena semilla, pero también la cizaña anidaba en ella. No podía arrancarla sin extraer también el trigo. San Mateo sostenía que había que dejar crecer a ambas y luego, en la época de la siega, la cizaña se quemaría y el trigo se guardaría en el granero. Lo malo era que la una estaba tan mezclada con el otro que apenas se dejaba ver.

Durante todos esos años el rector no había dejado de pensar en los desgraciados sucesos, pero sobre todo le atormentaba que el asesino o asesinos seguían compartiendo el pan y el trabajo con el resto, la cizaña seguía creciendo y quién sabía si algún día acabaría por ocupar toda la tierra.

Aquel día le habría gustado conversar con don Luis, el prior, pues su inteligencia y su discreción le habrían ayudado, pero por desgracia eran pocas las oportunidades que tenía de hacerlo, pues su superior vivía en Lisboa y solo visitaba el monasterio tres o cuatro veces al año.

Apuntaba el día cuando se asomó a la ventana de la celda prioral y contempló el revuelo que formaban ocho o diez hermanos que, junto a unos cuantos caballos y mulos, se aplicaban a la tarea de colocar aguaderas, seras y serones en los animales y llenarlas de cántaros, aperos y talegas de comida. Eran los freires colmeneros, que como cada otoño se desplazaban durante varios días a las lindes de las tierras del priorato para recolectar la miel de las colmenas que tenían instaladas a pocas leguas de allí.

Frey Atilio sonrió al ver la alegría con que hacían los preparativos y las risas que cualquier nadería les provocaba. Sí, esa era la buena simiente. Pensó que se cambiaría por cualquiera de esos hermanos cuya única preocupación en ese momento era que la cosecha de miel fuera abundante, y pasar días fuera del monasterio en contacto con la naturaleza, donde todo lo que alcanzaba la vista había sido creado por Dios.

De pronto, una idea le cruzó la mente. Ordenó todos los papeles que tenía en la mesa, cerró la puerta de la celda con llave y salió a la carrera en busca de frey Duarte. Un buen rato después llegó jadeando al patio, donde seguían los colmeneros ultimando los preparativos. Cuando lo vieron aparecer con un hatillo pensaron que el rector se había vuelto loco, pues nunca un freire que no fuera colmenero los había acompañado.

Declinaba el día cuando los hermanos colmeneros llegaron a su destino.

Frey Atilio se quedó admirado de lo que veían sus ojos: decenas de colmenas pintadas de cal, colocadas en hileras, salpicaban las tierras inundadas de matas de jara, tomillo, romero, espliego... El olor que exhalaban las flores perfumaba el aire y el bailío menor dio gracias a Dios por permitirle, una vez más, disfrutar de su creación.

Alejadas de las colmenas se encontraban unas cuantas casas hechas de adobe que servirían a los freires para descansar y pernoctar durante los días que les llevara la recolección. El primer trabajo que deberían hacer a la mañana siguiente sería reparar los desperfectos que las lluvias y el viento del invierno habían provocado en los tejados y en las paredes de tan precarias construcciones y adecentar su interior, pues llevaban un año sin habitar.

Dos días después de su llegada, por fin, el bailío y los ocho freires se pusieron en camino hacia las colmenas. Los caballos y los mulos se quedarían maniatados en las proximidades de las casillas para no alterar con sus rebuznos la tranquilidad de las abejas, así que cargaron con todo lo necesario: ahumadores, espátulas, cepillos, vasijas...

Los freires habían sustituido los hábitos por unas calzas ajustadas a los tobillos, llevaban guantes y unos sombreros cubiertos de velos tupidos que les dejaban ver con nitidez, pero que impedían que las abejas les picaran. Frey Atilio sonrió al verse de tal guisa, aunque dejó pacientemente que le vistieran con tan extraño atuendo.

Con gran maestría, algunos hermanos fueron abriendo las colmenas ayudados de espátulas mientras otros echaban humo para adormecer a las abejas.

—Acercaos, hermano Atilio, que no pasa nada —dijo frey Ezequiel, el maestro colmenero—. ¿Habéis visto alguna vez una colmena por dentro?

—No, nunca. Aunque me crie en el campo, nunca he visto una —contestó el interpelado acercándose con cautela.

—Mirad, aquí puede haber cuarenta mil o cincuenta mil abejas y todas están perfectamente organizadas; si no, no existiría la colmena. Solo una de entre todas es la reina, pero no crea vuestra paternidad que es la que manda, qué va, las que mandan son las obreras, ellas deciden quién será reina, matan a las débiles para que solo quede una, cuidan y alimentan a las larvas, fabrican la miel... La reina lo único que hace es poner huevos y...

Frey Atilio escuchó con atención las explicaciones acerca del complicado y perfecto orden del mundo de las abejas. Durante tres días, el bailío menor ayudó a ahumar, cepilló los panales para dejarlos libres de abejas, desprendió la cera de ellos y por último escurrió la miel.

En el viaje de vuelta al monasterio pensó cuánto bien le habían hecho a su alma los días pasados en el campo con sus hermanos colmeneros y, por primera vez desde que fuera nombrado rector del priorato, dudó si ese cargo era lo más apropiado para su espíritu y si no sería más feliz dedicado al trabajo del campo.

Había aprendido mucho de la vida de las abejas y estaba sorprendido y admirado de su magnífica organización. La vida del monasterio, se dijo, se parecía mucho a la de la colmena. El prior, su abeja reina, había dado vida a otro ser que seguramente sería el nuevo prior y que, como aquella, no sería el que mandase en el priorato, pues la organización de los bienes y la comunidad estaba en manos de frey Duarte y en las suyas, y en las de todos los hermanos que sustentaban y daban vida al monasterio, que eran las abejas obreras. La vida de la abeja reina, le había contado frey Ezequiel, era una vida desgraciada, pues su corta vida la pasaría en la oscuridad de la colmena, nunca se posaría en las flores en primavera ni probaría el néctar o la miel. Solo un par de veces saldría de la colmena para aparearse con un macho; luego volvería y se dedicaría a poner miles de huevos, a la espera de que otra reina la destronase. Si tenía suerte podía emigrar a otra colmena seguida por cientos de obreras; si por el contrario la colmena estaba escasa de obreras y no podía permitirse perder a unos cientos o miles de ellas, darían muerte a la vieja reina para que la joven comenzase su reinado. Sí, era triste la vida de la reina, pero eso no impedía que las reinas jóvenes nacidas en la colmena se matasen entre sí para ocupar su sitio, aunque se tratase de un reinado sin poder y sin libertad. Una idea le asaltó de pronto: ¿habría sido el ansia de poder la causa de los crímenes del priorato? ¿Habrían sido capaces los freires, al igual que hacían las jóvenes reinas, de matar solo porque ambicionaban el poder? Pero ¿qué poder tenían un boticario y un viñador? ¿Qué peligro suponían sus vidas?

Pensó en la vida que llevaba el prior don Luis, una vida de lujo, como la abeja reina, pero rehén de su propio cargo, privado de la libertad de poder desposar a la mujer que amaba.

A la caída de la tarde el monasterio apareció majestuoso ante sus ojos y frey Atilio se alegró de estar de vuelta. Se sentía un obrero más de ese mundo que era el priorato y, al igual que las abejas obreras no desistían en dejar de fabricar miel, aunque se la hubieran robado, él no dejaría nunca de trabajar por su casa, por su mundo.

31

Hacía unos meses que García de Orta había huido a Goa y su familia seguía sin noticias. Brianda de Solís maldecía cada día a su esposo y le reprochaba que la hubiera abandonado y con una hija a la que criar.

Su hermana, la única familia que tenía, no quería saber nada de ellas por temor, decía en su carta, a que la Inquisición tomara represalias contra su esposo y le rogaba, si acaso la quería aún, que no la visitara y que impidiera que Ana Loira fuese allí para jugar con sus hijos.

También los pocos amigos, a excepción del médico don Antonio Silva, iban apartándose de madre e hija y solo se permitían un discreto saludo por la calle.

Estaban solas en una ciudad extraña para ellas, sin más consuelo que el poder vivir gracias al dinero que tenían ahorrado. Pero en los últimos días, la esposa del médico andaba preocupada porque el dinero, se decía, no les duraría siempre. Por eso había decidido vender la amplia y cómoda casa que tenían y mudarse a otra más pequeña.

—Es lo mejor que podemos hacer, hija —le dijo ese mismo día a Ana Loira—. Además, he pensado en vender también todos esos trastos de tu padre que están arrumbados en el despacho. Ya he hablado con don Antonio y se va a quedar con ellos. Mañana vendrá con un carro y se llevará todo.

—No, madre, no vendáis los útiles de padre, os lo ruego.

—Pero ¿qué dices? Esos cachivaches no nos han traído más

que desgracias. Si tu padre se hubiese dedicado a ser médico en lugar de hacer lo que no le mandaban, aún estaría con nosotras. Y ahora, fíjate, él huido de la justicia, a saber si está vivo o muerto, y nosotras aquí malviviendo por su culpa.

—No digáis eso, madre —dijo la niña al borde del llanto—. Padre se fue por hacernos un bien, ya nos lo dijo don Antonio y lo decía él en la carta. Si se hubiera quedado le habrían condenado y a nosotras nos habrían dejado en la calle.

Brianda miró a su hija y asintió. Aunque le costara reconocerlo, sabía que tenía razón.

Aquella noche, cuando sintió que su madre dormía profundamente, la niña cogió la palmatoria y se dirigió al despacho donde su padre elaboraba las medicinas. Los utensilios estaban tal como los dejó y una gruesa capa de polvo los cubría. Ana Loira pasó sus dedos por las redomas, los tarros y los albarelos y sintió que la congoja le impedía respirar. Se acercó al estante de los libros. Allí estaba el tomo de Dioscórides, su preferido, el que ella había leído en griego, pues su padre se empeñó en que aprendiera esa lengua solo para estudiarlo. Lo extrajo de la balda y le limpió el polvo. «De materia medica», leyó en griego. Su madre le tenía prohibido leer aquellos libros pues creía que eran la causa de todas sus desgracias.

Decidió que conservaría ese libro. Sería lo único que le quedase de él, le suplicaría a su madre. O mejor aún, lo escondería y cuando vinieran a por todo no lo echarían de menos.

Luego se encaramó a un taburete y cogió uno de los albarelos de peltre, rebuscó en su interior y halló lo que buscaba: el anillo que le dio su padre. Se sentía egoísta por no entregárselo a su madre para que esta lo vendiera pero, por otra parte, algo le decía que debía conservarlo. Y pensó en lo que diría su madre cuando se enterase de que su esposo le había ocultado ese secreto y solo lo había compartido con su hija. Además, si lo vendían nunca conocería su origen. Ella amaba a los suyos y por nada del mundo los cambiaría, pero la joya le intrigaba. Lo metió en el escondrijo, salió sin hacer ruido y volvió a su cuarto. Durante buena parte de la noche estuvo leyendo el libro en griego, y se sorprendió de lo poco que había olvidado esa lengua y de lo mucho que disfrutaba aprendiendo remedios para curar. Después recordó de nuevo el valioso anillo de oro con el aspa roja esmaltada y cinco pequeños escudetes azules, y se preguntó a quién pertenecería y qué tendría que ver con ella.

Nunca me gustó la Inquisición, o mejor dicho, los inquisidores y sus métodos. Tengo para mí que Dios no ve con buenos ojos que un puñado de clérigos obligue a los hombres a amarle a la fuerza. Jesús predicaba su doctrina, pero jamás obligó a nadie a que lo amase. Era el conocimiento de su persona y su palabra lo que hacía que hombres, mujeres y niños lo siguieran allá donde fuera.

Supongo que ahora que estoy a las puertas de la muerte me atrevo a tener estas ideas e incluso sería capaz de decírselas a mi hermano Enrique, el inquisidor general.

En 1536, el papa Paulo III dio el consentimiento para que, en el Reino de Portugal, a imitación de Castilla, se estableciese el Santo Oficio, como estaba ya en muchos reinos de Occidente, con la idea de perseguir la herejía y castigar a aquellos que, como los cristianos nuevos, se apartaban de la fe de Cristo.

Unos años después, el rey nombró a Enrique inquisidor general y mi trato con él, que fue siempre distante, se volvió áspero. Cuando se celebró en Lisboa el primer auto de fe fuimos invitados algunos miembros de la familia. Yo me negué a asistir a un espectáculo siniestro en el que el pueblo gozaba con la afrenta y el dolor de los penitentes. Alegué que me encontraba indispuesta. ¡Qué cobardía la mía!

Yo solo tenía veinte años, pero toda mi vida me he arrepentido de no haberle dicho lo que pensaba. Tuve muchas otras ocasiones de hablar de esto, sobre todo con mi hermano Luis, el prior de Crato, que era de mi mismo parecer.

Yo creía que la Inquisición debía velar por la pureza de la religión cristiana, y nunca me opuse a que la vergüenza de pasear al reo por la plaza fuera una medida disuasoria para que aquel que estuviera confundido o se hubiera alejado de la fe volviera a la verdadera religión, como el hijo pródigo, que tras andar vagando errante se da cuenta de que su vida estaba al lado de su padre. Pero cuando me llegaban rumores de los métodos que los frailes inquisidores empleaban para arrancar la verdad a los desgraciados se me revolvían las entrañas.

Alguna vez desde mi palacio vi el humo que las hogueras desprendían cuando los herejes eran condenados a morir en las llamas. El humo nublaba los cielos de Lisboa, de la misma forma que nublaba la mente de los inquisidores.

32

L isboa entera era una fiesta. En el Terreiro do Paço el pueblo se apretujaba para situarse en un buen sitio y contemplar el espectáculo. Desde primera hora de la mañana, los espectadores fueron llegando desde todos los barrios de la ciudad atraídos no solo por la diversión que prometían los bandos, sino por los días de indulgencia que, aseguraban estos, tendrían los asistentes al primer auto de fe que se iba a celebrar en Portugal.

Los gritos y los exabruptos lanzados contra los condenados se mezclaban con las voces de los vendedores de lectuarios y aguas aromatizadas y con alguna otra aislada en defensa de los penitentes.

La procesión de los acusados, vestidos con el sambenito rojo con la cruz amarilla y portando un cirio, signo de la luz eterna, avanzaba despacio hacia el cadalso levantado en el centro de la plaza. Los veintitrés penitentes y reconciliados salieron de la iglesia de Santo Domingo escoltados por decenas de clérigos y frailes, que avanzaban solemnes cantando el *Veni Creator*. Delante de todos, seis frailes dominicos cargaban una gran cruz de madera que se instalaría junto al cadalso.

Ana Loira, de la mano de su madre, no perdía detalle de lo que sucedía en la tribuna de autoridades construida para el acontecimiento. En ella el rey don Juan estaba acompañado de su hermano el cardenal don Enrique, inquisidor general del reino. Obispos y nobles ocupaban los asientos contiguos. Cuando los acusados subieron al cadalso, los soldados y los alguaciles impusieron silencio al gentío. Entonces los clérigos comenzaron a rezar en voz alta: «Deus, qui corda fidélium Sancti Spíritus», invocando al Espíritu Santo para que los iluminase.

Entre el silencio, los cánticos resonaron con claridad y un escalofrío recorrió el cuerpo de los más viejos, pues les trajo a la memoria aquella terrible Semana Santa de hacía más de treinta años en la que, durante tres días, la locura se adueñó del pueblo de Lisboa mientras dos dominicos con el juicio perdido prometían la absolución de los pecados a quien denunciara a herejes. Centenares de cristianos nuevos fueron asesinados y sus cuerpos arrojados a las hogueras. Al cuarto día, el rey don Manuel puso orden y los dos dominicos locos fueron juzgados y quemados.

Por fin se oyó la voz del fiscal enumerando los delitos de los acusados.

Cuando Brianda oyó la acusación de pretender curar enfermos a través de la brujería utilizando hierbas desconocidas, se le hizo un nudo en el estómago.

—¡Vámonos de aquí! —dijo apretando la mano de su hija.

Hacía unos meses que su esposo estaba huido de la Inquisición, en Goa, y no había vuelto a tener más noticias que la carta que le entregó el médico Antonio Silva. Desde entonces no dormía tranquila y cualquier ruido en la noche le producía una zozobra que le impedía volver a conciliar el sueño. Procuraba tranquilizar a su hija insistiendo en que a su padre no le hubieran podido acusar de nada, pero la niña, dando sobradas muestras de su precoz inteligencia, contestaba que para que un hombre fuese juzgado solo hacía falta una acusación, fuese verdadera o falsa.

—Si padre se hubiese quedado le habrían podido acusar como a esa pobre mujer —dijo Ana Loira con lágrimas en los ojos.

Brianda arrastró a su hija y la sacó de entre la muchedumbre. Volvieron a casa cabizbajas y por las calles menos transitadas, aunque la ciudad estaba desierta. Todos se encontraban en la plaza; unos porque realmente se sentían eufóricos de que la Iglesia condenase a apóstatas, bígamos, judíos o brujas, y otros porque tenían miedo de que los acusasen de lo mismo si no daban muestras de alegría y no participaban de la fiesta.

—Nos iremos —dijo Brianda con resolución nada más traspasar el umbral de su casa.

—¿Y adónde vamos a ir, madre? Si nos vamos y padre envía alguna carta, nunca nos llegará.

A los pocos días de que Ana Loira y su madre contemplaran estupefactas y aterrorizadas el auto de fe celebrado en el Terreiro do Paço, unos golpes rompieron el silencio del alba. Brianda de Solís saltó de la cama y, con el miedo en el cuerpo, abrió la puerta. Sus peores pesadillas se hacían realidad, pues tres hombres a los que supuso representantes del Santo Oficio aguardaban en el umbral.

En efecto, un alguacil, un familiar de la Inquisición y un notario de secuestros tenían el encargo, dijeron, de llevarlas hasta la Casa de Despacho de la Santa Inquisición, establecida recientemente en el palacio de los Estaus.

Pero antes, el notario de secuestros tenía la obligación de registrar la casa por si pudiera hallar algo que avalara y justificara la acusación que pesaba sobre la esposa y la hija del médico y que luego el fiscal utilizaría en su contra.

Ante los lloros de la niña y su madre, el notario decidió que lo único que registraría sería el lugar en el que trabajaba García de Orta y del cual pensaba que extraería las pruebas condenatorias. Se llevarían algunos libros y tarros con hierbas y rizomas.

Ana Loira se alegró de haber escondido el libro de Diosćórides en su cuarto. Hacía unas semanas que su madre le habló de vender las pertenencias de su padre. Suspiró aliviada, pero en ese momento sus ojos se quedaron fijos en un albarelo de peltre que el notario le acababa de dar al alguacil para que lo metiera en un saco.

—¿No pueden vuestras mercedes dejar los tarros y llevarse solo el contenido? —preguntó llorosa Brianda, pensando en el valor que tenían algunos de los recipientes.

El alguacil que sostenía el tarro de peltre miró al notario, que asintió con la cabeza. Entonces comenzó a vaciar el tarro en un saquillo. Al volcar el contenido le pareció que algo pesado había caído e introdujo la mano para asegurarse. En efecto, sus dedos localizaron lo que parecía ser un anillo. Lo extrajo con cuidado y miró hacia donde el notario y el familiar seguían cogiendo libros. Sus labios se curvaron en una sonrisa y pensó que era su día de suerte; nadie le había visto coger el anillo, así que se quedaría con él.

Con el corazón saliéndosele del pecho, Ana Loira vio cómo el alguacil se guardaba el anillo en la faltriquera. A punto estuvo de gritar que era un ladrón, pero luego su despierta inteligencia pensó que de todas formas se lo iban a quitar, así que era mejor que se lo quedara él, pues seguramente lo vendería sin decir dónde lo había conseguido, a que lo tuviera el notario y lo usara como prueba condenatoria para su madre, pues ella no podría explicar su procedencia. Siguió mirando al alguacil que, alejado ahora de los dos hombres, observaba el anillo con atención. La sonrisa pareció borrarse de su cara y tornarse en un gesto de fastidio.

De pronto, la niña ahogó un grito al ver cómo le entregaba el anillo al notario. Este lo miró y luego desvió la mirada hacia su madre.

Cuando hubieron recogido todo lo que creyeron que serían pruebas, ordenaron a Brianda y a su hija que los acompañasen.

Ana Loira, por no hacer más penosa la partida, aguantó las lágrimas que pugnaban por inundar sus mejillas.

—No os preocupéis, madre, ya veréis como pronto estamos de vuelta en casa.

Brianda se abrazó a su hija llorando. Sabía que para la Inquisición el tiempo no contaba y que lo mismo podían estar interrogándolas unos días que un año, todo dependía de las pruebas que tuvieran contra ella. Había escuchado cosas horribles acerca del Santo Oficio, que incluían la tortura para que los acusados confesaran. Un estremecimiento le recorrió el cuerpo. Y una vez más, maldijo a su esposo.

33

Frey Atilio salió del monasterio para inspeccionar uno de los muros que lo rodeaban y que a causa de las lluvias se había venido abajo. Necesitaba pensar fuera del recinto. Respiró el aire limpio de comienzos de la primavera y se extasió en la contemplación de la llanura alentejana con los almendros que comenzaban a perder las flores y los primeros pámpanos de las vides adornando los viejos troncos.

Divisó a lo lejos los cipreses del pequeño cementerio de la aldea de Flor da Rosa y se encaminó hasta allí. Era curioso, pensó, que en todos los años que llevaba viviendo en el monasterio nunca hubiera entrado en él, y pensó también en lo alejada que vivía la comunidad de freires de los habitantes de la aldea.

Los hierros de la cancilla chirriaron cuando el rector la empujó. No se veía a nadie a esa hora, pues el enterrador seguramente aparecería por allí solo si tenía trabajo.

Se fue fijando en las lápidas, la mayoría tapadas o rodeadas por hierbajos. Le llamó la atención una por lo cuidada que estaba y porque sobre la losa tenía un ramillete de flores silvestres. «Margarida Terreiro, MDXI-MDXXXI», leyó.

El freire se quedó pensando en aquella noche de hacía... ¿Cuántos años hacía? ¡Qué de sucesos ocurrieron en aquellos días! El asesinato del hermano Tadeo, la muerte de la joven Margarida, la entrega de la niña al doctor García de Orta, ¿qué sería de la muchacha? En uno de sus viajes a Lisboa se enteró de que el médico había huido porque lo buscaba el Santo Oficio. Ay, la Inquisición, la maldita Inquisición, ¡siempre persiguiendo a los más valiosos!

—Que Dios me perdone —dijo en voz alta, y se persignó.

Seguía mirando la tumba. Las letras parecían repintadas recientemente y no crecían malas hierbas a su alrededor. Que él recordara, la joven no tenía familia en la aldea, ¿quién mantenía limpia y llevaba flores a su tumba? Pero sobre todo, ¿quién mantenía viva la memoria de Margarida?

Los recuerdos de aquellos días se agolpaban en su mente. El no haber podido resolver los crímenes cometidos hacía tantos años le seguía mortificando el alma. Era cierto que no volvió a suceder nada que alterara de esa forma a la comunidad, pero el hecho de no haber resuelto ese misterio le llevaba a pensar que quizá no fuera tan inteligente como él creía o creían los demás, pues el asesino o los asesinos habían demostrado ser mucho más listos que él.

Recordó aquellos meses, las suspicacias entre los hermanos, las sospechas, las miradas de reojo, la desconfianza; sí, fueron unos meses terribles. En algún momento tuvo la certeza de estar muy cerca del asesino, pero luego la pista tras la que andaba se desvanecía como la bruma de la mañana y vuelta a empezar. Siempre había creído que cuando una persona mata por segunda vez repite el patrón de la primera, sin embargo nada tenía que ver la forma en la que habían dado muerte a frey Andrés, el boticario, con la de frey Tadeo. Al primero le destrozaron la cabeza y lo arrojaron por el muro, había sido una forma primaria de matar, un impulso; por el contrario, la muerte de frey Tadeo había sido escenificada, el asesino se había tomado su tiempo, había arrastrado el cuerpo por el pasadizo y luego escribió esas palabras alusivas al Génesis, seguramente para incriminar a frey Armando. ¿Eran, pues, dos asesinos, como pensó en un primer momento?

Las pesquisas le llevaron a pensar en un principio que frey Armando, el bibliotecario, pudo haber sido el asesino, pero lo descartó por su ceguera y su ancianidad; después sospechó de su ayudante frey Eugenio, y también de don Alfonso de Braganza, pues tenían razones para matar a frey Andrés. Los tres tenían relación con el hermano boticario, pero ¿qué los unía a frey Tadeo? Se había hecho esa pregunta decenas de veces y nunca encontraba la respuesta. Hubo una época en que incluso había sospechado de frey Duarte.

El ruido de unos pasos le sobresaltaron y, sin saber por qué, se escondió detrás de unos cipreses. Desde allí pudo verle el rostro. Su extrañeza se tornó en intriga cuando vio que retiraba las flores mustias de la tumba de Margarida y ponía otras frescas.

34

La Inquisición en Portugal había sido establecida en 1536 por el rey Juan III, pero en 1540 todavía se regía por el derecho canónico y las reglas castellanas. A imitación también de la de Castilla, nació con el propósito de acabar con las herejías cometidas por judíos conversos y moriscos: proposiciones erróneas, temerarias, escandalosas y heréticas. Solo actuaban sobre personas de otras religiones que habían sido bautizadas, pues sobre las que continuaban con su religión no tenía potestad. Y todo ello a pesar de que a mediados de 1506 no quedaban prácticamente judíos en el reino, ya que el rey Manuel de Portugal antes de casarse había prometido a sus suegros, los Reyes Católicos, la limpieza de sangre de los miles de judíos que, provenientes de Castilla, se habían refugiado en el Reino de Portugal y que había duplicado a finales del siglo XV la población judía de Lisboa.

Más tarde, entre los delitos considerados de fe se fueron incluyendo los de resabios de herejía, es decir, los vicios morales como blasfemias, hechicería, invocación de demonios, ensalmos o bigamia.

Aunque en 1539 el rey Juan III nombró inquisidor general a su hermano el cardenal don Enrique con el propósito de que las causas dependieran en última instancia de él, pues el Santo Oficio seguía respondiendo al papa, no sería hasta diez años después cuando este pasaría a depender totalmente de la Corona.

La Santa Inquisición actuaba, pues, con total autonomía de Roma para juzgar a herejes, aunque, siguiendo las normas de Castilla, solo podían aplicar penas menores, pues para sentenciar a un hereje a la pena capital, casi siempre en la hoguera, debían entregar a los reos a la relajación del brazo secular, ya que ellos solo conformaban tribunales eclesiásticos.

Siguiendo las indicaciones del papa, pero sobre todo imitando de nuevo a los tribunales de Castilla, la Corona encargó en un principio su constitución a los dominicos por ser estos los mejor preparados como juristas y no solo como teólogos.

En 1541 el Consejo de la Suprema, el órgano superior de la Inquisición y adonde llegaban las causas más importantes o más difíciles de solventar, estaba encabezado por el cardenal don Enrique y lo formaban seis miembros, de los cuales solo uno, y como tradición, era dominico. Poco a poco el rey fue sustituyendo a los teólogos por juristas. A veces algún miembro, afamado jurista, era nombrado por el propio rey de entre la nobleza. Así, en ese mismo año don Alfonso de Braganza, primo del rey, había sido nombrado miembro del Consejo de la Suprema que, además de una gruesa remuneración, le daba un gran poder sobre personas y patrimonios.

Aquella tarde, martes, Benito de Guzmán, notario de secuestros, se dirigió a la sede de la Suprema. Sabía que los miembros del Consejo se reunían los martes, jueves y sábados por la tarde. Esperaba poder hablar con uno de ellos. Lo que tenía que decirle, pensaba, era de suma importancia.

Nunca había hablado con ninguno, ya que su cargo estaba muy por debajo de los miembros del gran tribunal y las pruebas de los delitos del acusado las entregaba directamente al fiscal. Sin embargo, había una que aún permanecía en su poder y sobre la cual quería informar a don Alfonso. No se le escapaba a Benito que el noble era el miembro más influyente del Consejo no solo por ser primo del rey, sino por contar con toda su confianza.

Esperó casi dos horas y cuando ya se disponía a marcharse, un alguacil le invitó a que lo siguiera. Anduvieron por un largo corredor hasta llegar a una sala ricamente amueblada. Allí, mirando por uno de los ventanales, estaba don Alfonso de Braganza.

El porte del caballero, alto y gallardo, achicó el carácter resolutivo del notario. Intentó recomponerse, aunque durante un instante pensó con temor que no sabía qué tratamiento debería dar a un noble miembro del Consejo de la Suprema.

—Gracias por recibirme, excelencia —dijo al cabo.

—Me han dicho que es algo muy importante lo que tenéis que decirme.

Por toda respuesta, el notario se sacó un envoltorio de paño de la faltriquera y deshizo el atado encima de la gran mesa de caoba.

El noble se quedó mirando el anillo con el escudo de su familia.

—¿De dónde lo habéis sacado? —preguntó con desconfianza cogiendo el anillo.

Por primera vez desde que el alguacil le entregó el anillo dos días antes, el notario dudó de su proceder. Quizá el noble estuviera pensando que lo había robado él.

—Lo encontré escondido en un tarro de una botica, entre unas raíces, en la casa de un médico huido de la Inquisición. Su esposa y su hija han sido detenidas como cómplices. Supuse que pertenecería a vuestra familia, así que no se lo he entregado al fiscal.

—Me desapareció hace muchos años, y pensé que lo habrían robado. ¿Lo habéis registrado como prueba condenatoria? —preguntó don Alfonso algo más tranquilo.

—No. Quería consultarlo antes con vuestra excelencia.

Don Alfonso de Braganza se puso el anillo y se volvió hacia el ventanal, pensativo. Hacía muchos años que le entregó ese anillo al freire boticario del Priorato de Crato, quien luego, según le contó su hermano, fue asesinado. Y ahora, por una carambola de la fortuna, la joya que había pertenecido a su familia volvía a sus manos. ¿Por qué la tendría ese médico?

—Está bien —dijo volviéndose y dirigiéndose al notario—.

En cuanto interroguen a la mujer sobre el anillo, regresad y contadme lo que ha dicho.

Benito se quedó pensando un momento.

—Pero hay un problema, excelencia. Si no registramos la joya como prueba, no podremos preguntarle sobre ella.

—Es cierto. Entonces no registréis el anillo, pero averiguad qué sabe la mujer. Y hacedlo solo, ¿me habéis entendido? Si lo hacéis así estaré en deuda con vos.

El notario se inclinó, agradecido. Sabía lo que significaban las últimas palabras del noble, quizá subir en el escalafón del complicado sistema de cargos de la Santa Inquisición.

35

Durante tres días, Brianda y su hija fueron amonestadas para que confesaran cuanto sabían acerca de las actividades de García de Orta. A Ana Loira, por ser menor de edad, se le asignó un curador que había recaído en el propio abogado, don Helder Sousa.

El objetivo del fiscal era que la madre y la hija confesasen su culpa, pues sin confesión, con las débiles pruebas que obraban en su poder, de poco podrían acusarlas.

Don Helder aconsejó varias veces a sus defendidas que confesasen, que la pena sería mínima y así aquello terminaría pronto. Si no, el proceso podría durar meses y para una niña tan pequeña sería contraproducente.

—Pero si no sabemos de qué se nos acusa, ¿qué hemos de confesar? —preguntaba Brianda, exasperada, ante la insistencia del abogado.

—La acusación es secreta, así que tendréis que confesar lo que ellos quieren oír; es decir, que las dos conocíais todo lo que hacía vuestro marido.

—¡Pero mi esposo era médico y eso era lo que hacía, practicar la medicina! —contestó airada.

—¿Creéis que nos torturarán? —preguntó la niña, que desde que había entrado en las dependencias de la Inquisición no pensaba en otra cosa.

—No creo. Los cargos, repito, son secretos, pero os han dejado en una habitación a las dos juntas y no en una celda, así que es de suponer que no consideran grave la falta que hayáis cometido.

Un rato después de marcharse el abogado, la puerta se abrió de nuevo y entró el notario de secuestros que se había llevado los libros y los tarros de la casa de Brianda. Antes de entrar, Ana Loira se fijó en que le entregó una bolsa al alguacil menor apostado en la puerta.

—Daos prisa o me meteréis en un lío —dijo este cuando ya cerraba.

—Tengo que haceros unas preguntas acerca del anillo que encontramos en vuestra casa —dijo Benito de Guzmán sin saludar—. ¿Quién os lo dio? ¿O acaso lo robasteis?

—Nosotras no hemos robado nada, pero vuestra merced sí. Vi cómo se lo entregó el alguacil —dijo la niña con voz airada.

Su madre la mandó callar.

—No sé a qué se refiere vuestra merced, nosotras no tenemos joyas en la casa, pues las pocas que teníamos las hemos ido vendiendo para subsistir —contestó Brianda, extrañada.

—En uno de los albarelos encontramos un anillo muy valioso con el sello de un noble, ¿acaso se lo entregaron a vuestro esposo por el pago de una curación?

—Si alguien le regaló a mi esposo esa joya, nunca me lo dijo. De haberlo sabido, la habríamos vendido. Os juro por lo que más quiero, que es mi hija, que no sé nada de esa joya.

—Os advierto que esto es de suma importancia. En efecto, como dice la niña, no se la he entregado al fiscal, porque de haberlo hecho tendríais un grave problema. Si no me decís la verdad, se la entregaré a su dueño y será él quien os haga las preguntas.

A Ana Loira el corazón comenzó a golpearle con fuerza en el pecho.

—¿Y quién es su dueño? —preguntó casi temblando.

—¿Qué puedo deciros? —dijo Brianda llorando e ignorando la pregunta de su hija—. Que el Señor me castigue ahora mismo si os miento.

La puerta se abrió y asomó la cabeza el alguacil menor.

—¡Salid ya, no podéis estar más tiempo!

—Está bien, os creo. Os conviene guardar silencio acerca de este asunto. Jamás he estado aquí, ¿lo habéis entendido?

Benito de Guzmán salió del cuarto y regresó a la estancia de don Alfonso de Braganza, situada en el mismo edificio de la Inquisición.

—¿Y bien? —preguntó cuando entró el notario de secuestros—. ¿Habéis averiguado cómo ha llegado mi anillo hasta esa mujer?

—No, excelencia. Jura por lo más sagrado que nunca lo ha visto. Cuando su esposo huyó de la Inquisición les dejó recursos para vivir, pero han ido vendiendo las joyas y los muebles, si hubieran tenido conocimiento de ese anillo no lo tendrían escondido en un simple albarelo. Pienso que tuvo que ser cosa del médico. Creo que alguien se lo robó a vuestra excelencia y luego se lo dio en pago de sus servicios.

—Sí, así debió ser —contestó el noble—. No creo que deba recordaros que este asunto debe quedar en secreto. Tomad, en agradecimiento. ¡Ah! ¿Sabéis, por casualidad, si la mujer o su esposo han vivido en Crato o conocen a alguien de allí?

—Creo que no, excelencia. Han vivido en Marvão, Évora y Lisboa, según consta en el expediente ordinario.

El notario de secuestros cogió la abultada bolsa que le tendía don Alfonso y se marchó.

Ya a solas, don Alfonso de Braganza se quedó pensando en lo extraño del suceso. Él le dio el anillo a un freire de Crato, poco después lo asesinaron y años después lo recobraba tras un registro en casa de un médico acusado por la Inquisición. ¿Acaso aquel freire avaricioso se lo vendió a alguien o se lo robaron? Bueno, eso ya carecía de importancia, puesto que había recobrado el anillo. A cambio de unas cuantas monedas, volvía a estar en posesión de un recuerdo familiar.

Al cuarto día de ser arrestadas, Brianda juró guardar el secreto de todo lo que viera, oyera y dijera en el juicio. Ignoraba de qué la acusaban, aunque sabía que tenía que ver con su esposo, claro que también desconocía de qué se le acusaba a él. Don Antonio Silva le había dicho en numerosas ocasiones que un médico envidioso le había denunciado, pero nunca le había dicho por qué.

—¿Sabéis por qué estáis aquí? —preguntó el juez amablemente a Brianda.

—No, señor.

—¿Alguien de vuestra familia ha sido encarcelado o interrogado por la Inquisición?

—No, señor.

—Pero vuestro esposo huyó cuando la Inquisición fue a detenerle... ¿Habéis tenido noticias de él?

—No, señor. Desde que desapareció, no hemos vuelto a saber nada.

—¿Tenéis idea de por qué la Inquisición querría interrogar a vuestro esposo?

El juez seguía preguntando con prudencia, casi con delicadeza, era así como los acusados, sin darse cuenta, acababan confesando lo que no querían. Si la amabilidad no daba resultado, en casos importantes, optaban por emplear otros métodos.

Durante varias horas el juez interrogó a Brianda y a Ana Loira mientras el notario anotaba todas las respuestas.

Brianda contestó a cuantas preguntas le formuló el juez, repitió una y otra vez lo que el abogado le había aconsejado: que su esposo era un buen médico que curaba con plantas y nunca, ningún enfermo, había tenido quejas sobre su medicina; que no sabía quién pudo haberle denunciado, a no ser algún envidioso; que el rey confió en él; que ayudaba incluso a los que no tenían dinero; que jamás ella supo qué medicinas elaboraba, y que eran cristianos temerosos de Dios.

La niña, por su parte, explicó que acompañaba algunas veces a su padre a visitar a los enfermos porque le gustaba ayudar a las personas a que se curasen. Recordó la promesa que le había hecho a su padre de no revelar jamás la quemazón que sentía en las manos algunas veces y se guardó mucho de decir nada al respecto.

Las pruebas testificales, es decir, el testimonio del médico don Manuel Pereira, y de las cuales las acusadas nada conocían, eran importantes, pero las pruebas documentales, sacadas de la casa de Brianda, no arrojaban nada sobre el caso pues eran simples libros de plantas medicinales.

Cuatro días después, el abogado les dio muy buenas noticias. Don Antonio Silva se había presentado como testigo y su declaración, precisa y convincente, resultaba muy beneficiosa para ellas. Don Antonio había declarado que García de Orta era un médico extraordinario, que fue médico real, que suscitaba envidias entre otros colegas de la corte por su buen hacer y que jamás le vio recurrir a hechicería o a ensalmos para curar a los enfermos, sino que utilizaba medicinas elaboradas con plantas que él mismo preparaba. Asimismo, manifestó que jamás había visto ni a Brianda ni a Ana Loira elaborar medicinas ni participar en la curación de enfermos.

Por fin, a los siete días de comenzar el juicio terminó la fase probatoria, por lo que se daba paso a la consulta de fe y la publicación de la sentencia.

Don Helder Sousa, el abogado defensor, puso todo su empeño en la defensa.

—… el esposo de doña Brianda y el padre de esta niña era médico real, no lo olvidemos. Los reyes se fiaban de su opinión, fue llamado una y otra vez a palacio para curar a los infantes; por tanto, si el rey o la reina hubieran notado una mínima, y digo mínima, sospecha de brujería o herejía en su proceder no solo lo habrían despedido, sino que lo hubieran denunciado. No estamos juzgando al médico García de Orta, sino a una infeliz esposa y a una desgraciada hija que no conocen ni conocían nada de lo que su esposo y padre hacía, en el supuesto de que aquel cometiera algún delito. Son buenas cristianas, temerosas de Dios y cumplidoras con la Iglesia. No conocemos la denuncia ni al denunciante, pero si, como supongo, es el mismo que denunció a García de Orta, me temo que haya obrado por inquina o envidia y…

—¡No estáis aquí para juzgar al denunciante, sino para defender a las sospechosas, así que centraos en la defensa y dejad las otras cuestiones para este santo tribunal! —le amonestó uno de los cinco miembros del tribunal.

Un domingo, tres días después de que el abogado hiciese el alegato final, Brianda y su hija oyeron la sentencia que las declaraba absueltas del delito del que eran acusadas.

—Bien —dijo don Helder Sousa una vez se hubo quedado a solas con ellas—, habéis sido absueltas, pero la sentencia es absolutoria de la instancia.

—¿Y eso qué quiere decir? ¿Somos inocentes o no? —preguntó Ana Loira con un nudo en la garganta.

—Sí y no —contestó el abogado, orgulloso de poder demostrar sus conocimientos—. Por el momento sois inocentes y quedáis libres, pero si alguien vuelve a presentar alguna prueba contra vosotras, el juicio se reanudará y entonces la cosa será muy distinta, pues lloverá sobre mojado.

A pesar de todo, la niña se abrazó a su madre y juntas salieron de las dependencias de la Inquisición. Tendrían cuidado con lo que hacían o decían, pues por nada del mundo querían volver a pisar esas salas donde habían estado a punto de ser torturadas y muy cerca de ser condenadas.

—¿Tú sabías algo de ese anillo que tu padre escondía en el albarelo? —preguntó Brianda a su hija de camino a casa.

La niña esperaba la pregunta y respondió sin vacilar.

—Era la primera vez que lo veía. Vamos a olvidarnos de todo, madre.

—Sí, mejor será, porque tu padre bien que se ha olvidado de nosotras.

—No digáis eso, madre. Seguro que nos tiene siempre en su pensamiento y que algún día volverá. Además nos han devuelto sus libros, eso nos hará sentirlo más cerca.

Ana Loira sentía en el alma tener que mentir a su madre, pero la conocía y sabía que era mejor una mentira que revelarle toda la verdad. Bastante animadversión sentía ya por su padre para añadir un motivo más.

Hoy he vuelto a empeorar. Los doctores siguen insistiendo en que tome las medicinas, pero yo sigo negándome. Ha venido mi sobrino nieto el rey Sebastián a verme. Ha cumplido veintitrés años y no tiene ningún deseo de tomar esposa. Temo por el futuro del reino.

Recuerdo cuando yo cumplí esos mismos años. Hubo un suceso que me marcó, pues fui consciente de los entresijos y las conspiraciones que se dan en las cortes y cómo los destinos y hasta las vidas de las personas están, a veces, en manos de los que solo miran por sus intereses.

Fue en 1542, sí, fue en ese año, lo recuerdo bien, yo no tenía veintitrés, como he dicho, tenía veintiuno y volvía a ilusionarme con viajar a Francia a contraer matrimonio con Carlos de Angulema, duque de Orleans, el sexto hijo del rey de Francia. Mi madre me escribió con la buena nueva. Estaba muy feliz y creía que yo también lo sería, pues Carlos, que tenía un año menos que yo, era un joven bizarro, galán como su padre y su preferido.

Las negociaciones estaban muy avanzadas y, por una vez, mi hermano el rey daba su consentimiento. El obispo de Adé llegó a Lisboa para ultimar detalles y yo lo recibí con la alegría de que esta vez mi matrimonio y sobre todo el reencuentro con mi madre serían posibles.

Al día siguiente de su llegada, Juana Blasfelt, la dama a la que mi madre encargó mi cuidado, vino a mis habitaciones

para informarme de que Luis Sarmiento de Mendoza, emba-
jador del emperador en Lisboa, solicitaba permiso urgente
para verme. Me extrañó que fuera ella la que anunciara su
presencia pero lo recibí.

El embajador pidió que Juana estuviera presente en la con-
versación que iba a tener lugar. Yo cada vez estaba más confu-
sa con todo aquello, y más cuando el embajador se aseguró,
mirando puertas y ventanas, de que nadie nos oía.

Seguidamente me puso al corriente del asunto tan principal
y era como sigue: los espías en Francia de mi tío el emperador
habían interceptado cartas del rey Francisco I enviadas a no-
bles y gente importante en las que se les informaba de que
urgía que yo saliera cuanto antes de Portugal por la necesidad
que tenían de dineros para sufragar los grandes gastos del rey
y las dificultades con las que se encontraba para pagar las sol-
dadas y la fabricación de decenas de naves. Saldría de Portugal
con las capitulaciones matrimoniales firmadas, pero sin haber
matrimoniado.

—Según los espías, señora —continuó don Luis—, la única
intención que tiene el rey de Francia con este matrimonio es
desproveeros de vuestra fortuna para usarla en provecho propio. O lo que es peor, en contra del emperador.

La infanta María no podía dar crédito a lo que estaba
oyendo.

—Traigo, señora, cartas del emperador vuestro tío y de vuestra madre que os explicarán con detalle lo que os acabo de
contar.

El embajador entregó las cartas a la infanta, que las tomó
con mano trémula.

... es menester demos a entender que habéis de venir acá con
toda vuestra hacienda. Si el rey vuestro hermano viene a decir
que os dará solo una parte de ella u os la entregara a plazos o
de otra cualquier manera, no lo aceptéis, sino decid que no

saldréis de ahí sin llevar toda vuestra hacienda junta. Si sois forzada para que salgáis del reino con la fortuna que vuestro hermano os dé, negaos a salir de ahí y alegad que solo saldréis con vuestra fortuna toda. Es preferible que seáis vos la que rompa el matrimonio que yo. Mirad bien que esta carta ninguno la vea sino Blasfelt, y que la queméis luego en habiéndola leído porque me vendrá mucho daño y a vos, si supiesen que no tengo otra voluntad que la que aquí muestro...

La infanta terminó de leer la carta de su madre y se la entregó a doña Juana. Sin decir nada, tomó la del emperador y rompiendo el sello comenzó a leer.

—Bien, don Luis, quedo enterada de todo —dijo al cabo, cuando vio que doña Juana había terminado de leer la misiva de su tío—. Obraré cual mi madre y el emperador mi tío me piden. Sé que solo los mueve el amor que me tienen.

—Lamento todo lo que os sucede, señora —dijo con voz triste el embajador—. Ningún hijo del rey de Francia merece una esposa como vos.

La infanta se levantó y se acercó a la chimenea. Besó ambas cartas y las arrojó al fuego. Se quedó mirando cómo las llamas devoraban los papeles y los convertían en cenizas.

Recuerdo aún las palabras que el embajador Luis Sarmiento de Mendoza me dijo: que ningún hijo del rey de Francia merecía una esposa como yo. Quizá fuera cierto, pero entonces, con mis veintiún años, me creí la mujer más desdichada del mundo y aquella noche la pasé llorando, no solo porque de nuevo los sueños de verme casada con el hijo de un rey se desvanecían cual la bruma después de salir el sol, sino porque el tan ansiado encuentro con mi madre volvía a posponerse sine die.

Unos meses después, arreglado y olvidado el asunto de mi matrimonio con el duque de Orleans, comenzaron las negociaciones para que mi prima María Manuela, que a la sazón tenía casi quince años, matrimoniara con mi primo Felipe de Castilla.

Yo sabía por el embajador Luis Sarmiento que mi tío el emperador le había propuesto a mi hermano casarme a mí con Felipe y que este lo estaba considerando.

Mi madre, en sus cartas, solo hacía alusión a una posible boda en Castilla, por esta vez se mostró prudente y no vendió la piel antes de cazar al oso, como suele decir mi doncella. Pero yo ya me veía siendo reina en la tierra de mis abuelos y cada noche soñaba con mi primo y, aunque nada sabía de su aspecto, me lo imaginaba discreto y gentil. Cuando poco después enviaron un retrato, admiré la gallardía de su cuerpo y la serenidad de su rostro, y creo que me enamoré de aquel retrato que contemplaba a hurtadillas cuando nadie me veía.

Pero mi hermano tenía otros planes y le ofreció a su hija en mi lugar, pues tenía mucha prisa en casarla y muy poca en casarme a mí, y alegó que yo podía esperar.

Fue el mismo día que la legación de Castilla llegó a Lisboa cuando me enteré de que mi prima y sobrina María Manuela, de catorce años, había sido la elegida. Mi tía la reina me escribió una carta dándome la noticia y me invitaba a la recepción que aquella noche iban a dar a los embajadores del emperador.

Lloré de rabia y estuve a punto de declinar la invitación, pero los consejos de Juana Blasfelt, que siempre miraba por mi bien, me hicieron recapacitar. Así que decidí ir. Me vestí como una reina y me adorné con las joyas que mi madre me dejó cuando partió a Francia. Quería que los embajadores de Castilla me compararan con mi prima, de cuerpo débil y rostro no muy hermoso. Por una vez, me dejé llevar por el orgullo y quise humillar a mi hermano y a mi tía. ¡Cuántas veces hube de arrepentirme de aquella actitud cuando solo unos años después la desgracia se cebó en aquel débil cuerpo! ¡Cuántas veces habría de reprocharme la soberbia que demostré tener aquella tarde!

En cuanto entré en el gran salón lo vi. Allí estaba el caballero portugués Ruy Gómez de Silva. Él también me vio y vino a mi encuentro. No habíamos vuelto a vernos desde aquella tarde en Évora de hacía cinco años, y no estaba muy certera de si se acordaría de mí. La duda me duró poco, pues mientras me cogía la mano con galantería me dijo que esperaba que esta vez no me indispusiera y le privara de contemplar a la joven más bella de la fiesta.

En honor a los castellanos, los músicos comenzaron a tocar una gallarda, un baile de Castilla, y Ruy Gómez me invitó a bailar. Me dejé llevar por sus ágiles movimientos y me propuse disfrutar del baile.

En un descanso de los músicos salimos a uno de los balcones. La noche estaba clara y la luna, plena y brillante, se reflejaba en las tranquilas aguas del Tajo. Me contó que había nacido en Portugal, sus padres eran señores de Ulme y de Chamusca, pero como era el segundo hijo solo podría medrar en la Iglesia o en la corte. Siendo un niño, su abuelo lo incorporó al cortejo de la infanta Isabel cuando fue a Castilla a casarse con el emperador. Cuando esta murió, pasó a ser paje del príncipe Felipe. Ahora era su embajador y amigo.

Cuando sonó de nuevo la música entramos en el salón, pero hube de atender otros compromisos y, a mi pesar, se alejó de mí.

Terminada la recepción, se acercó para despedirse y me cogió de nuevo la mano. De pronto, volvía a tener dieciséis años y, como antaño, mi corazón galopaba como un potro sin freno. Entonces me avergoncé de que mi corazón fuese tan voluble, pues hacía solo unas horas que había llorado por no poder casarme con mi primo Felipe, de quien creía estar enamorada, y ahora suspiraba por el embajador castellano. Quería seguir engañándome, pero lo que había sentido al ver a Ruy Gómez jamás lo sentí mirando el retrato. Claro que mi primo estaba representado solo en un lienzo y el embajador era real.

Durante los días en que la embajada estuvo en la corte, lo vi dos veces más; en ambas, nuestras miradas se buscaron y nuestras tímidas sonrisas se convirtieron en cómplices mensajes sin que los labios pronunciasen palabra.

El día que se despidió, sentí que una parte de mi corazón se iba con él. Me prometió que volvería, pero yo sabía que jamás lo haría de la forma en que yo había soñado todas esas noches. Nuestros mundos eran distintos y nuestros caminos, quizá, nunca volvieran a cruzarse. ¡Qué equivocada estaba!

36

El calor era insoportable en Lisboa. Al bochorno del día le seguía la humedad pegajosa de la noche que, proveniente del Tajo, convertía el aire en irrespirable. Los nobles y los comerciantes se habían ido a sus residencias en el norte del reino o situadas en la costa, por lo que las calles de la ciudad permanecían casi desiertas a la hora de la canícula. Solo cuando se ponía el sol sus habitantes se atrevían a dejar sus casas en busca del relente que pocas veces llegaba.

Brianda y su hija vivían en una modesta casa desde hacía cuatro años, después de que hubieran vendido la anterior y de que don Antonio Silva les hubiera comprado todos los útiles de la botica. Desde entonces, la Inquisición parecía haberse olvidado de ellas, aunque Brianda se despertaba aún por las noches soñando que las llevaban presas.

Después de mucho rogar a su madre, Ana Loira pudo quedarse con los libros de su padre, a los que dedicaba el tiempo que le quedaba después de ayudar a don Antonio en la elaboración de algunos medicamentos.

El montante que Brianda de Solís había sacado de la venta del inmueble y de los enseres de su marido les daba para vivir sin estrecheces, aunque sin lujos. Sin embargo, pensaba la esposa del médico, algún día no muy lejano se acabaría y entonces ya no habría más que vender. Y pedir ayuda a su hermana no pasaba por su imaginación, pues la carta que recibió hacía años lo dejaba bien claro.

Aquel día de mediados de julio las campanas de todas las iglesias doblaron a difuntos al unísono. Su lastimero sonido hizo que las gentes salieran a la calle para saber qué infante, noble o persona de alcurnia dejaba este mundo. La curiosidad se tornó en incredulidad, y esta dio paso a la compasión, la lástima y la desesperación. Toda Lisboa se convirtió en un lamento al saber que la infanta María Manuela, sin haber cumplido aún los dieciocho años, era la difunta. Apenas hacía unos días que había dado a luz y la nueva del nacimiento del heredero de Castilla y Portugal llenó de gozo por igual a los dos reinos.

El pueblo conservaba en su memoria el boato y la ostentación de la comitiva que salió de Lisboa acompañando a la infanta hasta tierras españolas. Nunca los lisboetas habían contemplado tantos nobles, aparato y lujo como en la partida de doña María Manuela dos años antes. Aquel día también repicaban todas las campanas para despedir a la infanta de Portugal que marchaba a Castilla para, un día, convertirse en reina de las Españas. Ahora, el triste chocar de los badajos contra el bronce llenaba de dolor a todo el pueblo que, impotente y atribulado, contemplaba la muerte del penúltimo hijo de sus reyes.

Ana Loira y su madre sintieron, como todos los lisboetas, la muerte de doña María Manuela. Desde su casa partieron hacia la iglesia Mayor para rezar por el alma de la desdichada infanta.

Cuando entraron en la iglesia, una vaharada de sudor y calor asfixiante les dio de lleno en el rostro. Brianda cogió a su hija de la mano ante el temor de perderla entre el gentío. A empellones lograron colocarse junto a una pilastra cerca de un grupo de personas que creyeron mercaderes por los ricos trajes que vestían.

La niña llevaba consigo una pequeña talega de tela y extrajo de ella una bolsita de hierbas aromáticas con las que se solía mitigar el mal olor y se la entregó a su madre. Brianda miró a su hija agradecida y se dispuso a olerla, pues, aunque el olor a sudor en aquella parte del templo era menor, de vez en cuando venían bocanadas de aire viciado expandido por los abanicos de las esposas de los mercaderes.

Los latines de los sacerdotes les llegaban amortiguados por los cuchicheos o los sollozos de los feligreses.

De pronto, se armó un revuelo y Ana Loira y su madre pudieron contemplar cómo una joven caía a plomo sobre las caldeadas piedras de la iglesia. Los que parecían ser sus padres intentaron que la gente no se arremolinara y dejara espacio para que la joven pudiera respirar. La niña se acercó solícita y le entregó a la mujer otra de las bolsitas aromáticas que llevaba en la talega.

La mujer le sonrió agradecida y la puso bajo la nariz de la joven, que parecía recuperar la consciencia. La niña, en su afán por ayudar, tendió la mano a la joven y esta se incorporó, al parecer repuesta del vahído.

Ana Loira se quedó quieta sintiendo el ardor en su mano y sin saber qué hacer. La joven se recompuso, pero ella seguía sintiendo la quemazón y tuvo miedo. Se acordó de su padre y le echó más en falta que nunca. Le vinieron a la mente sus palabras cuando, al tocar aquellos juguetes que le trajo un día, casi se quema la mano: nunca debía comentar con nadie aquello, sería su secreto.

Notó que le faltaba el aire y pidió a su madre que saliesen. Esta se asustó cuando vio la palidez en el rostro de su hija y se abrieron paso entre el gentío.

La joven volvió a desplomarse, pero esta vez no fue un simple desvanecimiento. Cuando ya estaban saliendo, un rumor, esta vez más grande, recorrió el templo.

—¡Está muerta! —se oyó una voz al tiempo que traspasaban la puerta de la iglesia.

Entre los recuerdos tristes que pueblan mi memoria hay uno especialmente doloroso y es la muerte de mi prima y sobrina María Manuela. Un día de julio del año del Señor de 1545, un correo de Castilla trajo la fatal noticia. Yo me encontraba en el palacio de Ribeira para celebrar, precisamente, el nacimiento de su hijo, el primer nieto de los reyes de Portugal y del emperador, el heredero de los dos reinos.

Mi sobrina tenía diecisiete años y su débil cuerpo no pudo superar el parto.

Yo había visto a mi tía Catalina cuidar y llenar de besos a sus siete hijos moribundos, llorarlos hasta quedarse sin lágrimas y visitar sus lugares de reposo. Con la muerte de su adorada María Manuela, un dolor nunca sentido, nuevo, venía a horadar su corazón. Al sufrimiento de perder a su hija se añadía el no haber podido despedirse de ella, el no colmar de besos su cuerpo, el no poder rezar ante su tumba.

De nuevo, todo Portugal temió por la salud de la reina Catalina. Era la primera vez que los lisboetas no contemplaban a su reina traspasada de dolor acompañando el féretro de un hijo.

Esta vez, mi tía se refugió más que nunca en Dios, y se pasaba los días rezando decenas de rosarios y oyendo hasta cinco misas diarias. La corte toda se tiñó de luto, los espejos se volvieron a tapar con grandes paños negros y las ventanas estuvieron cerradas durante muchos meses.

Yo permanecí mucho tiempo en el palacio de Ribeira acompañando a mi tía, pues consuelo no podía darle porque no existía para ella. En los primeros meses de duelo, su estado de ánimo vacilaba entre la melancolía y el paroxismo por el único hijo que le quedaba, el infante Juan Manuel, que a la sazón tenía ocho años.

Dos años después era Francisco I de Francia, el segundo esposo de mi madre, el que abandonaba este mundo. Recé por su alma. Me apenaba mi madre, sola en un reino que le era extraño, pues durante años en sus cartas me daba cuenta de lo que amaba a su esposo y de lo correspondida que era.

No fue hasta muchos años después cuando supe lo desgraciada que había sido y las humillaciones que sufrió en aquella corte de cortesanas e intrigas palaciegas.

Pronto recibí una larga carta de ella. Me informaba de su intención de volver a España al lado de su hermano el emperador, a pesar de que este se hallaba en Mühlberg librando una de sus múltiples batallas. En su camino de vuelta, y si nada lo impedía, pensaba detenerse en Lisboa para verme.

No puedo ocultar que comencé a contar los días y las noches que quedaban para aquel reencuentro tan largamente deseado. Mi madre tenía por entonces cuarenta y ocho años y yo veintiséis. Llevábamos, por tanto, veinticinco años sin vernos.

El Señor no ha tenido a bien darme un esposo ni hijos a quien amar, por tanto, no soy la persona más indicada para hablar del amor que se le tiene a la sangre de tu sangre. A pesar de todo, me pregunto, ¿puede una madre olvidar al hijo que ha llevado en sus entrañas durante nueve meses por más años que hayan pasado? Creo que no, que el vínculo de una madre con su hijo termina solo con la muerte.

37

Aquella tarde la infanta María no podía concentrarse en la lectura y, en su impaciencia de compartir la alegría con su tía Catalina, se hizo trasladar hasta el palacio de Ribeira para hacerle partícipe de la buena nueva. La reina la abrazó con cariño y le sonrió con tristeza. Sus ojos reflejaban el dolor que arrastraba no solo por la pérdida de sus ocho hijos sino por tener que fingir ante su sobrina.

—Tía, ¿cómo creéis que debo mostrarme con mi madre? —preguntó la infanta cuando se hubo sentado después de comunicarle que estaría pronto junto a ella.

A la reina Catalina no le gustaba mentir a la infanta, la quería como si fuera su hija, y disimular como lo estaba haciendo ahora le costaba un gran esfuerzo.

—María, yo no estaba aquí cuando ella se marchó a cumplir con su deber como infanta de España. Solo convivimos unos días, os lo he contado alguna vez. Mi hermano Carlos y vuestra madre se quedaron mudos de horror cuando vieron en qué condiciones vivíamos en Tordesillas. Así que una noche, sin que mi madre se enterara, me sacaron de allí con el propósito de llevarme a Valladolid. Yo reía y lloraba a la vez. Conocí la libertad, los vestidos, las joyas…, pero a la vez sentía el corazón desgarrado porque sabía que mi madre, cuando se enterara, moriría de dolor. Y así fue, sus gritos al notar mi ausencia se oyeron por toda Castilla y mis hermanos me llevaron de nuevo a Tordesillas. Durante esos días que conviví con mi hermana

Leonor pude percibir la bondad y la ternura de su corazón. Era inteligente, culta, dadivosa y discreta. Me regaló vestidos, joyas y libros que aún conservo, ya lo sabéis, porque os los he mostrado muchas veces. Por eso puedo aseguraros, una vez más, que a vuestra madre debió desgarrársele el alma al dejaros aquí y que siempre ha luchado para que os reunáis algún día.

Como siempre que oía la historia, a la infanta se le humedecían los ojos, pero luego afloraba el resentimiento que permanecía latente en su corazón.

—Nunca podré entender por qué no me llevó con ella. Sí, sé que me lo habéis intentado explicar muchas veces, pero no puedo aferrarme a esas respuestas para perdonarla del todo.

La reina Catalina tomó las manos de la infanta y le habló mirándola a los ojos.

—No tenéis nada que perdonar, pues actuó como se esperaba de ella, como se espera de nosotras. Por encima del amor y de nuestros hijos está el deber. Las mujeres de la familia real no tenemos hijos para disfrutar de ellos, son moneda de cambio con otros reinos, peones que el rey mueve para ganar la partida. Vuestra madre, María, es una infanta de España, como vos lo sois de Portugal, y nos debemos al reino por encima de todo, no lo olvidéis. El día que salgáis de Portugal será para casaros con algún infante o rey como yo salí de Castilla para casarme con vuestro hermano. Y hablando de casamientos, he de hablaros de una proposición.

La infanta María se puso alerta. Aquellas palabras le recordaban la última vez que su tía le había hablado de matrimonio, en aquella ocasión con Enrique VIII de Inglaterra. Hasta ahora todas las propuestas de matrimonio que habían llegado provenían de su madre, pues le constaba que, desde la distancia, hacía lo posible para que pudiera salir de Portugal y reunirse con ella.

—Decidme, tía.

La reina Catalina se sintió incómoda. Amaba a su sobrina y sabía que lo que estaba a punto de decirle no le haría feliz.

—Sabéis que mi hermano Fernando, vuestro tío, ha quedado viudo, Dios tenga en su gloria a Ana Jagellón. Pues bien, ha solicitado casarse con vos.

Asombrada, durante unos instantes la infanta se quedó sin habla.

—¿Mi tío don Fernando ha solicitado casarse conmigo? —dijo al cabo—. Ni mi madre ni el emperador me han avisado de este asunto. ¿Y mi hermano el rey ha aceptado?

—Él está conforme y dispuesto a comenzar cuanto antes las negociaciones.

La infanta se levantó y se acercó a la ventana. La tarde era apacible y se veían varios barcos navegando sobre el Tajo. Se quedó pensando en por qué cada vez que el rey elegía esposo para ella, aquel era demasiado viejo. Solo su madre buscaba príncipes acordes a su edad. Quizá fuera porque, aunque había sido feliz en su matrimonio, no quería que su hija se casara con un hombre que le triplicaba la edad como hizo ella al casarse con su padre.

—No voy a negaros que no me agrada la elección —dijo volviéndose y mirando a su tía—. Pero si mi madre da su conformidad lo acataré. Solo a ella le debo cumplimiento.

La reina Catalina se quedó mirando a su sobrina. Su resolución la desconcertó.

A la hora de la cena, doña Catalina estaba indispuesta y no bajó al comedor. Su esposo subió a verla a su aposento. Se acercó al lecho y la besó en la frente. La amaba. No había dejado de hacerlo desde el día en que la vio por primera vez hacía ya veintidós años.

La reina tomó las manos de su esposo, que, sentado sobre la cama, acariciaba las suyas.

—¿Cuándo se lo vais a decir? —preguntó mirándolo a los ojos.

El rey esquivó su mirada, soltó suavemente sus manos y se incorporó. Fue hacia la ventana y contempló la luz mortecina de la tarde reflejándose en las aguas verdiazuladas del Tajo.

—Es una crueldad por nuestra parte alimentar la ilusión de María de ver a su madre. Mi hermana Leonor ya debe de haber recibido la carta en la que le negáis el reencuentro con su hija.

Don Juan seguía mirando las aguas del río, ahora removidas por una ligera brisa.

—Cuando Leonor reciba la carta sabrá cómo debe actuar. Fue imprudente por su parte comunicarle a María su venida sin antes solicitarme permiso —contestó el rey dándose la vuelta.

Y acercándose de nuevo al lecho, volvió a depositar un cálido beso en la frente de su esposa.

—Ahora, descansad.

—¡Ah! Le hablé a María del casamiento con mi hermano Fernando. Solo aceptará con el beneplácito de su madre. Creo que no tuvisteis una buena idea.

Don Juan sonrió débilmente y salió del aposento.

Doña Catalina se preguntó, una vez más, si la actitud de su esposo con respecto a la negativa de que Leonor se encontrara con su hija se debía a una cuestión de Estado, como él afirmaba, o era porque, según los rumores, aún le dolía que ella, después de enviudar, rechazase un matrimonio con él.

Desechó esos pensamientos y cogió el rosario de plata.

—*Per signum Sanctae Crucis, de inimicis nostris libera nos...*

Siempre creí que mi ventura sería casarme con algún príncipe o rey y que de ese casamiento me sobrevendría la felicidad completa. Sin embargo, el azar jugaba con mi destino y hacía que una vez y otra el caballero Ruy Gómez apareciera en mi vida y volviera a desaparecer.

Me había enamorado de él con dieciséis años; lo volví a ver con ocasión de la recepción de la firma de las capitulaciones de la boda de mi desgraciada sobrina María Manuela. Hubo de pasar mucho tiempo hasta que logré olvidarlo. Antes de marcharse me preguntó si podía enviarme alguna carta, pero yo sabía que aquello no conduciría a nada. Solo a profundizar en un amor que no tenía futuro.

Muchas veces oí hablar a mi tía Catalina de que nunca podría casarme con un caballero portugués, pues ninguna familia de la nobleza estaba a la altura de una infanta de Portugal, que además era poseedora de la fortuna más grande de Occidente.

Siempre mi fortuna... A la herencia de mi padre y los dineros y joyas de la dote de mi madre tendría que sumar algún día su herencia castellana y francesa. Yo era rica, eso decían, pero nunca me sentí así, pues cada vez que tenía que hacer algún dispendio debía pedírselo a mi hermano y hubo alguna ocasión en que la tardanza en concedérmelo me obligó a pedir préstamos.

Pero había traído a la memoria que el azar jugaba conmigo

y con el caballero *Ruy Gómez de Silva*. Debió de ser en la primavera del año del Señor de 1548 cuando volvimos a encontrarnos.

Yo seguía recibiendo muchas y largas cartas de mi madre en las que, ilusionada de nuevo, me adelantaba que estaba en conversaciones con el emperador para tratar de mi casamiento con mi primo Felipe de Castilla, que llevaba tres años viudo de mi sobrina María Manuela. Se había negado a que me casara con mi tío Fernando y este, al fin, se alegró, pues no tenía, según le confesó, ilusión ni fuerzas para matrimoniarse con una joven, aunque fuese su sobrina. Todo había sido idea de mi hermano. En mi mente comenzó a forjarse la idea de si este me buscaba pretendientes viejos para que yo me negase a casarme y así retenerme a su lado. Pero esta vez, a la proposición del príncipe de Castilla no podía negarse.

Las esperanzas de ser reina volvieron a renacer en mí y la idea de ir a Castilla y conocer a mi familia Habsburgo se me antojaba muy placentera. Además, mi madre me hacía partícipe de que tenía intención de tornar a Castilla. Así que la alegría sería doble.

Pero, como digo, el azar salía a mi encuentro de nuevo.

Una mañana de primavera, corría el año del Señor de 1548... Creo que esto ya lo he contado, pero mi memoria va sufriendo fallos y ya no sé si lo he pensado o lo he soñado. Digo que aquella mañana un criado me trajo una carta de mi hermano el rey. Me invitaba al palacio de Ribeira, pues tenía algo importante que comunicarme. Suponía lo que debía de ser.

Por la tarde, antes de partir para el palacio, Juana Blasfelt, que me acompañaba, me susurró algo. Aún resuenan en mis oídos sus palabras:

—Señora, he sabido que ayer llegaron unos emisarios de Castilla y entre ellos se encuentra don *Ruy Gómez de Silva*.

Me quedé sin habla. ¿Por qué se empeñaba el destino en ponerme delante a Ruy Gómez? Precisamente ahora, cuando su recuerdo permanecía en un rincón oscuro de mi memoria, *cuando pensaba de nuevo en mi primo Felipe como el elegido por Dios para ser mi esposo.*

—Mostrad comedimiento, señora, os lo ruego —me dijo Juana, pues estaba enterada de todo lo que yo sentí y aún sentía por Ruy Gómez.

Llegamos a palacio y los reyes me recibieron con cariño, como siempre hacían. Como yo había supuesto, me hablaron de la propuesta de matrimonio que el emperador, mi tío, enviaba. Yo acepté gustosa y, por primera vez, creí que mi hermano se alegraba sinceramente de aquel matrimonio y de que yo pudiera algún día ser reina. Pensé que quizá tuviera que ver la corta edad de su nieto Carlos, el hijo de su adorada María Manuela y Felipe, que a la sazón tenía tres años y una salud quebradiza, y que se estaba educando sin el cariño de una madre. Si me casaba con Felipe podría cuidar de él como mi tía Catalina cuidó de mí. O quizá se alegraba porque el Reino de Portugal se estaba quedando sin herederos, pues solo vivía mi sobrino Juan Manuel, de salud débil, y sus esperanzas estuvieran puestas en mí. No sabría decir cuál fue la verdadera razón por la que el rey, aquella vez, aceptó todas las propuestas de los embajadores castellanos.

Los emisarios, dijo mi hermano, esperaban para presentarme sus cumplidos.

En esta ocasión no habría recepción como cuando pidieron en matrimonio a mi sobrina María Manuela; yo lo entendí, pues aunque ya no se guardaba luto por la infanta, la tristeza y el dolor que mostraban los reyes hacía imposible cualquier tipo de celebración.

Cuando entraron los emisarios, yo intenté mostrarme serena y creo que lo logré.

Como me había advertido mi querida Juana, Ruy Gómez de Silva estaba allí. Hacía casi seis años que no lo veía y al mirarlo no pude evitar que mi corazón me golpease el pecho de tal manera que temí que se me saliera por la boca.

—Señora, parece que el destino nos vuelve a unir —dijo inclinándose para besar mi mano.

Era cierto, el destino jugaba con nosotros, nos zarandeaba como los cómicos mueven a su antojo los títeres en los días de fiesta.

Poco más nos dijimos aquella tarde, pues la legación castellana tenía mucho que tratar sobre mi persona y mi fortuna. Sin embargo, al día siguiente los embajadores dieron una comida en el palacio de los Estaus, al norte del Largo do Rossio, y a la que, por supuesto, fui invitada. Entonces pudimos conversar acerca de Castilla, de sus costumbres...

Nos mostrábamos distantes. Creo que el recuerdo de las miradas y las sonrisas de hacía seis años estaba en nuestra mente. En un momento dado se produjo un silencio entre ambos que rompió él.

—La próxima vez que nos una el destino, quizá vuestra alteza sea ya la esposa del futuro rey de España —dijo Ruy Gómez sonriendo.

Pero la tristeza de su mirada contradecía la sonrisa de sus labios. Yo le miré y de nuevo volví a perderme en la negrura de sus ojos. Haciendo un esfuerzo por que las lágrimas no empañaran los míos y sintiendo los latidos del corazón martilleándome las sienes, conseguí hablar.

—Eso espero, don Ruy, por vuestro bien y por el mío.

No teníamos más que hablar, no debíamos decir más, todo quedaba dicho con esas pocas palabras que yo había pronunciado. Galante y caballeroso, se inclinó para despedirse tomando mi mano. La besó con suavidad y la retuvo en las suyas más de lo que la cortesía aconsejaba.

Tardé mucho tiempo en olvidar aquel beso y aquellos ojos, pero mi futuro ya estaba escrito. Solo esperaba que se cumpliera lo dicho por el caballero Ruy Gómez y que la próxima vez que el destino nos uniera yo fuera la esposa del príncipe de las Españas.

38

La botica de don Nuno de Almeida estaba situada en la rua Nova, la calle más concurrida de Lisboa, a un tiro de piedra del palacio de Ribeira. Su propietario se enorgullecía de haber sido nombrado hacía cinco años boticario real, por lo que suministraba medicinas, que él mismo elaboraba, a los médicos de palacio, pero también a los nobles y los mercaderes ricos que pudieran pagar por sus exitosas fórmulas. Era la mejor abastecida, pero también la más cara.

Ocupaba toda la planta baja de una casa de tres pisos. En el primero, amueblado ricamente, vivía el boticario en compañía de su anciana madre, una esclava negra, Akosua, y un criado, Miguel; el segundo lo utilizaba como almacén.

La botica tenía una gran ventana que daba a la calle, ante la cual curiosos y transeúntes se paraban para observar las estanterías que recubrían tres de las cuatro paredes. Allí, como si fuese un ordenado bazar de mercader, se exponían tarros, pomos, redomas y botes de vidrio ordinario o de peltre, aunque algunos, los que contenían las sustancias o productos más caros, eran de vidrio holandés; había también albarelos de loza vidriada con dibujos de plantas y árboles etiquetados con el nombre de lo que contenían.

En un lugar visible descansaba el mejor libro de su colección, el *Herbarium* de Otto Brunfels, que don Nuno exhibía como muestra de sus conocimientos.

El centro de la estancia lo ocupaba un gran mostrador de

madera con una veintena de cajoncitos por su parte interior, en los que se guardaban flores, raíces y rizomas, hojas, frutos, semillas, insectos y anfibios disecados, espinas de peces y todos aquellos productos con los que elaborar medicinas.

De la botica de don Nuno de Almeida salían continuamente electuarios, espíritus, elixires, lamedores, ojimieles y licores, pero también píldoras, polvos, emplastos, tinturas, ungüentos, calas y clisteres que adquirían los nobles y los comerciantes o mercaderes ricos.

Ana Loira tiró del cordel de la campanilla que había en la puerta del establecimiento. Esperó un tiempo prudencial, pero nadie fue a abrir. Empujó la puerta y entró.

—¿Hola? ¿Hay alguien ahí?

Se oía el borbotear de un líquido en una estancia pequeña anexa a la botica. Avanzó unos pasos hasta situarse en la entrada, sin puerta. Se quedó pasmada al ver a un joven abriendo el cuerpo de una rana con un escalpelo sobre una gran mesa. A la muchacha se le revolvió el estómago.

El joven, alto y enteco, con unos grandes ojos zarcos, levantó la cabeza y la vio. En un primer momento le pareció que aquella muchacha gentil de cuerpo, con la melena más rubia que jamás hubiera visto, recogida con una cinta, y unos hermosos ojos glaucos era una visión.

—¿Está don Nuno? —preguntó, algo incómoda pues aquel joven desgarbado no dejaba de mirarla con insistencia.

Al cabo de unos instantes, él pareció reaccionar.

—No —contestó nervioso—. Digo sí, bueno, no está aquí, pero está arriba, en su casa, ahora mismo lo aviso. ¿Quién digo que desea verlo?

Ella sonrió al notar el nerviosismo del ayudante.

—Ana Loira. Decid que vengo de parte de don Antonio Silva.

El mancebo subió despacio los peldaños de la escalera situada en la rebotica. Ana Loira, Ana Loira, Ana Loira, era el nombre más hermoso que había oído nunca y su dueña, la mujer más bonita del mundo.

—¡Don Nuno, don Nuno! —oyó la joven.

—¿Qué pasa? ¿Cuántas veces he de decirte que no grites, que eso es propio de mercaderes? —oyó también que contestaba una voz de hombre.

Luego siguió un cuchicheo y el joven volvió a la rebotica. Le dijo, ya más tranquilo, que don Nuno bajaría enseguida, que se sentara y esperase, y se esforzó en continuar lo que estaba haciendo.

Pasada la primera impresión y enfadada consigo misma por lo que sintiera hacía solo un momento, Ana Loira se obligó a mirar. ¡Menuda ayudante de boticario estaba hecha si no era capaz de mirar las tripas de una rana!

—¿Sabes qué estoy haciendo? —preguntó el mancebo al ver el interés que, de repente, estaba mostrando la muchacha.

—Destripar una rana, claro.

—¡Ja, ja, ja! —El joven soltó una carcajada nerviosa—. No estoy destripando, estoy eviscerando, pero preguntaba si sabes para qué.

Ana Loira negó con la cabeza.

El ayudante del boticario insufló aire para dar la lección. No siempre se tenía a la joven más hermosa del mundo pendiente de las palabras de uno.

—Estoy confeccionando agua de capón. Se hace con una rana o una tortuga eviscerada, migas de pan, hojas de borraja y un sextario de agua. Es el mejor reconstituyente que existe.

—En efecto —oyeron a su espalda una voz atiplada.

Don Nuno de Almeida tenía unos cuarenta años y estaba algo entrado en carnes. Le gustaba vestir bien y calificaba a los clientes por sus ropajes; antes le rebajaba el precio a un señor sobrio pero elegante en el vestir, que a un pisaverde más adornado que un abeto en las fiestas de Flandes. Aquella mañana vestía ropilla de seda negra con adornos de pasamanería de color oliva, con mangas acuchilladas por donde se adivinaba el jubón de terciopelo también negro. El calzón era de terciopelo verde oliva y las medias negras de fina seda.

Un suave perfume inundó la estancia, pues el boticario solía ponerse los perfumes que él mismo elaboraba. Algunas damas le instaban a que preparara perfumes para ellas, pero él se excusaba alegando que ya tenía bastante con las medicinas. Lo cierto era que don Nuno no quería que nadie oliese tan bien como él.

—Mi ayudante es quien se encarga de confeccionar los elixires, espíritus y otras pócimas con animalillos, porque yo solo con verlos vivos ya siento náuseas —dijo bajando el último escalón—. Anda, Bento, ve ahora a los recados que te he mandado, ya me quedo yo al cargo de la botica.

El joven se quitó el mandilón y de mala gana se dispuso a obedecer a su maestro.

Cuando hubo salido, el boticario movió la cabeza y emitió un apagado suspiro en señal de cansancio.

—Bento es un poco bobo, pero no hay nadie como él eviscerando ranas y tortugas. Y bien, supongo que tú eres Ana Loira, la recomendada de mi querido amigo el doctor Antonio Silva.

—Sí, señor —contestó la joven tímidamente.

—Solo por venir de su parte hemos accedido a recibirte. Todas las semanas nos vienen muchachos recomendados por amigos y conocidos, y no les prometemos nada hasta después de hablar con ellos, pero nunca nos habían enviado a una joven bonita y elegante, así que, ya ves, ya tienes algo a tu favor.

Don Nuno sacó del bolsillo del jubón un lienzo y se lo pasó por las comisuras de los labios; después lo dobló cuidadosamente y continuó.

—De acuerdo, veamos si conoces el oficio y eres tan lista como dice mi colega.

A la muchacha le comenzaron a sudar un poco las manos.

—Esperemos no tener problemas con... bueno, ya sabes. —Levantó el índice y señaló el techo.

La joven lo miró, pero no supo adivinar si se refería a alguna autoridad o a Dios.

—¿Eres buena cristiana? —dijo de pronto—. Tengo entendido que tu padre huyó porque lo buscaba la Inquisición.

—Mis padres me educaron en el temor y amor a Dios, señor

Nuno. A mi padre lo denunciaron por envidia, él nunca hizo nada malo.

—Bien, bien, lo creemos. Ahora date una vuelta para que te vea.

Iba a decirle que ella quería demostrarle lo que sabía, no si tenía buen talle, pero se lo pensó mejor; necesitaba ese trabajo y, a fin de cuentas, el boticario le parecía buena persona y si le había pedido que se diera la vuelta, desde luego no sería para luego aprovecharse de ella. Quizá si no fuera tan... Sonrió disimuladamente y se avergonzó de sus pensamientos.

El boticario la contempló con detenimiento, tocó la tela del vestido y se lo levantó un poco para ver los chapines.

—No soporto a las mujeres mal calzadas. Bien, te damos el visto bueno —dijo, y por primera vez sonrió—. De momento, niña, de momento.

Ana Loira comenzaba a tranquilizarse. Le gustaba aquel hombre que hablaba en plural, aunque no sabía por qué. Lo siguió hasta la botica.

—Bien, niña, veamos qué tal te defiendes con los simples medicinales.

Comenzó a abrir los cajoncitos de la gran mesa y pidió a la joven que nombrase su contenido: azafrán, tomillo, álamo blanco, fresno, lavanda, pasiflora, fumaria... Ana Loira los iba nombrando a medida que el boticario los abría. A veces la joven cogía una flor o una hoja, la desmenuzaba con los dedos y, después de devolverla al cajoncito, se llevaba estos a la nariz. El maestro, complacido, la dejaba hacer.

Luego llegaron a los cajones que contenían las raíces y los rizomas y siguieron haciendo lo propio. La muchacha los nombró todos.

—Tengo entendido que tu padre solo trabajaba con plantas —dijo cogiendo un albarelo de una de las estanterías.

—Así es, señor Nuno. Solo con plantas. Veo que vuestra merced trabaja con muchos más principios.

Uno a uno, el boticario le fue mostrando tarros, pomos y

albarelos que contenían cenizas de cuerno de ciervo, uñas de cerdo, de asno o empeines de caballo molidos; en tarros de peltre guardaba insectos disecados: langostas, cigarras, cantáridas, grillos...

Cuando el maestro hubo quedado satisfecho con el examen a su alumna pasaron de nuevo a la rebotica. Allí, multitud de instrumentos aparecían ordenados meticulosamente en la estantería o colgados de las paredes, objetos que Ana Loira conocía, aunque algunos no los había visto en su vida: alambiques y retortas de vidrio de Bohemia alternaban con limetas y redomas; en un lugar aparte se acumulaban, limpios y brillantes, crisoles, lebrillos, ollas, orzas y todo tipo de cacharros.

La joven se acercó a unos cuantos zapatos viejos que estaban colgados de una cuerda.

—¿Sabes para lo que sirven? —preguntó el boticario.

—«Las suelas de los zapatos viejos, quemadas, molidas y aplicadas, sanan las quemaduras del fuego y las heridas que produce el calzado» —recitó Ana Loira de corrido—. Lo dice Dioscórides en su capítulo cuarenta y dos.

—¿Has leído a Dioscórides? —preguntó el boticario, asombrado.

—Sí, señor, mi padre me aconsejó aprender griego para leer su *De materia medica*. También aprendí la lengua de Castilla para poder leer los libros que él, por provenir de aquellas tierras, conservaba en esa lengua.

Don Nuno se quedó mirando a la joven. En todos sus años de boticario no había conocido a nadie que hubiera leído a Dioscórides en griego. Esa muchacha iba a resultar una mina.

Siguió preguntando, cada vez más complacido. Si hubiera sido un muchacho el que demostraba tales conocimientos lo hubiera despedido por temor a que lo desplazase, pero con una joven, hija de un médico judío, y para más inri buscado por la Inquisición, no tenía cuidado.

—Hemos dejado para el final nuestros tesoros. Ven, te los mostraré.

Volvieron a la botica. Don Nuno abrió un cajón con una llavecita que llevaba colgada al cuello y sacó una caja de madera labrada, forrada en su interior de terciopelo azul y dividida en doce pequeños compartimentos. Ana Loira pudo contemplar una docena de piedras de diversos colores. Conocía algunas propiedades de las piedras, incluso había leído sobre ellas en el libro de Dioscórides, y recordó que su padre le hablaba a menudo de ellas por haberlas estudiado en el *Lapidario* del rey castellano Alfonso el Sabio, pero nunca las había visto.

—Estas piedras son tesoros traídos de todas las partes del mundo.

La joven cogió una pequeña de color amarillo intenso.

—¿Sabes para qué se usa? —preguntó el boticario con una sonrisa pícara.

Ella contestó que no las conocía, aunque sabía de sus propiedades.

—Bien, niña, te contaré uno de mis secretos. A esta la llaman «piedra de los ermitaños». Algunas señoras que no quieren yacer con su esposo...

—¿Hay mujeres que no quieren yacer con su esposo? —interrumpió la joven, extrañada.

—Ay, niña, ¡qué inocente eres! No quieren porque son bruscos. —Y aquí hizo un gesto de desprecio con los labios—. O porque tienen un amante más joven y gallardo. Bueno, pues estas señoras vienen a pedirme ayuda.

Ana Loira le escuchaba con atención.

—Entonces cojo esta piedra —se la quitó de las manos— y machaco un trocito, lo mezclo con vino y te aseguro que, aunque la dama se ponga desnuda delante de su esposo, a él no se le alegrará el alhelí.

El boticario soltó una risita y devolvió la piedra a su lugar.

—Sin embargo, la piedra que más éxito tiene es esta —dijo tomando otra de la caja labrada—. Esta piedra, niña, mueve el mundo. Se llama tarmicón, y con solo chupar un trocito puede un hombre yacer con una o varias mujeres sin notar que el nardo se vuelve flácido.

Ahora fue Ana Loira la que soltó una risita nerviosa, a la vez que un rubor intenso coloreaba su rostro.

En ese momento la puerta de la botica se abrió y Bento, el ayudante, entró.

El tiempo pasaba despacio en lo que di en llamar mi jaula de oro. No sé por qué, en aquellos días comencé a pensar que el rey trataba de impedir que me reuniera con mi madre, y las hablillas acerca de que la causa de ello fuera mi fortuna comenzaron a anidar en mi corazón.

Por aquel entonces empecé a patrocinar una serie de obras pías, como la fundación de un convento para monjas en Évora, y precisaba grandes sumas de dinero. Fue la primera vez que no pude afrontar los gastos y eso me disgustó sobremanera, pues mi hermano me hacía llegar los dineros con cuentagotas, por lo que comencé a sospechar que quizá los rumores eran ciertos, y su negativa a dejarme partir para reunirme con mi madre o para casarme se debía al hecho de tener que entregarme mi enorme fortuna.

¡Cuántas veces más habrían de venirme estos pensamientos a lo largo de mi vida!

Así pues, después de muerto Francisco I de Francia y de que mi hermano el rey no consintiera el encuentro entre las dos, mi madre, en vez de ir a Castilla como pensaba, fue a Flandes, pues allí estaba el emperador y su hermana María, y en Castilla, al no poder reencontrarse conmigo, pensó que su soledad sería mayor.

Seguía enviándome cartas esperanzadoras, pero yo sabía que las capitulaciones de mi matrimonio estaban en punto muerto. Mi tía Catalina procuraba eludir el tema, y cuando le *preguntaba siempre me contestaba que las suyas duraron dos años.*

Siempre he mostrado fortaleza de ánimo, y una vez más me repuse del desengaño que me supuso no poder reencontrarme con ella y que las negociaciones para matrimoniar no fueran por buen camino.

Una tarde de verano de 1549 fui invitada al palacio de Ribeira a una representación de Don Duardos, una comedia de Gil Vicente que yo había visto interpretada por el mismo autor en Évora. Ahora, muerto el genial comediante, era su hija Paula la que se encargaba de las representaciones.

Acudí a palacio acompañada de un grupo de mis damas y con poco ánimo de disfrutar. Sin embargo, en cuanto comenzó la representación me olvidé de todo y me dejé llevar por la hermosa historia de amor entre el príncipe Duardos de Inglaterra y la princesa Flérida. Los versos castellanos me transportaron a Castilla y me hicieron soñar con el caballero Ruy Gómez.

Me avergoncé de mis pensamientos, pues aunque las capitulaciones de mi matrimonio con mi primo Felipe no llegaban a buen puerto, oficialmente yo estaba prometida a él y firmaba ya algunos documentos como infanta de Castilla.

Al finalizar la comedia estuve platicando con Paula Vicente y me animó para que reuniera en mi casa a un grupo de amigos diestros en distintas artes, formar algo así como una academia al estilo de las que en Francia estaban de moda. Yo holgué mucho con esta proposición, y más cuando ella me dijo que me ayudaría en todo. Mi hermano Luis, que gustaba de la poesía, me apoyó y en los días que siguieron, los tres comenzamos a idear lo que queríamos.

Pronto tuvimos claro que no sería una aburrida reunión de damas para comentar las novedades de la corte, recitar poemas o tocar algún instrumento; no, eso ya lo hacía con mis damas. Deseábamos algo vivo, con damas y caballeros, y un grupo de invitados fijo, pero también queríamos que los artistas que llegaban a Lisboa visitaran nuestra academia: poetas, músicos, artistas todos que con su buen hacer nos deleitaran a aquellos que no sobresalíamos en ninguna de las artes. Pero no solo los diestros tenían cabida, también los que gustábamos de la poesía o la música nos atreveríamos a tocar algún instrumento o recitar versos.

A medida que dábamos forma a la academia, mi hermano Luis se iba ilusionando más. Tenía cumplidos ya los cuarenta años y seguía arrastrando en la mirada una tristeza inmensa desde que su gran amor, Violante Gomes, había sido obligada a ingresar en un convento. Llevaba con resignación el cargo de prior de Crato, y todos en la corte sabíamos que no lo hacía con gusto. Yo me holgaba de verle tan ilusionado y me aplicaba con más ahínco aún a llevar a cabo nuestro pequeño proyecto.

Por fin llegó el día en que las puertas de mi palacio se abrieron para dar entrada a un grupo selecto de amantes del arte. El gran salón lucía primorosamente engalanado: paños de tapicería y alfombras, lámparas con decenas de velas, jarrones de cristal con flores recién cortadas del jardín, pebeteros con esencias de sándalo... También en los manjares que se sirvieron me mostré espléndida: pastelillos de crema y almendra, mazapanes, empanadillas de Espíritu Santo, frutas almibaradas, peras con arrope, dulces de flor de naranja, pasteles de leche, buñuelos de arroz, bizcocho, gelatinas de melocotón... y vinos y licores especiados con canela.

Yo había invitado a algunas de mis damas que gustaban de la poesía o la comedia y a mis maestros de baile de palacio, que aceptaron gustosos.

Fueron llegando el resto de los invitados, todos amantes de las artes y las letras, y por supuesto Paula Vicente, la artífice de toda esa puesta en escena.

Mi hermano Luis llegó acompañado de los poetas Francisco de Silveira y Luís de Camões. Este último, además de recitarnos unos sentidos versos, nos sorprendió y nos deleitó con una deliciosa y divertida comedia, Anfitrión, al estilo de las de Plauto, representada por varios cómicos traídos por él.

Fue una velada extraordinaria, y aunque a lo largo de mi vida se sucedieron muy a menudo estas reuniones, nunca olvidé aquella. Ese día descubrí que el estar rodeada de música y poesía, de hombres y mujeres amantes de las artes, me hacía mucho bien, pues mi alma se inundaba de paz y mi corazón, henchido de gozo, descubría otra clase de amor.

Unos meses antes toda la corte habíamos viajado a Coímbra y creo que ese viaje me influyó para crear la academia. El ambiente intelectual y de letras que se percibía en la ciudad no me sorprendió porque oíamos hablar siempre de esa villa como símbolo de la cultura, y eso fue lo que vi. Recuerdo que tuvimos que alojarnos en el monasterio de Santa Cruz porque mi hermano el rey, en su afán por cooperar y convertirse en mecenas de los sabios, había donado a la universidad el Palacio Real.

Aparentemente la visita iba a ser distendida y cordial, pero en realidad fue idea de los consejeros del rey que, alarmados, querían apaciguar los ánimos de los profesores y los religiosos que protestaban por la detención por parte de la Inquisición de algunos ilustres catedráticos como Diogo de Teive.

Recuerdo que por aquellos días en la ciudad universitaria me presentaba como la futura esposa de Felipe de Castilla.

39

Ana Loira llevaba un año trabajando en la botica de don Nuno. Echaba de menos a su padre, a quien recordaba casi todos los días, y por las noches, cuando se acostaba, a veces lloraba en silencio para no causar más pena a su madre. Pero a pesar de toda la tristeza se consideraba afortunada por poder dedicarse a lo que siempre había soñado: elaborar medicamentos con plantas.

Un día, después de atender a la criada de una dama de la corte se le ocurrió una idea. Subió las escaleras para contárselo a su maestro.

—¿Os habéis dado cuenta, don Nuno, de que la mayoría de nuestros clientes son señoras que nos envían a sus criadas?

—Claro, niña, las mujeres son las que mandan en casa. Aunque los pobres tontos de los hombres piensen que son ellos —contestó sonriendo el boticario.

—No me refiero a eso. Son las mujeres las que más utilizan nuestras medicinas. En Lisboa hay decenas de boticas, pero no hay ninguna especializada en enfermedades propias de mujeres, ¿os dais cuenta?

—¿Y qué hacemos con los caballeros? ¿Acaso vamos a transformarlos en mujeres? —preguntó con sorna el boticario, soltando una risita.

—Pueden acudir a otras boticas. Nosotros solo atenderemos a mujeres, y no solo elaboraremos medicinas, también afeites y embellecedores. Ya sabéis que Dioscórides trata mucho las dolencias y el uso de hierbas para embellecer el rostro y el cuerpo, yo puedo hacer una lista y con vuestra experiencia podríamos llevarlo a cabo. ¡Seremos famosos y ricos, don Nuno! ¡Ah! Pero seguiremos elaborando medicinas para los médicos del rey —exclamó la joven dando un abrazo al boticario.

—¡Ay, niña, quita, que me arrugas el jubón! Déjame pensarlo. No me parece mala idea. Estoy harto de esos brutos que no saben apreciar un buen ungüento o elixir. A decir verdad, siempre me he llevado mejor con las mujeres —contestó haciendo un guiño de complicidad a Ana Loira—. Sí, está decidido, tendremos la primera botica especializada en mujeres.

La joven se lanzó al cuello del boticario y le colmó de besos.

—¡Ay, quita, niña, qué manía con los abrazos! —dijo bromeando el boticario, pero abrazando a su vez a la muchacha.

Desde ese día y durante una semana el boticario colocó el cartel de cerrado, y junto a Ana Loira y Bento se dedicaron a transformar la botica en un lugar más femenino y refinado, según la muchacha.

Cuando volvieron a abrir, había una mesita de taracea con algunas sillas tapizadas de seda por si las señoras tenían que esperar. Sobre la mesita pusieron tarritos de cera olorosa que las clientas podían usar para perfumar sus manos y entretener la espera. Ana Loira atendía detrás del mostrador de una en una, para preservar la intimidad de los productos que adquiriesen.

Pronto, el establecimiento de la rua Nova se convirtió en un ir y venir de señoras y damas acompañadas de sus criadas o amigas que querían comentar con la hermosa e inteligente ayudante de don Nuno sus leves dolencias o problemas de belleza.

La botica se especializó en remedios para concebir hijos o para no concebir, para el mal de madre, la opilación, los dolores del menstruo, precipitar el parto, crisis nerviosas, para la inapetencia sexual de las mujeres, pero también de los hombres, y otras muchas enfermedades propias de las mujeres.

—Doña Gertrudis, recordad que son tres cucharadas al día durante cinco días. Debéis estar muy atenta, ya sabéis, empezad doce días después del menstruo —recomendaba Ana Loira a una dama que consideraba que once hijos eran suficientes mientras le daba un elixir hecho a base hojas de sauce y lino.

Emplastos de amurca para las llagas de la natura o de incienso con aceite rosado para las tetas apostemadas, elixires de sauce gatillo o de álimo para subir la leche de las parturientas o de abrojo y alcanfor para aumentar la libido, bolsitas de tamarisco y arrayán para hacer vapores para el menstruo abundante... Don Nuno, ayudado por Bento, no paraba de elaborar las recetas de su hermosa ayudante, todas traducidas del griego de su libro de cabecera, el Dioscórides.

Pero Ana Loira también había pensado en el aseo personal y en la belleza de las señoras. Y así, elaboraban collares de pastillitas de rosa para encubrir el hedor de la sobaquina, jarabe de hojas de hierbabuena para el mal aliento o tarritos de zumo de rosas con aceite de almendras para dar suavidad al rostro.

Don Nuno dejaba claro a su clientela que para las enfermedades graves debían consultar al médico, pues no quería problemas con el orgulloso gremio de los físicos, que siempre miraban con desconfianza a los boticarios.

Todos los emplastos, ungüentos, jarabes, tisanas y cuantas medicinas pudo Ana Loira preparar en la botica no salvaron la vida de su madre.

Don Antonio Silva, el médico al que tanto debía, la visitó todos los días y aseguraba que no se trataba de nada grave, un dolor de costado, pero nada que no se pudiera solucionar con las medicinas que le había prescrito.

En los primeros días de la enfermedad de su madre, la joven procuraba no tocarla por miedo a que su don le revelara algo más que una simple dolencia. Pero una noche en que parecía espantar a la muerte con movimientos de los brazos, le tocó temblando la frente y solo sintió la calentura en su mano. Se tranquilizó y se alegró por ello. Hacía años que no sentía la quemazón en las manos, desde aquel día en que su madre y ella fueron a rezar por la infanta María Manuela y ayudó a la hija de un mercader que se había desvanecido.

Aquella misma noche, ya de madrugada, se despertó sobresaltada. Se acercó al lecho donde su madre descansaba y le cogió las manos. Parecía dormir plácidamente, y con cuidado depositó un cálido beso en su frente. De pronto, dio un respingo al sentir la quemazón en sus labios. Llamó con angustia a su madre, la incorporó de la cama y durante un instante abrió los ojos para luego volver a cerrarlos para siempre.

Con las lágrimas rodándole por las mejillas, se abrazó a ella y la cubrió de besos. Luego fue al arcón donde su madre guardaba el bonito manto de novia y lo extrajo con cuidado. Envolvió el cuerpo en él, le colocó entre las manos el rosario con el que ella solía rezar y salió en busca de don Nuno y de un sacerdote.

Creo que fue en el año del Señor de 1551 cuando mi hermano el rey decidió trasladar los restos mortales de nuestro padre de Almeirim a Lisboa. Yo no tenía ningún recuerdo de mi padre, el rey Manuel, pues Dios lo llamó a su presencia cuando yo contaba apenas seis meses de edad, pero viendo el dolor y la pena con que todo el pueblo de Lisboa lo lloraba, no pude sino hacer lo propio y derramar mis lágrimas no solo por él sino por mí, por la desdicha que suponía vivir con un padre muerto y una madre ausente.

Pero no todo eran tristezas en la corte, teníamos también momentos de alegría, como ya he dicho, y como estos eran pocos los disfrutábamos más. Recuerdo la última vez que la corte se vistió de fiesta. Fue en el año 1552, cuando nos llegaron nuevas de Castilla. Eran noticias alegres. Mi sobrino Juan Manuel, el único hijo del rey que aún vivía, iba a matrimoniar con su prima Juana, la hija del emperador.

Todos en la corte sabíamos de la frágil salud de mi sobrino, pero su madre, mi tía Catalina, que había heredado la visión de Estado de los Habsburgo, necesitaba un heredero para el reino antes de que la vida de su último hijo se extinguiese. Así que concertó con su hermano Carlos el matrimonio de los primos. De nuevo volvían a unirse la sangre de los Habsburgo y los Avís. Mi sobrino tenía quince años y Juana acababa de cumplir los diecisiete.

Cuando la vi llegar con su exultante belleza y su radiante

juventud sentí lástima por ella, pero a la vez holgueme con su llegada, pues me parecía que el estar cerca de otra Habsburgo era tener cabe mí a mi madre. La infanta española era una Habsburgo, una pieza más del ajedrez del emperador, y sabría realizar la jugada a la perfección: dar un heredero al reino.

En la ciudad de Toro, donde la infanta se casó por poderes con mi sobrino, se celebraron justas y corridas de toros para celebrar el matrimonio. De igual manera, en el palacio se organizaron grandes fiestas para recibir a la joven infanta y el pueblo de Lisboa se divirtió durante días en los numerosos jolgorios, pues todos se regocijaban de ver a sus reyes contentos y al joven príncipe, aunque casi niño, capaz de concebir un heredero. Lo importante era asegurar el Imperio portugués.

Como digo, al mismo tiempo que la alegría reinaba en la corte, llegaron nuevas de Castilla para comunicar que mi tío el emperador reanudaba las capitulaciones y solicitaba de nuevo mi mano para mi primo Felipe.

Yo frisaba los treinta y dos años y veía cómo mi mocedad y mis sueños de ser reina se desvanecían como se desvanece la bruma del Tajo cuando el sol brilla. Era la tercera vez que esto sucedía, y aunque mi orgullo y mi corazón dolido se rebelaban, no pude sino aceptar lo que mi hermano y mi tío trazaban para mí. Me sentía como la dama a la que invitan a bailar una gallarda porque las más bellas aducen que tienen el librillo lleno de nombres.

De manera que acepté y mis adormecidas ilusiones volvieron a aflorar. Todavía podía ser reina, todavía podía ser madre, todavía podía ser feliz.

Pero igual que florecieron mis ansias de ser reina, también llegaron los recuerdos de Ruy Gómez de Silva. Todas las noches rogaba a Dios que mi primo Felipe no enviara como embajador al caballero Ruy Gómez.

Mis ilusiones de joven infanta habían ido enterrándose a base de desengaños y mentiras. Pero logré hacerlas renacer de nuevo. Vivía en una corte y conocía sus entresijos. Sabía que los hijos de los reyes son moneda de cambio con otros reinos y cuantos más hijos, más monedas para intercambiar. La paz, los tesoros del reino, el poder, todo estaba por encima de la voluntad de los contrayentes, al igual que las crianzas, apenas ven la luz, son objeto de transacciones en detalladas capitulaciones matrimoniales, se habla de dotes, dineros, joyas, territorios...

La herencia que me correspondía a la muerte de mi padre ya estaba estipulada en una cláusula antes de que mi madre se casara: 400.000 doblas de oro y ciudades como Torres Vedras y Viseu si solo tenía un hijo; en verdad esta fortuna le tenía que haber correspondido a mi desgraciado hermano Carlos y a mí la mitad, pero al morir él, yo pasé a ser la primogénita y a heredar como tal. El rey Juan III intentó impugnar muchas veces esa cláusula para impedir que yo fuera la niña más rica de Portugal, pero nunca lo consiguió. Las capitulaciones son sagradas y las rúbricas se respetan como un código de honor. Aunque mi hermano olvidó cumplir una de ellas, el dejarme salir de Portugal con mi madre.

A veces, los contratos matrimoniales se deshacían porque las situaciones y los intereses entre los países habían cambiado. Yo sufrí en mi propio cuerpo, y en mi alma, las anulaciones de esos contratos.

En mis primeros años vivía ajena a todo ello, ni siquiera era informada porque estos se firmaron siendo yo muy niña. Mi pobre madre, que tanto luchó para tenerme a su lado, aunque yo en mi juventud no quisiera creerlo, consiguió que en las capitulaciones matrimoniales con Francisco I de Francia apareciera el contrato matrimonial entre el hijo del rey francés y yo, que a la sazón tenía cinco años, de manera que cuando cumpliera los doce debería casarme con el delfín.

Pero no era esta historia la que quería traer a mi memoria sino otra bien distinta y más triste.

Por vez primera veía a mi hermano el rey Juan ilusionado con mi matrimonio. Volví a pensar que las razones eran las mismas que hacía cuatro años: el rey había visto morir a ocho de sus nueve hijos y al único que vivía, el infante Juan Manuel, *se le iba la vida a borbotones. O quizá porque del heredero de España, su nieto Carlos, de siete años, le llegaban noticias cada vez más desesperanzadoras y truculentas, pues el niño era un enfermo de cuerpo y de mente, y temía que no pudiese regir los destinos del reino castellano. Digo que quizá fuera así y tenía puestas en mí sus esperanzas de dar un futuro rey a Castilla, no lo sé con certeza, pero sea como fuere, el caso es que todo en la corte era alegría y regocijo.*

Algunas noches me despertaba sobresaltada soñando que el matrimonio se volvía a anular y la congoja me impedía conciliar el sueño, pero luego llegaba el día y veía la alegría de la corte y cómo algunas de mis damas me llamaban ya princesa de Castilla, y desterraba todos mis miedos.

El palacio de Ribeira, que durante muchos años se había vestido de paños negros y luto, se engalanaba ahora de vistosos colores y exóticas flores que, aunque era febrero, la misma reina y sus damas cortaban de los parterres más resguardados de las heladas.

Digo, pues, que todo era alegría en la corte de los Avís.

Mi tía me ayudó a preparar el ajuar: sábanas con telas traídas desde Holanda, mantelerías bordadas con hilo de plata, camisolas para dormir adornadas con encajes de Flandes, vestidos de terciopelo y seda brocada; además del joyero con las hermosas y valiosas joyas que me regaló mi madre antes de marcharse para casarse con el rey de Francia: aljófares, collares y diademas de perlas, anillos de oro. Todo para lucir como una reina de Castilla.

Mientras lo preparábamos, mi tía Catalina recordaba con una sonrisa triste cómo en su encierro de Tordesillas su madre, con lágrimas en los ojos, hacía lo propio para que ella luciera como una reina de Portugal; y cómo, cuando sus carceleros los marqueses de Denia la vieron vestida por primera vez como una verdadera princesa, gracias a la generosidad de mi madre, su hermana Leonor, no tuvieron más remedio que inclinarse ante ella y besarle la mano. Podía haberlos humillado, recuerdo que me dijo con su voz cálida, pero pensaba que mi abuela quedaba en sus malvadas manos y no quería echar más leña al fuego, porque estaba segura de que se vengarían en su frágil cuerpo.

No quería empañar mi momento de felicidad y me hizo prometer que la visitaría en Tordesillas de camino a la corte española, igual que hiciera su hija María Manuela, diez años antes, al desposarse con Felipe de Castilla, quien ahora iba a ser mi esposo.

Una alegría añadida tenía además mi tía con mi desposorio, pues igual que ella había sido para mí como una madre, quería que ahora yo fuera igual para su nieto Carlos, el hijo de su amada María Manuela, que, sin madre y con su padre alejado casi siempre de la corte, estaba creciendo sin el cariño familiar.

De manera que todo eran parabienes y albricias en el Reino de Portugal, con lo que quedaba yo con mucho regalo y contentamiento.

40

El infante don Luis se encontraba enfermo y temía que hubiese llegado su hora. Mandó recado a frey Atilio y este se trasladó desde el monasterio al palacio lisboeta del prior. Cuando llegó, se encontró con su hijo, don Antonio, un joven gallardo que aún estudiaba en la Universidad de Coímbra.

Don Antonio de Avís acababa de cumplir veintidós años y era un joven inteligente y temperamental que no estaba dispuesto a esperar más para comenzar a vivir como lo que era, el sobrino del rey. Había solicitado en multitud de ocasiones a su padre que le otorgara un título nobiliario con todo lo que eso conllevaba, pero don Luis se negaba a hablar del tema para no humillarle, pues sabía que a los hijos bastardos les estaba negado por derecho el acceder a ningún título y que la única salida digna era la carrera eclesiástica.

—Jamás seré cura, padre, no tengo vocación. Además, quiero tener relaciones con mujeres, tener hijos.

Don Luis, discreto, asentía. Sabía del temperamento de su hijo y trataba de convencerlo de que no tenía más remedio que aceptar.

—No serías cura, Antonio. Mi hermano Alfonso fue nombrado cardenal con ocho años, aunque hasta los dieciocho no le entregaron el capelo cardenalicio, y con catorce fue nombrado arzobispo de Lisboa. Podría proponerte para arzobispo, pronto quedará vacante...

—¡No! —contestó enérgico el joven—. He accedido a estudiar lo que me habéis ordenado, os he obedecido en todo, pero no quiero dedicarme a la vida contemplativa. No sería un buen ejemplo, padre.

El prior sabía que su hijo tenía razón. Como él, Antonio sería un hombre de Iglesia, pero seguramente no se comportaría como tal. Estaba abocando a su hijo a lo que él mismo había sido, pero también sabía que no tenía otra salida si quería vivir como lo que era, un infante de Portugal. No valía solo con la cuantiosa fortuna que pensaba dejarle en herencia, quería que Antonio tuviera prestigio y poder y que fuera respetado, pero por desgracia todo eso solo podía venirle de la Iglesia.

La conversación se repetía año tras año y ahora don Antonio, esperando a ser llamado para hablar quizá por última vez con su padre, creía que volvería a repetirse.

No se equivocó. El prior, que parecía encontrarse mejor esa tarde, le habló del porvenir y de lo conveniente y beneficioso que sería que le nombrasen arzobispo, pero, de nuevo, este volvió a contradecirle.

—No quiero ser arzobispo, padre, os lo he dicho cientos de veces. Decidle a vuestro hermano el rey que me otorgue un título, aunque sea conde.

Don Luis movió afirmativamente la cabeza y pensó en cuánto le iba a costar convencerle de que jamás sería noble, ni siquiera conde.

Cuando su hijo hubo salido, el prior mandó que entrara frey Atilio, tenía que hablarle antes de que fuera tarde.

—Esta mañana me he puesto a bien con Dios, y solo siento llevarme tres espinas clavadas en el corazón —le confesó el prior.

—El Señor, en su infinita misericordia, sabrá ver todo lo bueno que hicisteis y no os tendrá en cuenta los errores, ilustrísima.

—Me voy tranquilo porque sé que cuidaréis de mi hijo como cuidáis del monasterio. El Señor me iluminó al nombraros administrador. Sé que es una carga pesada, pero el priorato no puede estar en mejores manos.

El rector iba a responder, pero don Luis le indicó con un gesto de la mano que le dejara continuar.

—Mi hijo, ya estáis al tanto, es impulsivo y ansía el poder. No se resigna a ser solo el hijo de un infante, me insta constantemente a que hable con mi hermano el rey para que le conceda un título, a sabiendas de que los bastardos solo pueden obtener prebendas eclesiásticas. No se resignará, frey Atilio, luchará con todo lo que tenga al alcance para conseguir lo que quiere, que me temo sea mucho. Sé que le aconsejaréis como lo hicisteis conmigo. Por otra parte, debo pediros que cuidéis también de Violante, aunque ella no necesita nada porque su vida en el convento transcurre plácidamente. Procurad que mi hijo siga visitándola, es la promesa que le hice a Violante cuando consentí que entregara su vida a Dios.

El prior dejó descansar la cabeza en los almohadones y cerró un momento los ojos.

—Descanse vuestra ilustrísima, luego continuaremos hablando si es vuestro deseo.

—No, quiero sacar de mi corazón todo lo que me preocupa. Lo último que quiero pediros es que no dejéis nunca de buscar al asesino de nuestros hermanos, es una mancha en el monasterio que no nos merecemos. Han pasado muchos años, pero sé que algún día daréis con él y Santa María de Flor da Rosa respirará aliviada. Sé también que algunas pesquisas que habéis hecho sobre el asesinato de frey Andrés, el boticario, os llevan a mi primo frey Duarte. No sé qué ocultos motivos podría haber tenido para cometer esa locura, pero cometeríamos otra si lo acusáramos sin pruebas fehacientes y lo condenaran. Frey Duarte es un hombre íntegro y el mejor prior claustral que puede tener el monasterio. Si el desenlace de este amargo suceso debe suponer su desgracia, sería una victoria pírrica, ¿no creéis?

Frey Atilio asintió, pues comprendía lo que el superior le estaba dando a entender.

Cuando salió de la estancia llevaba el corazón oprimido por la pena. Ya en el corredor, encontró a don Antonio.

—He hablado con el médico y me ha dicho que mi padre ha mejorado mucho, aunque él cree que se va a morir. Por lo visto se le ha metido en la cabeza y está despidiéndose de toda la familia y dejando los asuntos atados.

Don Antonio invitó a almorzar en el palacio al rector del monasterio, era lo mínimo que podía hacer por el freire, además quería comentarle un asunto de importancia.

En uno de los corredores se cruzaron con don Nuno de Almeida, el boticario. Iba acompañado de una joven de andares elegantes y una hermosa cabellera rubia de cuyo hombro colgaba una bolsa de tela. La muchacha levantó la cabeza y sus miradas se cruzaron. El joven se la quedó mirando y durante un instante pensó en dónde había visto antes ese cabello y sobre todo esos ojos.

—¿Conocéis a esa muchacha, frey Atilio? —dijo señalando a la joven con la que acababan de cruzarse.

—Supongo que será una criada —contestó el freire sin darle importancia.

Después de los postres y durante largo rato, la conversación transcurrió por temas anodinos y sin relevancia, aunque el bailío suponía que el hijo de su superior estaba dando tiempo a que el criado, que estaba sirviendo licores y pastelillos, saliera de la estancia.

Solo cuando el sirviente hubo cerrado la puerta tras de sí, el joven abordó sin rodeos, como acostumbraba, el tema que le preocupaba.

—Mi padre se niega a pedir a su hermano un título para mí y se empeña en que haga carrera en la Iglesia. Pero creo que mi futuro podría ser otro bien distinto. El emperador ha vuelto a solicitar la mano de mi tía. Es una buena noticia. Por fin se irá de la corte y espero que sea feliz en Castilla —dijo sonriendo—. Con doña María en Castilla y mi primo enfermo...

Frey Atilio no sabía adónde quería ir a parar el joven y lo dejó terminar.

—Mi primo el infante Juan Manuel está cada vez más débil y el matrimonio con su prima Juana, la hija del emperador, no ha hecho sino empeorar su salud. La última vez que lo vi en la corte me pareció que llevaba la sombra de la muerte en el rostro. No creo que tenga fuerzas ni para dejar preñada a su esposa. Que Dios me perdone, pero esa muerte podría cambiar mi posición en la corte, ¿no creéis?

El rector escuchaba en silencio. Sabía que al joven no le gustaba ser interrumpido cuando estaba hablando de su gran sueño: ser reconocido como un infante por el rey. Era cierto que si el infante don Juan Manuel moría sin descendencia el trono quedaba vacante y con muy pocos candidatos para ocuparlo. ¿Acaso pensaba el hijo del prior que tenía alguna posibilidad de ser él el elegido? ¿Sería eso a lo que se refería don Luis? No lo comentó con su superior porque desde niño aprendió que a los señores solo tenía que darles consejo si lo pedían y contestar si le preguntaban. Pero había pensado mucho en ello.

—Bien, estáis muy callado —dijo después de dar por terminada su habla—. ¿Acaso no os parece interesante la nueva que os acabo de dar?

El freire asintió y sonrió débilmente.

—Como decís, es muy interesante y propicia a vuestros intereses.

El joven se quedó mirando un instante al freire. Lo conocía lo suficiente para saber que sus palabras no convencían a su interlocutor. A veces, la inteligencia de aquel freire que parecía saber y ver más allá de lo que todos veían lo exasperaba, pero también sabía que era leal a su padre y que era la única persona en el mundo que jamás lo traicionaría.

—¿Pero? —interrogó el hijo del prior de Crato.

—Es verdad, como decís, que si vuestra tía matrimonia con don Felipe de España se irá de Portugal y, en el hipotético caso de que el trono quedara vacante, sería un rival menos.

Don Antonio sonrió complacido por la sagacidad del freire.

—Pero supongo que no olvidáis que cuando Dios tenga a bien llamar a su presencia a vuestro primo don Juan Manuel, el príncipe Felipe se alzará como legítimo heredero y me temo que con más posibilidades que vos.

—Os referís a mi bastardía, ¿no es cierto? Pero yo nací en Portugal, he vivido toda mi vida en esta tierra, conozco al pueblo. Felipe, por el contrario, sería un extranjero, un advenedizo. Los nobles portugueses, la Iglesia, el propio pueblo no consentirán esa felonía.

—Por desgracia, todos tenemos un precio en esta vida. La Iglesia se vende por prebendas y los nobles por tierras, oro y títulos. En cuanto al pueblo llano, se conforma con ver al gobernante de turno con ropas lujosas y un séquito vistoso. Recordad al emperador cuando llegó desde Flandes a Castilla. Ni siquiera sabía hablar el castellano. En cambio, su hermano don Fernando había nacido en Castilla y era el preferido del rey Fernando el Católico. Pero nada de eso importó. Los Consejos de Castilla y Aragón lo aclamaron como su rey. Creedme, señor, Felipe de Castilla es un aspirante al trono por derecho propio. Si se casa con vuestra tía, su derecho se reforzará. No solo optaría a la corona como nieto del difunto rey don Manuel, sino que tendría el respaldo de su esposa, doña María, vuestra tía, como hija del propio rey don Manuel, que Dios tenga en su bendita gloria —dijo, y se persignó para poner fin a su pequeño discurso.

El joven se quedó en silencio pensando en las palabras que había dicho el freire. Quizá el rector tuviera razón, pero él no se lo iba a poner fácil al príncipe Felipe.

—Entonces ¿qué me aconsejáis que haga? —dijo al fin.

—Me temo que mi consejo no os serviría de nada.

—Si vais a decirme que abandone mi sueño de ser rey de Portugal, en efecto, no me sirve de nada. He de impedir esa boda como sea.

Frey Atilio lo miró desconcertado. ¿Hasta dónde estaría dispuesto a llegar aquel joven impulsivo?

—Espero que no cometáis ninguna locura con la que expongáis vuestra alma al pecado.

—¡Oh, no, no, no! —exclamó don Antonio, sonriendo—. ¿De qué le sirve al hombre ganar el mundo entero si al final pierde su alma? Lo dice san Marcos, ¿verdad? No, la condenación de mi alma no vale un reino, frey Atilio.

El freire respiró más aliviado.

—¿En qué estáis pensando?

El hijo del infante don Luis siguió callado un buen rato.

—Tenéis razón —dijo al cabo—. Felipe de España es un rival poderoso y peligroso. Tengo que impedir esa boda, pero además procurar que nunca más pretenda en matrimonio a mi tía, y que, si esto llegare a suceder, doña María no acepte jamás. Esto no es difícil de llevar a cabo, el único inconveniente es que se necesita dinero, mucho dinero.

—¿Qué pretendéis comprar con ese dinero? —preguntó el freire con un gesto de preocupación en su rostro.

—Voluntades, frey Atilio, que, como todo en este mundo, están en venta.

El rector del monasterio de Crato pensó una vez más en lo difícil que le iba a resultar llevar por el buen camino a aquel ambicioso joven.

41

El embajador del príncipe Felipe, don Ruy Gómez de Silva, llevaba tres días en Lisboa con una misión muy distinta a la que creían el rey y todos los lisboetas. Estos pensaban que el enviado de Castilla se había trasladado hasta allí para firmar, por fin, los esponsales entre el heredero de las Españas y doña María de Avís, hermana del rey de Portugal.

Solo él y su secretario sabían el verdadero propósito de su viaje, que no era otro que anular ese compromiso. El príncipe Felipe no le había dado ninguna explicación al entregarle los documentos en los que quedaba sin efecto ese posible matrimonio. Sin embargo, don Ruy supo leer en la tristeza del rostro del heredero que todo aquello le producía un profundo dolor.

—El reino, amigo mío, debe prevalecer por encima de todo. Y en esta ocasión la quiebra del emperador es más importante que un corazón roto porque las heridas del corazón pueden restañarse, pero si cae el emperador cae el imperio —le había dicho don Felipe como única explicación.

Ahora, en una de las habitaciones del palacio de los Estaus, don Ruy pensaba en la forma de dar a conocer la noticia al rey, pero sobre todo de infligir el menor daño posible a doña María. No le preocupaba lo que pudiera pensar don Juan III, pues medio Occidente sabía que el rey de Portugal no deseaba que su hermana se casase y se llevase consigo su fabulosa fortuna. Pero muy distinto era dar la noticia a su hermana.

Doña María. ¡Qué hermosa e inalcanzable le había parecido siempre! ¿Cuántos años habían pasado desde que la vio por primera vez? ¿Quince? Recordó sus mejillas arreboladas porque él no dejaba de mirarla y cómo había mantenido vivo en su mente ese recuerdo. Luego, años después, volvieron a encontrarse. Y aquella muchacha tímida se había convertido en una mujer de espléndida belleza. De nuevo sus ojos no podían apartarse de su rostro y él quiso creer que los suyos le correspondían, pero no hubo palabras y las miradas tuvieron que decirse lo que los labios no se atrevieron.

Ahora, sus destinos volvían a cruzarse. Se sentía mezquino porque en el fondo se alegraba de que ese compromiso se rompiera. No porque él albergara alguna esperanza de que aquella hermosa mujer fuera algún día su esposa, sino porque el solo pensamiento de verla convertida en la mujer de otro, aunque ese otro fuera el heredero de Castilla, hacía que se le formase un nudo en la garganta.

Volvió a pensar que todo aquello se debía al mal estado de las finanzas del emperador, que amenazaban quiebra si no obtenían cuanto antes el dinero para pagar las soldadas de los tercios. El rey de Portugal se negaba a entregar toda la dote de doña María en un solo plazo, como deseaba el emperador, y eso suponía un revés en sus planes. Quizá hubieran encontrado otro matrimonio más ventajoso.

En fin, ya no podía demorar más el encuentro con el monarca; aunque temía encontrarse con doña María cuando fuese al palacio, lo haría a la mañana siguiente sin más dilación.

Unos golpes en la puerta lo sacaron de su abstracción. Un criado entró y le entregó un correo que acababa de llegar.

Don Ruy Gómez miró el lacre con el sello del emperador y se extrañó.

Cuando acabó de leerlo, la expresión de su rostro se relajó y se permitió una triste sonrisa. Aquel mensaje no cambiaba nada, aunque lo cambiara todo para él. Una vez más, el destino se aliaba para impedir el matrimonio entre el heredero de Castilla y su prima doña María de Avís. El embajador se quedó con el billete en la mano. Aquel inesperado mensaje anulaba los documentos que pensaba entregar al rey, y aunque las consecuencias serían las mismas, no sería él quien diera tan funesta noticia.

Volvió a llamar al criado.

—¿Está aún aquí el correo que acaba de llegar?

El sirviente asintió y el embajador le pidió que fuera a buscarlo.

—¿A quién te han dicho que debías entregar el mensaje? —preguntó cuando el joven correo entró en la sala.

—Al rey don Juan o a don Ruy Gómez —contestó pensando que quizá se había equivocado de destinatario.

El embajador se quedó pensando un momento.

—Bien, mañana a primera hora entregarás el correo al rey don Juan, pero no me nombres para nada. Tú no has estado esta noche en este palacio, ¿lo has entendido?

—Sí, señor. Iré al palacio de Ribeira a primera hora, diré que acabo de llegar y entregaré el correo al rey.

Don Ruy le entregó una bolsita con monedas. El joven en un principio las rechazó, pero ante la insistencia del embajador acabó aceptándolas.

—Vete a una taberna y cena algo, pero no te emborraches. El mensaje que has de entregar al rey es de vital importancia para el reino de Castilla.

El joven asintió y salió contento de la estancia.

42

La residencia de los reyes de Portugal era el palacio de Ribeira. Fue mandado construir por el rey don Manuel en 1501 porque, entusiasmado por los descubrimientos y el comercio marítimo que ello trajo consigo, quería disfrutar de esa prosperidad en primera línea. Para ello situó el palacio a orillas del Tajo, ya que desde su torre se divisarían el ir y venir de las naves y el desembarco de las mercadurías traídas desde el otro lado del Atlántico. Los arquitectos diseñaron entonces un palacio muy distinto a todos los que poseía don Manuel por todo el reino. Conformaría este un conjunto de edificios que, además de albergar la residencia de la familia real, acogería también la sede de los principales organismos políticos, comerciales y administrativos, como la Casa de la India, la Secretaría de Estado o la Junta de los Tres Estados, e incluso unos enormes almacenes donde se guardarían los productos traídos desde el Nuevo Mundo. El resultado fue una enorme construcción de la que sobresalía la torre, que se comunicaba a través de un puente cubierto y acristalado de dos pisos con la Sala Grande.

Siguiendo la tradición de su padre don Manuel, el rey Juan había organizado las dependencias reales en tres zonas: los aposentos de la reina con su jardín miraban al Terreiro do Paço; también los de los infantes e infantas; en el lado contrario, se situaban los del rey y los del príncipe heredero.

Don Ruy Gómez de Silva, embajador del príncipe Felipe de Castilla, se encontraba sentado al lado del rey de Portugal en la Sala de los Tudescos, participando de la velada con la que don Juan III estaba obsequiando a él y a sus acompañantes. Recibir la invitación aquella misma mañana, cuando ya estaba preparando el equipaje para volver a Castilla, le extrañó. Suponía al rey enterado del contenido del mensaje del emperador, por lo que la invitación, si no era para pedirle explicaciones, no tenía sentido.

Cuando entró en el gran salón y vio que estaba preparado para una gran fiesta, su sorpresa fue aún mayor. ¿Acaso el rey no había leído el mensaje? ¿Qué se proponía? Un pensamiento le cruzó de pronto la mente y una ola de calor le subió del pecho al rostro. ¿Y si el correo no había entregado el mensaje del emperador al rey?

La velada había comenzado a la puesta de sol con una cena a la altura de sus rangos y ahora, casi medianoche, todos disfrutaban de la música y las danzas, todos menos él.

Había nacido en Portugal en una familia noble. En 1526 llegó a Castilla de la mano de su abuelo formando parte del séquito de Isabel de Portugal, la que habría de ser esposa del emperador. Primero como menino de la emperatriz y luego como paje del príncipe Felipe, el joven y gallardo Ruy fue afianzando su posición en la corte compartiendo con el hijo del rey saraos, justas, torneos y amoríos, asunto este último que estuvo a punto de acabar con su amistad al enamorarse ambos de una dama de las infantas, Isabel Osorio. El lance no fue a más y Felipe siguió encomendándole a su amigo distintas tareas y embajadas de la más estricta confianza, en las que el buen hacer del portugués y su lealtad le contentaban sobremanera. A cambio, el príncipe le recompensaba con espléndidas dádivas. El mejor regalo lo recibió en 1548, cuando Ruy Gómez fue nombrado segundo sumiller de corps, uno de los cinco puestos de gentilhombre de cámara según el estilo borgoñón que el emperador Carlos impuso en la corte. El puesto era codiciado, pues suponía estar siempre cerca del príncipe.

Hacía tres días que había llegado a Portugal como embajador para, supuestamente, negociar el matrimonio entre el príncipe Felipe y María de Portugal.

Durante esos días había esquivado el encuentro con doña María por miedo a que sus ojos le descubriesen la verdadera razón de su visita. Las razones que ambos se habían dicho hacía años resonaban en sus oídos:

—La próxima vez que nos una el destino, quizá vuestra alteza sea ya la esposa del futuro rey de España.

—Eso espero, don Ruy, por vuestro bien y por el mío.

¡Qué ajena permanecía la infanta a los planes de su primo don Felipe! ¡Y qué bajeza moral estaba demostrando él por no haber tenido el valor de contarle al rey toda la verdad desde el primer momento! Si fuera un buen embajador el mismo día de su llegada a Lisboa hubiera informado al rey de las novedades respecto al matrimonio de doña María, pero prefirió demorar el encuentro por cobardía. Luego llegó el correo del emperador que le allanaba el camino y le exoneraba de toda culpa, pues sería el propio Carlos V quien se responsabilizara de todo lo ocurrido.

En ese momento, don Juan III estaba dirigiendo unas palabras a doña María y al hijo de su primo, Felipe de Castilla, futuro marido de esta, pero don Ruy no prestaba atención. A decir verdad, desde que entró en el salón sus pensamientos solo eran para la mujer que amaba en secreto desde la primera vez que la vio. Por enésima vez se reprochó la cobardía de no haberle contado al rey el verdadero motivo de aquel viaje. Ahora, ya era tarde.

Con un movimiento calculado, desvió la atención un momento para mirar con disimulo a la infanta María. No se había atrevido a hacerlo en toda la noche, la vergüenza que lo embargaba se lo impedía.

A sus treinta y siete años, el embajador del príncipe permanecía soltero, aunque hacía tan solo unos meses que había firmado las capitulaciones para contraer matrimonio con Ana de Mendoza, perteneciente a una de las familias más poderosas e influyentes de Castilla. El problema era que su prometida tenía trece años y tendría que esperar unos años para hacerla su esposa. Sin embargo, esto no era óbice para que el gallardo portugués gozara del amor tanto de criadas como de alguna noble doncella, que suspiraba con ser algún día esposa de uno de los hombres más gentiles e influyentes de la corte de Castilla.

Aprovechando que doña María estaba atenta a las palabras de su hermano, Ruy Gómez se recreó en su contemplación: el perfecto óvalo de su cara, la blancura de su tez, los labios finos y delicados, y unos hermosos y transparentes ojos azules adornados de luengas pestañas que le cautivaron desde que los mirara por primera vez hacía quince años y que le decían, si algo sabía él de mujeres, y creía que sí, que las palabras que escuchaba eran de su entero agrado; es más, se atrevería a decir que los bellos ojos de doña María estaban alegres. Sintió una punzada de celos, y una sombra de odio hacia el príncipe le cruzó la mente. Fue solo un instante, pues enseguida la desechó. ¿Qué derecho tenía él a enamorarse de una infanta de Portugal? Se echó en cara, una vez más, su cobardía, y desvió la mirada porque no soportaba seguir mirándola. Sintió un nudo en la garganta y una pena infinita por ella, que, ajena a lo que estaba a punto de ocurrir, levantaba en ese momento la copa y brindaba por su felicidad.

De pronto, un murmullo recorrió el salón impidiendo que la voz de don Juan se oyera. El embajador volvió entonces su atención al rey y vio que varios lacayos se acercaban apresurados al príncipe heredero, don Juan Manuel, sentado hacía unos momentos al lado de su padre y que ahora se hallaba inconsciente en el suelo. Al revuelo formado se iban uniendo los invitados, que hicieron un pasillo para que su madre, la reina, y su esposa llegaran hasta el príncipe. Este, abiertos ya los ojos y ayudado por los sirvientes, apenas conseguía ponerse de pie. El rey decidió que lo mejor era que su hijo, cuya enfermedad se había agravado en las últimas semanas, se retirara a descansar junto con su esposa embarazada de pocos meses, quien estaba a punto de desfallecer también, a juzgar por el color de su rostro. La reina Catalina, ayudada por uno de los invitados, volvió a acomodarse al lado del rey y Ruy Gómez, que se hallaba cerca, se apresuró a dar la mano a la infanta.

—Permitidme, doña María —dijo alargándole la mano para que se sostuviera en ella.

Durante unos segundos sus miradas se cruzaron. Ella sonrió débilmente y agradeció la atención con una inclinación de cabeza. Cuando el embajador volvió a ocupar su asiento después de haber dejado a la infanta en el suyo, el corazón le golpeaba violentamente en el pecho.

La velada continuó hasta que de nuevo fue interrumpida. Esta vez se trataba de un correo urgente del emperador, que cruzó la cámara y entregó el tubo de latón al rey. Este, con visible extrañeza, lo abrió y ante las miradas expectantes de todos lo leyó para sí. Luego se levantó, interrogó al embajador con la mirada, quien se limitó a encogerse de hombros, y se dispuso a leer.

Ruy Gómez pegó un brinco al reconocer al joven correo que hacía unos días le había entregado el mensaje del emperador e intentó tragar el nudo que por momentos se le estaba formando en la garganta. Una nueva oleada de calor le quemó la cara. ¿Sería posible que aquel inepto hubiera interrumpido la velada para entregar al rey el mensaje de Carlos V? No necesitaba escuchar lo que decía el correo porque hacía dos días que estaba enterado. Dos días en los que había tenido oportunidad de informar al rey de la decisión del emperador, pero prefirió que fuera el propio correo quien llevase la noticia a Juan III. Intentó aliviar el desprecio que estaba sintiendo por sí mismo recordando las palabras del príncipe Felipe: «Si cae el emperador, cae el imperio», esas eran las palabras que le había dicho cuando le envió a Lisboa con la embajada. De nuevo se echaba en cara su cobardía. Si hubiera entregado los documentos de la anulación en privado al rey, esa fiesta se habría anulado y su amada María se habría ahorrado la humillación que, si Dios no lo remediaba, estaba a punto de sufrir.

—«… deseo que se ponga en conocimiento que el día seis de julio del presente año de Nuestro Señor de mil y quinientos y cincuenta y tres ha muerto Eduardo VI, rey de Inglaterra e Irlanda, que Dios acoja en su Santísima Gloria…».

Una exclamación de asombro recorrió la estancia y el rey se detuvo un instante para que sus palabras calaran en todos los oídos. La reina Catalina escuchaba atenta la lectura del documento y, como el resto, estaba sorprendida. Pero conocía muy bien a su esposo y algo le decía que esa carta tenía una segunda parte, si no, a qué iba a interrumpir la velada con una noticia que al cabo bien poco se le daba al trono portugués.

—«Por tanto, su hermana María, hija del rey Enrique VIII y Catalina de Aragón, es ahora la nueva reina de Inglaterra e Irlanda».

De nuevo, los murmullos de exclamación hicieron que el rey detuviese la lectura y esperase a que volviera el silencio.

La reina de Portugal seguía muy atenta a lo que su esposo leía, y ya pensaba adónde conducía todo aquello.

Ruy Gómez temblaba de indignación. ¿Acaso el rey estaba dispuesto a leer en público la última parte del mensaje? ¿No se daba cuenta de la afrenta que iban a suponer aquellas palabras para su hermana? Apretó los puños y luchó con fuerza contra el deseo de levantarse y mandar callar al rey.

—«Por si estos acontecimientos pudieran dar lugar a posteriores cumplimientos, el matrimonio de Felipe de España con María de Portugal queda suspendido».

La reina Catalina cerró los ojos sin atreverse a mirar a su sobrina. Ahora lo entendía todo; esa era la noticia, la mala nueva, y su esposo, si ella no se equivocaba, parecía estar disfrutando.

Al otro lado del salón don Antonio pegó un brinco al escuchar las últimas palabras del mensaje. Sonrió para sus adentros. Su tía no se casaría ni ahora ni nunca con el heredero de Castilla. Él había estado dispuesto a gastar parte de su fortuna para que ese matrimonio no se llevara a cabo, y ahora, sin mover un dedo, el azar se lo ponía en bandeja. Volvió a pensar que

Dios o el demonio le allanaban el camino para que algún día llegara a convertirse en rey de Portugal.

El embajador de Castilla sintió la náusea llegarle a la garganta y fijó sus ojos en la infanta de Portugal. Sentía como suyas las últimas palabras del rey, que parecían haberse clavado como dardos en el alma de la mujer que se había adueñado de su corazón.

Sin pensarlo, se levantó de su asiento y se acercó a la infanta. La reina acababa de levantarse. Doña María permanecía sentada con el rostro serio, sin transmitir ninguna emoción, sin embargo la agitación hacía que el collar de perlas se moviera en su desnudo pecho al ritmo de su acelerado corazón.

—Permitidme, señora —acertó a decir el embajador dándole la mano para ayudarla a levantarse.

—¿Era necesaria esta humillación? —preguntó la reina Catalina tragándose la bilis que le subía a la boca.

Su esposo la miró un instante con una imperceptible sonrisa.

—Eso deberíais preguntárselo a vuestro hermano el emperador. Ya veis en la estima que tiene a su sobrina. Así le paga a vuestra hermana los sacrificios que ha hecho por él.

Doña Catalina notó la amargura en las palabras de su esposo y pensó, una vez más, si este había perdonado a su hermana Leonor la afrenta de haber sido rechazado cuando le propuso matrimonio después de que ella enviudara. Habían transcurrido más de treinta años y a veces no podía evitar pensar que la obstinación en negar el permiso a su sobrina María para reunirse con su madre se debía a que aún sentía resquemor por lo sucedido. Miró al rey y creyó adivinar una ligera alegría en sus ojos. Desde luego lo que acababa de suceder parecía no haberle afectado, al contrario, se diría que la suspensión de la boda le había alegrado. ¿Tanto rencor guardaba en su corazón que anteponía la humillación a María, y por ende a Leonor, a los beneficios que con esa boda tendría su propio nieto? Esperó a que su esposo diera por finalizada la velada para volver sobre el asunto.

—Sabéis muy bien que no me estoy refiriendo a la anulación del matrimonio. Eso lo puedo comprender, como lo comprenderá la infanta María. Las infantas de la Casa de Habsburgo nos debemos a nuestros reinos y acatamos con resignación el destino. Pero lo que acabamos de contemplar está fuera de lugar.

«Una pulla por otra», pensó Catalina cuando terminó de hablar. Sabía de sobra cuánto le molestaba a su esposo que se refiriera a María como una Habsburgo.

—Sí, quizá —replicó al cabo el rey—, pero no vais a negarme que ha sido brillante. Digno de una gran representación teatral.

La hermana pequeña del emperador cerró con fuerza los ojos y no pudo ver la tenue sonrisa que su esposo le dirigía a su secretario Pedro de Alcaçova ni cómo este, con un ligero encogimiento de hombros, le daba a entender que tampoco él sabía nada.

Cuando los abrió volvió a mirar al rey, pero la sonrisa había desaparecido de su rostro.

Estuvo tentada de regresar sola a sus aposentos, pero una pregunta le quemaba en los labios, o más bien, la confirmación de una idea que se iba abriendo en su mente.

—¿Podríais jurarme que no estabais al tanto de este ultraje, de esta farsa?

—Os juro, señora, por la memoria de mis hijos, que no sabía nada de este correo y que esta farsa, como vos la habéis llamado, no la he orquestado yo. Y no tengo la menor idea de con qué intención se ha representado, si es que ha habido alguna. Pero confieso que no me ha desagradado.

Doña Catalina miró a su esposo y supo leer en sus ojos que decía la verdad. Sus hijos fueron lo más sagrado para él, y jurar por ellos, en vez de por Dios, se convirtió en la forma más sincera de confesarle que sus palabras eran ciertas. Pero si su esposo no mentía, y no le cabía ninguna duda de que esto era así, ¿quién estaba detrás de todo aquello? ¿Era solo la casualidad la que había hecho que el correo del emperador llegara en el mismo instante en que se celebraba la fiesta? Algo le decía que aquel teatro no había sido fruto del azar, y tampoco creía que fuera idea de su hermano el emperador, a quien sabía capaz de muchas traiciones por salvar el reino, pero nunca de una villanía tal como la que acababan de contemplar.

Apoyada en la mano del portugués y seguida de sus damas, doña María de Avís abandonó el salón y se dirigió a sus habitaciones. Despidió a todas sus acompañantes y se dispuso a entrar sola, pero al subir uno de los tres escalones que llevaban a su antiguo aposento su pie trastabilló en una olambrilla suelta y estuvo a punto de caer. Solo los fuertes brazos y la premura de don Ruy Gómez lo impidieron. Doña Juana Blasfelt, su dama de compañía más cercana, corrió hacia ella y tomada de su brazo entró en la estancia.

Durante el trayecto por largos corredores, el embajador portugués no se atrevió a romper el silencio que mantenía la infanta. Resignado a alejarse de ella sin ni siquiera haberle brindado una palabra de consuelo, notaba cómo por momentos un nudo le atenazaba la garganta y le impedía decir unas últimas palabras de despedida. Se dio la vuelta y, con la imagen de unos hermosos ojos azules traspasados por el dolor, abandonó el palacio al que creyó que no volvería nunca más.

43

Doña Catalina abandonó el salón junto a sus damas de compañía. Le dolía en el alma la humillación sufrida por su sobrina, pero el dolor más fuerte lo había sentido al ver a su hijo tendido en el suelo. La enfermedad, la maldición de los infantes portugueses, no les daba tregua. ¿Hasta dónde pensaba Dios tensar el arco de su resignación?, se dijo, y enseguida se dio cuenta de que la pregunta tenía algo de sacrílega.

Cuando llegó a los aposentos del infante se le encogió el corazón con la imagen que contemplaban sus ojos. Su hijo, su adorado y único hijo, yacía en el lecho con la muerte reflejada en su cerúleo rostro y su esposa Juana, con su incipiente preñez y bañado el rostro en llanto, permanecía de rodillas como una Virgen Dolorosa rezando a su lado.

Los médicos, nerviosos, discutían sobre si era conveniente sangrar al enfermo por la debilidad de cuerpo que tenía.

De pronto, la reina se llevó la mano al pecho y sintió que le faltaba el aliento. Las doncellas acudieron raudas a socorrerla y la llevaron hasta sus aposentos, donde le aflojaron las ropas para que el aire pudiera llegar más fácilmente a los pulmones. Las criadas corrieron a preparar tisanas de manzanilla, valeriana y melisa.

Sus damas pensaron en llamar a alguno de los médicos que en aquellos momentos atendían al infante don Juan Manuel, pero la reina se lo impidió, todos los médicos eran pocos para curar a su hijo.

—Podemos enviar a por don Nuno de Almeida, el boticario de la rua Nova, es el que más sabe de remedios para mujeres —añadió una de las damas de compañía.

Un buen rato después, una doncella entró en el aposento para anunciar que el boticario acababa de llegar.

Don Nuno, seguido de Ana Loira, hizo su entrada y todas las miradas se posaron en la joven, no solo porque no era común ver a una mujer dedicada a componer medicinas, sino por la belleza de su rostro y la apostura de su talle. Algunas damas la conocían por haber visitado la botica en busca de remedios para sus leves dolencias. Pronto se centraron en el quehacer de don Nuno, que, junto con su joven ayudante, con gran disposición había comenzado a sacar de su bolsa de tela ungüentos, cataplasmas y botes de medicinas y los iba colocando en una mesa dispuesta para ello.

El boticario y Ana Loira se quedaron hasta que el corazón de la reina latió acompasado y esta pudo quedarse dormida.

De camino a la salida, en uno de los corredores se cruzaron con el médico don Manuel Pereira. Don Nuno y el físico se saludaron con una leve inclinación de cabeza.

El médico del rey se quedó mirando a la muchacha.

—¿No sois vos la hija de García de Orta? —inquirió.

Don Nuno, que ya conocía la animadversión que el galeno sentía por el padre de su ayudante, se disculpó alegando que tenían prisa.

También don Antonio, el hijo del infante don Luis, se cruzó con el boticario y escuchó la corta conversación sin poder apartar los ojos del rostro de la muchacha. ¿Dónde había visto antes esos cabellos rubios y esos hermosos ojos glaucos? Y enseguida cayó en la cuenta de que fue en el palacio de su padre, hacía unos meses. Esos ojos y ese cabello no eran de los que se olvidaban con facilidad.

—Vamos, Ana Loira, démonos prisa, que llegamos tarde —dijo echando a andar por el corredor.

Don Antonio sonrió porque en ese momento recordó cuándo la había visto por primera vez, claro que entonces era una niña y ahora era toda una mujer, y además muy hermosa. Ana Loira, eso era. Ana Loira, ahora se acordaba perfectamente de que era la niña que le dijo que su primo Antonio se iba a morir y, en efecto, se murió a los pocos días. ¿Sería una bruja? Se rio de su ocurrencia y siguió mirando el talle de la muchacha cuando esta ya se perdía por el corredor.

44

La misma noche que Ruy Gómez despedía al joven correo del emperador, Rita a Ruiva paseaba aburrida por una de las calles del barrio de Alfama. Llevaba allí desde que el sol se había puesto y al llegar la medianoche no se había metido en el escote ni un real. Se había recogido y soltado la melena pelirroja varias veces para combatir el sueño que se estaba adueñando de su hermoso cuerpo.

Con dieciséis años, Rita había malparido a un hijo que le hizo el noble en cuya casa trabajaba de sirvienta. Cuando la esposa del noble le vio la barriga, sospechó lo evidente y la puso de patitas en la calle. Volvió a su casa y su padrastro casi la mata de la paliza. Aquella noche, mientras dormía en el jergón dolorida por los golpes, sintió algo pegajoso entre las piernas y un dolor insoportable. Y así, atendida por su madre y oyendo los insultos de su padrastro, malparió a un niño que enterraron en el corral.

A los tres días, ya recuperada, se fue de casa sin despedirse y se encaminó al barrio de Alfama, alquiló un mísero cuarto y se puso a hacer la calle.

Pronto su garrido cuerpo, sus ojos verdes y su hermosa melena cobriza llamaron la atención en el barrio y desplazó a otras muchachas, que miraban con envidia la hermosura, gracia y donaire de la recién llegada. Tres meses le bastaron a Rita para hacerse con una clientela que en nada se parecía a la de los primeros días. Podría haber trabajado en alguna de las muchas mancebías del puerto, pero a ella le gustaba ir por libre y elegir bien a sus clientes, casi todos caballeros extranjeros o de fuera de Lisboa.

Era ahorradora y pensaba que en un par de años dejaría la calle, se marcharía de Lisboa y se casaría con un hombre honrado. Miraba con horror y pena a las mujeres convertidas en ancianas antes de tiempo que suplicaban a los hombres para que las invitaran a una jarrilla de vino.

Aquella noche se habían acercado a ella varios hombres, marineros o estibadores del puerto, pero Rita los despidió como siempre hacía, con gracia y buenas palabras.

—¡Algún día serás tú la que nos busques, bonita!

Pensó en irse a casa cuando lo vio bajar la calle. Era joven y gallardo, y algo le decía que no era de Lisboa. Se acercó a él sonriendo.

—¿Te has perdido? —preguntó soltando su melena cobriza.

El joven sonrió.

—Busco un sitio para comer —contestó chapurreando el portugués.

Rita sintió que la suerte acababa de sonreírle: guapo y extranjero.

—En esta calle solo hay tabernas de mala muerte, pero dos calles más allá está la taberna de O Largo y allí sirven buenas comidas y baratas, y además alquilan cuartos por si quieres quedarte. Si vamos juntos te hacen descuento.

Rita se colgó de su brazo y echaron a andar. Durante el camino ella le contó su historia, aderezada con varios episodios que nunca vivió pero que hicieron reír al joven.

En efecto, la taberna estaba limpia, pero el castellano se percató de que, cuando entraron, varios caballeros miraron con deseo a la muchacha.

Comieron un guiso de pescado bien condimentado y bebieron vino sin aguar.

—Gracias por la cena —dijo Rita cuando ya iban por la tercera jarrilla de vino—. Si coges un cuarto aquí te hago compañía un rato sin cobrarte nada. ¿O tienes que marcharte ya?

—No, tengo que entregar un mensaje mañana por la mañana y luego debo partir a Castilla cuanto antes.

—Bien, pues tenemos tiempo de entretenernos, ¿no crees? —preguntó mirándole con sus hermosos ojos verdes.

El cuarto, aunque modesto, también estaba limpio, por lo que el joven se felicitó de su buena suerte. Una bolsa de monedas en las alforjas, una buena cena, sábanas limpias y una hermosa mujer que le iba a hacer gozar. No se podía pedir más. «*Lisboa é boa*», se dijo.

La luz de la luna se filtraba por las rendijas de las ventanas cuando los amantes, sudorosos, se levantaron para refrescarse en la jofaina. Luego volvieron a la cama y se adormecieron abrazados.

El joven se despertó sin saber muy bien dónde estaba, hasta que dando un brinco se levantó de la cama y comprobó que el sol ya lucía en lo alto. Miró a su alrededor, pero no vio a la hermosa Rita. Sonrió y durante un instante pensó que había sido un sueño.

Se vistió deprisa recordando las palabras que le había dicho a don Ruy de que entregaría el mensaje al rey a primera hora de la mañana.

Abrió las alforjas para comprobar que todo estaba en su sitio y rebuscó en su interior. El corazón comenzó a golpearle el pecho con fuerza cuando al tercer intento no encontró la bolsa con las monedas. Y lo que era peor, tampoco estaba el tubo de latón con el mensaje del emperador.

—¡Hi de puta ladrona! —gritó fuera de sí cuando se percató de que la hermosa Rita le había robado.

Bajó corriendo la escalera y se encaró con el tabernero, que apenas entendía lo que aquel loco castellano le decía. Por fin, más tranquilo, pudo explicarle que necesitaba encontrar a Rita porque no solo le había robado la bolsa sino algo mucho más importante.

El tabernero cabeceó cuando comprendió que Rita había vuelto a hacer de las suyas.

—*Non sei la casa donde vivir Rita. Ella viene muchos noches a la mia taberna.*

—Sí, sí, sí, pero muchos caballeros de la taberna la conocen y alguno sabrá dónde vive —intentaba hacerle comprender al tabernero.

—*Sí, caballeros saben dónde vivir, mais eles não voltan hasta que chega a noite*, ¿entiende?

Sí, entendía, pero lo que también entendía era que si don Ruy Gómez se enteraba de aquello podría mandar ahorcarle. Le había dicho que el mensaje era de vital importancia para el reino de Castilla.

Pasó toda la mañana deambulando por las calles aledañas a la posada buscando a Rita, preguntando a muchos viandantes, pero nadie parecía saber nada de una hermosa joven pelirroja. Volvió varias veces a la taberna, pero el hombre ratificaba lo que ya le había dicho: que hasta la noche no volvían esos caballeros que parecían saber dónde vivía Rita.

A la caída de la tarde, desesperado y hambriento, se dejó caer de nuevo por la taberna y el dueño, compadecido, le sirvió un plato de guiso de pescado y una jarrilla de vino.

—*Yo preguntar a caballeros dónde vivir Rita y ellos dizer que no saben, pero que una amiga, Conceição, vivir en la rua dos Marineros, en la posada de O Barco, perto do porto.*

El joven casi engulló lo que le había servido el amable tabernero y luego echó a correr.

Localizó pronto la taberna, que a esa hora estaba llena de parroquianos. Preguntó por la tal Conceição y todos coincidieron en que estaría haciendo la calle. Era casi medianoche cuando la encontró sentada en las escaleras de una plaza. La muchacha se levantó cuando vio que un posible cliente se acercaba.

A Conceição, una joven entrada en carnes y de poca belleza, le costó casi media hora entender que aquel castellano no quería hacerle daño a Rita, que no quería el dinero, que lo único que necesitaba con urgencia era el tubo de latón que contenía el mensaje.

—*E a mensagem era para o rei don João?* —preguntó cuando pareció que lo había entendido.

—Sí, sí, muy importante. Si no lo entrego hoy me matan.

La voz se le había quebrado y sus ojos suplicantes enternecieron a la muchacha, que accedió a acompañarle al cuarto que tenía alquilado Rita.

Les llevó casi otra media hora llegar hasta la casa en la que vivía la supuesta ladrona.

—*Esperar aquí, a señora no gosta de hombres en la su casa* —le dijo Conceição, haciendo un esfuerzo por recordar las pocas palabras que sabía de la lengua de Castilla.

La muchacha permaneció poco tiempo en el interior de la vivienda, pero al joven correo se le hizo una eternidad.

—¿Qué? —preguntó nervioso cuando la vio aparecer de nuevo—. ¿Te ha dicho dónde está?

La joven lo miró con tristeza.

—*Rita não está. Voltara mañana.*

—¡¡¡Voto a Dios que cuando la coja, la mato!!! ¡Si salgo vivo de esta, por vida mía que la mato! —gritó arrojando al suelo el sombrero.

Por suerte, Conceição no entendió las palabras pero sí los hechos, y supuso que el castellano estaba muy enfadado con su amiga.

El joven correo se sentó en el suelo y se tapó la cara con las manos. No quería llorar, pero la angustia y el miedo se iban apoderando de él. Llevaba tres años como correo del emperador y jamás le había fallado, jamás.

Ahora, sin dinero y sin saber adónde ir, temió pasar la noche en la calle.

—*Si quiser pode vir na mina casa. Eu vivo com mina mãe.*

El correo levantó la cabeza y le agradeció la hospitalidad con una sonrisa.

Al día siguiente, pasó la mañana y parte de la tarde recorriendo las calles de Lisboa, mirando a todas las jóvenes con quienes se cruzaba y pidiendo a Dios que se compadeciera de él. La hospitalaria Conceição lo invitó a comer en una taberna y él ya no supo cómo agradecérselo.

Por fin, al caer la tarde se dirigió a la casa de Rita acompañado de Conceição. Por el camino rogó a Dios que la joven no hubiera tirado el tubo o lo hubiese vendido.

La dueña de la posada no estaba, así que subieron las escaleras y llamaron a la puerta del humilde cuarto.

Cuando Rita abrió la puerta se quedó estupefacta al ver al joven castellano allí.

—Yo no quería, de verdad, *não quería...*

—¿Dónde está el tubo? El tubo, ¿dónde lo tienes? —preguntó cogiéndola de un brazo y zarandeándola.

Ella parecía no entender nada y el correo se lo describió con las manos. Rita se volvió, abrió un baúl y sacó el brillante tubo de latón. Él se lo arrebató, lo abrió y comprobó que el mensaje manuscrito del emperador estaba allí.

Bajó corriendo las escaleras y no dejó de correr hasta que llegó al palacio de Ribeira, cuando el sol ya desaparecía por el río.

—Traigo un mensaje urgente para el rey de parte del emperador —dijo cuando hubo recuperado el resuello.

45

Frey Atilio se encontraba despachando unos asuntos cuando unos golpes nerviosos lo sobresaltaron. Sin esperar respuesta, frey Eugenio se precipitó en la celda prioral.

—Dispense vuestra paternidad —dijo sin resuello—. Me envía frey Armando, quiere que vayáis a confesarle.

El rector levantó la vista de los documentos. Conocía el estado del hermano Armando y cómo en los últimos días parecía haber empeorado. Le extrañó que quisiera confesarse con él, pues en todos los años que llevaba en el monasterio jamás lo había hecho.

—¿Cómo se encuentra esta mañana? —preguntó quitándose las antiparras y cerrando el tintero.

—Está cada vez más débil, temo que no le llegue la vida para terminar el día.

—Voy a coger el alba y la estola y enseguida estoy allí. ¿Ha recibido ya el sacramento de la extremaunción?

—Sí, y se ha confesado, pero quiere hacerlo también con vuestra paternidad —contestó frey Eugenio, extrañado de que su maestro quisiera confesarse de nuevo.

Cuando el administrador entró en la celda de frey Armando y escuchó el estertor, pensó que el hermano Eugenio tenía razón, al enfermo se le estaba yendo la vida. Se acercó al anciano freire.

—Frey Armando, ¿me oís? —preguntó con voz suave.

El bibliotecario abrió los ojos y la respiración se hizo más acompasada.

—Frey Atilio, quiero confesarme —dijo con la voz apenas audible.

Los hermanos que velaban al moribundo salieron de la celda.

El bailío menor le tomó la mano y notó en ella la frialdad de la muerte.

—Hermano, ya os habéis confesado. Estáis a bien con Dios, no es necesario que os fatiguéis.

—No, lo que tengo que deciros nunca se lo he confesado a nadie. Solo Dios lo sabe. La lujuria es el peor de los pecados y yo pequé de lujuria cuando era muy joven, pero eso no exculpa mi pecado.

El enfermo se detuvo, agotado por el esfuerzo que acababa de hacer.

—Todos somos pecadores, si no fuera así, ¿qué sentido tendría la confesión y la penitencia? —trató de consolarlo frey Atilio.

—Una nueva Eva me incitó al pecado y yo caí como Adán en el abismo. El demonio cuidó de que la semilla diese fruto, el fruto del diablo.

Frey Armando cerró los ojos y el bailío menor pensó que había muerto. De pronto, con una fuerza renovada, se incorporó y le agarró la mano.

—Sé que durante mucho tiempo sospechasteis de mí, creíais que yo era el asesino. A veces estuve tentado de confesar que había sido yo por salvarle a él. Era mi sangre. *Filii non sunt culpabilis de predicta peccata patres*, los hijos no son culpables de los pecados de sus padres. Yo fui tentado por el demonio y engendré un demonio. Él, él los asesinó y...

El moribundo dejó caer la cabeza, exhausto. Los estertores comenzaron a oírse con más fuerza.

—Frey Armando, ¿a quién os referís? ¿Quién es el asesino? ¿Vive entre nosotros? —preguntó el rector, nervioso, temiendo que aquel cuerpo agonizante expirase antes de revelar lo que llevaba tantos años buscando.

El bibliotecario volvió a abrir los ojos y agarró de nuevo la mano del bailío menor como si fuera lo último que le mantenía asido a la vida.

—No fui yo, Dios lo sabe, fue él, fue mi...

Frey Atilio vio cómo sus ojos sin vista se quedaban fijos en la nada, sin vida, como habían estado muchos años, solo que ahora aquella voz con la que había atemorizado tantas veces había desaparecido para siempre. Se desasió de la mano que le aferraba y se persignó en el momento en que suponía que su alma volaba hacia la eternidad.

—Que vuestra alma descanse en paz, hermano —dijo mientras le cerraba los ojos al cuerpo ya sin vida de frey Armando.

Los freires entraron en la celda.

—*Requiem aeternam dona eis, Domine* —recitó frey Atilio.

—*Et lux perpetua luceat eis* —contestaron al unísono.

46

Doña María de Avís se encontraba sentada delante del ventanal plomado de su antiguo aposento del palacio de Ribeira. Sus ojos estaban fijos en el golpeteo de las aguas turbias del Tajo contra la madera del embarcadero. Desde hacía diez días pasaba horas mirando sin ver las aguas del río, como si quisiera absorber el color glauco de aquellas cuando se unían a las de la mar.

A veces su vista se desviaba del río y se centraba en los bellos azulejos traídos desde Sevilla que decoraban una de las paredes. Al igual que le sucedía con la contemplación de las aguas del Tajo, doña María podía pasar horas ensimismada mirando la encantadora escena representada en ellos: un grupo de niños desnudos junto al pilón de una hermosa fuente en el que sus manitas intentaban retener el chorro de agua que de boca de un león caía salpicándolos.

El bastidor con el rico paño a medio bordar le resbaló de las manos y cayó al suelo, como tantas veces durante esos días. Doña Juana Blasfelt acudió solícita para colocarlo en el regazo de su señora.

—El sacristán de la iglesia de San Antonio me ha preguntado de nuevo por el mantel eucarístico que estáis bordando. Le he dicho que lo lleváis muy avanzado y espero que no me hagáis quedar mal.

Doña Juana, al igual que las otras damas de compañía, se esforzaba en hablar a su señora y hacerle partícipe de las anécdotas, nuevas o hablillas de palacio, a sabiendas de que ella no le contestaría, de que su mudez iba pareja a la ceguera de sus ojos y de que ambas eran consecuencia de la melancolía que envolvía su cuerpo y su mente. Todas se esforzaban por hablar a doña María siguiendo el consejo de los médicos, y así intentaban convencerla de que el Reino de Castilla no era merecedor de una reina como su señora, de que unir su sangre de nuevo con la de los Habsburgo solo podía traer desgracias como estaba sucediendo con los hijos del rey y doña Catalina, que Dios le había dado un galardón al impedir la boda y que, en su sabiduría y clemencia, el Señor le tenía reservado otro reino donde sería muy feliz. Todo se lo decían para sacarla de aquel negro pozo de tristeza que amenazaba con hundirla en él para siempre.

Las doncellas la levantaban, la aseaban, le daban de comer, la sacaban a los jardines, y ella se dejaba arrastrar como esos niños enfermos que son dóciles porque su enfermedad les impide saltar o brincar.

Don Nuno y Ana Loira habían visitado el palacio varias veces para administrarle sus propios remedios, y poco a poco parecían estar dando resultado.

Aquella mañana, el boticario y su ayudante se encontraban atendiendo a doña María cuando la doncella anunció una visita.

—Señora, vuestro hermano don Luis y vuestro sobrino don Antonio desean ser recibidos —dijo doña Juana a sabiendas de que no obtendría respuesta.

A una señal de la dama, el infante don Luis y su hijo don Antonio entraron en la estancia. Se acercaron al ventanal y depositaron un beso en la frente de doña María.

Las damas informaron a don Luis de que su estado seguía siendo el mismo, aunque los remedios que don Nuno y Ana Loira le preparaban le hacían mucho bien porque la ayudaban a tranquilizarse y estar más animada.

Don Luis, bastante recuperado de sus dolencias, quería a su hermana con todo su corazón, y la melancolía que esta arrastraba desde aquel fatídico día en que se anuló el compromiso matrimonial con Felipe de Castilla la sentía como si fuera propia.

Por su parte, don Antonio, al oír el nombre de Ana Loira volvió la cabeza y reparó en el boticario y la joven de cabellos rubios, que estaban guardando las medicinas en una bolsa de tela. Se quedó mirándola con deseos de hablar con ella. Le intrigaba esa joven boticaria con la que el destino le hacía cruzarse una y otra vez. Siguió mirándola con atención. Sus ojos glaucos, sus cabellos brillando por la luz que entraba por los ventanales, su talle. Todo le gustaba.

También Ana Loira se había fijado en el joven que acababa de entrar; según había dicho la doncella era el sobrino de doña María. Mientras guardaba los tarros en la bolsa, se volvió para mirarlo de nuevo y sus ojos se encontraron con los suyos. Sintió que una oleada de calor le quemaba la cara. Cuando traspasó la puerta se tranquilizó.

—¿Conocéis al hermano y al sobrino de doña María? —preguntó Ana Loira sin dejar de andar por el corredor.

—No he tenido el placer, pero según dicen es el preferido de la infanta, quizá porque como ella es el que más ha sufrido por amor. Es prior de Crato, pero eso no le ha impedido tener un hijo, que por cierto es bastante gallardo, ¿no te parece?

La muchacha no contestó, estaba pensando en cómo se podía ser prior y tener un hijo a la vez, y que, en efecto, don Antonio, pues al parecer ese era su nombre, era muy gallardo.

Don Luis y su hijo estuvieron poco rato acompañando a la infanta para no fatigarla. Cuando se marchaban, el joven se acercó a una de las damas.

—¿Ese boticario y su ayudante tienen la botica cerca de aquí? —preguntó disimulando su interés.

—¡Oh, sí, señor! Aquí mismo, en la rua Nova.

Ese día parecía que las visitas no tenían fin. Y es que al poco rato de que el hermano y el sobrino de la infanta se marcharan, doña Juana hizo un nuevo anuncio:

—Señora —dijo contenta, porque doña María parecía estar

más atenta esa mañana después de la visita de don Luis y su hijo—, don Ruy Gómez ha venido para despedirse de vos. Regresa a España, pues no tiene más asuntos que le retengan aquí.

Los ojos de la infanta se quedaron mirando a la dama y una imagen lejana de unos profundos y tristes ojos negros se abrió paso entre la nebulosa de sus recuerdos.

—Lo recibiré —contestó, sin darse cuenta de que esas dos palabras eran las primeras que pronunciaba en diez días.

Todas las damas y algunas doncellas acudieron alborozadas y solícitas hablando a la vez y queriendo poner a su señora al día de todo cuanto había sucedido en su «ausencia», así es como ellas se referían al mal en el que solo el cuerpo de la infanta permanecía en el palacio mientras su mente estaba inmersa en un pozo de negrura.

Doña María sonrió agradecida por las mil atenciones que le proferían y reconvino en tono cariñoso a doña Juana Blasfelt porque esta trataba de impedir inútilmente que todas se acercaran a su señora.

—Gracias a Dios, señora —habló doña Juana—. Estamos muy contentas de que hayáis dejado atrás esa melancolía, pero desde luego el que más alegría sentirá será el caballero don Ruy, que desde que sufristeis la ausencia ha venido al palacio todos los días a preguntar por vos.

—Le decíamos que cada día estabais un poquito mejor, de lo que se alegraba mucho —aclaró una de las doncellas, que en cuanto oyó decir a su señora que recibiría al secretario de Felipe de Castilla se apresuró a acicalarla.

La infanta se quedó mirando de nuevo a doña Juana.

—¿Don Ruy Gómez se ha interesado por mi persona? —preguntó sorprendida.

—¡Oh, sí, señora! —contestó la joven doncella—. Desde que os dio esa especie de melancolía no ha faltado ni un solo día. Debe sentirse culpable, como venía para anunciar vuestro compromiso y luego...

—Conceição, la señora está cansada, así que deja de parlotear y termina de arreglarle el cabello. Y trae los polvos de geranio y un pomo de perfume. ¡Vamos, deprisa! —urgió doña Juana.

—¿Y por qué ha de sentirse culpable don Ruy? —preguntó doña María, aunque la servicial criada ya había desaparecido.

—No le hagáis caso, señora, es joven e indiscreta.

Una doncella anunció al caballero cuando Conceição acababa de perfumar a su señora. Las doncellas y las damas de compañía salieron discretamente y solo permaneció doña Juana.

El embajador castellano se acercó a la infanta para besarle la mano que esta le tendía.

—Sentaos, don Ruy. Disculpad que no me levante, pero aún me fallan las fuerzas. No sé cómo agradeceros la caballerosidad que habéis mostrado preocupándoos por mi salud.

Don Ruy sonrió y agradeció, a su vez, que le hubiera permitido acompañarla. Conversaron sobre la infancia de don Ruy en Portugal, de cómo siendo niño había marchado a la corte castellana y de otros muchos temas menores. Ninguno de los dos aludió a la melancolía de la infanta.

De pronto, doña María se quedó callada un momento y, mirando a los ojos del caballero portugués, le preguntó en perfecto castellano:

—¿Estabais al tanto de todo aquello, don Ruy?

La pregunta le cogió desprevenido. Sintió una ola de calor subiéndole por el rostro y rogó a Dios que la infanta no lo notara. Se quedó mirando los hermosos ojos azules en los que había pensado tantas veces en esos quince años y por los que llevaba sufriendo trece días, y con voz tranquila le contestó que estaba tan sorprendido como ella, que ni siquiera el príncipe Felipe tenía conocimiento de aquel mensaje puesto que venía directamente del emperador.

Cuando acabó de hablar, se creyó el hombre más miserable de la tierra.

Doña María de Avís intentó incorporarse y de nuevo sintió los brazos firmes del portugués sujetándola. Se desasió de ellos con suavidad y delante del ventanal dejó que su mirada se perdiera en las aguas del Tajo.

Don Ruy se quedó pensando en la pregunta que acababa de hacerle la infanta. Cómo podría explicarle que sí, que estaba al tanto de todo, que dos noches antes leyó ese mensaje, pero que su cobardía le había impedido contárselo al rey y había preferido que fuera otro el que diera la noticia, pero que jamás pensó que la ineptitud de aquel correo le hiciera llevar el mensaje cuando se estaba celebrando la fiesta. ¿De qué manera podría excusarse ante esos hermosos ojos que le suplicaban que le dijera la verdad? ¿De dónde sacaría el valor para contarle que, aunque ese correo no hubiera llegado, tampoco se habría celebrado el matrimonio porque su misión no era, como ella pensaba, organizar el desposorio sino, al contrario, deshacer los esponsales? ¿Que su felicidad y sus lágrimas, seguramente, serían trocadas por las de la recién nombrada reina de Inglaterra porque el emperador necesitaba dinero para sus campañas? ¿Cómo explicarle que el cicatero de su hermano se había negado a entregarle toda la dote y el emperador, acuciado por las deudas, se había visto obligado a buscar financiación en otro matrimonio más ventajoso?

—¿Sabéis que esta era la tercera vez que se trataba de matrimonio entre mi primo y yo? ¡Pero cómo no habríais de saberlo, si siempre habéis formado parte de las negociaciones! Aunque nunca se había llegado tan lejos —dijo doña María volviéndose y enfrentándose de nuevo a los ojos oscuros de don Ruy, que creyó oír una nota de rencor en su voz.

Vio cómo se le humedecían los ojos y pudo ver la tristeza y el desamparo en el que estaba sumida su vida, y entonces tuvo que hacer un gran esfuerzo para no acercarse a ella y tomarla entre sus brazos como aquella fatídica noche, prometiéndole que él la cuidaría, suplicándole que le perdonara porque él, de alguna manera, era cómplice del dolor que estaba sufriendo.

47

El verano había sido ese año muy caluroso y los lisboetas, recluidos en la frescura de sus casas o de sus villas en el campo, apenas se dejaron ver por las calles. Ahora septiembre estaba dando un respiro, y después de unos días de tormenta en que se aplacó el calor los habitantes de la ciudad más rica de Occidente se echaron a la calle a disfrutar de los paseos y de las recientes y novedosas mercadurías que abarrotaban las tiendas.

En la botica de don Nuno de Almeida no se compartía la alegría por la llegada de la nueva estación, pues la madre del boticario solo hacía unos días que había fallecido y este se encontraba recluido en el primer piso de su vivienda, entristecido y sin ganas de atender a las señoras.

Ana Loira estaba colocando unos albarelos en la estantería cuando oyó la campanilla. Tardó unos instantes en volverse, y cuando lo hizo y lo vio, el bote de loza que aún sostenía cayó al suelo haciéndose añicos.

Bento salió de la rebotica al oír el estruendo y vio a la muchacha de pie con los ojos clavados en el caballero que acababa de entrar.

—Buenos días —dijo el recién llegado.

—Ya lo recojo yo, encárgate tú del intruso —dijo el ayudante en voz baja, y soltó una risita.

Don Antonio se quedó mirando a la joven y le pareció aún más bella de lo que recordaba. Llevaba un sencillo vestido azul que resaltaba el color de sus ojos y un mandilón blanco que le tapaba casi todo el vestido y le dejaba libres las mangas. El cabello rubio lo llevaba recogido con una fina cinta.

El joven se ofuscó por un momento, pero reaccionó enseguida.

—Buenos días, Ana Loira. Ese es vuestro nombre, ¿no?

Bento, agachado mientras recogía los trozos de cerámica y el contenido del bote desparramados por el suelo, vio que los pies de la muchacha seguían sin moverse del sitio.

—Ana Loira —dijo desde el suelo—, ¿qué te pasa? Vamos, pregúntale qué quiere.

La joven salió de detrás del mostrador haciendo un esfuerzo; no podía creer lo que sus ojos estaban viendo. Don Antonio de Avís, el sobrino de doña María, estaba sonriéndole y ella no podía articular palabra. Tenía que decir algo, seguro que el caballero estaba pensando que era lela.

—Creo que os habéis equivocado, señor, en la botica solo atendemos a señoras —pudo decir al cabo.

El hijo de don Luis se acercó a las estanterías y pasó casi rozándola. El limpio perfume a azahar que exhalaba la joven lo embriagó por un momento. Visiblemente nervioso, comenzó a señalar los tarros y a hablar sobre algunas hierbas que le eran conocidas por haberlas usado antes.

—Supongo que las damas sufrirán también de dolor de oídos, ¿no?

—Estáis en lo cierto. Si es vuestro deseo, os puedo preparar un ungüento a base de aceite de beleño, es lo mejor para el dolor de oídos y de muelas. Os lo podéis aplicar cuantas veces deseéis. Y debéis salir enseguida, si alguna dama os viera seguro que...

—Bueno, bueno, no me habléis tan deprisa que no me entero —cortó don Antonio el torrente de palabras de la joven.

Ana Loira, avergonzada, se tapó la boca con las manos y sus ojos glaucos se clavaron en los de don Antonio. Luego entró un momento en la rebotica para pedir a Bento que le preparase el ungüento para el caballero y volvió.

—Así que los hombres tienen prohibida la entrada en la botica. Bien, eso me tranquiliza.

—Bueno, no exactamente, es solo que damos prioridad a la elaboración de medicinas para las enfermedades de las mujeres. Mas, ¿por qué decís que os tranquiliza que sea solo para damas? —preguntó Ana Loira, ya pasados los primeros nervios.

El joven sonrió y ella pensó que era la sonrisa más bonita que había visto nunca, y que no necesitaba el ungüento a base de tomillo, limón y aceite de almendras que preparaban en la botica para blanquear los dientes.

—Pues me tranquiliza porque ningún caballero va a venir a la botica a requebrar a la muchacha más bonita de Lisboa.

Ana Loira creyó que le venía un desvanecimiento, pues sintió que le faltaba el aire.

Bento apareció con el pomo de ungüento a tiempo de oír las palabras que don Antonio le dedicaba a su compañera, y sintió celos de que un caballero, seguramente de la nobleza, coqueteara con ella.

Don Antonio tomó el tarrito que le tendía Bento y se dispuso a abonar el importe.

—Es un regalo, señor. Al fin y al cabo, sois casi nuestro único cliente varón —dijo la muchacha recobrando la compostura y sonriendo con agrado.

Cuando el hijo del infante don Luis cerró la puerta, Ana Loira se sentó en una de las sillas tapizadas; todavía le temblaban las piernas.

—¿Quién es ese caballero y por qué te decía esas cosas?

No oyó lo que Bento le decía, en su mente resonaban una y otra vez las palabras del joven galante y bizarro: «la muchacha más bonita de Lisboa».

Aquella noche le costó conciliar el sueño. No podía ser cierto lo que le estaba pasando, no podía enamorarse de un miembro de la familia real. No permitiría que aquello fuera a más, le diría que ella no estaba dispuesta a... Pero ¿qué tonterías eran esas? ¿Cómo se le ocurría pensar que el sobrino del rey iba a fijarse en ella, una simple ayudante de boticario? ¡Qué ilusa! ¿Cómo se le pasaba por la imaginación que don Antonio había ido a la botica para verla? ¡Seguramente habría pensado que era boba! Mañana le parecería todo un sueño, estaba convencida de que no volvería a verle. Pero si era sincera, le iba a ser muy difícil olvidar su sonrisa, bueno, y su talle, y sus palabras y su...

A la mañana siguiente llegó más tarde de lo habitual a la botica, pues cuando cogió el sueño comenzaba a clarear. Don Nuno, ya con más ánimo, estaba atendiendo a una señora, pero la miró de reojo.

Cuando se marchó la clienta, el boticario se acercó a ella.

—Falto unos días de la botica y me pierdo algo importante, niña.

—¿De qué estáis hablando, don Nuno? —preguntó mientras se anudaba el mandilón.

—Pues dímelo tú. Cuando he bajado, Bento me ha dicho que ha venido un recadero con un obsequio para ti.

—¿Un recadero? ¿Para mí? —inquirió asombrada, tomando de manos de Bento el envoltorio que este le tendía.

Ana Loira comenzó a abrir la bolsita de terciopelo azul y los dedos le temblaban. Extrajo un billete y una cajita de plata. Miró al boticario aún más extrañada que antes.

—Vamos, niña, lee el papel y abre la cajita, que nos tienes en ascuas.

La joven pasó los dedos con delicadeza por la cajita de plata repujada sin atreverse a abrirla.

—Quizá el regalo sea la cajita y no haya nada dentro —dijo Bento, que no perdía detalle de la confusión que demostraba la ayudante.

Esta sencilla joya no podrá realzar más vuestra belleza, pero al menos cuando la llevéis puesta os acordaréis de este vuestro servidor.

Mañana debo pasar por la botica, pues el ungüento que me recomendasteis se me ha terminado. Quizá, si disponéis de tiempo, querríais acompañarme a dar un paseo, sin duda vuestra compañía será beneficiosa para mis oídos.

ANTONIO

Don Nuno y Bento esperaron ansiosos a que la muchacha acabara de leer y releer el billete.

—Bueno, niña, ¿de quién es? —preguntó nervioso el boticario.

—Pues no sé, firma solo Antonio. Supongo que sí, pero, no sé, no conozco a nadie...

—¡Ay, Ana Loira, con lo lista que eres para la botica y lo simple que estás resultando ser para las cosas del amor! —exclamó don Nuno, exasperado.

—Y qué quiere ese ricachón, ¿eh? —preguntó el muchacho, que no sabía si el nudo que se le estaba formando en el estómago eran celos o indigestión.

La joven tardó en contestar, pero al cabo les leyó el contenido del papel.

Luego, sin más, abrió la cajita y se quedó sin habla cuando vio el camafeo de plata y marfil prendido de una cadenilla.

—¿Creéis que debo aceptarlo? —preguntó dirigiéndose al boticario.

—Aunque no me has dicho de quién se trata, lo supongo. La última vez que fuimos al palacio de Ribeira el joven no te quitó ojo y creo que tú también te fijaste en él. A mí esas cosas no se me escapan. No quise decirte nada para no asustarte. Además, ya me ha contado Bento que ayer un caballero visitó la botica. Supongo que fue él. ¿Acaso crees que tenía dolor de oídos? Pues claro que no, vino a verte. ¡Cuidado que eres boba! Y la respuesta a si debes aceptarlo es sí, naturalmente que sí, ¿qué razón habría para rechazarlo?

Bento se había quedado mirando la joya y pensó que nunca podría regalarle algo tan valioso.

—¿Y no puede ser que ese noble quiera aprovecharse de Ana Loira? Los ricos son caprichosos, y si este se ha encaprichado de...

—¡Cállate, Bento! No estropees un momento tan bonito —le gritó el boticario.

La joven se quedó pensando en las palabras del ayudante y guardó la joya en la cajita.

—Bueno, ya pensaré en ello esta noche cuando me vaya a dormir, ahora tengo mucho trabajo.

48

Hacía unos días que la infanta María había abandonado el palacio de Ribeira y estaba de vuelta en su residencia. Don Ruy Gómez había alargado su estancia en Lisboa para seguir visitándola y esta le agradecía la preocupación que mostraba por ella. La melancolía arrastrada durante tantos días quedaba atrás y ahora doña María, recuperada la sonrisa, se mostraba radiante.

Aquella tarde la infanta se encontraba sentada en un banco del jardín con un libro en las manos, acompañada de dos de sus damas. Esperaba con impaciencia la llegada de su invitado, lo que hacía que no pudiera concentrarse en la lectura. Llevaba un vestido azul de brocado que conjuntaba con sus ojos. El cabello le caía suelto, sujeto tan solo por una cinta del mismo color, y el sol, a esa hora de la tarde, se reflejaba en él arrancándole destellos dorados. En ese momento se estaba preguntando adónde conduciría todo aquello. Llevaba días pensando en la mudanza de sus sentimientos, pues hacía solo unas semanas creía amar, o por lo menos se esforzaba en creer que amaba, a su primo don Felipe y ahora su recuerdo habitaba en el olvido. Lo único que quedaba de aquello era la humillación sentida, pero incluso esta ya no le parecía tanta pues era la causa por la que don Ruy permanecía a su lado. Había recapacitado mucho acerca de lo que sentía por el portugués y, por una vez en su vida, se atrevió a poner nombre a aquel sentimiento. Lo amaba de una forma muy distinta a como creía haber amado a su primo. ¿O acaso no era amor lo que sintió por el príncipe de Castilla? ¿Cómo podía alguien enamorarse de un retrato?

Lo vio venir de lejos y notó que su corazón comenzaba a latir más deprisa. Se dijo que no solo eran su apostura y su gallardía las que hacían que se sintiese nerviosa, sino que...

—Buenas tardes, señoras —las saludó el embajador castellano.

Las damas levantaron la mano y él las rozó apenas con los labios. Cuando la infanta alzó la suya para que se la besara, don Ruy la retuvo un momento y ella sintió un estremecimiento.

Doña María se puso de pie y echaron a andar.

—*Esta tarde você está mais bonita do que nunca* —dijo don Ruy en portugués, aunque solían hablar en castellano.

La infanta sonrió halagada.

—¿Es costumbre en Castilla que los caballeros desposados, a quienes sus damas esperan, galanteen con otras? —preguntó en la lengua de Castilla enarcando las cejas, lo que hizo que sus hermosos ojos lucieran aún más bellos.

Don Ruy sonrió al notar una pizca de ironía en las palabras de la infanta.

—Os han informado mal, señora.

—¿Acaso no estáis casado y hay una dama esperándoos?

El embajador negó con la cabeza. Seguían caminando por entre los parterres.

—Para estar desposado hay que tener esposa y haber prometido ante Dios que se la acepta como tal. Y yo no he prometido nada, ni ante Dios ni ante los hombres. Lo único que he firmado han sido unas capitulaciones matrimoniales. En cuanto a tener una dama esperándome, no es tal, sino niña.

Doña María se paró ante una fuente y puso las manos bajo el surtidor. Sonrió con picardía.

—Pero, por lo que se dice, una niña que pronto será una mujer hermosa.

El embajador se puso serio y, tomando sus manos mojadas, le habló mirándola a los ojos.

—Nunca será más hermosa de lo que sois vos en este momento.

La infanta sintió que su corazón se aceleraba y que el rubor le encendía las mejillas. Reanudaron el paseo.

—Además de hermosa, tengo entendido que pertenece a la alta nobleza castellana. Bien se ve, don Ruy, que sois un hombre afortunado.

—¿También os han informado de que ha sido don Felipe de Castilla quien ha propuesto este matrimonio? Sabéis tan bien como yo que una cosa es la obligación y otra el amor.

Había dicho las últimas palabras mirándola a los ojos.

—Sí, por desgracia es así, aunque a veces los dos pueden ir de la mano. Cuando mi tío el emperador conoció a mi hermana Isabel quedó tan prendado de ella que jamás pudo tomar otra esposa después de su muerte.

La infanta se paró delante de una rosaleda y al intentar coger una rosa se pinchó. Don Ruy, solícito, sacó un lienzo blanco y le limpió el dedo. Ella se dejó hacer y volvió a sentir los latidos de su corazón en las sienes.

—¿Os gusta la cetrería, don Ruy? —preguntó la infanta de pronto.

—Sí, me entretiene mucho. ¿A vos también?

—No, aunque me gusta ver el vuelo de las aves. De todas ellas, al que más admiro es al azor. Siempre intenta volar más alto que sus presas y, aunque no estén a su alcance, nunca desiste. Quizá porque creo que, al igual que el azor, en todas las empresas que iniciemos siempre hay que apuntar alto, como cuando se dispara una flecha: cuanto más alto se apunte, más lejos llegará.

Don Ruy continuó con la metáfora.

—Sí, señora, pero a veces es tanta la distancia que la flecha, sin encontrar su objetivo, acaba en el suelo.

—En algunas empresas, don Ruy, aunque no se llegue a feliz puerto debe servir de galardón el hecho de haberlo intentado, ¿estáis de acuerdo? —preguntó mirando sus ojos oscuros.

—Sí, señora.

Aquella noche, desvelado, el caballero portugués se preguntó muchas veces si la infanta había querido decir lo que él se imaginaba, y si era así, ¿hasta dónde podía llegar la flecha lanzada por él? ¿A casarse con la hermana del rey de Portugal? ¿Con la mujer más hermosa que nunca hubiera conocido? ¿Con la mujer más rica de todo Occidente? Pero, sobre todo, ¿hasta dónde llegaba la lealtad que le tenía a don Felipe? Sonrió por la ingenuidad de la pregunta: la lealtad hacia quien un día será rey es hasta la muerte.

Durante tres días más la infanta disfrutó de la compañía de don Ruy: salieron a cabalgar, fueron los invitados de su hermano don Luis, ya recuperado de su enfermedad, y departieron en largas y entretenidas conversaciones.

La noche antes de la partida, doña María organizó una velada literaria en su honor en la que los poemas de amor fueron los protagonistas. Durante la misma, una dama invitó a don Ruy a que recitase un soneto de Luís de Camões y, aunque en un principio él se negó, acabó aceptando.

El caballero don Ruy tomó el papel que le tendían. En la velada se estaba hablando la lengua de Castilla, pero leyó los versos originales del poeta portugués:

Se tanta pena tenho merecida
Em pago de sofrer tantas durezas,
Provai, senhora, em mim vossas cruezas,
Que aqui tendes uma alma oferecida.

La voz grave del embajador, la sonoridad de los versos y las palabras de amor no correspondido que encerraba el poema hicieron que a la infanta se le anegaran los ojos.

El día de la despedida, don Ruy le entregó un regalo.

—Es una joya poco valiosa para una infanta —dijo mientras colocaba en el cuello de doña María una cadenilla de la que pendía un camafeo.

—Sí, pero para mí será la más valiosa de mi joyero.

Estaban solos en el jardín y el caballero le cogió las manos.

—La próxima vez que nos una el destino, quizá vos seáis ya el esposo de doña Ana de Mendoza —dijo la infanta emulando las palabras de la despedida de hacía cinco años.

Don Ruy se quedó mirando los hermosos ojos de doña María, la atrajo hacia sí y la besó. Ella correspondió al apasionado beso y supo que nunca podría besar a otro como lo estaba haciendo en ese momento.

49

Y bien? —preguntó el príncipe cuando don Ruy Gómez de Silva hubo entrado en la estancia.

—Todos hemos perdido, alteza. Vos, una hermosa y discreta esposa, y el Reino de las Españas, una gran reina.

El príncipe Felipe se quedó mirando el retrato de María de Avís que, colgado durante mucho tiempo en la pared, alguien había descolgado y dejado, como por olvido, sobre la gran mesa de caoba. El cabello adornado con un tocado de piel que dejaba ver las perlas; el original y costoso collar, pequeñas tortugas cuyo cuerpo y cabeza eran piedras preciosas engarzadas en un fino hilo de oro, cruzándole el cuello y parte de los hombros desnudos; el lujoso vestido de brocado verde español adornado también de perlas; las mangas acuchilladas por cuyas aberturas asomaba la seda blanca; y las manos, delicadas y adornadas por tres sortijas.

—¿Tan hermosa es? —preguntó al cabo levantando los ojos del rostro de la infanta portuguesa.

—Sí, alteza. El pintor que hizo el retrato captó solo una parte de su belleza exterior, pero no pudo o no supo ahondar en su alma ni en sus hermosos ojos.

Cuando hubo dicho la última palabra, Ruy Gómez se dio cuenta de su error.

El príncipe sonrió. Conocía las dotes de seductor de su amigo, lo pudo comprobar años atrás cuando los dos rivalizaron por el amor de Isabel de Osorio, y pensó que, si a su embajador se le había presentado alguna oportunidad, la habría aprovechado. ¿Quizá con su bella prima María?

—Alteza, en los hermosos ojos de doña María solo vi el amor por vos —se vio obligado a decir.

Las palabras que acababa de pronunciar encerraban parte de verdad. Lo que no dijo, porque eso le pertenecía solo a su corazón, fue que cuando se despidió de ella y después de haberla visitado todos los días, el brillo del amor seguía en sus ojos, pero ahora, creía, no era debido al amor del príncipe sino al suyo.

Don Felipe dio la espalda a su embajador para mirar por la ventana. Las primeras hojas del otoño habían comenzado a caer y un viento ligero las hacía volar por los jardines de palacio. En ese instante su vida estaba siendo zarandeada igual que el viento hacía con esas humildes hojas secas, y una sonrisa triste le asomó a los labios.

—Solo he actuado como se esperaba de mí —dijo volviéndose de nuevo hacia don Ruy—. Dios o el destino han trazado un camino que he de seguir, querido amigo, y este camino no pasaba por unirme en matrimonio con mi prima. Ya se trató una vez. Éramos muy jóvenes, pero yo estaba ilusionado. Sin embargo tuve que casarme con mi prima María Manuela porque mi padre así lo decidió. La amé y sufrí con su muerte, y todavía sigo sufriendo. Aunque hubiésemos aceptado la dote a plazos y fijado los esponsales, el matrimonio tampoco se hubiera podido llevar a cabo. Fijaos cómo juega el destino con nosotros. María Tudor es ahora la reina de Inglaterra y tengo para mí que mi padre o yo desposaremos a la nueva reina.

El príncipe cogió la carta que semanas atrás había llegado desde Flandes y que dio origen, en principio, a la ruptura del matrimonio con su prima.

—Tomad —dijo entregándosela—. Leedla, así comprenderéis que he obrado según la voluntad de mi padre, y que no soy tan villano como pudiera parecer. Con la dote de la reina de Inglaterra, el imperio se sostendrá.

—No deseo saber las razones de vuestro proceder, pues sé que anteponéis el bienestar del reino al vuestro propio.

El príncipe seguía con el brazo extendido mostrándole la carta, por lo que don Ruy tuvo que coger la misiva.

Data en Bruselas a 12 de febrero del año de MDLIII

Alteza, espero que cuando recibáis esta carta os encontréis con salud y que el Señor, que todo lo puede, os haga ir por la senda de la prudencia como corresponde al que será nuestro rey.

Quiero haceros partícipe de los sucesos que acontecen en estas tierras y que actuéis según vuestro buen criterio y discreción.

Sepa V. A. que vuestro padre el emperador, Dios guarde muchos años, queda con la salud asaz menguada, pues al mal de la gota, del que vos sabéis su padecimiento, se le ha venido a sumar el mal de la melancolía, que le hace desatender los negocios propios del imperio y pasar las horas de la noche en vela montando y desmontando las piezas de sus numerosos relojes como si le fuera la vida en ello.

La reina doña María, tía de V. A., con quien he tratado todos los asuntos de los que aquí os doy cuenta, os insta a que viajéis cuanto antes a Flandes si es que V. A. quiere gobernar algún día estos reinos, pues los nobles, aprovechando la debilidad del emperador y dejándose llevar por las simpatías que suscita vuestro primo Maximiliano, hijo de vuestro tío don Fernando, han comenzado a lanzar rumores en contra de V. A. y a favor de vuestro primo. Y es que vuestro primo ve con muy buenos ojos a los protestantes, y dicen las malas lenguas, que nunca faltan, que si no se ha convertido a la nueva religión es por respeto a su padre y al vuestro, pero que es cuestión de tiempo que esto suceda y, de ser así, crea V. A. que los nobles flamencos, protestantes todos, le coronarán como su emperador.

Pero los males, que nunca suelen venir solos sino acompañados de otros, no nos dan tregua y así sigo contando a V. A. todo lo que acontece por aquí.

Como ya informé a V. A. en una carta anterior, los soldados

de los tercios siguen muy revueltos pues desde hace meses no cobran sus soldadas. Hemos recurrido, como otras veces, a los Fugger, pero en esta ocasión nos han negado un nuevo préstamo, por lo que temo que los 400.000 ducados de la dote de vuestra prima, la hija del rey de Portugal, con quien deberíais casaros, no son suficientes para saldar todas las deudas que ha contraído el emperador, y más si el rey portugués, vuestro primo, se niega a hacernos un adelanto y nos exige, como nos ha hecho saber, que de ese montante se descuenten los 80.000 ducados que todavía se le deben al reino portugués por la dote de vuestra tía, la reina doña Leonor.

Es por todo ello por lo que vuestra tía y los consejeros del emperador, y él mismo en los ratos en que la melancolía cede, hemos decidido que el matrimonio de V. A. con vuestra prima la infanta María de Portugal no se lleve a cabo y, por ende, se busque otro matrimonio más acorde con las circunstancias que nos rodean, a no ser que de alguna otra forma convenzamos a vuestro primo el rey de Portugal de la necesidad y ventajas de llevar a cabo este matrimonio instándole a que nos adelante parte de la dote, lo que sería para el reino un mayor contento. De no ser así, y sintiéndolo por V. A., que ya sabemos del afecto e inclinación que habíais tomado a vuestra prima la infanta doña María, deberíamos proceder del modo arriba indicado.

Sin más asuntos que tratar, deseo que Nuestro Señor nos ayude en estos tiempos, como siempre lo hizo en los pretéritos, y os dé salud para gobernar con prudencia y sabiduría. Vale.

FRANCISCO DE ERASO,
secretario del emperador

Aquella tarde de primavera de 1553 está grabada en mi memoria, pues sufrí la afrenta más grande que se le puede infligir a una mujer.

Todo estaba preparado en el palacio de Ribeira para celebrar la firma de las capitulaciones matrimoniales entre mi primo Felipe y yo. Me había vestido y enjoyado como una reina. Quería que la legación castellana contara, cuando volviera a Castilla, que yo era digna de convertirme en esposa del príncipe de las Españas.

Me sentía dichosa. Solo el recuerdo y la imagen del embajador castellano proyectaba una ligera sombra en mi radiante felicidad, aunque yo procuraba no pensar en eso y me esforzaba en no mirarle.

Sin embargo, como ya he dicho muchas veces, los momentos de felicidad en la corte de los Avís eran fugaces y aquella tarde no iba a ser una excepción.

Así, cuando estábamos disfrutando de la velada, mi sobrino Juan Manuel sufrió uno de sus desmayos, pues su enfermedad galopaba ya como un potro sin freno. Hubo de retirarse de la fiesta y aunque se decidió que esta continuase, la imagen de mi joven sobrino tendido en el suelo y con la palidez de la muerte reflejada en el rostro nos impedía volver a reír.

Cuando habíamos retomado las interrumpidas conversaciones y la música volvió a sonar, un correo del emperador hizo su entrada en el salón.

Durante unos largos minutos que parecían no tener fin, todos los presentes estuvimos pendientes de mi hermano el rey.

Por fin, se decidió a leer en alto el mensaje y entendimos la gravedad de su semblante: el rey de Inglaterra Eduardo VI había muerto y por tanto su hermana María sería proclamada reina. Los murmullos llenaron el salón y yo sentí lástima por el joven rey, pues había dejado este mundo sin haber cumplido los diecisiete años.

Pero aún quedaba una parte por leer, la más dolorosa, la que ponía fin a mis ilusiones de convertirme algún día en reina de Castilla, la que volvía a impedir que me reuniera con mi madre.

Cuando escuché por boca de mi hermano que el emperador ordenaba la suspensión de las capitulaciones creí morir. Sentí decenas de ojos clavándose en mí como lanzas mientras mi mente intentaba asimilar lo que significaban aquellas palabras. Sentí la mano de Ruy Gómez y a duras penas logré levantarme para dirigirme a mis habitaciones.

Los días siguientes los recuerdo como una nebulosa llena de pensamientos funestos.

El día que vino a despedirse el embajador castellano me desperté del letargo en el que estaba sumida. Tengo para mí que Dios o el destino quiso resarcirme de todos los sufrimientos, pues finalmente no se marchó y a ese día siguieron otros que guardo como los más felices de mi vida de mujer porque en ellos descubrí el verdadero amor.

Día a día, hora a hora, suspiraba como una joven doncella y esperaba con impaciencia la llegada de Ruy Gómez, y las horas en que permanecíamos juntos la pasión flotaba en el aire. Éramos dos almas gemelas que se habían encontrado, pero que en el fondo sabían que todo jugaba en su contra.

Yo, con la osadía que da el saberse correspondida en los sentimientos, me atreví a insinuarle que debía luchar por mi amor, pero una nube de tristeza empañó sus profundos ojos negros y no quise insistir.

Cuando llegó el día en que tuvimos que despedirnos, sentí

que mi corazón se quebraba. Me regaló una pequeña joya, que aún conservo, y al notar sus dedos rozarme el cuello para abrocharme la cadenilla mi turbación fue tanta que a punto estuve de perder el decoro y volverme y suplicarle que se quedara conmigo para siempre, que nada importaba lo que pensara mi hermano porque su amor me daría fuerzas para enfrentarme a él, que mi madre me apoyaría porque lo que más deseaba en el mundo era que yo fuera feliz, que el príncipe Felipe le encontraría otro esposo a doña Ana de Mendoza, que... Entonces me besó y yo le correspondí. Ese beso me acompañaría siempre, pues era el primero que recibía como mujer.

50

Habían pasado unos meses desde que frey Armando abandonara este mundo y frey Atilio aún le seguía dando vueltas a las palabras que le había confesado en los últimos instantes de su vida. Estaba seguro de que solo encerraban la verdad. Pues si algo había aprendido de los hombres era que, en los últimos instantes en este mundo, el alma necesitaba liberarse de todo lo que la oprimía y así, ligera, subir a la eternidad. Por eso no dudaba de que el hermano Armando conocía el nombre del asesino y estaba dispuesto a confesarlo, pero la muerte se le adelantó. También tenía la certeza de que de la relación que mantuvo con una mujer nació un hijo, al que creyó siempre hijo del demonio, y que era el asesino, pero ¿quién podía ser? ¿Fue fruto de su primera juventud, cuando aún no había llegado al monasterio? No, tuvo que haber sido ya en Santa María de Flor da Rosa, pues aquí seguía ese hijo al que creía el culpable de los crímenes.

Aquel día la lluvia de otoño había dado una tregua después de varios días y frey Atilio tenía previsto dedicar la jornada a revisar las cubiertas del monasterio. Siempre aparecían nuevas goteras que había que reparar antes de que el agua formara humedades en paredes y techos, sobre todo en la parte antigua, la que a mediados del siglo xiv el prior Álvaro Gonçalves Pereira había mandado construir: torres defensivas, un cuerpo residencial, un pequeño claustro y, al lado de la fortaleza, la gran iglesia de una sola nave, quizá pensando que en un futuro albergara su panteón.

Hacía pocos años que el monasterio había sido ampliado y convertido en lo que era en la actualidad. Se construyó una sala capitular con pequeñas bóvedas de ladrillo, unidas y adornadas con claves de piedra con la cruz de la Orden labrada, y un magnífico refectorio de columnas ofídicas, una amplia cocina con aljibe y nuevas celdas que daban al claustro. También era reciente la construcción de un palacio anexo al gusto de la época para albergar al superior del monasterio.

El rector subió a una de las torres y se extasió contemplando la belleza de la llanura alentejana. Más allá, donde su vista casi no alcanzaba, divisó las lindes de las tierras del monasterio con la parte del monte en que estaban instaladas las colmenas. Y más lejos aún, las villas dependientes del priorato.

En cuanto a posesión de tierras y villas, el monasterio era el más rico del reino por las rentas que le proporcionaban sus veintitrés encomiendas y el puñado de concejos que, como Crato con sus aldeas y otras villas más alejadas como Oleiros, Amieira, Tolosa o Belver, dependían de él.

Luego su vista se solazó con las huertas, los olivares y las hileras de las vides en las viñas. Los hermanos que las cuidaban hacían un buen trabajo. Recordó a frey Dionisio, el encargado de las viñas y de elaborar el vino, y a frey Ezequiel y su amor por las abejas. Pensó que, aunque hubiera alguna oveja descarriada, la mayoría de ellos seguían los mandamientos de Jesús.

Por último, sus ojos se fijaron en que algunos palos de la cubierta de la torre estaban mojados y que un rayo de sol se filtraba entre las tejas. Tendría que informar a Chico, el carbonero, que también se encargaba de arreglar los tejados y deshollinar las chimeneas.

Se disponía a bajar cuando creyó verlo a lo lejos, si se daba prisa quizá pudiese hablar con él. Le extrañó que a aquella hora de la mañana estuviera hablando con uno de los freires, pues estos no podían salir del recinto de no ser para atender algún asunto primordial. Intrigado, bajó la empinada escalera y se dirigió hacia la cancilla de las huertas, por donde supuso que entraría de vuelta el hermano.

Esperó un rato, al cabo del cual frey Eugenio abrió la pequeña verja de hierro.

—¡Uy! Qué susto me ha dado vuestra paternidad —exclamó el nuevo bibliotecario al empujar la puerta y ver al rector apostado en el muro.

—Me alegro de que ya estéis totalmente recuperado, pero ¿no deberíais estar trabajando en la biblioteca?

Frey Eugenio no se esperaba la pregunta del bailío menor y no supo qué contestar.

—¿Acaso necesitabais algo del campo para elaborar tinta? —salió en su ayuda frey Atilio.

—Sí, eso es, necesitaba agallas de roble. Por desgracia, los que tenemos en el monasterio este año no han dado suficientes. Le he pedido a Chico que las recoja. Antes era frey Armando, que Dios tenga en su santa gloria, el que se encargaba de todo a pesar de su ceguera; incluso en los últimos meses, cuando la enfermedad se había adueñado de sus miembros, estaba pendiente de lo que hacía falta en la biblioteca.

Frey Atilio no supo adivinar si las palabras que había dicho su hermano encerraban admiración o resentimiento. De pronto, tuvo un pálpito.

—Sentíais mucho aprecio por frey Armando, ¿verdad?

—Fue casi un padre para mí —contestó entristecido el bibliotecario—. Yo no conocí al mío, pues murió antes de que yo naciera. Como sabe vuestra paternidad, frey Armando era de genio vivo y unos días me trataba como un verdadero padre, pero otros, sobre todo cuando me equivocaba en el trabajo, se daba al diablo y me llamaba hijo de Satanás.

¡Dios santo, qué ciego había estado! Frey Eugenio era el hijo del hermano Armando, todo encajaba: sabía confeccionar tinta, y su confesión aquella tarde en los robles, cuando le dijo que oyó a un hombre hablar con Margarida, seguramente era frey Tadeo, pensaría que era el amante de la muchacha y cuando esta murió quizá se volvió loco y lo mató. Ese sería un buen motivo, pero ¿qué razón tendría para matar a frey Andrés?

—¿Os encontráis mal? Vuestro rostro se ha puesto del color de los cirios.

El rector seguía con los ojos fijos en su hermano mientras trataba de calibrar el torrente de pensamientos oscuros que le martilleaban la mente.

—Es solo un vahído, sentémonos en los bancos de los robles.

Frey Atilio intentaba rescatar detalles que, a pesar de los años transcurridos, tenía grabados en la memoria. No le constaba que frey Eugenio conociera el pasadizo donde suponía que habían dado muerte a frey Tadeo; sin embargo, la tinta con la que se escribieron las palabras en las losas era la misma que la del tintero encontrado por él. ¿Habría sido una artimaña para despistar?

—¿Os sentís mejor? —preguntó frey Eugenio al ver que el bailío menor seguía sin hablar.

—Sí, un poco mejor. Me decía vuestra paternidad que frey Armando era como un padre.

—Sí, provengo de una familia noble de Lisboa emparentada con frey Armando. Soy hijo único, y mi madre tenía puestas sus esperanzas en mí para que perpetuase el apellido y la hacienda, pero ya veis, la llamada de Cristo truncó sus planes. Yo quería ingresar en la Orden de San Francisco, pero mi madre se empeñó en que fuese caballero de la Orden de Jerusalén. Decía que ya que iba a ser fraile, que por lo menos fuera de una orden de caballeros donde los frailes eran nobles. Frey Armando, digamos, fue mi padrino.

Frey Atilio se quedó pensando en lo que le había contado frey Eugenio. Era curioso lo poco que sabía de la vida anterior de sus hermanos y lo poco que se preocupaba por saber de la actual. Recordó todos los detalles que habían salido a la luz en las pesquisas de los asesinatos.

Ahora dudaba entre seguir interrogando al bibliotecario o dejarlo marchar y pensar en lo que debía hacer. Tendría que repasar todos sus apuntes para intentar encajar las piezas.

—Volved a vuestras obligaciones, ya me encuentro mejor.

Ah, he vuelto a repasar las notas sobre los horribles crímenes que ocurrieron hace unos años y me han asaltado algunas dudas, sobre la tinta y aquel tintero que encontró vuestra paternidad escondido en la biblioteca. ¿Podríais ayudarme a arrojar un poco de luz sobre esta oscuridad?

—Ya os dije todo lo que sabía, pero contad con mi humilde ayuda para lo que necesitéis.

Frey Atilio estaba muy atento a cada movimiento de su hermano, pero no pudo apreciar que el nerviosismo o la excitación le traicionaran. O era un consumado cómico, o no tenía nada que ver con los crímenes.

La muerte seguía golpeando sin descanso la Casa de Avís y dejando el trono sin herederos. El año del Señor de 1554 comenzó infligiendo al reino un dolor casi insuperable: el infante Juan Manuel, el último de los nueve hijos del rey Juan III, fallecía en los primeros días de enero.

La esperanza de que el reino siguiera gobernado por un príncipe de la Casa de Avís se aferraba ahora a que la hija del emperador diera a luz a un varón, y con ese fin a la desdichada Juana de Austria, esposa del infante Juan Manuel, se le ocultó la muerte de su esposo hasta que el heredero Sebastián vino al mundo.

El llanto desconsolado de la infanta Juana cuando le dieron la noticia hundió a la corte en un dolor jamás sentido. Tenía la infanta diecinueve años y comenzaba a sufrir en sus propias carnes la maldición de los Avís.

Cuando cuatro meses después, por mandato de su padre el emperador, tuvo que salir de Portugal para hacerse cargo de la regencia del Reino de Castilla, toda la corte, al igual que el pueblo, lloró su marcha. Dejaba al infante Sebastián al cuidado de su abuela, la reina Catalina.

Se repetía la historia. De nuevo una madre tenía que renunciar a su hijo por mandato de Carlos V. Estaba antes el deber de infanta que la obligación de madre.

La muerte prematura del príncipe Juan Manuel a los dieciséis años cayó como un mazazo en el reino, que contemplaba atónito la desaparición de todos los descendientes de su amado rey Manuel. ¿Qué pecado habían cometido en palacio para que la ira de Dios los castigara con tal furia? Cuando las respuestas a esta pregunta no aparecían, el pueblo comenzó a la sordina a hacerse otras. ¿Quién era el responsable del hechizo, encantamiento o conjuro que hacía que el trono perdiera uno a uno a todos sus herederos?

Y el fantasma de la locura volvió a acechar a la reina Catalina. Fueron días aciagos en los que creímos que nuestra reina, mi tía, no podría soportar el devenir de la vida. Pero todavía tendría que demostrar su gran reciedumbre en las penas que estaban por llegar.

En esos días de tristeza me trasladé a vivir al palacio de Ribeira para intentar mitigar el dolor de la reina, pero ella no hallaba consuelo ni en mis pláticas ni en los rezos. Por primera vez desde que la conocí, mi tía no se aferraba a su fe para salir del profundo pozo en el que se hallaba, y en los momentos de desvarío, que alguna vez los hubo, le echaba en cara a Dios el que la hubiera hecho parir nueve veces para después arrebatarle a sus nueve hijos. Su confesor le hacía recordar los sufrimientos del santo Job, al que Dios le dio y le quitó todo y al que él, a pesar de todo, seguía bendiciendo. Ella argüía que su dolor no podía compararse con el de Job, porque aquel volvió a tener a sus hijos y ella nunca volvería a ver a los suyos.

Las doncellas y las damas se persignaban ante la herejía, pero luego miraban sus ojos de infinita tristeza, en los que ya no albergaba ninguna lágrima, y sentían una inmensa pena por su reina. Su único consuelo era mirar al recién nacido al que habían llamado Sebastián por haber nacido el 20 de enero, día del santo mártir romano.

51

La muerte del príncipe don Juan Manuel, hijo del rey don Juan y de la reina castellana doña Catalina, sobrecogió a todo el reino. Aunque acostumbrada a ver morir a sus príncipes, la gente había esperado un milagro del Señor para que el último de los infantes conservara la vida.

Don Nuno y Ana Loira contemplaban emocionados el paso del cortejo fúnebre desde el palacio de Ribeira hasta el monasterio de los jerónimos de Santa María de Belém. Como todo el pueblo de Lisboa, sus ojos estaban puestos en la figura de la reina Catalina que, cual una Virgen Dolorosa, avanzaba lentamente detrás del féretro de su hijo. Junto a ella caminaba el rey, su hermano el infante don Luis, prior de Crato, su hermana la infanta María y el hijo de don Luis. La gran ausente era la infanta doña Juana de Austria, a quien se le había ocultado la muerte de su esposo por temor a que malpariera al heredero que estaba a punto de dar a luz. Los ojos de la joven, además, estaban fijos en el hijo de don Luis. Sintió un cosquilleo en el estómago y enseguida se avergonzó de sus sentimientos en un momento así. Se concentró en rezar por el difunto, pero a su mente llegaban a torrentes las imágenes vividas con Antonio.

A la invitación de hacía tres meses que vino acompañada del camafeo, siguieron otras muchas que la muchacha, dejándose convencer por don Nuno, aceptó.

Solía don Antonio recogerla en la botica para llevarla a pasear en su coche. Algunas veces, sin embargo, el paseo era a pie por la concurrida rua Nova, en la que algunos transeúntes reconocían al noble o a la ayudante del boticario. Ana Loira saludaba sonriente cuando reconocía a alguna señora que visitaba la botica, aunque sentía sus miradas clavadas en ella e imaginaba las hablillas a su paso. No se encontraba cómoda y menos con el traje nuevo que don Nuno le había regalado.

No sentía lo mismo don Antonio, quien, orgulloso de la hermosa joven que paseaba a su lado, saludaba galante a cuantas personas reconocía.

Una tarde, por las fiestas de la Natividad del Señor, don Antonio le tenía preparada una sorpresa. El coche de caballos se paró en la puerta de la botica, pero, para desconcierto de la muchacha, su amado no estaba dentro.

—No os preocupéis, señora —dijo el cochero—. Don Antonio me ha encargado que cuide de vos.

Ana Loira sonrió al oír que la llamaba «señora».

Al cabo de un rato, cuando los nervios iban en aumento, el coche se detuvo delante de un palacete. El cochero abrió la portezuela para que la joven se apease y luego golpeó la puerta con el gran llamador de bronce. Un criado negro de librea la condujo hasta un salón ricamente amueblado.

Unos minutos después, don Antonio entró en el salón sonriendo y ella se abalanzó a sus brazos.

—Mi padre se ha ido de caza a Salvaterra de Magos y nos ha dejado el palacio para nosotros solos.

Por un momento Ana Loira sintió miedo. Hasta ahora los encuentros mantenidos con Antonio no habían pasado de paseos y besos robados en el coche. Pero ahora estaba sola en un palacete junto al hombre que amaba y el pánico se apoderó de ella.

El hijo de don Luis se dio cuenta de la turbación de la muchacha.

—No te preocupes, Ana Loira. No pasará nada que tú no quieras. Ven, acércate al fuego —dijo cogiéndole una mano y llevándola junto al hogar—. Ahora cenaremos.

La joven asintió.

—Si te sientes más tranquila, puedo enviar a por don Nuno para que nos haga compañía.

Las palabras de Antonio la sosegaron. Se sentó junto al fuego y de pronto pensó en su padre. Desechó el pensamiento, esa noche no quería ponerse triste, no, esa noche se la quería dedicar entera a su amado.

Dieron unos golpes en la puerta y un sirviente entró con la cena en bandejas de plata. Comieron charlando animadamente, con miradas y sonrisas cómplices. Luego todo se precipitó. Besos apasionados, caricias dulces, palabras de ternura dichas al oído, promesas y juramentos de amor eterno...

Con dedos expertos, el joven comenzó a desnudarla. Ella, con el rubor y la vergüenza quemando su rostro, se dejaba hacer, procurando que no se notara demasiado cómo temblaba. Por fin, Antonio pudo contemplar la perfección de su cuerpo.

Mientras la amaba, se repitió muchas veces que, por nada del mundo, pasara lo que pasase, se separaría de Ana Loira, de esa joven hermosa y virginal que estaba dispuesta a entregarle lo más preciado sin exigir nada a cambio. No, jamás, pasara lo que pasase, dejaría de amarla.

52

El rector tuvo que esperar varias semanas para hablar con frey Duarte, pues este se había trasladado a la capital para asistir a las exequias del último hijo de los reyes. El prior claustral también era de Lisboa, y supuso que nadie mejor que él le podía dar información acerca de la familia de frey Eugenio. Quería conocer ese detalle importante para afrontar el siguiente paso, interrogar al bibliotecario y hacerle algunas preguntas comprometidas que no tendría más remedio que responder.

Finalmente, un día después de nona, en el tiempo de recreo, que los freires aprovechaban para conversar, pasear o leer, el bailío menor se dispuso a hablar con frey Duarte. Lo encontró en la biblioteca y lo invitó a dar un paseo.

—Lamento muchísimo la muerte del infante don Juan Manuel. Los reyes estarán consternados. Pido a Dios que les dé fuerzas para soportar este nuevo dolor —dijo, pues no había tenido oportunidad de darle el pésame.

—Que una madre vea a morir a todos sus hijos es un dolor difícil de superar. Solo la resignación cristiana y la esperanza del próximo nacimiento del hijo de don Juan Manuel hace que encuentre fuerzas para seguir viviendo.

—Quiera Dios que ese niño que está por venir sea el cayado en el que se apoyen los reyes y el Reino de Portugal.

Anduvieron un trecho en silencio sin que frey Atilio supiera cómo abordar el tema que le preocupaba.

—¿Quería vuestra paternidad hacerme alguna consulta? —preguntó frey Duarte.

Sospechaba que el rector no lo había invitado a pasear solo para presentarle sus condolencias.

—¡Ah, sí! —asintió aliviado el bailío menor—. El otro día, hablando con frey Eugenio, me comentó la amistad que unía a su familia con la del difunto frey Armando, que Dios tenga en su gloria, y pensé en lo poco que conocemos a nuestros hermanos. Supongo que a vuestra paternidad le ocurrirá lo mismo.

—Así es, estamos tan centrados en salvar nuestra alma que a veces nos olvidamos de hablar de nosotros mismos.

—Pero vuestra paternidad conocerá a la familia del hermano frey Eugenio, me dijo que era noble y de Lisboa.

El prior claustral se quedó desconcertado, pues no tenía al rector por alguien que disfrutara con las hablillas de vidas ajenas.

—¿Qué quiere saber vuestra paternidad? —preguntó con amabilidad.

—Bueno, al parecer frey Eugenio no conoció a su padre y me gustaría saber algo más de esos años —se aventuró el bailío menor con cautela.

—La madre de frey Eugenio es una Téllez de Meneses, emparentada con el conde de Barcelos; lo alumbró unos meses después de que su esposo falleciera.

—¡Vaya! Tuvo que ser muy doloroso para ella quedarse viuda tan joven y con un hijo en su vientre. ¿El esposo también era noble? —preguntó intrigado, pues frey Duarte solo se había referido a la alta cuna de su madre.

—Era un caballero sin fortuna al servicio del padre de ella.

—¡Ah! Supongo que él se opondría a ese casamiento.

—Sí, fue un suceso muy doloroso para la familia. Los padres llevaron a su hija a un convento, pero se descubrió que se había casado en secreto y que estaba encinta, y no tuvieron más remedio que sacarla de allí. Se fueron de Lisboa y poco después ella regresó ya viuda y tuvo a su hijo. Nunca volvió a casarse, aunque no le faltaron pretendientes.

—¿Conoció vuestra paternidad al caballero, me refiero al padre de frey Eugenio?

—No, por aquel tiempo yo estaba preparándome para ir a Malta y a mi vuelta mi madre me contó lo sucedido. Nuestras familias se conocían.

—Vuestra paternidad conoció bien a frey Armando, pues era su confesor. Él era un freire íntegro y ejemplar, de genio vivo, pero cumplidor y temeroso de Cristo. ¿Diría que la relación con el hermano Eugenio era de amistad?

La despierta inteligencia de frey Duarte se puso en guardia.

—¿Qué queréis decir exactamente, frey Atilio? —preguntó, dando muestras de que los rodeos que su hermano estaba dando para abordar no sabía qué asunto estaban empezando a cansarle.

El rector se dio cuenta de que había llegado muy lejos y ya no podía dar marcha atrás.

—Bueno, frey Eugenio me comentó que a veces le insultaba llamándole hijo de Satanás, y me preguntaba si quizá conocía otra versión de la historia de su madre.

—Frey Armando era un buen freire, pero estaba obsesionado con el Apocalipsis y esto le llevaba a padecer ataques de cólera; todos en el monasterio lo sabemos. Supongo que cuando eso sucedía insultaba a los más próximos.

—Eso es lo extraño, que solo se lo decía a él. A los demás freires les dedicaba otros calificativos, pero nunca ese. Bien, no os entretengo más —terminó el bailío menor cuando supo que no podía llegarle más información de frey Duarte.

Cuando se hubo marchado frey Atilio, el prior claustral se quedó pensando en la extraña conversación que acababa de mantener con el bailío menor y no sabía adónde conducía. ¿Tendría algo que ver con la confesión que le había hecho frey Armando en el lecho de muerte? A toda la comunidad le extrañó que en los últimos momentos el hermano bibliotecario hubiera pedido confesarse con el rector. ¿Qué tenía que decirle que no se atrevió a decírselo a él, cuando había sido su director espiritual durante tantos años? ¿Algo relacionado con el nacimiento de frey Eugenio? Recordó que por aquel tiempo su madre solía referirse a María Téllez de Meneses, la madre de frey Eugenio, como «esa oveja descarriada», claro que podría deberse a que se había casado con un hombre que no era de la nobleza. Por otra parte, ahora que lo pensaba, nadie conoció nunca a aquel que se casó con la bella María y todo eran especulaciones. No sabía por qué no se lo había comentado a frey Atilio. Bueno, solo eran eso, especulaciones.

La campana que anunció el regreso de los freires a sus ocupaciones interrumpió los pensamientos del prior claustral.

53

Hacía más de un mes que frey Atilio esperaba la carta que frey Jacinto, el hermano portero, le acababa de entregar. Se hallaba en la celda prioral, el lugar desde donde despachaba los asuntos relacionados con el funcionamiento del monasterio. Con mano nerviosa rompió el lacre y comenzó a leer.

Recibí la carta de vuestra paternidad, cuya vida Dios guarde muchos años, en la que me solicitabais os diera detallada cuenta acerca del nacimiento y vida de uno de los freires del Priorato de Santa María de Flor da Rosa.

Por mis ocupaciones y mis limitaciones he necesitado mucho tiempo para atender vuestra petición, pues esos hechos ocurrieron hace más de veinte años y el obrar con cautela y discreción, como vuestra paternidad pedía, ha hecho que no haya podido aplicarme presto a vuestra petición.

Todo lo que pude averiguar se lo envío a vuestra paternidad y es lo siguiente:

Doña María Téllez de Meneses, madre de frey Eugenio, no figura en ningún registro como casada. El niño fue registrado con los dos apellidos del abuelo materno, aunque el nombre del padre también aparece: Hernando Álvarez de Tomé.

Al parecer, la joven tuvo relaciones con un caballero al servicio de su padre. Su primo el conde de Barcelos tomó cartas en el asunto y envió al joven en una expedición a Brasil. Nunca más se supo de él. Para conservar lo que quedaba de la honra de la muchacha, los padres la metieron en un convento. Según un rumor se habría casado en secreto, esto no lo he podido confirmar. Al saber que esperaba un hijo la enviaron con unos parientes, simulando que se iba con su esposo. Unos meses después estaba de vuelta argumentando que se había quedado viuda. Por lo visto la joven se pasaba el día llorando por el amor perdido, hecho que la gente interpretaba que era por el esposo muerto.

La historia me la han confirmado dos personas de mi confianza. Sin embargo, una antigua criada de la casa de doña María Téllez de Meneses me contó que el caballero en cuestión era hombre principal y no abandonó nunca Lisboa, y que ella creía que por alguna razón no podía casarse con la joven, seguramente porque ya era casado.

El hijo desde muy niño tuvo vocación, y aunque la madre en un principio se negó a que ingresara en una orden, al final aceptó. El resto ya lo sabe vuestra paternidad.

Espero que os haya sido de utilidad.

Ruego a Dios, Nuestro Señor, guarde la vida de vuestra paternidad como yo deseo.

Fray GONZALO DE VILAFAINA

El rector releyó la carta y luego prendiendo una lamparilla la quemó.

Se acercó a la ventana y contempló a lo lejos el trabajo de los hermanos en las huertas. Pensó en que casi todo lo que le contaba fray Gonzalo ya se lo había dicho el prior claustral, pero la carta contenía dos datos que eran de suma importancia: que la madre de frey Eugenio nunca se casó y que no pudo casarse porque el caballero era casado, al menos eso decía la criada.

—¿Era casado o tenía hechos votos monásticos? —dijo en voz alta frey Atilio volviendo a la mesa y tomando asiento.

El resto del día el rector no consiguió concentrarse en su trabajo. Estuvo pensativo desde que recibiera la carta de fray Gonzalo de Vilafaina.

¿Cómo encarar la situación? ¿Debía conversar de nuevo

con frey Eugenio? Claro que esta vez tendría que contarle todo. El bibliotecario era un freire inteligente y en cuanto comenzara a preguntarle se daría cuenta de que sospechaba de él. ¿Y si le dijera claramente que las sospechas recaían sobre su persona? Podrían suceder dos cosas: que se derrumbase y confesase todo, o que negase la acusación porque tenía la suficiente entereza o porque era inocente. Si resultaba ser esto último y él había dudado de su honestidad, la amistad y la confianza entre ambos se quebraría y, lo que era aún más importante, toda la comunidad lo sabría: conocerían que por unos indicios, que apenas se sostenían, había acusado de asesino a un hombre inocente. Pero también podría hablar con su hermano bajo secreto de confesión y así asegurarse de que la comunidad se mantenía ajena.

¿Y si volvía a hablar con frey Duarte? Él conocía a los hermanos, muchos se dejaban guiar espiritualmente por el prior claustral, conocía mejor que él el alma y las debilidades de los freires. Aunque, ¿qué podría añadir a lo que él ya sabía? Quizá frey Eugenio hubiera buscado en la confesión el desahogo para su alma y había derramado, como decía san Ambrosio de Milán, las lágrimas de la penitencia. Y si así fuera y hubiese confesado su atroz pecado, frey Duarte no podía desvelarlo, aunque supusiese que el asesino podía cometer otro crimen. El sigilo sacramental era inviolable y se castigaba con la excomunión al sacerdote que revelase lo que el penitente le había confesado; porque no era un juez, ni el confesionario un tribunal. El sacerdote era solo un mediador entre el penitente y Dios, que era el verdadero juez, y si este en su infinita misericordia lo perdonaba, el confesor no podía erigirse en juez civil. En un tribunal el acusado tenía derecho a proclamar su inocencia, aunque fuera culpable, pero en el tribunal de misericordia, que eso era la confesión, el penitente confesaba su pecado sin coacciones, buscando solo el perdón de Dios, no el de los hombres.

En aquel momento frey Atilio volvió a recordar algo que había permanecido en un rincón de su memoria. Pocos meses después de que frey Tadeo, el viñador, fuese asesinado, el hermano Eugenio le dijo que había encontrado un tintero con la misma tinta con la que se escribió en las losas de la iglesia. El tintero parecía estar escondido en la vitrina de los libros. Y si no recordaba mal, pareció acusar de manera velada a frey Armando de haberlo escondido allí. ¿Habría acusado a un hermano falsamente para impedir que las sospechas recayesen sobre él?

«¡Oh, Dios mío! Muéstrame el camino».

De pronto, y como si Dios hubiera oído su ruego, una idea le cruzó la mente.

Se levantó del sillón frailero y se dirigió a unas vitrinas en las que se guardaban documentos sobre el monasterio y la comunidad. Buscó aquellos en los que se anotaban las conquistas o las derrotas en las que los caballeros de la Orden de Malta habían participado. Con letra pulcra estaba anotada la fecha, una pequeña descripción del acontecimiento y los nombres de los caballeros del monasterio de Santa María de Flor da Rosa que lucharon en las batallas.

Con mirada nerviosa buscaba una fecha. La encontró y leyó:

Año de 1510. Al mando del capitán frey Philippe de Villiers, los Caballeros de la Soberana Orden Militar y Hospitalaria de San Juan de Jerusalén y de Rodas han obtenido una gran victoria al destruir la flota turco-egipcia en el golfo de Laiazzo, en Alejandría, mientras esta cargaba madera que serviría para la construcción de naves musulmanas. Nuestros hermanos llevaban más de un año participando en las luchas hasta lograr esta gran empresa. Han participado en esta victoria los caballeros siguientes:

Frey Atilio fue leyendo uno a uno los nombres de los veintisiete caballeros que habían participado en la batalla hasta encontrar el que le interesaba. Durante unos instantes deseó que aquel nombre no estuviera en la lista, pero sus ojos leyeron: «Frey Armando Cardoso de Neves».

Se sintió un miserable por haber deseado que frey Armando no hubiera participado en la batalla, de esa manera podría seguir pensando que era el padre de frey Eugenio, pues este había nacido en ese año. Ahora todos los indicios, todas las sospechas se desvanecían ya que el difunto bibliotecario, que Dios tuviera en su gloria, había estado un año embarcado y por tanto no podría haber mantenido relaciones en esas fechas con la madre del hermano Eugenio.

Otra vez volvía a la nada. Pidió perdón a Dios por haber deseado su triunfo a costa de la vida del inocente frey Eugenio. Rogó a Dios que le permitiera vivir para descubrir al asesino. Llevaba pidiéndoselo cada día desde hacía más de veinte años y su fe le decía que su perseverancia daría fruto.

Por curiosidad siguió leyendo algunas de las anotaciones hasta llegar a una que conocía muy bien:

Año de 1535. Conquista de Túnez y La Goleta.

Allí estaba el nombre del prior don Luis escrito en tinta roja. Se había reunido una gran flota comandada por el emperador en la que participaban, además de los reinos de España y de Portugal, los estados aliados de Génova y los Estados Pontificios. Don Luis, demostrando su valentía y audacia, y después de haberse enfrentado a su hermano el rey Juan III, que se oponía a que participase en la contienda, se puso al mando de una flotilla de carabelas portuguesas entre las que sobresalía el Botafogo, la nave más poderosa del mundo.

Frey Atilio suspiró. Fue una gran victoria. La última gran victoria en la que había participado el prior. Suspiró con tristeza. Él jamás pudo formar parte de ninguna campaña, pues, aunque era caballero, el bailío no podía abandonar el priorato. Recordó la alegría que embargó a don Luis cuando supo que durante un tiempo dejaría el monasterio para dedicarse a lo que realmente le hacía feliz: la milicia.

Sonrió al recordar las palabras del prior:

—¿Y sabéis lo que me hace también muy feliz, frey Atilio? Que durante muchos meses vestiré la cota de malla roja y no estos ropajes.

El rector cerró la carpeta y la colocó en su lugar. De nuevo volvía a la nada.

54

Nueve veces fui a Alemania la Alta, seis he pasado en España, siete en Italia, diez he venido aquí a Flandes, cuatro en tiempo de paz y de guerra he entrado en Francia, dos en Inglaterra...

La reina doña Leonor se encontraba en el palacio de Coudenberg, en Bruselas, pero no atendía al discurso que el emperador estaba desgranando ante decenas de dignatarios venidos de otros tantos estados. El motivo era la abdicación de parte de su imperio en su hijo Felipe y en su hermano Fernando.

Paseó la mirada por la estancia engalanada y observó a toda su familia reunida por primera vez desde hacía muchos años: sus hermanos Carlos, Fernando y María, sus sobrinos... Solo faltaban los de Portugal, se dijo, su hermana Catalina y su hija María. Reparó en su sobrino Felipe, casado ahora con su prima María de Inglaterra, y en Maximiliano, casado con su sobrina María, la hija del emperador. ¡Qué buenos esposos habrían sido para su hija María! Ahora la tendría allí, estaría rodeada de nietos con los que compartir esa soledad que arrastraba desde que salió de Portugal hacía treinta y tres años. Pero Dios o el destino no quiso que así fuera. Las lágrimas, como siempre sucedía cuando recordaba a su hija, acudieron a sus ojos.

Siguió mirando a los hijos de Fernando; su esposa Ana Jagellón de Hungría, que en paz descansara, le había dado quince hijos de los cuales vivían trece, algunos presentes en la ceremonia. ¡Qué distinta su descendencia de la de su desgraciada hermana Catalina con sus nueve hijos muertos!

Por un momento los ojos se posaron en su sobrino Fernando, archiduque de Austria, cuarto hijo de su hermano Fernando. Tenía veintiséis años y era gallardo y muy galante, según le había demostrado en el tiempo que llevaba en Bruselas. ¿Por qué no tenía esposa si contaba con suficiente edad para ello?

De pronto, una idea le cruzó el pensamiento: su hija María podría ser la esposa idónea. Sí, ¿cómo no lo vio antes? Hablaría con Carlos y no se opondría, pues sus dos hijas ya estaban casadas, y Fernando vería ese enlace con muy buenos ojos. Pero esta vez no le comunicaría nada a su hija hasta que no tuviera la certeza de que el rey de Portugal daba su consentimiento para que la infanta contrajera matrimonio. Sí, al día siguiente a más tardar trataría ese asunto con sus hermanos.

Doña Leonor sonrió para sí y atendió a lo que decía el emperador.

No tuvo que aguardar mucho la reina viuda de Francia, pues en el banquete que siguió a la ceremonia de abdicación tuvo ocasión de hablar con ellos. Los dos se mostraron dichosos de que la infanta de Portugal se desposara con el archiduque y de que, por fin, su desgraciada hermana se reencontrase con su amada hija.

Lo que sí hizo a la mañana siguiente fue escribir al rey de Portugal para poner en su conocimiento la propuesta de casamiento. Junto a su carta, Juan III recibiría sendas misivas del emperador y de Fernando.

En ello estaba cuando un mayordomo le anunció que su sobrino solicitaba verla.

Se levantó para abrazar al que pronto, y esta vez parecía estar segura, sería el esposo de su hija.

Don Fernando recibió con cariño el abrazo de su tía y esta le invitó a que se sentasen para conversar.

Después de interesarse por sus respectivas vidas, la reina Leonor le expuso lo que el archiduque ya sabía.

—Querida tía —dijo el archiduque, y la reina creyó notar

una ligera emoción en su voz—, creedme que nada me hubiera hecho más dichoso que convertir a mi hermosa prima la infanta María en mi esposa, pero me temo que ese matrimonio no pueda celebrarse.

La reina Leonor se quedó suspensa ante las palabras que acababa de pronunciar su sobrino.

—Explicaos, Fernando, os lo ruego.

—Mi padre ignora lo que he venido a deciros. Ese matrimonio no puede celebrarse porque mi corazón pertenece a Felipa Welser.

La reina suspiró. Así que su sobrino estaba enamorado y anteponía el amor al deber.

—Vuestra sinceridad os honra, Fernando, pero a veces, y lo sé por amarga experiencia, el deber debe superponerse al amor. No tengo la menor duda de que esa joven, Felipa Welser, es merecedora de vuestro amor y de que seríais muy feliz con ella. Pero a la felicidad se puede llegar por distintos caminos. Cuando vuestro tío el emperador concertó mi matrimonio con el rey don Manuel de Portugal yo tenía veinte años y el rey casi cincuenta. Creía que aquel matrimonio nunca me daría la felicidad cual yo la concebía. Sin embargo, la amabilidad, la discreción, la generosidad y el amor que don Manuel me profesó hicieron que...

—Os lo ruego, tía, no sigáis —dijo el archiduque con voz emocionada—. Felipa Welser se convirtió hace unos meses en mi esposa y espera un hijo mío. Era un secreto que ahora ya no tiene sentido seguir guardando.

La reina Leonor se levantó lentamente y se acercó al secreter, donde seguía la carta a medio escribir para el rey de Portugal. La cogió y la acercó a la llama de un candelabro. En un instante, el papel desapareció de su vista y supo que la alegría vivida durante las últimas horas había sido solo un espejismo.

55

Superada la enfermedad, aquella en la que se creyó ya rindiendo cuentas al Altísimo, la vida siguió discurriendo durante años apacible y tranquila para don Luis de Avís. Visitaba a menudo el priorato, aunque pernoctaba en su pequeño pero suntuoso palacio de Crato, y se había hecho construir otro palacio en Salvaterra de Magos donde pasaba grandes temporadas entregado a la caza. Pero la enfermedad volvió.

Hacía veinte años que la milicia no formaba parte de su vida, y bien que lo sentía, los mismos casi desde que tuvo que renunciar a su gran amor, Violante Gomes, a cambio de reconocer a su hijo. Durante los primeros años la culpa y el remordimiento no le permitieron ser feliz. Sin embargo, el tiempo mitigó su dolor y, aun siendo elevado el precio que tuvo que pagar, consiguió vivir tranquilo y la culpa quedó relegada en un rincón de su alma, aunque alguna noche de insomnio la soledad se apoderaba de él y entonces la pasaba llorando su desventura.

Recordó cuando le dijo a su hermano el cardenal don Enrique que estaba de acuerdo en renunciar a su amada, pero lo que no sabía era que el trato contenía una segunda cláusula, aún más amarga e injusta que la primera.

—Hay algo más —le dijo el cardenal aquella tarde—. Violante es acusada de judía, por lo que los nobles siempre mirarán con suspicacia a vuestro hijo.

—Pero ella está bautizada y sus padres también, incluso sus

abuelos lo están. Si queréis puedo mostraros los documentos que así lo testifican —contestó un poco airado don Luis.

—Sí, lo sé, lo sé. Pero eso no es suficiente. Los documentos deben ir acompañados de hechos.

—Acompañados de hechos —repitió el prior, que no sabía adónde quería llegar su hermano—. ¿Y eso qué significa? ¿Deben bautizarse de nuevo?

El cardenal enlazó las manos y se las llevó a los labios para dar a entender que lo que iba a decir le era doloroso.

—Violante debe ingresar en un convento para el resto de su vida.

El duque de Beja no daba crédito a lo que estaba oyendo.

—No podéis castigarla así, ella no tiene culpa de nada —contestó don Luis alzando la voz.

—¿Consideráis acaso que entregar la vida a Dios es un castigo? —preguntó don Enrique con el tono también airado.

—Sí, cuando se es obligado. El amor debe darse por voluntad propia. Si alguien es obligado a amar y servir se convierte en esclavo. Dios quiere siervos voluntarios a su servicio. Eso debería saberlo vuestra eminencia mejor que yo. Con esa decisión estáis obligando a una joven a renunciar a su vida y, lo que aún es más cruel, a renunciar a su hijo. ¿Os parece un acto de buen cristiano separarlo de su madre? ¿Eso es lo que entendéis por caridad cristiana, hermano? —Ahora los gritos de don Luis se oían por todo el palacio.

—No me habéis dejado otra opción. Sois prior y estabais sujeto al celibato por vuestros votos. Deberíais estar agradecido al rey por permitir que vuestro hijo lleve el apellido de los Avís y no sea un vulgar...

—Bastardo, eso es lo que queríais decir, un vulgar bastardo.

—No obstante, Violante puede cuidar del niño hasta que cumpla los siete años. Vos, sin embargo, deberéis despediros de ella para siempre.

—¡Cuánta generosidad, cardenal! —contestó con ironía el condestable, y salió de la estancia sin molestarse en cerrar la puerta.

Habían pasado veinticuatro años desde que mantuviera esa conversación con su hermano y ahora se encontraba postrado en la cama en su palacio de Lisboa, adonde había llegado enfermo desde el que tenía en Salvaterra. Esperaba a su hijo Antonio para despedirse de él, pues sentía que la hora de rendir cuentas al Altísimo estaba próxima.

Durante los siete años en que Violante tuvo libertad, don Luis siguió manteniendo una relación clandestina con la joven, lejos de miradas indiscretas, viendo crecer al niño. Aún recordaba emocionado el día en que se despidió de ella para siempre.

—Te escribiré a menudo y te contaré los progresos de nuestro hijo —dijo intentando tragar el nudo que se le iba formando en la garganta, ante una Violante que estaba demostrando mucha más entereza que él—. Nunca te olvidaré, amor mío, y te prometo que jamás viviré con ninguna mujer, tú eres mi esposa y te seré fiel hasta el día de mi muerte.

Don Luis cumplió su promesa y, aunque disfrutó de algunos escarceos amorosos, jamás volvió a tener una amante.

Durante diecinueve años mantuvo una fluida correspondencia con su amada Violante, pero no volvió a verla. Tres veces al año enviaba a frey Atilio con su hijo al convento para que su madre lo abrazara, pero sobre todo para que Antonio no olvidara que tenía una madre, aunque no entendiera por qué era monja y su padre prior de un monasterio y le preguntara al freire, siempre a la vuelta, cuándo iba a salir su madre del convento o cuándo su padre se iba a quitar el hábito.

Había intentado dar a su hijo la mejor educación posible y el muchacho pronto demostró tener una natural y despierta inteligencia para los estudios: en el convento jerónimo de Santa Marinha da Costa aprendió las primeras letras y estudió nociones de materias incluidas en el *Trivium* y el *Quadrivium*, y en la Universidad de Coímbra y en el Colegio del Espíritu Santo de Évora estudió teología. El joven Antonio se rebelaba ante el destino eclesiástico que parecía tener trazado su padre para él y pretendía un título nobiliario. Pero tendrían que pasar muchos años hasta que comprendiera que ese era el único destino que le pertenecía a un bastardo real, la Iglesia o la milicia.

Y ahora don Luis estaba seguro de que su hora estaba próxima.

Un sirviente se acercó al lecho y le habló suavemente:

—Ilustrísima, frey Atilio y vuestro hijo están aquí.

El infante, ayudado por el criado, se incorporó en la cama para recibir a los visitantes.

El primero en entrar fue el freire.

—Ahora sí, hermano Atilio, veo llegada mi hora. Tengo que pediros lo mismo que os pedí hace dos años. Cuidad de él, amigo mío, cuidad de él —dijo don Luis con la respiración entrecortada cuando tuvo al rector a la cabecera de la cama—. Mi hijo es impetuoso, terco y ambicioso, y me temo que va a crearse muchos enemigos. No se conformará con lo que le dé y siempre querrá más, ¿sabéis a lo que me refiero? Tenéis que prometerme también que procuraréis que la concordia reine entre el cardenal Enrique y él. Mi hermano nunca me perdonó el haber tenido un hijo y no moverá un dedo para ayudarle. Prometedme que haréis lo posible para que no le dé de lado.

El freire asintió con la cabeza.

—Antonio querrá demostrar a los nobles que su bastardía no es óbice para llegar a lo más alto.

Un acceso de tos interrumpió su discurso. El sirviente hizo amago de acercarse a su señor, pero el duque de Beja le indicó con un movimiento de la mano que estaba bien.

—Cuando ese momento llegue, que llegará —continuó jadeante—, quiero que vuestra paternidad esté a su lado aconsejándole, como siempre habéis hecho conmigo, y si ha de llegar a... lo más alto deberá ser por el bien de Portugal y no solo por la ambición. Tendrá enemigos y presiento que algunos serán de su misma sangre, pero no permitáis que los Avís se enfrenten en una lucha fratricida. Mi hijo es noble de corazón y muy inteligente, y sé el cariño que siente por vuestra paternidad; os escuchará y seguirá vuestros consejos. Con vuestra guía irá por buen camino, y yo podré partir en paz al encuentro con el Señor.

Frey Atilio trataba de impedir que las lágrimas acudieran a sus ojos y, haciendo un gran esfuerzo, le prometió a don Luis lo que le pedía.

—Otra cosa. Cuidad también de Violante. Ya sé que ella no necesita nada, pero la dejo a vuestro cargo. Ahora, haced pasar a mi hijo y que Dios os guarde siempre, amigo mío.

Profundamente conmovido, el freire salió del aposento.

Don Antonio estuvo largo rato hablando con su padre. Cuando salió, tenía los ojos húmedos por el llanto.

56

El repicar de las campanas de todas las iglesias de Lisboa tocando a difuntos se confundía por las rachas de viento y hacía que su sonido llegase amortiguado a los apenados lisboetas, que lloraban la muerte de don Luis de Avís, infante de Portugal, cuarto hijo del rey don Manuel, quinto conde de Beja, condestable del Reino de Portugal y prior de Crato.

La muerte de don Luis a los cuarenta y nueve años cayó como un mazazo en el reino, que contemplaba atónito la muerte de los descendientes de su difunto y amado rey don Manuel. ¿Qué pecado habían cometido para que la ira de Dios los castigara con tal furia? ¿De qué hechizo o encantamiento era víctima la familia de los Avís? Eran las preguntas que los súbditos se hacían, una vez más, ya creyeran en uno u en otros. De nuevo las hablillas de que el linaje de los Avís estaba maldito volvían a correr por el reino.

Era el infante más querido por el pueblo, quizá porque fue el que más trato había tenido con los lisboetas o porque de todos era sabido los sacrificios que tuvo que hacer en su juventud, renunciando a la carrera militar o a su gran amor, para llevar sobre los hombros la responsabilidad del cargo de prior de Crato a los veintiún años.

El pueblo se echó a la calle para despedir al caballero de la Orden de Malta, quien supo compaginar su poco ortodoxa vida religiosa con la gloria de sus campañas militares.

Todos recordaban en Lisboa la Jornada de Túnez de 1535

en la que don Luis, desobedeciendo a su hermano el rey, que se negaba a que capitanease la escuadra para luchar contra Barbarroja, y haciendo honor a su valentía y arrojo como caballero de la Orden de San Juan de Jerusalén, viajó hasta Barcelona para ponerse a las órdenes de su primo y cuñado Carlos V. El rey de Portugal no tuvo más remedio que ceder y le entregó el mando de veinte carabelas, dos naos y el galeón San Juan Bautista, llamado el Botafogo, el buque más poderoso del mundo con 366 cañones de bronce, comandado por el propio infante.

Aquella proeza que reunía las fuerzas del Imperio español y las de sus aliados Portugal, Génova y los Estados Pontificios, y ayudados por los caballeros de la Orden de Malta con una escuadra de más de cuatrocientas naves y veinticinco mil soldados de infantería, resonaba aún en los oídos de los portugueses.

El reducido duelo real entró en el monasterio de Santa María de Belém: don Juan III y doña Catalina, la infanta doña María y don Antonio de Avís, el hijo del difunto. Detrás de la familia real, frey Duarte de Braganza y su hermano don Alfonso caminaban junto a frey Atilio.

El rector hacía esfuerzos para que el nudo que le oprimía la garganta no se deshiciera en llanto. Había pasado la mayor parte de su vida al lado de don Luis, primero en los estudios y la universidad y luego en el priorato; todo lo que era se lo debía a la generosidad del infante.

Dentro esperaba el cardenal don Enrique, hermano del finado, que oficiaría el funeral.

Al paso del cortejo fúnebre los lisboetas prorrumpieron en llanto y gritos de dolor, no solo porque su amado don Luis acabara de dejar este mundo, sino por las figuras envejecidas y dolientes de sus reyes, quienes después de enterrar a sus nueve hijos asistían abatidos a dar el último adiós al infante.

Ana Loira luchaba contra la muchedumbre a codazos y empellones para situarse en un lugar desde el que pudiese contemplar el cortejo; deseaba ver a Antonio, con el que soñaba cada noche, necesitaba hacer suyo su dolor, pero también quería que él la viera, que supiera que sentía en el alma su pena y que su corazón latía al unísono con el suyo.

En un momento en que la comitiva se detuvo, sus ojos azules se encontraron con los del doliente hijo de don Luis y sintió su mirada atravesándole el corazón. Entonces supo que nunca dejaría de amar a Antonio, que no le importaba el mundo que los separaba, y tuvo la certeza de que su vida no tendría sentido si no era junto a aquel cuyas lágrimas ella había hecho suyas.

El año del Señor de 1555 fue también doloroso para la corte, pues tras la pérdida de sus hijos, la reina Catalina sufrió la muerte de su madre y abuela mía, la reina Juana de Castilla. Refugiada de nuevo en los rezos, la reina de Portugal pensaba que Dios no le daba tregua en su dolor. La muerte de su madre, Juana la Loca, como la llamaban, sola y desamparada en Castilla, añadió un nuevo penar a su sufrimiento: el remordimiento. La culpa de haberla dejado en Tordesillas le reconcomía las entrañas y le hacía pasar las noches en vela llorando y rezando.

Yo sentí esta muerte en lo más profundo de mi corazón, y aunque solo una vez pisé Castilla y no conocí a mi abuela, siempre la sentí cerca de mí por hablarme mi tía Catalina de ella constantemente y de la vida que pasó entre los muros de aquel caserón de Tordesillas.

Tampoco las Parcas respetaron a mis hermanos de padre, pues de los diez hijos que Dios le había dado solo el rey Juan III y el cardenal Enrique vivían, porque mi desgraciado y querido hermano el infante Luis murió en el invierno de ese mismo año.

Con harto dolor de corazón, en los últimos días de noviembre asistimos a su partida de este mundo. Era para mí el más querido, pues con él compartía aficiones poéticas y siempre era bienvenido a los saraos y las tertulias que organizábamos en mi palacio, donde era muy reconocida su manera de declamar poemas y entretener sobremanera a mis damas. Con Ángela Sigea, una de mis damas y amiga, compuso versos que recitaban a dúo.

Siempre pensé que de todos los hijos de mi padre fue el que más sufrió, pues además de renunciar a las armas para ser prior de Crato, tuvo que renunciar al gran amor de su vida, Violante Gomes.

Yo comencé a sentir un gran cariño por mi sobrino Antonio, pues en él veía todos los defectos y virtudes de mi querido hermano Luis. Algún día también el amor llegaría a su vida de la misma manera, apasionado y arrebatador. Pero para eso tendría que pasar un tiempo.

57

La Orden Militar y Hospitalaria de San Juan de Jerusalén, a la que pertenecía el monasterio de Crato, fue fundada en el siglo XI por comerciantes amalfitanos que crearon un hospital en Jerusalén para atender a los peregrinos visitantes del Santo Sepulcro. Lo que en un principio iba a ser una orden de misericordia pasó muy pronto a desarrollar acciones militares, aunque sin olvidar que sus integrantes eran ante todo freires. Sin embargo, el papa Alejandro III en 1178 apoyó ese carácter belicoso: «El estandarte de la Cruz será alzado para la defensa del Reino o para el asedio de alguna plaza pagana».

Sus integrantes, todos pertenecientes a la nobleza, acataron la regla benedictina, pues benedictinos eran los primeros freires, pero a mediados del siglo XII se acogieron a la regla de san Agustín. Con el carácter militar que poco a poco iba adquiriendo la Orden, sus integrantes tuvieron que añadir a los votos de obediencia, pobreza y castidad, el de tomar las armas para la defensa de los cristianos. Con este nuevo voto se dedicaron con denuedo a impedir que las naves turcas y berberiscas atacaran los galeones y las carabelas con insignia cristiana que surcaban el Mediterráneo.

Ya entrado el siglo XVI, la Orden fue expulsada de la isla de Rodas, donde se había instalado en el siglo XIV, y pasó a establecer su sede en la isla de Malta, regalo de Carlos V de acuerdo con el papa Clemente VII. Fue entonces cuando pasó a llamarse Orden de Malta y sus integrantes, caballeros.

Para ser nombrados como tales tenían que mostrar una serie de probanzas: que se era noble, que no se tenía sangre judía o mora, o que se disponía del escudo de la familia en la casa solariega. Aquellos que no podían probarlo entraban en la Orden como sargentos o sirvientes de armas, considerados a todos los efectos freires, pero no caballeros.

Los maestres adoptaron rituales y costumbres propias de reyes, eran tratados como ilustrísimas, eminencias o eminentísimos, y su opinión influía en organizaciones y concilios como el de Trento. De hecho, la Orden contaba con su propio ejército y con licencia para fabricar armas y producir pólvora.

Muy pronto la Orden se organizó en prioratos y encomiendas gobernadas por priores y comendadores obligados a cumplir con los votos y la regla, algo que tanto unos como otros se saltaban a menudo. Tenían que vestir el hábito propio de la Orden, túnica y manto negros, en el que llevaban cosida la cruz blanca de cuatro brazos y ocho puntas, símbolo de la Orden en recuerdo de las ocho bienaventuranzas y los cuatro puntos cardinales. El manto rojo con cruz y escudo estaba reservado para las misiones de guerra. Como nobles, a sus integrantes, según las órdenes del maestre Hugo de Revel, se les exigía ser hijos legítimos, excepto si eran hijos de reyes o príncipes; además tenían que ser gallardos de cuerpo y apostura, pues debían desempeñar el ejercicio de las armas. Como caballeros debían demostrar valentía y generosidad cristiana, amén de dotes diplomáticas, virtudes todas ellas aprendidas en los años de convivencia en Malta y en las a veces peligrosas incursiones marítimas contra el turco.

En el Priorato de Crato, la nueva de la muerte de su superior se sintió doblemente, pues al dolor de la desaparición de un infante se unía el vacío de poder que dejaba la ausencia de don Luis. Fueron días de revuelo e incertidumbre en la comunidad de freires.

Nadie se atrevía a pronunciar en alto el nombre del sustituto, aunque la mayoría daba por hecho que sería frey Duarte de Braganza y Avís. Su nobleza de cuna, pues era pariente del rey, su educación en Malta y el cariño y la confianza que le había profesado el anterior prior hacían que todas las miradas estuvieran puestas en él. El propio freire llevaba largo tiempo preparándose para este momento, y aunque don Luis nunca le habló acerca de su sucesión, él lo achacaba al carácter retraído y poco dado a las confidencias de su primo.

Aquella mañana de finales de diciembre llovía en Crato como pocas veces se había visto. El cardenal don Enrique, hermano del difunto don Luis, contemplaba absorto desde una ventana del palacio las burbujas que la fuerza de la lluvia formaba en los charcos.

—Eminencia —dijo el rector del monasterio—, quizá nos convendría aplazar el viaje para mañana. No creo que escampe, y aunque el trayecto es corto, el camino debe estar intransitable.

El cardenal siguió mirando a través de los cristales.

—No. Disponed el coche, saldremos a la hora que habíamos previsto. Cuanto antes acabemos con esto, mejor. Avisad a mi… bueno, avisad a don Antonio de que salimos a la hora prevista.

Al bailío menor, acostumbrado a leer entre líneas y descubrir sutilezas en las conversaciones, no le pasó desapercibido el titubeo de Su Eminencia. No iba a ser fácil cumplir la promesa que le hizo al infante don Luis.

El palacio del prior en Crato distaba casi una legua del monasterio de Santa María de Flor da Rosa y, como suponía frey Atilio, el camino estaba impracticable. La pericia del cochero nada podía hacer con los socavones del camino, por lo que avanzaban lentamente.

Cuando por fin llegaron, los freires se encontraban reunidos en la sala capitular por orden del cardenal don Enrique. Frey Duarte de Braganza anunció la llegada de Su Eminencia y los hermanos se pusieron en pie. Venía el cardenal representando al rey, al Gran Maestre y al papa. Todos fijaron los ojos en el joven que acompañaba al cardenal, y un ligero murmullo recorrió la sala cuando algunos freires le reconocieron como el hijo bastardo del que había sido su superior.

El cardenal don Enrique habló a la comunidad de lo divino pero también de lo humano, y haciendo un inciso cuando hablaba de los pecados del hombre, del perdón y de la enmienda, pidió a su acompañante que se acercara.

—Este es... mi sobrino Antonio, hijo de mi difunto hermano Luis, que Dios tenga en su bendita gloria, quien durante tantos años rigió el destino de este monasterio.

Frey Atilio volvió a notar el ligero titubeo del cardenal. Sí, le iba a ser muy difícil cumplir la promesa que le hizo a don Luis.

No estaba equivocado el rector, pues solo Dios sabía el esfuerzo que el cardenal don Enrique estaba haciendo para informar del parentesco que le unía a aquel muchacho, hijo reconocido de su hermano, sí, pero también de una judía, por muy monja que ahora fuera.

El cardenal buscó con los ojos a frey Duarte de Braganza y sus miradas se cruzaron. El freire comprendió que su primo, muy a su pesar, no lo iba a nombrar superior del monasterio.

—Ayer se llevó a cabo la apertura del testamento de mi querido hermano, que Dios tenga en su santa gloria, y en él quedó expresada su voluntad de que el sucesor en el Priorato de Crato sea su hijo, aquí presente, el infante don Antonio.

Los freires de más edad, y sobre todo los de mayor alcurnia, torcieron el gesto; no les gustaba ese nombramiento. La bastardía podía perdonarse, no sería el primer prior bastardo que rigiera los destinos de la Orden. Pero aunque por sus venas corriese la sangre de los Avís, no dejaba de ser el hijo de una judía.

Frey Duarte escuchaba las palabras del cardenal con los dientes apretados, de manera que comenzaba a sentir dolor en las mandíbulas.

Luego todos se encaminaron a la iglesia y, ante el silencio de la comunidad, dio comienzo la santa misa oficiada por el cardenal don Enrique. A mitad de la eucaristía, se procedió a la entrega del hábito al nuevo prior.

—Tomad este hábito en el nombre de la Santísima Trinidad, de la Virgen María, Nuestra Señora, y de san Juan Bautista, para aumento de la fe, en defensa del cristianismo y servicio de los pobres. Este hábito está hecho en forma del vestido que traía nuestro protector san Juan Bautista.

Una vez que se lo hubo impuesto, el cardenal le colocó el cordón alrededor del cuello. En él estaban representados todos los misterios: la soga, los azotes, los dados, la esponja, la columna y la cruz.

—Este es vuestro yugo el cual, conforme dijo Nuestro Señor, es suave y ligero y os llevará a la vida eterna...

Puesto de rodillas ante el altar y con un hachón encendido en la mano, el joven procedió al juramento.

—Yo, Antonio de Avís, juro, prometo y hago voto a Dios Todopoderoso, a la gloriosa Virgen María y a san Juan, nuestro patrón, mediante sus...

Frey Duarte no atendía a las palabras del nuevo ordenante, sus pensamientos se trasladaron a un tiempo que ahora le parecía muy lejano. Él hizo esos mismos votos con veintiún años, quizá obligado también por su padre, como creía que lo estaba el futuro prior, pero sin duda más y mejor preparado que el hijo bastardo de don Luis.

—... observar y guardar obediencia a quien me mande por Dios y mi religión...

Él estaba ligado desde su nacimiento a la Orden, pues había sido inscrito en la partida bautismal como Caballero de Minoría. ¿Cómo iba a sentir los principios de la Orden el nuevo superior después de haber vivido veinticuatro años en el mundo?

—... vivir sin propiedades y guardar castidad...

Él pasó cinco años en Malta y tres de caravanas combatiendo al turco en correrías por las costas de Berbería y Sicilia, abasteciendo de agua y víveres las galeras de los reinos cristianos, capitaneando la galera pintada de negro y sufragando con miles de escudos su mantenimiento, participando en victorias pero también, por desgracia, en derrotas. ¿Y qué había hecho ese joven que acababa de ser investido superior del priorato más importante de Portugal?

—... proteger a mis hermanos...

Él desempeñó durante más de veinte años el cargo de prior claustral, conocía a la comunidad, sabía de sus virtudes y sus defectos. ¿Y qué sabía el hijo bastardo del infante don Luis?

Los cantos de sus hermanos le sacaron de su abstracción. Hizo un esfuerzo para que de su boca saliese el canto de alabanza al Creador, pero lo único que consiguió fue que la amargura que sentía en su interior le llegara hasta los labios en forma de bilis.

58

Quieres decir que te has metido a fraile? —preguntó Ana Loira con el corazón encogido después de que su amado Antonio le contara la ceremonia de su nombramiento hacía solo una semana.

Se hallaban sentados en un diván en una de las salas del palacio heredado de su padre. Él sonrió ante la ingenuidad de la joven.

—Bueno, ser prior es un poco más que fraile. Además, somos caballeros, por eso nos llaman freires y no frailes. Los frailes solo trabajan y rezan. Nosotros, los caballeros de la Orden de San Juan de Jerusalén, también somos soldados —contestó con una pizca de burla y a la vez de orgullo en su voz.

—Pero entonces no podemos vernos más. Eres un hombre de Dios, estás consagrado, y si seguimos juntos cometeríamos sacrilegio.

Don Antonio se quedó pensando en las palabras de su amada. En ningún momento, desde su nombramiento, se le pasó por la imaginación tener que renunciar al amor de Ana Loira. En verdad, no creía que el cargo le impidiera seguir con el mismo tipo de vida que llevaba hasta entonces.

Con las manos de la muchacha entrelazadas con las suyas, le explicó que aquel cargo era solo temporal, hasta que su tío el rey le otorgara un título nobiliario y unas rentas que le permitieran vivir holgadamente. Entonces se casarían. Pero hasta que esto sucediera, seguirían con su relación como hasta ahora, con la única diferencia de que el cargo le haría viajar de vez en cuando al monasterio.

—Sí, pero mientras seas fraile no podremos vernos —insistió la joven—. ¿Y tienes que llevar hábito?

—Escúchame, amor mío. Yo no quiero ser fraile, como tú dices. No he tenido más remedio que aceptar el cargo porque mi padre así lo dispuso en su testamento. A los hijos bastardos de reyes o infantes, como yo, se nos ofrecen solo cargos eclesiásticos para que no tengamos hijos; mejor dicho, para que los hijos que tengamos no sean reconocidos y no puedan reclamar ningún derecho sucesorio. Mi padre, ante la posibilidad de que me quedase sin nada, testó que me nombraran prior. Pero esto va a cambiar. Mi tío es el rey y puede cambiar las leyes. El cargo de prior es también muy importante, más que si fuera conde o duque, y con unas rentas muy superiores. Solo que impide casarse, aunque no tener relaciones. Mi propio padre ostentó este cargo y eso no le impidió mantener una relación con mi madre. Si no, ¿cómo crees que nací yo?

La joven sonrió.

—Y es más —continuó don Antonio—, el que es considerado el fundador del priorato, don Álvaro Gonçalves Pereira, era hijo bastardo del arzobispo de Braga y, según las malas lenguas, tuvo treinta hijos.

Ella soltó una risita nerviosa y don Antonio sonrió.

—Yo te prometo que nosotros no tendremos tantos —dijo atrayendo a la joven hacia él y besándola apasionadamente.

Aquella noche Ana Loira no quiso quedarse en el palacio y prefirió volver a su casa. Tenía que pensar en el cambio que acababa de dar su vida.

Ya a solas, en su cuarto, los pensamientos le impedían coger el sueño. Las palabras de Antonio diciéndole que era freire volvían una y otra vez a su mente. Su vida, a pesar de lo que dijera su amado, cambiaría. No podría pasear con él por Lisboa; si antes todas las miradas se posaban en ella por ir del brazo de un infante, no quería ni pensar lo que sucedería si la vieran con un fraile o prior o lo que fuera. Además, estaba la confesión. ¿Qué iba a decirle a don Francisco en el confesionario? ¿Que era la amante de un freire? Sin duda no le daría la absolución porque eso era sacrilegio. Y luego estaba su trabajo en la botica. Las damas no querrían ser atendidas por una muchacha que era la amante de un religioso. Y por nada del mundo quería perjudicar a don Nuno, al que tanto debía. Lo mejor sería que dejaran de verse hasta que Antonio renunciara a ese cargo. No importaba el tiempo, ella esperaría lo necesario porque lo amaba. Sí, eso sería lo mejor. Al día siguiente le comunicaría su decisión a Antonio.

59

Ana Loira acababa de recibir en la botica una carta de Antonio. Lamentaba no poder recibirla aquella tarde, como venía siendo habitual entre los amantes, pues, aducía, tenía que estar presente en la recepción que el rey daba en palacio para despedir al jesuita Gonzalo de Silveira, que partía al día siguiente para Goa.

Habían reanudado su relación hacía solo unas semanas, después de que Antonio le suplicara casi a diario que volviera con él porque su vida no tenía sentido si no estaba a su lado. Con gran esfuerzo y dolor, ella se negó una y otra vez, pero al final se rindió ante las lágrimas y las muestras de amor de su amado.

La joven se quedó mirando el papel y pensó en su padre. En sus primeros encuentros le contó a Antonio su vida, aunque le ocultó que desconocía su origen, no porque se avergonzara de ello sino por miedo a lo que él pudiera pensar. Y un día le contó también que su padre se encontraba huido de la Inquisición. Ahora, la noticia de que una expedición de religiosos partía para Goa la llenaba de intranquilidad a la vez que de ilusión. Se dijo que tenía que escribir una carta a su padre pero no sabía el modo de hacérsela llegar a algún religioso, o quizá sí, sí... podría ser...

—Don Nuno —dijo llamando su atención—, mañana sale un barco para Goa.

El boticario dejó el albarelo encima de la mesa y la miró extrañado.

—¿Qué quieres decir con eso, niña?

—Pues que podría enviar una carta a mi padre dándole noticias de mi persona. Creo que se alegraría mucho. Lo mismo alguien de ese barco vuelve y me trae también noticias suyas. ¿Qué os parece?

La muchacha sonrió imaginando la futura correspondencia.

—Eso estaría muy bien. Pero ¿has pensado a quién le vas a entregar la carta? No puedes llegar al puerto y preguntar si alguien está dispuesto a llevar una carta dirigida a un perseguido por la Inquisición.

A Ana Loira le cambió el semblante. Don Nuno tenía razón. Su padre era un proscrito, su familia y sus amigos les habían dado la espalda a ella y a su madre. ¿Por qué iba a exponerse un desconocido a llevarle una carta? No, era solo una idea loca.

—Quizá no tenga otra oportunidad —dijo como si pensara en alto—. Quizá Dios me ha enviado una señal para comunicarme con mi padre.

—No creo, niña, que en este momento tus relaciones con Dios sean como para que te mande señales —contestó el boticario haciéndole un gesto cómplice.

—¡Ay, don Nuno, por Dios! Lo último que necesito ahora es que me recordéis que vivo en pecado.

El boticario pidió perdón a la joven y apoyó su propósito de escribir la carta y buscar a alguien para que se la llevara.

—¿Y si hablara con Antonio? Puedo ir a su casa antes de la recepción, entregarle la misiva y que él se la dé a algún fraile de los que van en la expedición.

—No creo que sea buena idea. Sería exponer a tu amado. ¿Qué excusa podría dar don Antonio a ese fraile cuando le entregue una carta dirigida a un condenado? No. De momento escríbela. Mañana iremos al puerto, ya encontraremos a alguien dispuesto a llevarla. Una bolsa bien surtida de dineros abre cerrojos y cierra pensamientos. No te preocupes, tu padre recibirá tu carta.

Ana Loira y don Nuno decidieron que el boticario hablaría

con don Antonio, pues esperaban que fuera al puerto a despedir la expedición. Le pediría que le recomendara a algún hombre en el que pudiera confiar y, dejando a la joven al margen, iría a hablar con él y le entregaría la carta y la bolsa con los dineros.

A la mañana siguiente el puerto era una fiesta. Muchos lisboetas se habían congregado allí para despedir al grupo de jesuitas comandados por el padre Gonzalo de Silveira.

Pronto avistaron a don Antonio. Destacaba entre el gentío por la capa roja con la enseña de la Orden de Malta bordada en un costado. El boticario se hizo paso y llegó a donde estaba el prior de Crato. Al verlo, este se asustó pensando que le había sucedido algo a su amada. Don Nuno le puso al corriente de lo que pretendían y la joven lo vio asentir desde la distancia. En ese momento lo amó aún más.

Unas horas más tarde Ana Loira y don Nuno estaban sentados en la posada del Francés. Por indicación del prior, esperaban al capitán Corinto.

—Sois su hija, ¿verdad? —preguntó el marino, sonriendo.

No lo habían visto llegar y se sorprendieron de su vozarrón cálido.

Ella asintió. No sabía qué le había llevado a confiar en aquel hombre de rostro rubicundo y amable sonrisa. Don Nuno permanecía serio.

—Hace dieciséis años, vuestro padre y yo tuvimos una conversación en esta misma mesa.

La joven se emocionó.

—¿Conocisteis a mi padre? ¿Lo habéis vuelto a ver? ¿Sabéis si...?

El capitán sonrió abiertamente.

—Calmaos, muchacha. Tengo poco tiempo, pues embarcamos dentro de un par de horas, pero os contaré todo lo que sucedió aquella noche.

Ana Loira escuchó el relato del capitán sin poder evitar que las lágrimas cercaran sus ojos.

—Mi padre decía en su carta que no quería irse, pero que lo hacía por nosotras.

—Sí, estaba muy preocupado por vuestra madre y por vos, sobre todo por vos. Se le partía el corazón cuando hablaba de dejaros. Yo le convencí para que embarcara. Si se quedaba aquí lo encarcelarían y os dejarían sin nada, o peor aún, os hubieran interrogado. Y todos sabemos qué clase de interrogatorio hace... bueno, ya sabéis.

Ella estuvo a punto de decirle que no se libraron del interrogatorio, pero pensó que quizá el capitán se lo contara a su padre y que este sufriría por ello, así que no dijo nada.

—¿Lo habéis vuelto a ver en todos estos años? —preguntó con ansia Ana Loira.

—No, pero he oído hablar recientemente a algún marinero del médico García de Orta.

La joven prorrumpió en llanto y el capitán esperó a que se calmase.

—El prior don Antonio me ha pedido que lleve una carta a vuestro padre y lo haré con sumo gusto.

Le entregó el papel no sin antes poner sus labios sobre él.

—Capitán, os estoy muy agradecida por todo lo que hicisteis por mi padre y por todo lo que hacéis ahora por mí.

—Haré lo imposible por que vuestro padre reciba esa carta. Dentro de unos meses estaré de vuelta y os entregaré la suya, confiad en mí.

Aquella noche Ana Loira se presentó por sorpresa en el palacio de Antonio. Él la recibió con una sonrisa y un beso apasionado. Pero la intención de ella era agradecerle el favor que había hecho posible que la carta para su padre estuviera en buenas manos.

—Es una verdadera casualidad que el capitán Corinto sea quien lleve la carta a mi padre. ¿Y sabes lo mejor? ¡Ay, estate quieto!

Simulando enfado, intentaba librarse de las manos de Antonio que ya comenzaban a desabotonarle el vestido. Le duró poco la resistencia y pronto se rindió a las caricias de su amado. Se entregó a él con una pasión renovada, pues al amor que sentía por él se sumaba el agradecimiento por el regalo que le había hecho aquella mañana.

—¿Y cómo debo llamarte, frey Antonio o vuestra paternidad? —preguntó con una pizca de burla.

Se hallaban desnudos en la gran cama de caoba que fue del infante don Luis.

—Para ti solo soy Antonio, lo de freire queda para mis hermanos de Crato.

Ana Loira pegó un brinco.

—¿Has dicho Crato? —preguntó sorprendida.

—Sí, allí es donde está el monasterio del que soy superior. Bueno para ser exactos está en una pequeña aldea, Flor da Rosa.

Ella se incorporó y se tapó con la sábana por pudor. Se había quedado sin palabras.

—¿Te pasa algo, Ana Loira? —preguntó él, preocupado al ver que le miraba con el gesto serio.

—¿Crees en el destino? —contestó ella mirándole a los ojos, emocionada.

—En lo que respecta a nosotros, sí, ya lo hemos hablado alguna vez. Nacimos el mismo día, mes y año, estábamos predestinados a estar juntos.

—Es más que eso, Antonio. Nunca te he contado mi origen porque temía que te avergonzaras. Mi verdadera madre murió al nacer yo y me entregaron al doctor García de Orta. Ellos me cuidaron y educaron, y ellos fueron mis padres.

—¿Por qué me iba a avergonzar de…?

Ana Loira no le dejó terminar.

—Espera. ¿Sabes dónde nací y quién me entregó a mis padres? —dijo deprisa, con la emoción en las palabras—. Nací en Flor da Rosa y un fraile del monasterio me llevó de recién nacida a Marvão, donde mis padres vivían entonces.

Ahora el sorprendido era él.

—Es decir, que si tú no hubieras venido a Lisboa yo te habría encontrado en Flor da Rosa. Ahora más que nunca estoy convencido de que nuestro destino es y será estar juntos. Jamás nos separaremos, te lo juro. Pero si tu madre murió cuando tú naciste, ¿por qué no te crio tu padre?

—Mi padre, García de Orta, me contó que el fraile le dijo que mi madre no tenía a nadie, pero que mi verdadero padre era un caballero.

Ana Loira estuvo a punto de añadir que el fraile le entregó a su padre un anillo y que durante años ella lo guardó con la esperanza de que algún día le sirviera para encontrar a su verdadero padre, pero que la Inquisición se lo quitó. Sin saber por qué, se calló y eso no se lo contó.

Corría el año del Señor de 1556. Hacía tres años que mi sueño de ser reina, y luego de ser feliz junto a Ruy Gómez, el amor de mi vida, habían quedado sepultados bajo una coraza. Y hacía casi un año que el infante Luis, mi hermano, no estaba entre nosotros, y las puertas de los Palacios Viejos de Alcaçova seguían cerradas para las tertulias literarias a las que tan aficionado fue.

Haciendo gala de la fuerza con la que Dios me dotó, yo había continuado con mi vida. Pero aquella tarde decidí invitar a los asiduos a las reuniones. La vida seguía su curso y nadie mejor que los Avís sabía cuán efímeros eran los días de felicidad de los que gozábamos antes de que las desgracias cayeran de nuevo sobre nosotros.

Así que, como digo, decidí llenar mi salón de amigos.

Por aquellos días estaba en Lisboa Jorge da Silva, sobrino del cardenal Miguel da Silva, joven amante, como su tío, de las artes y la cultura clásica. Pertenecía a una de las familias nobles del reino y su padre era el conde de Portalegre. Lo invité.

Desde el principio congeniamos, pues era mucho lo que nos unía. Recuerdo su apostura de talle, su bizarría y su extrema cortesía, aunque también su gran atrevimiento. Durante varias semanas fue mi invitado, al cabo de las cuales me declaró su amor. Estábamos en el jardín oyendo cómo una de mis damas cantaba un poema al que había puesto música. Jorge da Silva me tomó las manos y me juró amor eterno. Pensé que era burla, pues era dado también a los asuntos cómicos. Pero pronto me di cuenta de que hablaba de veras.

Era la primera vez, después de mi amado Ruy Gómez, que un joven me hablaba de amor y me sentí halagada. Me vinieron a la mente dos amores muy distintos, el de mi primo Felipe de Castilla y el del caballero Ruy Gómez de Silva.

Por un momento me imaginé que era Ruy Gómez el que me decía esas razones tan sabrosas y me sonrojé. Jorge da Silva creyó que eran sus palabras las que me estaban provocando el sonrojo y me pidió disculpas. Sonreí y le rogué que continuara.

Esperé toda la semana para verle, pero llegado el día de la tertulia no se presentó. Mi querida Juana Blasfelt, que siempre estaba al tanto de todo, me informó de que había sido detenido por orden del rey y estaba preso en la Torre de Belém.

Al día siguiente mis consejeros hicieron unas discretas pesquisas y averiguaron que se le acusaba de traición. El caso parecía grave, pues en unas cartas interceptadas Jorge da Silva aludía a unos asuntos turbios de poder y de dinero y en los que estaba implicado su tío el cardenal.

Yo no daba crédito a lo que oía, hasta que una de mis damas, María de Mendoza, casada con un caballero de mi casa, me contó que eran varias las versiones que corrían por la corte acerca de la prisión de Jorge da Silva, a cual más novelesca.

Ya he dicho repetidas veces que nunca puse oídos a las hablillas y murmuraciones cortesanas, pero en esta ocasión necesitaba oírlas porque todo me resultaba muy extraño.

Una de estas versiones situaba a mi hermano el rey como el artífice del suceso, y el origen no era otro que el odio enconado que le profesaba al cardenal Miguel da Silva desde hacía años. Fueron muchas las razones que me dieron para este odio, pero ahora solo recuerdo una: el cardenal fue el principal consejero de mi padre para que fuese él quien matrimoniara con mi madre y no mi hermano, al que en un principio estaba destinada como esposa.

También me hablaron de que se habría enterado del amor

que Jorge da Silva sentía por mí y, antes que consentir en un casamiento, lo mandó apresar.

Sea como fuere, el caso es que me vi obligada a intervenir para que lo soltaran y hablé con mi hermano el rey. Le hice ver sutilmente que no sentía nada por él, como así era, y que en la corte todo eran rumores nada halagüeños para el sobrino del cardenal.

A los pocos días tuve noticia de que Jorge da Silva había embarcado para África. Nunca más supe de él, pero aún recuerdo las palabras de amor que salieron de sus labios porque eran las primeras que mis oídos escuchaban en tres años, y a pesar de que yo había cumplido los treinta y cinco años, durante unos días me hicieron volver a soñar con el amor. Y ahora pienso, una vez más, que lo que me impedía disfrutar del amor era mi fortuna.

60

La iglesia de San Antonio se hallaba relativamente cerca del palacio en Lisboa que el prior de Crato había heredado de su padre. Su párroco, don Silverio, un hombre sencillo, bueno y respetuoso con las normas de la Iglesia, llevaba un año escandalizado por la vida licenciosa del hijo de don Luis. No se atrevía a ponerlo en conocimiento de sus superiores porque creía que no era de su competencia y porque, además, siendo su tío cardenal, suponía a este informado de la vida disoluta de su sobrino.

Hasta aquella mañana en que un muchacho le confesó algo sobre don Antonio. Un pecado aún peor que el de la lujuria. Desde que le dio la absolución a aquel joven no había logrado concentrarse en el resto de las confesiones matutinas y ahora, preparando la homilía, no podía meditar sobre las lecturas que estaba leyendo. Seguía dándole vueltas al asunto y pidiéndole a Dios que le mostrase el camino a seguir. Fue durante la eucaristía cuando tomó una decisión.

En un principio había pensado en ir a Évora, de donde don Enrique era arzobispo, pero cuatro días de viaje eran muchos para su salud.

Al día siguiente, a primera hora de la mañana, se encaminó hacia el palacio arzobispal para hablar con el arzobispo Fernando de Vasconcelos, que desde hacía quince años pastoreaba la diócesis de Lisboa.

—¿Espera Su Excelencia Reverendísima a vuestra paternidad? —preguntó un clérigo vestido con sencillez, aunque con un hábito y manteo nuevos, después de que un sirviente le hubiera llevado hasta una sala ricamente amueblada.

El párroco se quedó suspenso un momento, sin saber qué contestar. En su nerviosismo por poner en conocimiento del cardenal don Enrique el secreto que le quemaba desde hacía días, no pensó que el arzobispo tenía su tiempo tasado y que para hablar con él era necesario pedir audiencia.

—No, Su Excelencia Reverendísima no sabe de mi visita —contestó tímidamente don Silverio.

—Pues entonces vuestra paternidad tendrá que esperar. Podéis venir pasado mañana después de tercia —añadió el atildado secretario tras consultar un cuaderno—. ¿A quién deberé anunciar?

—¿Pasado mañana? Pero lo que tengo que comunicarle es muy importante.

El clérigo no contestó y se limitó a negar con la cabeza. Seguramente, pensó el cura, todos los que pedían audiencia querían que los recibieran cuanto antes, pero el asunto que le había llevado allí no admitía más demora.

—Necesito que el arzobispo me reciba ahora. Lo que tengo que decirle no puede esperar.

El clérigo suspiró, dando a entender que su paciencia se estaba acabando.

—Os he dicho que...

—Decidle —le cortó don Silverio— que es un asunto delicado acerca del sobrino del cardenal don Enrique.

El secretario del arzobispo se le quedó mirando un momento.

—Espere vuestra paternidad aquí. ¡Ah! —dijo volviéndose—. ¿A quién debo anunciar?

—Soy el párroco de la iglesia de San Antonio. Mi nombre es...

Pero el secretario ya se alejaba con un movimiento de manteo dejando un fresco olor a romero.

—Don Silverio —dijo el párroco para sí.

Al cabo de unos minutos, regresó y lo acompañó hasta la sala en la que se encontraba el arzobispo.

—Pasad —dijo después de que su secretario anunciase desde la puerta la llegada del cura.

Don Silverio se inclinó y besó el anillo que le tendía.

—Gracias, excelencia reverendísima, por recibirme.

Los inteligentes ojos del prelado estudiaron unos instantes al recién llegado y lo que vio le gustó. Conocía a don Silverio, un cura de mediana edad, alto y enjuto, pero con un rostro sereno y unos ojos que transmitían tranquilidad. La sotana estaba muy pulcra y sus manos, sobre todo las uñas, estaban limpias, lo que agradeció el superior, pues no soportaba que alguien estuviese en su presencia con las manos sucias.

Escuchó atentamente lo que le contó el párroco, sin dejar traslucir en sus gestos o palabras lo que pensaba. Cuando don Silverio acabó el relato, el arzobispo le expresó su agradecimiento y dio por concluida la visita.

61

Don Enrique de Avís, cardenal y arzobispo de Évora, era el octavo hijo de don Manuel I de Portugal, hermano del rey Juan III y tío del prior de Crato. Desde niño estaba destinado a la carrera eclesiástica, y era tal su dedicación, inteligencia y capacidad para los estudios que a los veintidós años fue nombrado arzobispo de Braga por el papa Clemente VII. Comenzó así una carrera que le llevó a ser inquisidor general del Reino de Portugal, luego cardenal, y a punto estuvo de ser nombrado papa. Era respetado y temido por igual.

—¿Sabéis para qué os he mandado llamar? —preguntó el cardenal sin siquiera ofrecer asiento al recién llegado.

—Buenas tardes, tío —saludó don Antonio con una sonrisa—. Espero que me digáis que lo habéis pensado y vais a sacarme de mi destierro en Crato; o mejor, que habéis decidido anular mis votos eclesiásticos.

—Sentaos —ordenó el cardenal.

Al prior se le borró la sonrisa de los labios. No esperaba que su tío lo recibiera con abierta cordialidad, pues nunca lo había hecho, pero algo le decía que el recado urgente para que se presentara ante él no tenía nada que ver con lo que acababa de decir. Tampoco parecía que le fuera a recriminar, como siempre hacía, su vida licenciosa.

—Le prometí a vuestro padre, mi querido hermano Luis, que Dios lo tenga en su seno, que cuidaría de vos, pero me lo estáis poniendo bastante difícil.

—Liberadme de estos inútiles hábitos y os prometo que...

—¡Callaos!

Aunque las discusiones y divergencias con su tío eran habituales, Antonio nunca le había oído levantar la voz.

—He permitido que no tomarais las órdenes de presbítero, he pasado por alto vuestras salidas del priorato para reuniros con... —escupió las palabras, pero ya en voz baja— con mujerzuelas, contraviniendo el voto de celibato. ¡Por Dios bendito, sois un hombre de Iglesia!

—No por mi voluntad.

—Sois un ingrato. Os recuerdo que las únicas rentas que tenéis son las del monasterio y que gracias a ellas podéis vivir como un príncipe.

—Yo no pedí ser prior, ya se lo he solicitado muchas veces a vuestra eminencia. Si mi tío el rey tuviera a bien nombrarme duque, yo le entregaría gustoso el priorato.

—¡Callaos, os digo! Sabéis de sobra que no podéis ostentar ningún título. Dad gracias a vuestro generoso padre, que os dio un insigne apellido y os regaló ese nombramiento en contra de mi voluntad. Pero no os he llamado para que me demostréis vuestra insolencia. Mi hermano lo dejó en su testamento y no seré yo quien incumpla su última voluntad. Dios sabe que me repugna vuestro comportamiento y que he aceptado vuestra relación con esa, con esa...

—Esa joven va a ser mi esposa, con dispensa o sin ella.

—¡Sería un casamiento nulo! Habéis estudiado, conocéis los cánones del segundo Concilio de Letrán que así lo establece. Además, sabéis que como inquisidor general puedo iniciar pesquisas si continuáis con ese... asunto. Os supongo conocedor del Sínodo de Braga de 1281. Según los cánones de este sínodo, esa... mujer...

—Esa mujer, como vuestra eminencia la llama, será la madre de mis hijos.

—¡Unos hijos que serán concebidos en pecado! —volvió a gritar el cardenal.

La discusión comenzaba a alterar el rostro de don Enrique, que ahora se veía rojo y abotargado. Se levantó del sillón frailero y se dirigió a una mesita para servirse un vaso de agua. Luego, más calmado, volvió a sentarse junto a su sobrino.

—¿Os tengo que recordar que, según este mismo sínodo, las mujeres que yacen con hombres de Iglesia son excomulgadas y a su muerte serán privadas de sepultura religiosa? ¿Lo sabéis? ¿Sabéis que vuestra lujuria condenará a esa desgraciada a las penas del infierno? ¿Y que vuestros...? —Se negaba a pronunciar la palabra—. ¿Y que sus descendientes no podrán heredar ni recibir beneficios eclesiásticos?

—Tengo entendido que ese mismo sínodo contemplaba excepciones. Según los redactores, «filii non sunt culpabilis de predicta peccata patres», constitución siete. Como veis, tío, sí estudié.

—Sí, los hijos no son culpables de los pecados cometidos por los padres. Ese tema está siendo estudiado en el Concilio de Trento y...

—¿El Concilio de Trento? —Ahora era el prior el que levantaba la voz—. ¿Os referís acaso a su promotor el papa Paulo III? ¿El que regaló a uno de sus hijos el ducado de Parma que pertenecía al papado? ¿Ese es mi ejemplo, tío?

El cardenal don Enrique estaba a punto de sufrir un síncope. Se desabotonó el cuello de la sotana mientras su sobrino se apresuraba a servirle un vaso de agua.

—¿Os encontráis mejor? —preguntó don Antonio con suavidad, después de unos minutos en los que creyó que su tío se moriría allí mismo.

El cardenal permanecía con los ojos cerrados. Se le pasaría, no era la primera vez que sufría esos accesos. Ahora pensaba en las hirientes palabras que su sobrino había dicho acerca de Paulo III, el papa querido por los jesuitas por haberles apoyado en su fundación. Pero tenía que reconocer, a su pesar, que estaba en lo cierto, y todavía daba gracias a Dios porque su irrespetuoso sobrino no hubiese hecho alusión al pecado nefando de la sodomía del que era acusado el hijo del papa.

Por otro lado, la historia se repetía, se dijo el cardenal. Hacía veinticinco años mantuvo una conversación parecida para que su hermano don Luis renunciara a su amante Violante Gomes, y ahora estaba allí tratando de convencer, una vez más, a su testarudo sobrino de que hiciera lo mismo. Solo que aquel era de carácter dócil y accedió, pero con don Antonio el asunto no estaba resultando tan sencillo.

—No me opondré a que os ocupéis de la manutención de esa mujer, pero os exijo que dejéis de verla. ¿No os dais cuenta de que vuestro comportamiento ofende a Dios? —dijo al cabo con la voz cansada.

—Si me concedieseis un título nobiliario dejaría de ser prior y de ofender a Dios —contestó don Antonio, desafiante.

—De sobra sabéis que no podéis ostentar ningún título nobiliario y que solo os está permitido el ejército y la Iglesia. Sin embargo, si tanto os pesa el cargo podéis dejarlo. Hablaría con el rey para que os proporcione una renta vitalicia, y con la fortuna de vuestro padre podréis vivir holgadamente.

Don Antonio se quedó pensando en las palabras que acababa de pronunciar su tío. Sabía que nunca aceptaría esa propuesta. Le incomodaba sobremanera tener que fingir una vida en la que no creía, sabía que Dios no podía aprobar esa doble vida que llevaba, por muchas misas que oyera y muchas oraciones que rezara. Pero no podía aceptarla porque el poder que le otorgaba el priorato era semejante al del más alto título nobiliario. Podía ser consejero del rey, aunque su tío Juan III no le hubiera pedido nunca su parecer; tenía voto en Cortes, las rentas que percibía eran semejantes a las del rey y, lo que era aún más importante, no estaba supeditado a ningún prelado, solo el papa estaba por encima de él. Un poder y un rango desde el que algún día acceder a ser rey de Portugal. Ese era su sueño, y Dios o el demonio, ya no estaba seguro, le allanaba el camino una y otra vez, una y otra vez.

El prior no contestó y el cardenal asintió.

¿Era ese el motivo por el que su tío lo había hecho llamar? ¿Proponerle una vez más que dejara a Ana Loira?

El cardenal pareció adivinarle los pensamientos.

—Pero el motivo por el que os he hecho venir sobrepasa en importancia vuestra lujuria. Vuestro comportamiento ha llegado a los oídos del arzobispo de Lisboa.

Don Antonio se puso alerta. ¿Qué le habrían contado? No creía que le hubieran dicho que tenía una amante, muchos religiosos la tenían. No, era algo más grave.

—Creía que la lujuria era uno de los peores pecados, por algo es de los capitales.

—De los diez mandamientos que nos dejó el Señor, el principal es el de honrar a Dios por encima de todas las cosas, de nuestra familia, de nuestro deber como ciudadanos e incluso de la propia conciencia. Cuando un hombre, y sobre todo un hombre de Iglesia, aparta a Dios para que el demonio ocupe su lugar, honrándole y adorándole, no tiene cabida en el seno de la Santa Madre Iglesia.

El cardenal, fatigado, se calló un momento, dando tiempo a que su sobrino asimilase sus palabras.

—Sabéis que como inquisidor general me compete decidir si se abre un procedimiento contra alguien acusado de un delito contra Dios o contra la Iglesia. Además, el Santo Oficio no tiene en cuenta si el acusado es padre, madre o hermano del inquisidor.

Un estremecimiento recorrió la espalda del prior. Una cosa era burlar a la Iglesia con su amante y otra muy distinta que el Santo Oficio metiera las narices en su relación con Ana Loira. Sabía que años atrás su padre había sido denunciado al Santo Oficio y que tuvo que huir de Portugal. Don Antonio volvió a tomar asiento cerca del cardenal.

—¿Qué os han contado ahora sobre mí? —preguntó intentando no dejar traslucir el nerviosismo que sentía.

—He tenido conocimiento de que esa joven con la que mantenéis relaciones es una bruja; su padre fue denunciado a la Inquisición. De no estar huido, seguramente lo hubieran condenado, quién sabe si a la hoguera.

—Ana Loira es solo una...

—¡Callaos! —gritó el cardenal perdiendo la paciencia—. Ella misma fue procesada junto a su madre.

—Olvidáis, tío, que era una niña y que no se pudo probar nada contra ellas.

—Sí, eso mismo, no se pudo probar entonces, pero quizá algún día sí se pueda. Pende sobre ella una sentencia absolutoria de la instancia. Sabemos que las brujas mantienen relaciones con íncubos, y vos fornicáis con esa mujer.

A don Antonio se le escapó una sonrisa al pensar que alguien le había tomado por un demonio.

—No creo que el asunto tenga gracia alguna. Estáis jugando con fuego y no me refiero al del infierno. Si se abre un proceso contra esa muchacha vos estaréis implicado, y el castigo puede llevaros a la hoguera. El cargo de prior no os protegerá, y yo tampoco.

El hijo del difunto don Luis se puso serio al escuchar las últimas palabras del inquisidor general. ¿Hasta dónde sería capaz de llegar su tío para romper su relación?

—Ana Loira no es bruja, es la ayudante del boticario real. Conoce el poder de las hierbas curativas, y sus emplastos y cataplasmas sanan a los enfermos. Yo veo en ella a una joven hermosa y buena, mientras los demás creen que es una bruja porque elabora medicinas. Nunca la he visto hacer conjuros ni hechizos, y estoy seguro de que son calumnias. ¿También me ha acusado vuestro espía de que han visto a Ana Loira haciendo conjuros en mi presencia?

El cardenal guardó silencio y el prior lo interpretó como una negativa.

—Aunque no os hayan visto presenciando conjuros, pueden acusaros de mantener relaciones carnales con una hechicera.

—¿Quiénes? ¿Los mismos que acusaron al médico García de Orta? Toda Lisboa sabe que la acusación era falsa, que detrás solo había envidia de su talento.

—Os aseguro que se trata de personas respetables a quienes el Santo Oficio creería.

La conversación continuó y don Antonio, ya más tranquilo, se negó a prometerle a su tío que no vería más a su amada. Sin embargo salió de la sala con un sentimiento que nunca había experimentado, el miedo.

62

A na Loira estaba feliz. De camino a la botica de don Nuno pensó en las palabras que le diría esa noche a su amado para hacerle partícipe de que esperaba un hijo. Habían hablado muchas veces de que esto pudiera suceder. Ella era precavida y después de yacer con él siempre tomaba aceite de eneldo varias veces al día, pero hacía tiempo que el menstruo no aparecía y además sentía hinchazón en los pechos, por lo que estaba segura de su preñez.

Repasó en su mente la receta, sacada como siempre de su Dioscórides, y comprobó que no se equivocó en las cantidades: ocho libras y nueve onzas de aceite, once libras y ocho onzas de flores de eneldo, dejarlo reposar un día antes de tomarlo. Sí, la receta estaba bien.

Por una parte le asustaba su situación; no tenía familia y era la amante del prior de Crato. A él no le gustaba que ella hablara así, le decía que no eran amantes sino amadores, y ella se reía. Por otra parte, pensaba que se merecía ser feliz. Había sufrido mucho con la partida de su padre y la muerte de su madre, y luego encontró el amor sin ella buscarlo; amaba a Antonio con toda su alma y se sentía amada. Ahora iba a tener un hijo fruto de ese amor. Sonrió, embelesada en sus pensamientos.

Dos mulas al trote con sendos frailes sobre ellas estuvieron a punto de tirarla.

Saludó alegre a Akosua, que se afanaba en barrer la puerta, aunque ella no vio que hubiera suciedad. La esclava la miró con pena, pero la joven no se dio cuenta. Empujó la puerta de la botica.

—Buenos días, don Nuno, ya estoy aquí.

El boticario salió de la rebotica con el rostro demudado y los ojos arrasados.

—¿Sucede algo? —preguntó ansiosa.

—Sucede, Ana Loira de Orta. Ese es tu nombre, ¿verdad? —dijo un fraile dominico, al que seguía otro, saliendo de la rebotica.

Ella se quedó mirando a los religiosos y supo enseguida que eran representantes de la Inquisición. Un estremecimiento recorrió su cuerpo y a punto estuvo de gritar de terror. Habían pasado quince años desde que su madre y ella fueron interrogadas por la Inquisición y todavía había noches en que tenía pesadillas. Desde entonces, su madre, que Dios la tuviera en su gloria, le había recordado muchas veces que tenían una «sentencia absolutoria de la instancia» y le repetía esas palabras, para que siempre lo tuviera presente y no olvidara que su inocencia seguía en entredicho y que la acusación pendía sobre ella como una espada de Damocles, aunque no supiera de qué se la acusaba. ¿Qué hacían allí? ¿Acaso habían encontrado nuevas pruebas y volvían para detenerla y juzgarla de nuevo? Entonces era una niña y quizá les dio pena, pero ahora era una mujer. Pensó en su padre, quizá lo habían detenido o, peor aún, venían a comunicarle su muerte. De nuevo un escalofrío le recorrió el cuerpo y se agarró el vientre con las manos, como protegiendo a la criatura que se estaba formando en su interior.

—Siéntate —dijo el dominico que había hablado antes—. ¿Sabes quiénes somos y a quién representamos?

Ana Loira afirmó con la cabeza y don Nuno se llevó el lienzo a los ojos.

—Muy bien, entonces ya hemos adelantado mucho camino. Iremos directamente al asunto que nos ha traído aquí. Alguien te ha denunciado a la Santa Inquisición.

Creyó que iba a desvanecerse de un momento a otro. De nuevo la cárcel, y con un hijo en sus entrañas.

Luego comenzó a oír palabras sin entender lo que decían, veía a los frailes mover los labios, veía a don Nuno llorar, escuchaba de nuevo a los religiosos, a sus oídos llegaban palabras sin sentido: fuera del reino, amante, sacrilegio, acusación, pecado muy grave, el Santo Oficio, el prior don Antonio, el rey, el inquisidor general, herejía, hoguera, tu padre huido, sentencia absolutoria de la instancia... Ana Loira sintió la garganta seca y vio cómo los frailes y el boticario se movían de un lado a otro, de un lado a otro; se restregó los ojos porque comenzó a ver borroso. Y de pronto, la nada.

Cuando despertó, vio a don Nuno sentado a la cabecera de la cama. Le sonrió y le preguntó qué estaba haciendo allí.

—¿No te acuerdas de nada, niña? —preguntó el boticario cogiéndole la mano—. Estás en mi cuarto. Te has mareado, y vaya susto que nos has dado.

Ana Loira pasó la vista por la estancia. A pesar de que llevaba muchos años trabajando en la botica y considerar a don Nuno su mejor amigo, no había entrado nunca allí.

—¿Qué querían esos frailes? —preguntó con candidez.

Los hipidos de Bento, acuclillado en un rincón de la alcoba, se dejaban oír.

—¿Quieres dejar de gimotear? Nos estás poniendo nerviosos —dijo don Nuno alzando la voz.

—Yo no quería, no quería que sucediese esto, yo solo quería que ella dejase a ese fraile. —La voz lastimera de Bento desde el rincón llegaba hasta el lecho.

El boticario soltó la mano de la joven y se giró despacio. Se negaba a creer que lo que había dicho su ayudante fuese lo que él estaba pensando.

—¿Qué es lo que no querías? ¿Qué tienes tú que ver con todo esto? —preguntó mientras se levantaba de la cama e iba hacia el rincón.

El muchacho seguía ovillado, gimoteando y suplicando que lo perdonasen.

—¡Levántate! ¡Levántate, te digo! —gritó el boticario—. Y explícame qué has hecho.

El ayudante se levantó temblando y se escabulló hasta al lecho, donde Ana Loira seguía sin entender nada.

—Perdóname, yo solo quería que dejaras a ese fraile, eso fue lo que le dije a don Silverio. No pensé que te fuese a pasar nada, yo te quiero.

Don Nuno se acercó a la cama.

—¿Estás diciendo que has sido tú el que ha denunciado a Ana Loira a la Inquisición? —dijo el boticario con la voz apagada, como si no creyera lo que acababa de oír.

El ayudante, ahora de rodillas, intentaba cogerle la mano a la joven y seguía suplicando su perdón.

—No, yo no tengo nada que ver con la Inquisición, yo se lo dije a don Silverio, el párroco de San Antonio. Creía que él hablaría contigo y te obligaría a dejar a ese fraile.

El boticario lo levantó cogiéndolo por un brazo y se encaró con él.

—Sabía que eras un imbécil, pero nunca te creí un ingrato. —Le dio una sonora bofetada que hizo que el ayudante trastabillara—. Fuera de mi casa, y no vuelvas nunca más.

—Pero, don Nuno, yo la quiero y ella… —dijo con la mano en la mejilla.

—¡Fuera de aquí, malnacido, desagradecido!

Ana Loira permanecía en silencio mientras en la nebulosa de su mente iban encajando las piezas: Bento se lo había dicho al cura y a este le faltó tiempo para denunciarla a la Inquisición, y luego esos dominicos fueron allí para avisarla o amenazarla. Por lo que recordaba, tenía que dejar de verse con Antonio, de lo contrario el Santo Oficio la acusaría de herejía y esa acusación podría llevarlos a los dos a la hoguera.

—Don Nuno —dijo al fin, cuando ya el muchacho se había marchado llorando—, tengo que dejar de ver a Antonio y marcharme de Lisboa porque si no la Inquisición me acusará de herejía, ¿no es eso?

—Sí, mi niña, creo que deberías irte por un tiempo, hasta que todo se olvide.

—¿Y adónde voy a ir sola y con una criatura en el vientre? —preguntó, a sabiendas de que no podría contestarle.

El boticario se llevó las manos a la boca para sofocar un grito.

La joven sonrió con tristeza.

—Sí, don Nuno, voy a tener un hijo de Antonio.

—¡Ay, Dios mío! ¡Ay, Dios mío! Déjame que piense, niña, que no puedo con tantas emociones. Veamos, si vas a tener un hijo... ¡Tu hijo será sobrino del rey don Juan y biznieto del rey don Manuel, que Dios tenga en su bendita gloria! —gritó alborozado el boticario.

—Mi hijo será un niño que nunca conocerá a su padre, y quizá nunca sepa quién es, como me sucedió a mí.

Entonces se sinceró con don Nuno y le contó todo acerca de sus verdaderos padres.

—Ana Loira, tú me dijiste un día que no podías luchar contra el destino. ¿Te das cuenta? Tu vida comenzó en Crato y el padre de tu hijo es el superior del monasterio de esa villa.

Sí, desde que Antonio le dijo aquella noche que era prior de Crato, se convenció de que no podía luchar contra el destino, como en esas tragedias griegas en las que por más que huyeras, el azar siempre te asaltaba en algún recodo del camino. Pero ese mismo destino acababa de invitarla a participar en un juego cruel.

Creo recordar que en aquel año de 1556 llegaron noticias de desastres naturales desde la isla de Malta, pero no consigo traerlo a mi memoria.

Hacía solo un año que mi pobre hermano el infante Luis no estaba en este mundo y, como había predicho el cardenal Enrique, ya habían comenzado los rumores sobre el inapropiado comportamiento de mi sobrino Antonio, prior de Crato.

Las malas lenguas, que siempre fueron afiladas en palacio, se referían a él como «el bastardo» y le atribuían amoríos con jóvenes de la corte, que no sé yo cómo podía llevarse a cabo tal menester, siendo sus visitas escasas y escaso también el número de jóvenes doncellas.

Un día una de mis damas de compañía, poco dada a la maledicencia y discreta por demás, vino a decirme que mi sobrino Antonio mantenía una relación con una joven herbolaria de la que estaba enamorado, hasta el punto de querer dejar el priorato para casarse con ella. Yo recordé a la ayudante que acompañaba al boticario Nuno en mis días de melancolía y me dije que mi sobrino tenía buen gusto, pues era una joven hermosa e inteligente.

Pensé con dolor que la historia se repetía. Mi hermano Luis había renunciado a su gran amor por deber, y ahora, seguramente, mi sobrino Antonio tendría que olvidar a esa joven por mucho que la amara.

Siempre el deber por delante de todo.

Pienso ahora en las mujeres de mi familia: en mi madre teniendo que abandonarme en Portugal porque su obligación era obedecer a su hermano y tornar a Castilla; en mi abuela Juana de Trastámara soportando el dolor de ver partir hacia Portugal al ser que más quería en el mundo, su hija Catalina; en Juana de Austria, la hija del emperador, la desventurada esposa de mi sobrino Juan Manuel que tuvo que dejar en Portugal a su hijo Sebastián porque de nuevo el emperador necesitaba que cumpliera con su deber, esta vez como regente de Castilla.

Y en mí misma, aunque no me es dado quejarme, pues renunciar al amor, aunque sea el único amor de tu vida, no tiene punto de comparación con tener que abandonar a un hijo.

Siempre cumpliendo las órdenes de los reyes, siempre al servicio de los reinos de Castilla y Portugal.

Me viene a la memoria que en aquellos primeros días de 1556 mi primo Felipe de Habsburgo subió al trono y a mí me dio por pensar lo distinta que hubiera sido mi vida si alguno de los matrimonios concertados con él hubiese llegado a buen puerto. Yo habría sido reina de Castilla, y solo Dios sabe si habría conseguido ser feliz; pero luego la reflexión me decía que si ello hubiera ocurrido no habría conocido lo que era el verdadero amor, y quizá no habría sido tan indulgente con aquellos que se enfrentaron a su destino por conservarlo.

Ahora, en mis postreros días, veo pasar mi vida como si fuera un sueño y pienso que yo no la viví, de manera que se mezclan sucesos que acaecieron con otros que quizá soñé, y así todo se diluye en mi memoria, como en esas mañanas de niebla sobre el Tajo en las que el sol pugna por salir y luz y niebla son todo uno.

63

Ana Loira tenía un sueño agitado. Las imágenes de los dos frailes dominicos amenazándola con iniciar un proceso inquisitorial contra ella si volvía a ver al prior se mezclaban con el rostro de su amado Antonio. Y luego se vio a sí misma como una vagabunda sin nadie que le brindara ayuda y pariendo a su hijo a la vera de un camino.

Se despertó sobresaltada, con la frente bañada en sudor. Incorporada en la cama, se esforzó por serenarse. Recordó a su padre e intentó imaginar las palabras que este le diría si estuviera allí.

De pronto, un vago recuerdo vino a su mente. La carta que su padre le dejó a don Antonio Silva para ellas cuando huyó a Goa. ¿Qué decía? Sí, algo de Crato. Su madre la leyó en alto y se extrañó de unas palabras al final de la misiva que iban dirigidas a ella: «Recuerda, hija mía, ir algún día a Crato si es que lo necesitas».

—¿Por qué te dice tu padre que vayas a esa villa? ¿Qué se te ha perdido allí?

Se sorprendió de que le preguntara sobre Crato. Bien es verdad que su padre siempre le insistía en que no le comentara nada a su madre, pero creyó que lo hacía por mantener la complicidad entre ellos. El caso es que la creía enterada de lo que su padre le contó sobre su origen hacía solo unos meses: «El fraile que te trajo se llama frey Atilio y me ofreció su ayuda si alguna vez la necesitábamos. Juró que no era tu padre y que aquel era un hombre noble y honrado, y tu madre, que murió al traerte al mundo, era una mujer buena y temerosa de Dios. Eres nuestra hija y estas palabras no cambian nada. Si lo necesitas, muéstrale esta cajita con el anillo. Él lo entenderá». Ella miró fascinada la joya que relucía en sus manos. Su padre dejó que la cogiera no sin antes obligarla a jurar que jamás le contaría a su madre nada de la conversación que habían tenido. Luego lo abrazó y le colmó de besos.

Nunca más hablaron de ello, ni ella lo recordó hasta el día que leyó la carta que el médico don Antonio Silva les entregó. Entonces reaccionó:

—No lo sé, a lo mejor quería que conociéramos algunos pueblos. ¿Puedo leer la carta? —preguntó cuando la madre comenzó a desbarrar contra su padre acusándole de haber llevado la desgracia a sus vidas por su afán de seguir con esas malditas hierbas.

Volvió a leer la misiva y comprendió lo que él pretendía con esas líneas del final: el último pensamiento de su padre era para ella porque le preocupaba que le sucediera lo mismo que a él, que la denunciaran ante la Inquisición. Entonces era una niña, pero recordó lo que él le había dicho en varias ocasiones: que si alguna vez estaba en peligro debía ir al monasterio que estaba en Crato y preguntar por frey Atilio.

Ahora, sentada en el lecho, asustada por el futuro incierto que la esperaba, dieciséis años después, volvía a recordar la conversación que mantuvo con él. Dio gracias a Dios por encender una luz en su camino cuando creyó que todo era oscuridad. Claro que ese fraile tendría que fiarse de lo que ella le dijera, porque el anillo ya no obraba en su poder.

Quizá había llegado el momento de ir a Crato y pedir ayuda a ese fraile. Su padre nunca le falló, e incluso estando en peligro, en el momento de su huida, su último pensamiento fue para ella.

Los ojos se le humedecieron.

—¿Dónde estarás, padre? —se preguntó en voz alta, y dejó que las lágrimas rodaran por sus mejillas.

Al día siguiente, Ana Loira fue temprano a la botica. Necesitaba contarle a don Nuno lo que había recordado, y sobre todo necesitaba su consejo.

El boticario, pasados los sustos del día anterior, la recibió más tranquilo. Cerró la botica y la invitó a subir a su casa.

—Veamos, niña, hay algo que se me escapa —dijo cuando ella le hubo contado todo—. Ese freire o fraile, ¿qué tenía que ver con tu madre? ¿Acaso era tu padre?

—¡Por Dios, don Nuno, frey Atilio juró que no lo era!

—¡En fin, ya sabes el refrán! «A la moza y al fraile que no les dé el aire» —contestó el boticario haciendo un gesto con la mano—. Pero bueno, lo importante es que tienes a alguien que puede ayudarte, y nada menos que un freire, que según dices es más que un fraile, del Priorato de Crato. La Iglesia es poderosa. Y hablando del priorato, supongo que has considerado que precisamente el prior de ese monasterio es tu amado don Antonio, al que la Inquisición te ha prohibido acercarte. O puede que ese freire se lo cuente a su superior, que precisamente es don Antonio, que mira por dónde es tu amado. ¡Ay, niña, esta situación es más complicada que una novela bizantina!

Ana Loira palideció. No, no había pensado en ello, ni siquiera se le pasó por la cabeza. La luz que creyó ver esa mañana acababa de apagarse y de nuevo la oscuridad se cernía sobre ella.

—¡Oh, don Nuno! ¿Qué voy a hacer? ¿A quién recurriré ahora? No puedo ir allí. Si esos freires se enteran de que espero un hijo del prior, no quiero ni pensar en las consecuencias.

—Bien, niña, calma, ya pensaremos algo.

64

Desde que había echado a Bento, don Nuno encargaba a su criado Miguel el reparto de medicinas, pero aquella mañana quiso hacer él mismo el recado. El destinatario de la entrega era el marqués de Vasconcelos y a él le gustaba entrar en aquel palacio lleno de obras de arte. Además, si tenía suerte sería recibido por la marquesa, una dama refinada que estimaba mucho el gusto del boticario en el vestir.

De camino hacia el palacio se detuvo un momento en el puerto, intrigado por el trajín que había en torno a tres galeras del rey. Que él supiera, no se estaba preparando ninguna expedición. Se acercó a un hombre que por el porte parecía ser mercader y le preguntó si sabía a qué se debía ese ir y venir del muelle a las galeras cargando mercaderías. Con un inconfundible acento genovés, el mercader le informó de que un tornado había arrasado la isla de Malta, sede de la Orden de los Caballeros Hospitalarios, y que el rey estaba fletando tres galeras para que los caballeros fueran a auxiliar a sus hermanos.

El boticario no podía dar crédito a lo que oía.

—¿Queréis decir que los caballeros de la Orden van a embarcar en esas naves para ir a Malta? —preguntó sin poder disimular su nerviosismo.

—Así es, signore, y el prior de Crato los acompaña. Dicen las malas lenguas que por fin va a pisar la isla.

Don Nuno sacó el lienzo para limpiarse el sudor que, de repente, le brotó sobre el labio superior.

—Y decidme, pues al parecer estáis bien informado, ¿se sabe cuándo va a partir esta, digamos, flotilla de los caballeros?

—Dicen que el prior don Antonio, que está aquí en Lisboa, ha mandado recado a Crato para que sus hermanos se pongan en camino. Pero por lo visto... —El comerciante se calló al ver que el caballero al que estaba informando echaba a correr.

Don Nuno entró sin resuello en la botica cuando su hermosa ayudante despedía a unas señoras. Pasó directamente a la rebotica y allí, después de desabotonarse la ropilla y beber agua fresca, se sintió mejor.

—¡Ay, niña, que no te lo vas a creer! —dijo en cuanto Ana Loira hubo asomado la cabeza en la rebotica.

Ya más tranquilo, contó a la joven todo lo que había averiguado en el puerto.

—¿Te das cuenta de que Dios vela por ti y por tu hijo, el biznieto del rey don Manuel, que Dios tenga en su santa gloria? Así que, aprovechando que don Antonio está aquí atareado con los preparativos del viaje, iremos a Crato. ¡Ana Loira, niña, vengo con noticias que han de salvaros a tu hijo y a ti y no dices nada!

La muchacha permanecía en silencio, incapaz de reaccionar.

—¿Y cómo vamos a ir hasta allí? ¿Y si frey Atilio ha muerto o no quiere recibirme? ¿Y si...?

—¡Ay! Calla, que vas a conseguir que pierda otra vez los nervios. Voy a mandar a Miguel a... No, mejor voy yo, no me fío de ese inepto, pero le diré que me acompañe. Tú quédate aquí y no descuides las ventas, que debemos sacar para pagar el dineral que nos va a costar esta aventura.

Era mediodía y la rua Nova estaba a rebosar de viandantes, compradores y curiosos. A pesar de que a los lisboetas les gustaba pasear, se veían muy pocos coches de caballos en sus calles, quizá porque estas estaban llenas de altibajos que hacían incómodo este tipo de transporte, por lo que se solía utilizar el caballo.

El boticario y su criado se encaminaron a la plaza de Pelourinho Novo, allí don Nuno conocía a un secretario de los de mano alzada, es decir, de los que se dedicaban a copiar en la misma plaza lo que los clientes le pedían. Eran tantas las gentes que los frecuentaban que conocían todos los negocios de la ciudad. En efecto, el secretario les dio la dirección de un hombre que tenía un coche de caballos en alquiler.

No les fue difícil encontrar la calle.

El dueño del coche era un hombre joven, alto y afable que trató con respeto al elegante caballero que venía acompañado por un criado. Los llevó a la cuadra para que vieran los caballos y el coche, un carro de camino en muy buen uso con portezuelas y cristales. Mientras se lo mostraba, don Nuno asentía complacido. Lo contrató por una semana. Sí, le pagaría también la posada.

El cochero creyó que el lindo se estaba burlando de él, nadie contrataba un coche por una semana, hasta que le vio sacar una abultada bolsa de dineros y entregársela.

—Te daré el resto cuando volvamos sanos y salvos. Mañana al alba nos recoges en la botica de la rua Nova.

Al criado Miguel le costó disimular la alegría cuando comprendió que su amo estaría fuera toda una semana y que él se quedaría solo con la hermosa Akosua.

65

Durante dos siglos, la Soberana Orden Militar y Hospitalaria de San Juan de Jerusalén tuvo su sede principal en la isla de Rodas, en el Mediterráneo, hasta que en 1525 fue sitiada y posteriormente arrebatada por los turcos. Pasaron algunos años sin que los caballeros de la Orden tuvieran un territorio en el que establecerse, pero en 1530 Carlos V le cedió al Gran Maestre de la Orden, Philippe de Villiers, la isla de Malta, además de otros territorios, por su ayuda en la política que mantenía con Francisco I de Francia.

El Gran Maestre juró lealtad al emperador y prometió que nunca se inmiscuiría en la política de Castilla ni en la de Francia, y aceptó el tributo que el emperador le pidió a cambio: el envío anual de un halcón maltés.

A partir de ese momento, la Orden añadió «Malta» a su ya de por sí largo nombre. Y con una nueva sede en el Mediterráneo, los caballeros de la Orden de Malta, como se les conocería posteriormente, se aplicaron a la tarea militar de impedir que las naves turcas y berberiscas atacaran los puertos cristianos del Mare Nostrum.

Ahora, veintiséis años después, la amada isla acababa de ser atacada por un enemigo contra el que nada podían los cientos de caballeros y la veintena de naves establecidas allí para su defensa.

Unos días antes de que el boticario se enterara del desastre, el prior de Crato recibía la noticia en su palacio de Lisboa. Un mensajero le informó de que un tornado había asolado hacía días la isla de Malta; seiscientas personas resultaron muertas, entre ellas decenas de caballeros hospitalarios, y al menos cuatro galeras pertenecientes a la Orden quedaron inutilizadas.

El prior de Crato se jugaba mucho en aquella empresa; necesitaba demostrar a sus hermanos que la valentía y la gallardía no le eran ajenas y que estaba dispuesto a dejar la comodidad de su cargo por el riesgo. Por eso no quería dejar nada al azar y supervisaba personalmente los pertrechos y el abastecimiento de las tres galeras que su tío el rey había cedido a los caballeros de la Orden de Malta.

Antes de aplicarse de lleno a la tarea de la que sería la misión más importante de su vida, escribió una larga carta a su amada informándole del suceso y del largo viaje que debía emprender al cabo de una semana.

> ... te llevaré en mi pensamiento y en mi corazón mientras dure este viaje, pero antes de partir deseo verte, quiero que tu imagen, tus besos y tus caricias me acompañen durante toda la travesía.

Ana Loira acabó de leer la misiva que Antonio le había enviado. Se la llevó a los labios y las lágrimas que le corrían por las mejillas emborronaron algunas letras.

66

Ana Loira y don Nuno llegaron a Crato tres días después de salir de Lisboa. La posada de la villa le pareció al boticario demasiado sobria, pero comprobó que el aposento era cómodo y las sábanas estaban limpias, y además el guiso de cordero que la posadera les sirvió era gustoso, y eso compensó la sobriedad.

A la mañana siguiente, después de haber descansado del fatigoso viaje, se dirigieron al monasterio a pie, pues ya habían llamado bastante la atención llegando a Crato en coche como para volverlo a hacer en una aldea de unas cuantas casas.

Chico, el carbonero, se encontraba recogiendo leña cuando vio por el camino dos figuras. El sol le daba de lleno en la cara y solo adivinaba sus siluetas. No fue sino cuando las tuvo delante que comenzó a acelerársele el corazón. Cerró varias veces los ojos para asegurarse de que no tenía delante al fantasma de Margarida.

—¡Eh, buen hombre! —le llamó el boticario—. ¿Sabéis si en el monasterio vive un freire llamado frey Atilio?

El carbonero seguía mirando a la joven.

—¡Eres tú, Margarida! ¡Has vuelto!

—No, no se llama así. Y ahora decidme, ¿está frey Atilio en el monasterio?

El hombre esbozó una sonrisa bobalicona.

—Has vuelto, estás viva —insistía.

—Vámonos —dijo don Nuno, exasperado—. De este inocente no sacaremos nada.

—No, esperad, quizá conoció a mi madre. ¿Quién es Margarida? —preguntó acercándose al carbonero.

Chico alargó una mano y le tocó el cabello.

—Has vuelto —repetía una y otra vez.

—Vámonos, te digo. —Don Nuno agarró a Ana Loira de un brazo y consiguió que volviera al camino.

Continuaron andando y de pronto la gran mole de piedra del monasterio de Santa María de Flor da Rosa, con sus imponentes torres almenadas, apareció majestuosa ante sus ojos. Intimidados por la grandiosidad de la construcción, avanzaron despacio hasta llegar al muro de piedra que la rodeaba.

A Ana Loira comenzó a latirle el corazón y se imaginó a su amado paseando por la inmensa extensión de terreno. También se fijó en las pocas casas que conformaban la aldea y pensó, entristecida, que en una de aquellas moradas su madre la había traído al mundo.

Se detuvieron ante el muro y tocaron la campanilla. Vieron a un freire salir del edificio y avanzar a buen paso por el camino de tierra hasta ellos. Luego los dos viajeros fueron detrás del religioso, obnubilados por todo lo que veían. No solo la grandiosidad de la construcción los embelesaba, sino el ajetreo que tenía lugar en el recinto, pues este bullía con el trasiego de los preparativos para la salida de cuarenta caballeros hacia la isla de Malta. Lo siguieron hasta la gran puerta de entrada, donde el freire les dijo que esperaran mientras iba a dar el recado.

Frey Atilio, con gran pesar pero sin faltar a la eficiencia, se pasaba el día dando órdenes a freires y sirvientes. Le hubiera gustado ir a Malta, pero su cargo de bailío menor le ataba al monasterio. Había recibido de don Antonio instrucciones para que nombrara un prior claustral provisional hasta que frey Duarte volviera de Malta.

Se encontraba en la celda prioral revisando un documento en el que constaba la compra de veinte caballos cuando frey Jacinto le avisó de que dos personas preguntaban por él.

—Atiéndalos vuestra paternidad, yo ahora estoy muy ocupado —dijo.

—Disculpad, hermano Atilio, pero solo desean hablar con vuestra paternidad.

—¿Han dicho sus nombres y lo que desean del monasterio? Si vienen a pedir misericordia que vuelvan otro día. Pero entregadles algo de comida —añadió sin levantar la cabeza del papel.

—Vienen de Lisboa y no son peregrinos, y por sus ropas, yo creo que no buscan caridad. El caballero dice ser boticario, don Nuno de Almeida se llama, y la joven que lo acompaña, Ana Loira.

El administrador del monasterio se quedó con la pluma suspendida en el aire y volvió la cabeza hacia el hermano. Una gota de tinta cayó emborronando el papel.

—¿Cómo decís que se llama la joven, frey Jacinto?

—Ana Loira. Un nombre bastante raro, ¿no cree vuestra paternidad?

Sí, bastante raro, se dijo, como también lo era que la hija de Margarida lo visitara tantos años después de haberla entregado a aquel médico de Évora. ¿Cómo se llamaba? García de Orta, eso era. ¿Qué habría sucedido para que la muchacha viajara hasta Crato? ¿Qué necesitaba de él? ¿Dinero, acaso? ¿Quizá venía para hacerle chantaje? Frey Jacinto había dicho que no eran pobres, pero...

El freire carraspeó para hacerse notar y el rector salió de su abstracción.

—Sí, hermano, haced pasar a esas personas, las recibiré aquí.

Ana Loira y don Nuno entraron en la sobria estancia. La desenvoltura de andares del boticario contrastaba con la timidez de la muchacha.

Frey Atilio los observó un momento y se dio cuenta de que su hermano tenía razón en lo de que no buscaban caridad, pues sus rostros no estaban curtidos por el sol y sus ropas eran caras.

—El hermano Jacinto me ha dicho que vuestras mercedes desean hablar conmigo. Tomad asiento, por favor —les dijo el freire amablemente indicando con un gesto unas sillas—. Bien, en qué puede ayudarles un pobre servidor de Dios como yo.

La joven permanecía en silencio, con las manos en el regazo y sin apenas levantar la mirada, intimidada por la presencia del religioso, por lo que fue el boticario quien tomó la palabra.

—Me llamo Nuno de Almeida, soy boticario real y esta es Ana Loira de Orta, mi ayudante. Hemos hecho un largo viaje desde Lisboa para hablar con vuestra paternidad, pero creo que debe ser ella la que os explique el porqué de nuestra venida —dijo, y cogió una mano a la muchacha para infundirle ánimos.

—Así es, frey Atilio —habló por fin la joven—. He venido para hablar con vuestra paternidad porque necesito vuestro amparo. Mi padre, el médico García de Orta, me dijo que si alguna vez necesitaba vuestra ayuda viniera a veros y os mostrara esto. Por desgracia, la joya que contenía se la quedó hace tiempo el Santo Oficio.

Ana Loira le alargó la cajita de nácar que veinticinco años atrás él le había entregado al médico.

—Vuestro padre es un buen hombre, en un momento muy delicado de mi vida me mostró su bonhomía y generosidad. Estaré en deuda con él siempre —dijo cerrando la cajita que había abierto un momento antes.

—Tuvo que huir a Goa hace años porque alguien lo denunció injustamente a la Inquisición. Desde entonces no he vuelto a saber nada de él. Mi madre y yo también fuimos acusadas pero, gracias a Dios, no encontraron pruebas de nada y fuimos absueltas. Ella murió hace dos años.

El administrador de Crato lamentó profundamente las desgracias que la muchacha le contó.

—Tenéis un nombre muy peculiar —dijo el freire con delicadeza, pues no sabía hasta dónde conocía la joven su historia.

Ana Loira sonrió.

—Vuestra paternidad debe saber por qué mi madre me puso ese nombre.

El religioso sonrió a su vez.

—Vuestra madre era una mujer buena y generosa. Cuando llegué a su casa ya había dejado este mundo, pero la partera me contó que antes de morir dijo cómo quería que os llamarais.

La muchacha asintió.

—Así me lo contó mi padre. ¿Y el anillo, frey Atilio?

—Hace años pensé que podría estar relacionado con vuestro padre. Ahora ya no lo sé. Es mejor que por ahora no os cuente nada más. Bien, ¿y en qué puedo ayudaros?

—Dos dominicos se presentaron el otro día en la botica y me amenazaron con denunciarme a la Inquisición si no abandonaba Portugal. No tengo adónde ir —dijo la muchacha con los ojos arrasados—. Sobre mí pende una sentencia absolutoria de la instancia, y si me acusan de nuevo puedo terminar en la hoguera.

El rector sintió un escalofrío al oír lo que la joven le contaba.

—¿Y de qué se os acusa? —quiso saber el freire.

La joven dudó un momento.

—Mantengo una relación con un hombre de Iglesia —contestó avergonzada, y sintió el rubor hasta la raíz del cabello—. También me acusan de ser hija de un perseguido por la Inquisición.

—Muy importante tiene que ser ese hombre de Iglesia para que los dominicos se hayan tomado la molestia de haceros una visita para intimidaros y no acusaros directamente.

Ana Loira seguía con la vista puesta en el suelo y el boticario comenzó a ponerse nervioso, temiendo que en un descuido nombrara al prior.

Frey Atilio esperó a que la joven siguiera hablando, pero estaba claro que no iba a decir nada más.

—Así que trabajáis en una botica —dijo el rector, queriendo saber algo más de su vida.

—Mi padre puso cuidado en mi educación y estudié hasta donde le es posible a una joven. Desde pequeña me atrajo la fabricación de ungüentos y elixires. Él me enseñó el arte de elaborar medicinas a base de hierbas, le ayudaba a prepararlas. Un amigo suyo me buscó trabajo en la botica de don Nuno.

El freire no se sorprendió de lo que le decía la muchacha. «Bendita la rama que al tronco sale», pensó.

—No me extraña vuestra afición por todo lo relacionado con la medicina. Vuestra madre se dedicaba también a la fabricación de remedios, siempre andaba recogiendo hierbas y raíces del campo, incluso algunas veces nos abastecía si nos faltaba algo en la botica.

A Ana Loira le brillaron los ojos de emoción. Se volvió hacia el boticario, que escuchaba en silencio el relato del administrador del monasterio.

—¿Habéis oído, don Nuno? —preguntó sonriendo—. De ahí me viene la vocación.

—Vuestra madre, Margarida se llamaba, también tenía un don —dijo el freire despacio—. Dios la dotó con la sensibilidad de saber si una persona estaba pronta a reunirse con el Señor con solo tocarla. En la aldea creían que era cosa de brujería, pero yo siempre pensé que ese poder emanaba de la voluntad de Dios.

La joven comenzó a llorar en silencio. Oír hablar del secreto por el que siempre se sintió diferente a los demás le produjo un alivio inefable. Frey Atilio le estaba diciendo que era una gracia de Dios y no algo demoniaco, como llegó a pensar alguna vez.

—Vos también lo tenéis, ¿verdad? —preguntó con dulzura, mirándola a los ojos.

Ella asintió y se secó las lágrimas.

—Debéis estar orgullosa, hija mía —añadió el freire al comprender que la joven había sufrido por ello—. Es un don de Dios. Él, en su infinita misericordia, ha querido daros este galardón y debéis agradecérselo.

Don Nuno no salía de su asombro. Creía saber todo sobre la vida de Ana Loira, que entre ellos no existían secretos, y resultaba que la joven a la que quería como a una hija tenía el poder de saber si una persona iba a morir. Un escalofrío le recorrió el cuerpo al pensar en lo difícil que tenía que ser vivir con esa carga. Y sintió aún más cariño hacia ella.

La conversación se prolongó largo rato. Cuando los dos viajeros se despidieron de su benefactor, la esperanza había renacido en ellos.

—Ana Loira —la llamó el rector cuando ya salían de la estancia—, me gustaría saber de vuestra nueva vida.

—Descuidad, frey Atilio, os escribiré y os daré nuevas —dijo, y sintió que el consuelo había vuelto a su corazón.

Un rato después de que los visitantes abandonaran el monasterio, frey Duarte llamó a la puerta de la celda prioral, tenía que hablar con el bailío menor sin más dilación.

67

Don Nuno y Ana Loira caminaban deprisa de vuelta a Crato cuando se toparon de nuevo con Chico, el carbonero.

—Pasa de largo, niña —dijo el boticario agarrando a la joven del brazo.

—Esperad, ese hombre me confundió con mi madre, me llamó Margarida. Quizá pueda decirme algo más aparte de lo que nos contó frey Atilio.

El boticario suspiró y la siguió, pues ya se estaba acercando al hombre.

—Esta mañana me confundisteis con otra persona, me llamasteis Margarida. ¿Por qué? ¿Acaso me conocéis?

El carbonero había dejado de cavar cuando divisó a la joven a lo lejos y ahora sonreía al ver que se acercaba.

—Margarida era igual que vos, los mismos cabellos del color del trigo y los mismos ojos verdiazulados —dijo sin dejar de sonreír.

Ana Loira sintió que su corazón se aceleraba.

—Era mi madre, ¿la conocisteis?

—Vuestra madre, claro. Sí, la conocí, y a vos también os conocí el día que vinisteis al mundo y que ella murió. Quiso que os llamarais Ana Loira. Ese es vuestro nombre, ¿no?

—Sí, me llamo así. Habladme de ella —contestó, y sintió cómo por momentos la emoción la iba embargando.

—Margarida era la muchacha más hermosa, bondadosa y alegre de toda la aldea de Flor da Rosa. Le gustaba recoger hierbas en el campo para hacer medicinas, tenía muy buena mano para ello y...

—¿Habéis oído, don Nuno? Eso mismo nos ha contado frey Atilio. ¡Oh, Dios mío, cómo me habría gustado conocerla!

Ana Loira escuchaba emocionada al carbonero. Sin embargo, una pregunta le quemaba en los labios: ¿sería aquel hombre rudo su padre? No podía ser, el freire dijo que era noble, pero acaso se refería a su bondad. Le miraba fijamente tratando de encontrar en su rostro algún indicio que le confirmara que era así, pero ni su rostro, ni sus ojos ni su cabello tenían nada en común con ella.

—Si os estáis preguntando si soy vuestro padre, la respuesta es no. Yo quería mucho a vuestra madre, pero ella siempre me vio como un amigo solitario que la ayudaba a recoger hierbas y raíces del campo. Nadie se enteró de quién era vuestro padre. Si alguien lo sabe, es frey Atilio.

—Él me dijo que lo desconocía.

—Así será. Frey Atilio es un buen freire. Si queréis, puedo llevaros al cementerio para que veáis su tumba.

Empujaron la cancilla, entraron en el pequeño cementerio y el carbonero los condujo hasta la tumba de Margarida. Les llamó la atención lo cuidada que estaba, ni una hierba crecía alrededor y algunas flores silvestres un poco ajadas la adornaban.

Ana Loira rezó por su madre y luego se despidió de ella prometiéndole volver algún día para ponerle una lápida.

De vuelta al camino, la joven rompió el silencio que se había apoderado de ellos.

—¿Así que mi madre nunca os comentó quién era mi padre? Chico negó con la cabeza.

—Yo tengo una mancha de nacimiento en el brazo en forma de mariposa, dicen que estas señales se heredan de padres a hijos. Puede que la tuviera mi madre o mi padre —dijo mientras se levantaba la manga de la camisa.

—Tenemos que darnos prisa —dijo don Nuno interrumpiendo a la joven—. Pronto se nos echará encima la noche.

Reanudaron el camino, por eso no pudieron ver que la sombra de la ira nublaba los ojos del carbonero.

68

Toda la comunidad de freires se dirigió a la iglesia cuando la campana convocó al rezo de laudes. Esa mañana, además de dar gracias a Dios por gozar de un nuevo día, se rezaría por que la travesía, que cuarenta caballeros emprendían para socorrer a los necesitados de la desventurada isla de Malta, llegara a buen puerto.

El administrador del monasterio miró a su alrededor y se sintió orgulloso de la estampa que ofrecían los que iban a emprender el viaje, con su pulcro hábito negro y su vistosa capa roja con la cruz blanca de ocho puntas bordada en ella, recordándoles que debían vivir según las ocho bienaventuranzas.

Todos esperaban la llegada de frey Duarte para comenzar los rezos. Se trataba de un momento solemne, y en ausencia del superior era el prior claustral el encargado de oficiar la ceremonia.

El hermano Demetrio estaba sentado al lado del rector y escuchó atento lo que este le dijo al oído. Se levantó y salió de la iglesia. Al cabo de un momento volvió a ocupar su asiento y ahora fue él quien habló en voz baja al rector. Algunos de los freires más próximos pudieron observar el gesto de incredulidad que se reflejó en el rostro del administrador.

Frey Atilio se levantó y con voz pausada comunicó que frey Duarte no tardaría en llegar, que seguramente se había sentido indispuesto, y salió de la iglesia seguido por frey Demetrio. Examinaron el dispensario, la biblioteca, el refectorio, la sala capitular, pero frey Duarte parecía haberse esfumado.

Con la preocupación reflejada en el rostro, el administrador volvió a la iglesia para informar a los hermanos y sus palabras originaron murmullos.

—Hermanos, mientras buscamos a nuestro prior claustral, rogad para que ningún mal le haya ocurrido.

Pidió que varios freires jóvenes le acompañaran para seguir la búsqueda, esta vez por las huertas y extramuros.

Las voces y los gritos de socorro se oyeron por igual en el monasterio y en la aldea de Flor da Rosa. Los hermanos que permanecían en la iglesia la abandonaron nerviosos, sin saber muy bien adónde dirigirse.

—Se ha oído lejos, debe ser en las huertas —comentó un freire.

Se dirigieron en grupos a las huertas y allí se encontraron a frey Atilio.

—Es la voz de frey Demetrio —dijo cuando volvió a oír los gritos aterrados—. Fue a extramuros.

—¡El Maligno ha vuelto a entrar en este sagrado lugar! ¡Frey Armando tenía razón! —gritó de pronto un freire, y a los hermanos más viejos, aquellos que vivieron la tragedia hacía veinticinco años, se les erizó el vello.

Salieron del recinto y allí, junto a la fuente del monasterio y con el rostro desencajado por el horror, encontraron a frey Demetrio, incapaz de apartar los ojos del cuerpo del hermano Duarte, que flotaba bocarriba en el agua limpia del pilón.

Frey Atilio se inclinó para cerrar los ojos a su hermano. Entonces se fijó en lo que alguien había escrito en una piedra: «Ap. 13.10».

El correo había hecho el viaje a uña de caballo. Llegó a Lisboa a medianoche, pero eso daba igual, el mensaje no admitía demora. Las sombras de la noche se habían adueñado de las calles de la villa, alumbradas algunas con escasos faroles de aceite, pero el mensajero conocía bien su destino y llegó sin dificultad.

El criado abrió la puerta del palacio de don Antonio restregándose los ojos. Instantes después, el prior de Crato se sobresaltaba con los golpes en la puerta de su aposento. Muy importante debía de ser lo que tuviera que decirle el sirviente para despertarlo en mitad de la noche.

Era un mensaje del Priorato de Crato. Don Antonio rompió el lacre y se quedó sobrecogido y horrorizado cuando leyó las palabras de frey Atilio. Frey Duarte de Braganza, el prior claustral, el primo de su padre, había aparecido muerto en el pilón y todo indicaba que lo habían asesinado.

—¡Dios mío! —exclamó al tiempo que se levantaba nervioso.

Empezó a pasear por la estancia. ¿Había vuelto el asesino? Sintió la necesidad de viajar hasta Crato y estar al lado de la comunidad en estos momentos tan delicados, pero luego se dijo que los preparativos para el viaje a Malta debían continuar y él tenía que disponerlo todo desde Lisboa.

Don Antonio sabía que su nombramiento como prior no fue del agrado de frey Duarte. Sin embargo, durante el año que llevaba siendo su superior se había mostrado siempre respetuoso y había acatado sus órdenes. A pesar de todo, lamentaba profundamente la muerte del primo de su padre, y más en esos momentos en que iba a comandar la flota que partía a Malta. «En fin, que Dios lo acoja en su santa gloria», se dijo.

69

El capitán Martín Jiménez de Bertendona manejaba el timón de la nave Espíritu Santo y realizó con precisión las maniobras de atraque en el puerto de Laredo. Había salido del puerto flamenco de Flesinga quince días antes escoltada por cincuenta y cinco navíos, y aunque ya de por sí su tonelaje, camarotes y demás dependencias la hacían apropiada para largos y cómodos viajes, fue acondicionada para que su real pasajero hiciese la travesía sin que apreciase diferencia con su palacio.

Carlos V puso pie en tierra seguido de su séquito, compuesto por decenas de personas. Todos quedaron estupefactos al ver el pobre recibimiento que se le mostraba al que hasta hacía unos meses dominaba el mundo.

—¿Es esto todo lo que Castilla puede ofrecer al emperador? —preguntó con tristeza.

El obispo de Salamanca, don Pedro Manrique, y el alcalde de corte Gaspar Durango, junto a cinco alguaciles, se mostraban nerviosos y no acertaron con el protocolo que debían desplegar ante tan regio invitado.

Al día siguiente, y mientras las olas de una gran tormenta destrozaban a la Espíritu Santo en el puerto de Laredo, las hermanas del emperador, doña Leonor y doña María, desembarcaban en el mismo puerto.

Tres días llevaban ya los hermanos Habsburgo alojados en Casa Torre, cerca de la iglesia de la Asunción, cuando doña Leonor pudo, por fin, ver al emperador a solas. Le habló de su vida pasada y le volvió a recordar cómo toda ella había estado marcada por la ausencia de su amada hija María.

El emperador asentía, y por primera vez le reconoció el sacrificio que esta hizo en el pasado por el imperio y cómo ya carecía de sentido seguir infligiéndole ese castigo.

—Ya es hora de aliviar vuestra pena, Leonor. Escribiré a nuestro primo Juan para que deje a María, de una vez por todas, venir a Castilla para vivir con vos. Esta vez no le rogaré, se lo exigiré. La salida de vuestra hija de Portugal fue capitulada con vuestro esposo el rey Manuel, y su hijo no se puede negar. Estoy viejo y enfermo, y tengo derecho a conocer a mi sobrina, a esa hija que tantos pesares ha provocado en vos y de cuya separación me siento responsable.

Doña Leonor sonrió y le abrazó. Estaba segura de que esta vez vería a su hija. El rey de Portugal no podría negarse a la petición de su hermano, quien se presentaba ante él no como el hombre que dominó Occidente, sino como un hombre enfermo que abandonaba los asuntos mundanos para ocuparse de la salvación de su alma en un lugar olvidado de la Extremadura.

Antes de salir de Flandes, doña Leonor había enviado cartas al rey de Portugal, con el embajador don Juan de Mendoza, donde exponía el deseo de que su hija se reuniese con ella.

Ya por la noche, el sueño se negaba a cerrar sus ojos. Pensaba que esta vez no cometería los mismos errores que en el pasado, haciendo creer a su hija que se verían en tal fecha o tal lugar. No, esperaría a que todo estuviera atado y entonces sí, entonces le escribiría para darle la buena nueva.

Tenía cincuenta y ocho años y, al igual que su hermano, se sentía vieja y cansada. Llevaba treinta y tres años sin ver a su hija y ahora, cuando creía que por fin se celebraría ese encuentro, tenía miedo de lo que ella pudiera reprocharle. ¿Qué se le podía decir a una hija que era una desconocida? Portaba consigo los seis retratos de María que había hecho pintar a distintas edades, guardaba como tesoros sus cartas y las de su hermana Catalina, en las que le daba cuenta de los progresos en su educación, de su bondad, su discreción, su belleza. ¡Cuántas cualidades atesoraba su adorada María! ¡Qué magnífica reina se habían perdido los reinos! Se sentía culpable por no haberle procurado un marido y una corona. Tenía esa espina clavada muy adentro, y no negaba el resquemor hacia su primo el rey portugués. De nada habían servido sus excusas para no dejar salir de Portugal a su hija o para rechazar a los distintos príncipes. En todas las cortes se rumoreaba que las riquezas que María atesoraba fueron y seguían siendo la principal causa de su negativa.

Pero tampoco se le escapaba que el rey portugués aún pudiera albergar en su corazón resentimiento hacia ella misma. Recordó la tarde en que, recién nombrado rey, le insinuó seguir siendo reina de Portugal, cuando el cadáver de su esposo aún estaba caliente. Y cómo, de la forma más delicada, rechazó su ofrecimiento. A partir de aquella tarde ya no hubo sitio para ella en el palacio de Ribeira.

Desde la distancia removió cielo y tierra para que su hija pudiera estar con ella, suplicaba y le seguía suplicando a Dios cada día que le concediera ese deseo, pero el Señor parecía tener motivos para no concedérselo.

Volvió a recordar la mañana en que se despidió de su hija. Siempre creyó que se reencontrarían poco tiempo después. Pero los años fueron pasando y su desconfianza para con su primo iba creciendo, aunque jamás imaginó que pudieran pasar treinta y tres años sin verse. Su recuerdo y la esperanza del reencuentro le habían insuflado fuerzas para seguir viviendo. A su mente regresaron las humillaciones en la corte francesa y cómo la sola idea de que María se reuniera con ella allí la animaba a pasar por alto todos los agravios y desplantes.

Un trueno interrumpió sus ensoñaciones. Se levantó y encendió un candelabro para no ver los relámpagos. Desde niña tenía miedo a las tormentas. Recordó los crudos inviernos en Malinas y cómo corría a cobijarse en los amados brazos de su tía Margarita cuando estallaban los truenos. Con los recuerdos felices de su infancia se adormeció.

70

Aquella noche frey Atilio no podía conciliar el sueño, seguramente ninguno de sus hermanos lo hacía. Habían dado sepultura ese día al prior claustral. Durante el sepelio trató de descifrar en los rostros de los freires alguna señal que le llevara a descubrir al asesino. Lo que observó no le decía nada: rostros jóvenes desconcertados y rostros llenos de arrugas atemorizados y sobrecogidos.

Se sentía culpable de la muerte de frey Duarte, al igual que de la de sus hermanos asesinados hacía veinticinco años, frey Andrés y frey Tadeo, y en su duermevela pedía perdón a Dios por no haberse dedicado con más ahínco a desenmascarar al asesino o a conocer la vida de los integrantes de su comunidad; quizá si hubiera ahondado en sus almas habría descubierto la negrura y la maldad que habitaba en uno de ellos y todos estarían vivos. Porque ahora creía que los tres asesinatos los había cometido la misma persona.

Habían retrasado unos días la partida de los caballeros por dos motivos, para oficiar el funeral del malogrado frey Duarte y porque el rector necesitaba averiguar, ahora sí, quién era el asesino que vivía entre ellos.

Un rayo de luna se filtraba por la puerta entreabierta de la celda. Se levantó del catre y se puso de rodillas en el reclinatorio. Volvió a pedir perdón a Dios, esta vez por su soberbia, por pensar en aquel entonces que su inteligencia estaba por encima de la de los demás y creer que solo con su perspicacia podría averiguar quién de sus hermanos tenía las manos manchadas de sangre. Pero el tiempo pasó y todos olvidaron el suceso. Ahora se arrepentía; tendría que haber seguido con las pesquisas sin descanso, pero fue más fácil abandonar y seguir con su vida cómoda y fácil.

Y ahora el Señor volvía a ponerle a prueba.

—Señor, dame la inteligencia suficiente para descubrir el mal, la humildad para reconocer que solo si es por tu intercesión podré lograrlo y la perseverancia para no desfallecer.

De pronto, un pensamiento le cruzó la mente y se aferró a él como el náufrago al leño flotando en las aguas.

Rescató los recuerdos que permanecían intactos en su memoria: frey Andrés tenía tratos con Margarida porque esta le suministraba las bayas de amapola; el hermano Tadeo fue asesinado al día siguiente de morir Margarida y todo hacía pensar que le dieron muerte en la casa de aquella; ahora, su hija volvía a Flor da Rosa y otro freire era asesinado, precisamente frey Duarte, de quien sospechaba que era el padre de Ana Loira y al que durante un tiempo consideró el principal sospechoso. Todo eso no tenía sentido, o al menos él no se lo encontraba.

Pero ahora ese pensamiento se abría paso entre la nebulosa de sus recuerdos: los tres asesinatos estaban conectados, y el nexo eran Margarida y Ana Loira.

Se levantó del reclinatorio, encendió la vela de la palmatoria y se sentó ante la sencilla mesa de pino. Comenzó a apuntar todos los datos de que disponía, semejanzas con los anteriores asesinatos, hermanos que aún seguían en el monasterio y de quienes sospechó en su momento. Anotó las palabras del Apocalipsis de san Juan que escribiera el asesino en las losas de la iglesia cuando mató a frey Tadeo: «VESTRA PECCATA EIUS USQUE AD CAELUM», y lo escrito con un tizón en la piedra de la fuente en la que habían encontrado a frey Duarte: «Ap. 13.10», que todos interpretaron como capítulo 13, versículo 10, del Apocalipsis.

Ahora frey Armando estaba muerto, por lo tanto el asesino no había escrito las palabras del Apocalipsis para inculparle,

¿qué sentido tenía entonces aquello? Pensó en el versículo 10: «El que cautivare a otros, en cautividad parará; quien a hierro matare, es preciso que a hierro sea muerto: aquí está el motivo de la paciencia y de la firmeza de la fe que tienen los santos». Estaba claro que el asesino quería enviar un mensaje, igual que aquella vez, y también que sabía latín y conocía la Biblia.

El primer mensaje venía a decir que el hermano Tadeo moría por sus muchos pecados, aunque él en sus pesquisas solo pudo descubrir que pecaba de envidia, y quizá de avaricia. Pero ¿quién de los hermanos, empezando por él mismo, no había sentido envidia o avaricia en algún momento de su vida? No, ahora estaba seguro, como lo estuvo entonces, de que el asesino o no conocía bien a frey Tadeo o lo escribió para despistar. O, lo que era aún peor, se equivocó de víctima.

Ahora el mensaje, también del Apocalipsis, daba a entender que frey Duarte cometió el primer asesinato y por eso había muerto de igual modo violento.

Frey Atilio se dio cuenta de que hacía solo un momento pensaba que se trataba de un único asesino, pero ahora las dudas volvían de nuevo.

Se quedó observando las anotaciones del cuadernillo en el que durante veinticinco años había apuntado todo lo referente a los asesinatos y, por enésima vez, llegó a la conclusión, por muy descabellada que fuera, de que el nexo era Margarida, y ahora también su hija Ana Loira.

—Dios mío, dame entendimiento. Muéstrame, Señor, la senda que debo seguir —exclamó en voz alta.

71

Ajenos a todo lo que había sucedido en el monasterio, los dos viajeros conversaban tranquilos en el coche. El boticario intentaba infundir ánimos a su ayudante, pero Ana Loira seguía con la mirada puesta en las escenas del camino que se sucedían a través de la ventanilla.

—Ya verás, niña, frey Atilio ha mostrado muy buena disposición y pronto recibiremos noticias suyas. Ya oíste que dijo que te buscaría un lugar en Castilla, lo más cerca que se pueda de Lisboa. A cualquier sitio que vayas no estarás sola, yo te visitaré a menudo. Nada impedirá que esté presente en el nacimiento de Antoñito.

Ella sonrió al oír el nombre que don Nuno daba a su hijo.

—Sí, así llaman en Castilla a los niños que se llaman Antonio. Además, la lengua de Castilla no encierra secretos para ti, porque la dominas tan bien como la portuguesa. Así que, ya ves, niña, todo se alía en tu favor. Espero que no me olvides.

Sus palabras lograron arrancar otra tímida sonrisa a la joven.

—Nunca podré olvidarme de todo lo que habéis hecho por mí. Y espero que sea como decís y mi hijo llegue sano a este mundo. No había pensado el nombre pero, sí, se llamará Antonio, como su padre.

—¿Te has parado a pensar que ese hijo que llevas en tus entrañas podría ser algún día rey de Portugal? Sería, vamos a ver... —Se quedó pensando un momento—. Sí, sería el cuarto en la línea de sucesión. Aunque por lo que respecta al infante don Sebastián me apuesto algo a que no llega a reinar, porque los Avís, y me refiero a los Avís que se unen a los Habsburgo, llevan la desgracia en la sangre. Vamos que, como decía el malnacido Bento, tienen un cenizo. Y lo que yo digo es que después de don Sebastián y del cardenal don Enrique ya no hay nadie, así que vendrían los Antonios, tu amado y luego tu hijo.

—¡Ay, don Nuno, por Dios! Qué cosas se os ocurren. Este hijo de mis entrañas, como decís, nacerá sin padre y por tanto será un bastardo, y ni siquiera será un bastardo como mi amado Antonio, porque este tuvo a su padre que le dio su apellido, le cuidó y le ofreció la educación que se merecía. Mi pobre hijo no tendrá nada más que a su madre.

—Y a su tío Nuno de Almeida, que le ofrecerá la educación que merece un biznieto del rey don Manuel.

72

La campana que llamaba al rezo de laudes sorprendió a frey Atilio sentado a la mesa de pino de su celda. Había pasado la noche devanándose los sesos e intentando desentrañar los asesinatos de sus hermanos. De madrugada sintió que el desánimo se apoderaba de él porque era incapaz de encontrar la luz. Y de pronto recordó el paseo que hacía unos días le había llevado hasta el cementerio y que le llamó la atención lo cuidada que estaba la tumba de Margarida. Hacía veinticinco años que había muerto. No supo por qué, pero se escondió tras un ciprés. Desde allí reconoció a la persona que acababa de depositar en la tumba unas sencillas margaritas silvestres.

En ese momento, un rayo de luz iluminó las tinieblas en las que se encontraba su mente. ¡Qué ciego había estado! ¡Todos estos años con la verdad ante sus ojos y no la había visto! Tendría que ir a Crato para hacer algunas comprobaciones.

Volvió a oír la campana y se levantó de la mesa para cumplir con el precepto. En contra de su costumbre, fue el último en llegar a la iglesia.

—*Deus in adjutorium meum intende* —se oyó la voz de un hermano invocando el auxilio del Señor, dando así inicio al salmo con el que comenzaba el rezo.

Pero el rector se dijo que no podía pedir a Dios que acudiera en su auxilio y que lo socorriera porque ya lo había hecho durante toda la noche, suplicándole su ayuda y su socorro para desenmascarar al asesino. Tampoco fue capaz de concentrarse en los siguientes rezos, pues su mente seguía atando los últimos cabos de la madeja que creía que acababa de desenredar.

En el refectorio siguió ausente, por lo que algunos hermanos que se preocuparon por él le propusieron que se fuera a descansar a su celda, pero no era precisamente esa idea la que ocupaba su pensamiento.

Aquella mañana los cielos estaban cubiertos y frey Atilio se dio prisa en abandonar el monasterio ante el temor de que una tormenta le impidiera hacer lo que debía. Pensó que si eso mismo lo hubiera hecho veinticinco años antes, frey Duarte seguiría vivo, pero no podía desandar lo andado, se dijo, y volvió a concentrarse en el asunto que le hacía salir del monasterio a tan temprana hora. Podía ir andando a Crato, que estaba a casi una legua, pero ante la amenaza de tormenta decidió ir en un mulo. Aunque los estatutos de la Orden prohibían a los caballeros montar sobre esos animales, el rector pensó que cabía una excepción puesto que todos los caballos de los que disponían estaban preparados para el viaje a Lisboa.

Llegó a la villa cuando comenzaban a caer las primeras gotas. Se dirigió deprisa a la iglesia de la Concepción y encontró a don Carmelo, el párroco, cambiando unos cirios gastados por otros nuevos. Los dos clérigos se saludaron afectuosamente y pasaron a la sacristía para hablar con mayor comodidad.

Cuando frey Atilio tomó el camino de regreso, el sol lucía espléndido y un gran arcoíris se dibujaba en el cielo. Sin embargo, la tristeza que reflejaba el rostro del freire le impedía disfrutar de las maravillas de la creación. Inmerso en sus pensamientos, el rector reflexionaba sobre la maldad en el mundo. ¿Qué llevaba a un hombre a asesinar a sus semejantes? ¿Cómo se podía seguir viviendo con esas muertes en la conciencia? Don Carmelo le había aclarado algunas dudas, y frey Atilio vio confirmada su sospecha.

Cuando llegó a la aldea, dejó el monasterio de lado y tomó uno de los caminos que llevaban a los campos de labor. Divisó al carbonero en la puerta de su casa dando de comer a las gallinas.

—Dios te guarde, Chico —saludó el freire.

El hombre levantó la cabeza, extrañado. Nunca el prior del monasterio se había acercado por allí.

—El Señor esté con vuestra paternidad. ¿Qué se os ofrece, padre? —preguntó amablemente.

Frey Atilio se sentó en un banco de piedra adosado a la humilde vivienda y miró a su alrededor: el cobertizo con algunas cabras, una pequeña huerta, una docena de gallinas picoteando los granos de trigo que seguía echándoles el carbonero y el carro con el que se dedicaba a recoger leña y llevar carbón al monasterio y a la aldea.

—¿Cuántos años hace que nos conocemos, Chico? Yo creo que más de cuarenta y, sin embargo, apenas sé nada de ti. A veces pienso que los muros del monasterio se levantaron no para aislarnos del mundo, sino para que las gentes de la aldea no nos molesten con sus desgracias y sus miserias.

El hombre se encogió de hombros.

—¿Te has enterado de lo que ha sucedido en el monasterio? —preguntó de pronto el rector.

—Algo he oído de que un freire se ha ahogado en la fuente —contestó frunciendo el entrecejo, como dando a entender que no sabía mucho más.

—Frey Duarte no era un freire cualquiera, era el prior claustral, y además primo del rey.

—Para mí no hay distingos —contestó sin dejar de echar granos a las gallinas.

Frey Atilio notó un deje de amargura en su voz.

—A frey Duarte lo han matado igual que hicieron con frey Tadeo. ¿Recuerdas cuando asesinaron a frey Tadeo?

Chico negó con la cabeza. Sin decir nada, entró en el cobertizo con el cubo vacío y salió con él lleno de agua.

—Decía que a frey Tadeo lo mataron al día siguiente de morir Margarida. De ese día te acuerdas, ¿no? —reanudó la conversación el rector.

—Margarida era una buena muchacha y no se merecía morir tan joven —dijo el carbonero mirando a los ojos a frey Atilio por primera vez.

—Es verdad, pero fue voluntad de Dios. En cambio, la muerte de los tres hermanos fue un acto del demonio o de alguien tentado por el demonio; alguien confiado en que no lo descubrirían, como no lo descubrieron hace veinticinco años. Sin embargo, en el segundo crimen cometió un fallo. En su afán por incriminar a frey Armando, ignoraba que el hermano bibliotecario estaba casi ciego y apenas podía moverse, lo que le incapacitaba para matar y arrastrar su cuerpo por el pasadizo.

El rector miró fijamente a los ojos a Chico, pero no dejaban traslucir ningún sentimiento. De modo que continuó:

—Además tenía el mal de los huesos en las manos, lo que le impedía escribir, por lo que el asesino no pudo ser ningún freire pues en el monasterio todos conocían sus dolamas. Lo que sí está claro es que quien mató a frey Armando tenía que conocerlo muy bien porque sabía de su obsesión por las visiones de san Juan y por eso escribió las citas del Apocalipsis. Sin embargo, hay algo que no entiendo: ¿por qué escribió un mensaje del Apocalipsis junto al cadáver de frey Duarte, si frey Armando ya estaba muerto? ¿Con qué intención?

—¿Y por qué vuestra paternidad me cuenta a mí todo eso? ¿Qué tengo yo que ver con la muerte de esos freires? —preguntó Chico un poco airado.

Frey Atilio se levantó del poyo y se acercó al carbonero.

—Eso es lo que he estado preguntándome toda la noche, y no logro entender qué te llevó a asesinar a frey Andrés, a frey Tadeo y a frey Duarte. La única certeza que tengo es que fue por Margarida.

El carbonero dejó caer el cubo con el agua, y las gallinas, asustadas, levantaron un vuelo rastrero cacareando.

73

Chico había nacido en la aldea de Flor da Rosa, situada junto al gran monasterio de los caballeros de Malta, y creció con la inquina y la animadversión por todo lo que viniese de allí, quizá porque, aunque nadie se lo dijera, siempre sospechó que su padre era alguno de los freires del monasterio. Tenía doce años cuando murió su madre y desde entonces no conoció otro oficio que el de recoger ramones de encina y olivo y sarmientos para convertirlos en picón. Siempre pensó que de haber vivido su madre, su vida habría sido muy diferente.

Conocía bien el monasterio y a algunos de sus freires, pues se encargaba de suministrar el carbón para los braseros distribuidos por sus incontables y frías estancias. Pero odiaba a los caballeros porque, cuando llegaba con su carro lleno de picón, ni siquiera se dignaban a saludarlo; eran nobles que se creían superiores en dignidad y honradez, así que confraternizaba solo con aquellos otros que desempeñaban las tareas más viles, los que labraban los campos o se dedicaban a limpiar y tirar los desechos al muladar.

Vivía a la salida de la aldea en una humilde cabaña, y allí cuidaba de una veintena de cabras y una decena de gallinas. No necesitaba más. A sus cincuenta y cinco años estaba acostumbrado a la soledad, sin más recuerdos que los de la joven de la que estuvo enamorado desde niño, aunque hacía años que murió.

Cuando escuchó la acusación que frey Atilio lanzaba contra él, se quedó horrorizado.

—Estabas enamorado de Margarida, ¿no es cierto? ¿Creíste acaso que ella mantenía una relación con esos hermanos? Lo que no me explico es por qué quisiste incriminar a frey Armando. Deberías estarle agradecido, pues fue él quien te enseñó a escribir, ¿verdad?

—¿Eso os lo contó frey Armando? —preguntó Chico con un deje despectivo en la voz.

—No, nunca hablamos de ti. Pero esta noche he recordado muchas cosas que tenía olvidadas en un rincón de la memoria. El día que llegué al monasterio para que frey Armando me enseñara las letras, había un muchacho con el que coincidí un par de veces más. Sabía leer y escribir latín, pero un día ya no volvió. Pregunté a frey Armando y me dijo que se había cansado y que ya no volvería. Ese muchacho eras tú, ¿no es así? ¿Por qué te enseñaba frey Armando?

Chico enmudeció, pero al cabo de unos instantes contestó.

—Hijo de Satanás, así me llamaba. Nunca decía mi nombre, siempre me llamaba hijo de Satanás porque yo no tenía padre. Bueno, sí tenía, aunque mi madre nunca me dijo quién era, que era mejor así, que el conocer su nombre solo me traería problemas, me decía. Pero yo siempre sospeché que era frey Armando. Mi madre le amenazó, entonces era prior claustral, con contarle a toda la aldea con quién había yacido si no me enseñaba a leer y escribir. Quería que yo fuera alguien y frey Armando, que temía el escándalo, accedió. Durante dos años fui una vez a la semana al monasterio, hasta el día que murió mi madre y me echó a patadas de la biblioteca. Nunca volví. Juré que algún día me vengaría de él.

Frey Atilio se quedó pensando en las palabras del carbonero. ¡Cuántos secretos podía esconder un alma y qué pocos recursos tenía el hombre para llegar a ellos!

—Pero no mataste a frey Tadeo para inculpar a frey Armando, eso se te ocurrió después, ¿no es cierto? El verdadero motivo fue Margarida. ¿Creíste acaso que mantenía relaciones con el hermano Tadeo? Si es así, estás muy errado. Margarida...

—¡Cállese vuestra paternidad! ¡No la nombréis!

Chico se le quedó mirando a los ojos mientras cavilaba si debía o no contarle toda la verdad. Quizá era llegado el momento de liberar su alma del sufrimiento que la atormentaba desde hacía veinticinco años, y que los dos últimos días se había vuelto insoportable.

Miró a un lado y a otro por si un alguacil o alguien había acompañado a frey Atilio con la intención de llevarle preso, pero no vio a nadie.

—¿Ha venido vuestra paternidad solo? —preguntó para cerciorarse.

Por un instante el rector sintió miedo, pero logró sobreponerse.

—¿Vas a matarme a mí también? —dijo con tono tranquilo, y logró dibujar una sonrisa en su rostro.

—¡No soy un asesino! —gritó el carbonero.

—¿Y eso lo dices tú, que has matado a tres hombres?

Chico se quedó en silencio.

—Yo solo maté a uno, los otros fueron accidentes en los que perdieron la vida.

Durante un momento los dos hombres se miraron en silencio.

—Quiero confesarme con vuestra paternidad —dijo al cabo el carbonero.

Frey Atilio asintió con la cabeza.

—Yo la amaba, la amaba como nadie lo hubiera hecho jamás. La veía pasar todos los días por mi puerta cuando iba a recoger hierbas para sus medicinas, me saludaba sonriendo y yo me sentía el hombre más dichoso de la tierra. Me conformaba con eso. Con mirarla, con ver su pelo del color del trigo y sus ojos verdiazulados. Soñaba todas las noches con acariciar sus cabellos y sus manos, aunque sabía que eso jamás sucedería. No me importaba, era un ángel y yo me sentía su guardián. Ella ponía la alegría en mi miserable vida. Hasta que un día me di cuenta de que su talle no era tan delicado y el vientre parecía abultarle. En la aldea lo comenté y todos se rieron de mí por no haberme dado cuenta de su preñez. Creí volverme loco, loco de rabia y de celos. Regresé a mi casa y lloré como no había llorado desde que murió mi madre. No podía ser que Margarida esperara un hijo. Juré que mataría al miserable que se estaba aprovechando de ella.

—Pero a frey Andrés lo mataste antes de que Margarida estuviera encinta.

—Al freire boticario lo veía a veces hablando con ella, pues le vendía hierbas y plantas. Un día los vi discutir, la tenía agarrada del brazo y la zarandeaba, la llamaba bruja y fornicadora. Entonces me acerqué y le pedí que la soltara, pero él se encaró conmigo llamándome bastardo y borracho. Gritaba que me había visto espiar a Margarida y que seguro que fornicaba con ella, pero que me ponía los cuernos con todos los hombres de la aldea. Salió corriendo, pero yo le di alcance y le obligué a que volviera y le pidiera perdón a Margarida. Se rio de mí, me insultó otra vez y me puse furioso. Yo le pedía que se callara, pero él gritaba cada vez más fuerte que Margarida era una fornicadora, que la veía revolcarse como los cerdos. Hasta que no pude más. Cogí un palo y lo golpeé. Yo no quería matarlo, pero vi que no se movía. Esperé a la noche, cargué el cuerpo en el carro y lo tiré por el muro del monasterio.

—Y más tarde creíste que el padre de la hija de Margarida era frey Tadeo, ¿no es cierto? Chico, a frey Tadeo le perdían otros pecados, como a todos nosotros, pero jamás estuvo con Margarida, no la conocía. Así que mataste a un hombre inocente.

—Sí, ya sé que era inocente, pero entonces lo creí culpable.

—Y aunque así hubiera sido, ¿quién te nombró juez para tomarte la justicia por tu mano?

—Yo estaba en la casa de Margarida cuando vi aparecer a aquel freire por una trampilla, y pensé que era por allí por donde entraba para abusar de ella. Más de una vez había visto a alguno en su casa a través de la ventana…

—Todos los hermanos del monasterio se enteraron de la muerte de la muchacha, incluido frey Tadeo. No sé cómo descubrió el pasadizo, pero seguramente era la primera vez que entraba en la casa de Margarida.

—Yo eso no lo sabía. Fue al día siguiente de la muerte de Margarida, fui porque quería llevarme algún recuerdo, no concebía no volver a verla. Cuando entré no había nadie, pero al rato la trampilla del patio se abrió y asomó el freire... Entonces, bueno, enloquecí, yo no quería matarle, no había ido allí con esa intención, yo solo quería...

—A veces el pecado está en la intención. Tú querías matarlo y el azar se te adelantó. Y entonces decidiste montar aquel teatro. Arrastraste el cuerpo por el pasadizo y lo dejaste en la iglesia. Escribiste las palabras del Apocalipsis para incriminar a frey Armando y te olvidaste de todo.

—No piense eso vuestra paternidad, ni un solo día he podido olvidar los rostros de esos frailes, a veces sueño con ellos y sé que mi alma está condenada al infierno por lo que hice.

—¡Pero lo volviste a hacer, volviste a matar, volviste a pecar contra el quinto mandamiento, volviste a condenar tu alma! —gritó frey Atilio—. Y ahora me imagino cuál fue el motivo que te llevó a matar a frey Duarte: creíste, ahora sí, que era el padre de Ana Loira.

El carbonero se quedó un largo rato callado y el rector pensó que no le contaría más, pero habló de nuevo.

—Hace unos días conocí a la hija de Margarida. Ella y el caballero de Lisboa volvían de Crato y me preguntó si conocía a su madre, le dije que sí y la acompañé al cementerio a visitar su tumba. Me preguntó también por su padre, dudé si decirle que era uno del monasterio pero que ya estaba muerto, pero lo pensé mejor y no dije nada. Me enseñó una marca de nacimiento en forma de mariposa. Creía que su madre o su padre pudieran haber tenido la misma marca. El caso es que yo había visto antes esa mancha, lo recordaba muy bien. Fue un día de otoño, hace algunos años, en que frey Duarte recogía manzanas junto con otros hermanos. Era la primera vez que veía a aquellos freires en el campo haciendo una labor que les era ajena. Yo estaba cogiendo leña y uno de ellos me dijo que tomara algunas manzanas. Me acerqué a frey Duarte que me ofrecía una canasta llena, tenía subidas las mangas del hábito y entonces me fijé en la marca con forma de mariposa. Me resultó extraña y me quedé mirándola. No había que ser muy listo para relacionar aquella marca con la que tenía Ana Loira en el mismo lugar. Entonces supe que había cometido un terrible error, pero eso no me impediría castigar al culpable de la muerte de Margarida. Que Dios me perdone por haber matado a un hombre inocente.

Frey Atilio se cubrió el rostro con las manos y el carbonero se calló. Estuvieron así un largo rato, y cuando por fin el rector del monasterio rompió el silencio, Chico pudo ver que tenía el color de los cirios y que las manos le temblaban.

—Te harán falta muchas penitencias para que Dios te perdone el haber matado a inocentes. Frey Duarte era un freire íntegro que cumplía a rajatabla la regla del celibato. Jamás, ¿me oyes?, jamás tuvo contacto carnal con Margarida. Así que ya ves adónde te ha conducido esa locura a la que tú llamas amor. Sí, frey Duarte tenía una marca de nacimiento en forma de mariposa en el brazo, como la tienen todos los miembros de su familia, incluido su hermano don Alfonso de Braganza, quien pasó unas semanas en el monasterio y, no sé dónde, conoció a Margarida y se enamoró locamente de ella. Y ella le correspondió. Frey Duarte le había hablado del pasadizo que descubrió un día, en el cual se había adentrado pero nunca llegó a recorrerlo. Entonces don Alfonso lo utilizó para verse con la muchacha. Llevaron su amor en secreto y hacían planes para fugarse juntos, pero frey Duarte, no sé cómo, lo supo y amenazó con contárselo a su padre si no abandonaba a la joven. Así que ante el temor de quedar desheredado, abandonó a Margarida y volvió a Lisboa. Más tarde, frey Duarte descubrió que Margarida esperaba un hijo y una noche fue a hablar con ella por el pasadizo. Ella le confirmó que era de su hermano y él se sintió avergonzado de su proceder. Al cabo de los días volvió para entregarle dinero y un anillo. No quería que les faltara nada, y le prometió que se encargaría de ella y de su hijo. Luego ya sabes lo que ocurrió.

El carbonero iba perdiendo el color a medida que escuchaba la historia de labios de frey Atilio. Había matado a dos hombres inocentes, y la mujer por la que habría dado su vida estaba enamorada del padre de su hija. Había vuelto a condenar su alma inútilmente y ardería en el infierno, mientras que el culpable seguía libre, seguro que vivía feliz y no sabía siquiera que Margarida estaba muerta y que tenía una hija.

—¿Y vuestra paternidad sabía quién era el padre y no me lo dijo? —preguntó con un hilo de voz—. Si lo hubiera sabido, esos dos hombres seguirían con vida.

Frey Atilio se quedó pensando en las palabras del carbonero. Estaba furioso con aquel hombre que ahora le hacía responsable de lo sucedido.

—¿Te has vuelto loco? Yo nada tenía que decirte porque Margarida era una joven libre, tú no tenías ningún derecho sobre ella. Pero si te sirve de algo, te diré que desconocía que don Alfonso era el padre de la niña. El día que Ana Loira apareció para hablar conmigo, frey Duarte la vio y la reconoció. Vino a verme y me lo contó. Todos estos años tuvo remordimientos porque le prometió a Margarida que se ocuparía de ella y de su hija y luego se desentendió. Quería resarcir el daño que les había hecho y se brindó para ayudar a la muchacha.

La campana del monasterio se oyó a lo lejos y frey Atilio recordó que aún tenía mucho trabajo que hacer antes de que los cuarenta caballeros fueran a prestar ayuda a la isla de Malta.

—Tengo que volver al monasterio, pero no quisiera irme sin saber por qué escribiste esas palabras del Apocalipsis si frey Armando ya había muerto. ¿Qué pretendías?

—Nada, las puse para recordarle. No me quito de la cabeza que tuvo que ser mi padre. Vuestra paternidad no puede entenderlo, pero yo le odiaba y a la vez deseaba que me quisiera.

Frey Atilio estaba demasiado cansado y no sabía si sentir aversión o pena por el hombre que se hallaba ante él, hundido, sabiéndose condenado a las penas del infierno.

—Una última pregunta, ¿por qué te proporcionaba la tinta frey Armando?

—No lo sé, yo se la pedía y él me entregaba de vez en cuando un tintero. Creo que en el fondo sabía que yo conocía su secreto y tenía miedo de que lo contara. Nunca le pedí nada más, aunque podía haberlo hecho. A Margarida le gustaba escribir y yo se la regalaba.

74

Dos días antes de que Chico se confesara con frey Atilio, frey Duarte volvía al monasterio después de dar un paseo a caballo. Había salido muy temprano, antes de que el sol despuntase; quería comprobar que el animal estaba preparado para el largo viaje que iba a emprender hasta Lisboa esa misma mañana junto a sus hermanos.

Vio a un hombre en el portón del muro del monasterio y le extrañó. Cuando se hubo acercado, lo reconoció y su extrañeza aumentó.

—Quiero hablar con vuestra paternidad —dijo el carbonero, y se puso delante del caballo antes de que frey Duarte se hubiera apeado.

El prior claustral lo miró; lo conocía de vista, suministraba el carbón al monasterio y lo había visto muchas veces entrar con el carro, aunque no recordaba que hubiesen hablado nunca. Le incomodó la manera en que se dirigió a él.

—¿Qué quieres? —preguntó con aspereza.

—Quiero que me contéis toda la verdad sobre Margarida.

Sin apartar los ojos de él, frey Duarte bajó del caballo. Palmeó el cuello del animal y luego se dirigió al carbonero.

—No sé lo que pretendes. Pero ahora no me puedo detener porque he de oficiar los rezos de laudes —dijo, y cogiendo al caballo por las riendas echó a andar.

El carbonero notó que la rabia se apoderaba de él y el sabor amargo de la bilis le llegaba a la boca.

—¡Yo os la contaré! Vuestra paternidad se aprovechó de Margarida, tuvo una hija con ella y luego la abandonó. Murió sola por vuestra culpa —gritó fuera de sí cuando el freire le dio la espalda.

El prior claustral se detuvo sin volverse, y el carbonero continuó.

—Ayer vi a Ana Loira, la hija de Margarida. Vino a conoceros, ¿verdad? Y vuestra paternidad es tan miserable que no se atrevió a decirle que era su padre. No quisisteis verla. ¿La despreciasteis? Y luego os creéis muy cristianos, pero sois todos unos hijos de Satanás. Toda la aldea lo sabrá, vaya si lo sabrá, y...

El caballero de Malta se acercó a la fuente para que bebiera el caballo. Luego se encaró con el carbonero.

—Eres un pobre diablo que no sabes lo que dices —le soltó casi escupiendo las palabras—. ¿Quién eres tú para venir a pedirme explicaciones? Vete a la taberna o a hacer picón, que es lo único que sabes hacer.

—¡Os aprovechasteis de Margarida, la forzasteis y luego la abandonasteis al saber que iba a tener un hijo vuestro! —gritó desaforado—. Pero esto no quedará así, todo el monasterio lo sabrá, toda la aldea se enterará del tipo de freires...

—¡¡¡Cállate!!! Cállate o lo lamentarás. ¿Crees que porque llevo hábito no puedo poner en su sitio a gente como tú? ¿Eh? ¿Eso crees?

A Chico le hervía la sangre; aquel canalla era el culpable de que su amada Margarida yaciese bajo tierra, de que él no volviera a ver sus ojos, ni su sonrisa ni su cabello del color de la miel. Toda, toda la culpa era de aquel hombre que no se arrepentía de lo que había hecho, que seguramente se vanagloriase de haberse burlado de una joven pura e inocente como su amada Margarida y que...

De pronto, frey Duarte vio que el carbonero se abalanzaba sobre él y apenas tuvo tiempo de esquivarlo. Trastabilló unos pasos hacia atrás y su cabeza cayó sobre el brocal del pilón de la fuente.

Chico se quedó quieto unos instantes mirando el charco de sangre que se iba formando en las piedras. Miró en derredor, mas a esa hora tan temprana no vio a nadie. Pensó en huir, pero luego una idea le cruzó la mente. Cargó el cuerpo del freire y lo dejó caer en el pilón. Con una piedra escribió unas letras y unos números.

—Ya puedes descansar tranquila, Margarida —dijo en voz alta mientras veía cómo el agua limpia del pilón se iba tornando turbia.

—¿Me va a perdonar vuestra paternidad? —preguntó Chico después de contar lo sucedido con frey Duarte.

—No soy yo el que perdona, Chico, es Dios. Y para que él te regale su perdón es necesario que yo te dé la absolución, pero no puedo dártela si tú no te arrepientes de esos horribles pecados. ¿Te arrepientes? —preguntó frey Atilio.

—Sí, padre, me arrepiento de haber matado a los hermanos, sé que si Dios no me perdona mi alma arderá en el infierno.

—Para la tranquilidad de tu alma también debes tener el perdón de los hombres, confesar tus crímenes y pagar por ello.

Chico asintió.

—*Ego te absolvo a peccatis tuis in nomine Patris et Filii et Spiritus Sancti.*

Frey Atilio se levantó lentamente y echó a andar arrastrando los pies, como si el peso de los pecados de Chico le impidiera caminar. Había tardado veinticinco años en dar con el asesino, con el hombre que había acabado con la vida de tres inocentes. Dio gracias a Dios por permitir que la verdad viese la luz, y se dijo que nada podía hacer por los muertos y que ahora tocaba ayudar a los vivos, a sus hermanos de Malta.

75

Aquella mañana, Ana Loira entró en la botica sin apenas poder contener el llanto. El boticario se había acostumbrado a la tristeza de la joven; por más que la animaba, no conseguía que sus hermosos ojos volvieran a sonreír.

—He recibido carta de frey Atilio —dijo ella nada más entrar.

—¡Ay!, ya era hora, nos tenía en vilo.

Le tendió el papel a don Nuno y él lo leyó deprisa.

—Niña, ese fraile se ha portado muy bien. Badajoz está en la frontera con Portugal. Hemos tenido suerte. Podía haberte mandado a algún lugar remoto de Castilla.

La muchacha, sentada ahora en un taburete de la rebotica, daba rienda suelta a su pena. Su amigo la miró y su dolor le traspasó el alma.

—Mi querida niña, ojalá pudiera irme contigo. Pero frey Atilio deja claro en la carta que debes ir sola al convento de Santa Ana. Las monjitas te tratarán bien y te buscarán una familia con la que vivir. Esto será temporal, ya verás. Cuando pase un tiempo, la Inquisición se olvidará de ti y entonces volverás con tu niño en brazos. Ya me estoy imaginando la cara de don Antonio cuando vea a su hijo.

La joven se secó las lágrimas.

—No, don Nuno, algo me dice que no volveré jamás, que este viaje no tiene retorno.

—Pero ¡qué dices, niña! Claro que volverás. La Inquisición

está muy atareada con tantos procesos y tanta gente como tiene encerrada en sus horribles celdas, y a estas alturas ya se habrá olvidado de ti. Además, el que don Antonio se vaya lejos unos meses también ayuda. Cuando él regrese, seguro que tú ya estás aquí y entonces nadie podrá separaros.

El resto de la mañana Ana Loira procuró, aunque sin conseguirlo, concentrarse en la elaboración de medicinas. Sus pensamientos estaban lejos de allí, en una ciudad de Castilla que no conocía y en un futuro que se le antojaba muy incierto.

Ya por la tarde recibió un billete de don Antonio. Enviaría un coche a buscarla. Tenían que despedirse, pues a la mañana siguiente emprendía el viaje a Malta. En un primer momento se dijo que no acudiría, que no tendría fuerzas para fingir delante de su amado, pero don Nuno la convenció de que tenía que hacerlo porque don Antonio no entendería que su amada no fuera a decirle adiós y desearle una buena travesía.

—Ana Loira, serán solo unos meses, amor mío. Y cuando vuelva, te prometo que presionaré a mi tío el cardenal para que me consiga un título y así dejar de una vez por todas el priorato. No volveremos a separarnos.

Don Antonio intentaba consolar a la joven, que desde que entró por la puerta aquella tarde no había dejado de llorar.

—¿Me esperarás? —preguntó sonriendo el prior.

Ella lo abrazó y, sin deshacerse de sus brazos y sin mirarle a los ojos, le contestó que nunca amaría a nadie como lo amaba a él, que por mucho tiempo que pasara y por muchas cosas que ocurrieran jamás podría amar a otro, jamás. Pero no pudo seguir hablando porque un torrente de lágrimas se lo impedía.

Él la tomó suavemente por los hombros, le levantó la barbilla y la obligó a mirarle.

—Te lo prometo, amor mío, cuando vuelva dejaré el priorato. Nada ni nadie volverá a separarnos.

Aquella tarde se amaron con más intensidad que nunca. Antonio repitiéndole una y otra vez que el tiempo pasaría deprisa y que su amor por ella le daría fuerzas para enfrentarse a todo y a todos, y Ana Loira entregándose al hombre que amaba, diciéndose que aquellos serían los últimos besos apasionados que daría y las últimas caricias que su piel sentiría, pues para ella el amor desaparecería de su vida en cuanto Antonio se apartara de su lado dentro de unas horas, porque no solo el ancho mar los separaría, sino que el mundo entero se había confabulado para que ella no volviera a ser feliz nunca más.

76

Toda Lisboa se echó a la calle para ver partir las tres galeras del rey que llevarían hasta la isla de Malta a treinta y nueve caballeros de la Orden de San Juan de Jerusalén, con don Antonio, el prior de Crato, al frente de la expedición.

Ana Loira llegó temprano al puerto. Quería encontrar un lugar discreto para despedirse, ahora sí, para siempre, del amor de su vida. Vio llegar a los caballeros con sus capas rojas con la cruz blanca de la Orden de Malta ondeando y cómo el gentío congregado estallaba en aplausos al verlos aparecer.

El último en subir a la nave fue el prior. Se encaramó al castillo de popa para buscar entre la multitud el rostro de Ana Loira, pero no lo halló.

Desde su escondrijo, la joven siguió con la mirada a Antonio. Por un momento estuvo a punto de salir y decirle a gritos que le amaba y que la Inquisición la había amenazado con denunciarla. Antonio tenía derecho a estar enterado de todo, no podía marcharse por esos mares de Dios sin saber que ella esperaba un hijo suyo.

Él bajaría, la abrazaría, se quitaría allí mismo ese hábito que tanto gustaba a la gente pero que ella odiaba desde el primer día que lo vio con él, la besaría cuando supiese que iba a ser padre y luego se embarcarían los dos en una de esas grandes naves para irse lejos de allí, donde pudiesen vivir su amor sin tapujos, sin sentir cómo las miradas de las damas se clavaban en ellos como puñales cuando paseaban, sin esperar a la noche para esconderse entre las sombras e ir al encuentro de su amado, para que su hijo tuviera un padre cerca que disfrutase con sus risas y le cuidara cuando estuviera enfermo y...

Escuchó la sirena de los barcos y el dolor que le provocaba la marcha de Antonio se le hizo insoportable. Salió del escondrijo y a empellones se abrió paso hasta llegar junto a las naves. Se quitó el pañuelo de la cabeza y lo agitó llamando la atención del prior, que seguía en el castillo de popa escudriñando a la multitud.

Ana Loira lo vio sonreír y supo que la había visto. El prior de Crato levantó la mano para despedirse del pueblo que, enfervorecido, seguía aclamando el nombre de la Orden. Pero esa despedida era para ella y sus labios forzaron una sonrisa, tenue al principio y luego amplia, para que esa imagen fuera el último recuerdo que él tuviera de la mujer que le amaba y le amaría siempre.

Siguió sonriendo hasta que la nave entró en mar abierta y se llevó a su amor para siempre. Luego las lágrimas sustituyeron a la sonrisa y las dejó correr. Y lloró como nunca lo había hecho, ni cuando su padre huyó a Goa, ni siquiera cuando su madre murió. Y dejó que el dolor que le traspasaba el alma se diluyera con ellas, que purificaran su corazón, porque lo necesitaba limpio y entero para enfrentarse a un porvenir incierto, sola y con un hijo en las entrañas.

77

El embajador de Portugal don Duarte de Almeida esperaba con gesto serio la respuesta de la reina doña Leonor después de haberle entregado la carta de la reina doña Catalina, su hermana. Venía ya advertido el embajador de que el emperador no lo recibiría, como así fue, y tuvo que presentar sus respetos y sus razones a la reina de Francia, que se hallaba acompañada por su hermana la reina doña María de Hungría.

> Carta de Catalina de Habsburgo, reina de Portugal,
> a la reina de Francia, mi hermana Leonor de Habsburgo

Beso las manos de V. A.

Con cierta sorpresa y no poca inquietud he leído las cartas del emperador, mi hermano, y de V. A. que me enviáis con vuestros embajadores y oído a estos las razones que han expuesto al rey, mi esposo, y a mí misma para que la infanta María, vuestra hija, salga de estos reinos y vaya a vivir a Castilla con vos.

No acierto a pensar cómo se puede desear menos la reputación y la honra de la infanta que el contentamiento de una madre de tener a su hija cabe sí.

Pienso en el desaire y desdoro que sería para la infanta, vuestra hija, el ir ahora a un reino de súbdita cuando pudo haber llegado como reina.

Pues si el amor de una madre es el deseo de estar con su hijo, el deseo de los que bien quieren a la infanta María es pensar en su bien, y tengo para mí que la honra y buena crianza que ha tenido en Portugal se mude ahora en otros reinos desconocidos para ella, pues el estilo de vida de la infanta ha sido y es muy diferente del que se lleva en Castilla.

Además, pudiere ser que cuando V. A., Dios os guarde la vida muchos años, dejase este mundo, quedase la infanta sola y desamparada, sin nadie que cuidara de su persona y hacienda en un reino en el que no ha nacido ni se ha criado.

Temo que el salir la infanta de estos reinos sin estar casada se entendiese como un descrédito a su persona, pues todas las infantas que han salido del reino en el que han nacido ha sido para ir al encuentro de su esposo. Si por dicha V. A. me dijere que ha encontrado un esposo de su calidad para la infanta, vuestra hija, con sumo gusto iría al reino en que su esposo estuviera.

Por otra parte, puede V. A. venir a este reino cuando os plazca y encontrarse con la infanta cuando y donde sea menester.

Nuestro Señor guarde la real persona de vuestra alteza.

CATALINA DE HABSBURGO
Reina de Portugal

Cuando la reina Leonor acabó de leer la carta, la rabia y la indignación que sentía impedían que las lágrimas llegasen hasta sus ojos. Tendió el papel a su hermana María mientras intentaba comprender las humillaciones que la reina de Portugal le infligía acusándola de mala madre y de no pensar en el bien de su hija.

—¿Puede haber más ingratitud hacia el emperador, a quien le debe el estar sentada en un trono? —preguntó la reina María después de que la hubo leído y a sabiendas de que su hermana Leonor no tenía respuesta—. De no ser por nuestro hermano seguiría pudriéndose en ese caserón de Tordesillas. ¿Así es como le paga? ¿A quién pretenden engañar nuestra hermana y su esposo? ¿Acaso quieren hacernos creer que es el amor por la infanta y no su inmensa fortuna lo que les impide dejar salir a vuestra hija?

La reina Leonor se había dejado caer en un diván. Las palabras que su hermana Catalina le dirigía en la carta resonaban una y otra vez en su cabeza.

—A todas las propuestas de casamiento que han llegado a Portugal, ese rencoroso y avaricioso rey ha contestado siempre que no, y ahora va a resultar que María no puede salir de Portugal porque no está casada. Pero ¿qué clase de burla es esta?

Doña María de Hungría seguía formulando preguntas a medida que la ira se iba apoderando de ella.

—¿Acaso cree que porque estemos viudas, sin varón que nos defienda, vamos a dejar que nos avasalle un mequetrefe como él? Nuestro hermano Carlos y el rey, nuestro sobrino, deben ser informados inmediatamente de la respuesta que ese rey cobarde nos ha hecho saber por mano de Catalina, porque ni siquiera ha tenido el valor de escribir él mismo esa sarta de razones absurdas.

Doña Leonor se limpió las lágrimas que, ahora sí, corrían por sus mejillas, y se levantó para tirar del cordón de la campanilla. Al punto entró un criado.

—Dile al embajador que recibirá noticias.

Don Duarte de Almeida se tragó la humillación de verse despedido por un criado, aunque la afrenta que acababa de sufrir la reina doña Leonor superaba con creces la suya.

—Si mi hija no puede salir de Portugal sino con esposo, así lo hará —dijo doña Leonor a su hermana María, y tiró de nuevo de la campanilla.

Poco después se presentó el secretario del emperador don Martín Gaztelu, que había sido mandado llamar por la reina Leonor.

—Don Martín, necesitamos de vuestra discreción y lealtad para un asunto sumamente delicado.

—Estoy para serviros, majestad —respondió el secretario con humildad.

—Lo más presto posible, es preciso que elaboréis una lista de los nobles de la corte que hayan cumplido ya los veinticinco años y estén por casar, no importa si ya han firmado las capitulaciones; solo los que estén bendecidos en santo matrimonio quedarán exentos.

—¿Con fortuna, majestad? —preguntó el secretario.

—No es necesario, la fortuna ya la pone mi hija. Con haber demostrado hombría de bien y que sea gallardo de cuerpo será suficiente.

Al cabo de dos días, don Martín Gaztelu solicitó licencia para hablar con la reina doña Leonor.

—¿Habéis hecho lo que os pedí, don Martín?

—Sí, majestad. Aquí tenéis una lista con cinco nombres. He añadido títulos, edades y casas a las que pertenecen, además de las cualidades que los adornan.

Doña Leonor tomó el papel que le tendía el secretario del emperador y leyó los nombres.

—«Ruy Gómez de Silva» —leyó la reina—. ¿Hay alguna razón para que este caballero encabece la lista?

—Don Ruy es portugués, de noble cuna, vino a Castilla como menino de la emperatriz y está muy próximo a don Felipe. De hecho, ahora lo acompaña en Flandes. Es hombre de su entera confianza por su lealtad, inteligencia y bonhomía. De todos es sabido que hará carrera en la corte, pero sobre todo, majestad, encabeza la lista porque la infanta doña María lo conoce.

—¿Mi hija y don Ruy se conocen? —preguntó sorprendida doña Leonor.

—Sí, majestad. Viajó a Portugal en varias ocasiones como hombre de confianza del príncipe don Felipe, la última para solicitar la mano de la infanta.

El secretario se dio cuenta de su error. Doña Leonor sintió un aguijón clavándosele en el alma, todavía le dolía la humillación sufrida por su hija en Lisboa cuando se canceló el compromiso.

—Está bien —se recompuso la reina—, seguid.

Don Martín se sentía incómodo, dudaba si decirle a la reina lo que había averiguado con mucha discreción.

—¿Tenéis algo más que decirme, don Martín? —preguntó la hermana del emperador al darse cuenta del desasosiego que mostraba su informante.

—Majestad, quizá sea solo una impresión de la persona que me lo ha contado, aunque es seria y discreta, pero no...

—¡Por Dios bendito, don Martín, contádmelo todo!

—Cuando sucedió lo de Lisboa, la infanta, como sabrá vuestra alteza, cayó en la melancolía y estuvo muy triste. Don Ruy fue a visitarla todos los días al palacio de Ribeira.

—Bueno, eso demuestra que es un caballero. Quizá se sintiera culpable, puesto que iba a ser portador de buenas nuevas y después fueron funestas.

—La persona de la que os hablo estuvo muy cerca de don Ruy y asegura que era algo más lo que le llevaba a visitar a la infanta. También, y si vuestra alteza me lo permite, me comentó que a veces hablaba con las damas de doña María y que estas estaban muy contentas porque su señora se holgaba mucho con la compañía del caballero portugués, y que gracias a sus visitas volvió a sonreír, pasear y cabalgar.

Doña Leonor se quedó pensativa y en sus labios se dibujó una tenue sonrisa. Su hija y don Ruy Gómez de Silva... Sí, un matrimonio que le permitiría traer a su hija a Castilla, y además un matrimonio por amor. Dios no la había abandonado.

El secretario carraspeó para sacar a la reina de su ensimismamiento.

—¿Alguna otra cosa que añadir de ese caballero, don Martín?

—Hay un problema, majestad. Don Ruy firmó hace años las capitulaciones matrimoniales con la hija del conde de Mélito. Está esperando a que la niña tenga edad para celebrar el enlace.

—Por desgracia, no serán las primeras capitulaciones que se rompan, si esto llega a buen puerto.

—El problema es que el matrimonio lo propuso el rey, vuestro sobrino, y se comprometió ante el conde.

Doña Leonor lo pensó un momento.

—Si a mi sobrino y a mi hermano no les tembló el pulso para romper el compromiso entre una infanta de Portugal y un príncipe de Castilla, no veo por qué ahora habrían de mostrar escrúpulos en hacer lo mismo entre un caballero y la hija de un conde.

La reina Leonor despidió al eficiente secretario. Tenía que hablar con su hermana María para ponerla al tanto. Y por primera vez desde que había llegado a Valladolid una sonrisa asomó a sus labios.

78

El día del temido viaje llegó y Ana Loira fue a la botica en el coche que don Nuno había alquilado. Lo dejó esperando a la puerta y entró para despedirse de su amigo.

—No llores, niña, que vas a hacer que se me salten las lágrimas. Todo va a salir muy bien. Badajoz es una ciudad pequeña que está en la frontera, a solo unos cuantos días de viaje. Además, las monjitas te tratarán bien. Ya verás que pronto te encontrarán trabajo o una familia con la que vivir. En cuanto te establezcas iré a visitarte, pienso ser el padrino de tu hijo, no me perdería por nada del mundo tener en mis brazos al biznieto del rey don Manuel. ¡Uy, quién me iba a decir a mí que sería el padrino de un infante!

Las palabras del boticario hicieron sonreír a la joven, que se abrazó a su cuello colmándole de besos.

—Habéis sido como un padre para mí, don Nuno. Nunca podré agradeceros todo lo que me habéis dado.

—Bueno, bueno, no te demores, que se te va a hacer tarde y llegarás a la posada ya entrada la noche —añadió el boticario, y sintió que por momentos se le formaba un nudo en la garganta que amenazaba con impedirle hablar.

El cochero azuzó a los caballos y el coche desapareció por la rua Nova. Lo último que el boticario vio de Ana Loira fue el pañuelo agitado por su mano desde la ventanilla.

Seis días tardó la joven en realizar el viaje que separaba Lisboa de la ciudad extremeña, parando en las posadas que salpicaban el camino real. Por fin, una mañana, cuando el sol estaba en lo alto, el cochero anunció que Badajoz ya se veía a lo lejos.

Entraron por la puerta de Palmas y se internaron en la calle Santa Lucía, donde pronto dieron con un gran convento que ocupaba toda la manzana, pero según les informó un viandante ese era el convento de Santa Lucía; el de Santa Ana, que era el que ellos buscaban, era el de enfrente.

Ana Loira despidió al cochero y se quedó unos instantes junto al portón de entrada sin atreverse a tocar la campanilla. Por fin, tiró del cordel y el sonido pareció retumbar en su corazón. Una novicia abrió el postigo enrejado y preguntó el motivo de su llamada. Ella saludó nerviosa y le dijo que venía de parte de frey Atilio. La hermana le pidió que esperara un momento. Cerró el postigo y desapareció.

El portalón se abrió de nuevo cuando la joven ya empezaba a pensar que la hermana se había olvidado de ella. La novicia la condujo hasta una estancia amplia donde otra monja casi en la ancianidad la recibió.

—Ave María purísima —dijo al entrar.

—Sin pecado concebida —contestó la monja—. Soy la madre Leonor y tú debes de ser Ana Loira.

—Sí, reverenda madre. Gracias por recibirme.

La superiora la invitó a sentarse mientras la observaba con detenimiento.

—Leí con sorpresa, pero con interés, la carta que me envió frey Atilio, el administrador del monasterio de Crato, que Dios guarde. En ella me solicitaba que te brindase mi ayuda. Así será.

La madre Leonor se levantó del sillón frailero para tirar del cordel de una campanilla. Al poco una hermana entró en la estancia.

—Hermana Julia, esta joven es Ana Loira y se quedará con nosotras unos días. Llevadla a una de las celdas vacías y entregadle una túnica.

Ana Loira la miró con extrañeza y la superiora sonrió.

—¡Oh, no te alarmes! No voy a obligarte a ser monja, pero las normas de nuestra comunidad no permiten que nadie que viva en este recinto vista traje de calle. No temas, es una simple túnica blanca. Ahora descansa. La campana tocará pronto para los rezos de nona, pero estás dispensada. Descansa, debes estar agotada del largo viaje. Más tarde te enviaré recado y seguiremos hablando.

—Gracias, reverenda madre —contestó, y se levantó para besar la mano de la superiora.

Tres días después de llegar al convento, Ana Loira fue informada por la madre abadesa de que había encontrado una familia que la acogería.

—Dios te quiere bien, hija mía. El boticario don Manuel de los Riscos, un hombre honrado y discreto, ha accedido a que trabajes en su casa. Su esposa está enferma, y me ha dicho que le vendrá bien tener a una persona más que se ocupe de sus cuidados y tú entiendes mucho de medicinas. Vivirás con ellos en una casa grande que tienen junto a la botica, muy cerca de aquí. Recoge tus cosas, un criado vendrá a buscarte.

Le entró un remordimiento, pues había ocultado su preñez a la madre Leonor por miedo a que pensara mal de ella. ¿Qué podría pensar de una joven portuguesa que venía huyendo con un hijo en sus entrañas?

El criado la llevó a la casa de don Manuel de los Riscos que, en efecto, estaba a un tiro de piedra del convento de Santa Ana.

El boticario la recibió amablemente y le presentó a su esposa doña Rosario y a las dos criadas, Juana e Isabel, que eran madre e hija. Doña Rosario la invitó a sentarse y conversó un buen rato con ella. Después de instalarse en un pequeño cuarto con una ventana a la calle fue a la botica, como le había indicado don Manuel.

Aunque no tan grande ni estaba tan bien abastecida como la de don Nuno, ocupaba una estancia amplia y luminosa. Tenía estanterías de madera repletas de albarelos y tarros y un gran mostrador, y estaba situada junto a la vivienda en el Campo de San Juan, frente a la iglesia mayor.

Don Manuel de los Riscos se la mostró con orgullo.

—Era de mi abuelo, luego pasó a mi padre y ahora la regento yo. Me ha dicho la madre Leonor que en Lisboa trabajabas en una botica.

Ana Loira le informó de todo lo que quería saber, le habló con pasión de la botica de Lisboa y del trabajo que allí hacía, y don Manuel asentía complacido.

—Como veis, desde niña mi ilusión ha sido prepararme para elaborar medicinas. Mi padre me animó a que estudiase griego para leer a Dioscórides, y me aprendí de memoria la parte de las plantas del *De materia medica*.

Don Manuel estaba cada vez más impresionado. A medida que la joven hablaba, iba cambiando de parecer, pues si en un principio pensó que dedicara su tiempo a cuidar de su esposa y administrarle las medicinas, ahora creía que sería un desperdicio no aprovechar los conocimientos y la pasión que mostraba con todo lo relacionado con la botica.

—Bien, pues me ayudarás a elaborar medicinas. Seguro que en Lisboa y en esa gran botica de don Nuno preparabais elixires o emplastos diferentes a los que hacemos aquí. Así que lo mismo te nombro mi maestra.

A partir de ese momento, Ana Loira se convirtió en la mano derecha de don Manuel: elaboraba medicinas, atendía con amabilidad a los clientes y siempre tenía una palabra afectuosa para doña Rosario, que estaba cada día más encariñada con ella.

—Doña Rosario, os he traído un elixir. Lo he elaborado expresamente para vos. Os abrirá el apetito y os ayudará a dormir. Está hecho a base de musgo de cedro y para aderezarlo le he puesto aceite de membrillo.

La esposa del boticario era aún una mujer hermosa; iba a cumplir treinta y cinco años y llevaba dos postrada en cama, pues el dolor de costado que sufría le provocaba a menudo cólicos acompañados de vómitos que la dejaban exhausta. Nunca se quejaba de sus dolencias y, más que su enfermedad, lamentaba el no poder engendrar un hijo, pues los médicos le habían prevenido de que podría costarle la vida, y aunque ella estaba dispuesta a correr el riesgo, don Manuel no lo permitía. Llevaba casada diez años y no renunciaba a ser madre.

Una tarde, casi al mes de estar viviendo con el boticario y su esposa, Ana Loira le propuso a doña Rosario dar un paseo por la plaza bajo el tibio sol de octubre. Esta había mejorado en los últimos días y se sintió con fuerzas. Se acicaló con algunos de los afeites que la joven elaboraba y se sintió bonita.

Don Manuel las vio salir de la botica risueñas y cómplices, y por primera vez en mucho tiempo se sintió feliz. En un alarde de sinceridad consigo mismo, se preguntó si su felicidad se debía a la mejoría de su esposa o a la presencia de aquella hermosa joven. Temió darse una respuesta y decidió concentrarse en cambiar algunos tarros de lugar.

Ya de vuelta y viendo que el paseo le había sentado bien, Ana Loira le propuso a doña Rosario seguir charlando en el patio.

—Háblame de tu vida en Lisboa. Tengo entendido que es una ciudad preciosa —dijo la esposa del boticario.

—Bueno, yo no he salido de Lisboa, pero no me sorprendería que fuese una de las ciudades más hermosas que existen. La botica de don Nuno está en la calle principal, que está llena de tiendas: perfumistas, artesanos, lozas venidas de Oriente, especias, platerías, toda la calle es un gran bazar y...

Doña Rosario vio que la joven hablaba con pasión de la ciudad que había tenido que abandonar, aunque ignoraba el motivo.

—Tuvo que ser muy duro dejar atrás esa vida y venir a Badajoz.

Ana Loira se quedó callada, pensando que si ahora no le contaba la verdad nunca lo haría.

—Doña Rosario, no he sido sincera con vos, que tanta confianza me mostráis.

La esposa del boticario sonrió débilmente.

—Yo no sé qué le contaría frey Atilio a la madre Leonor en

su carta ni lo que ella os dijo a don Manuel y a vos, pero lo que yo os voy a contar no lo sabéis porque nunca se lo he contado a nadie. Solo don Nuno sabe toda la verdad de mi vida.

Y entonces, con la tristeza reflejada en el rostro, le explicó por qué tuvo que dejar Lisboa: su relación de amor con un hombre de Iglesia, las amenazas de la Inquisición...

La esposa del boticario la escuchaba apenada y, cuando terminó, la abrazó con ternura.

—Todavía no he terminado, doña Rosario. Estoy... estoy esperando un hijo.

79

Las criadas de don Manuel, Juana y su hija Isabel, acogieron de muy diferente manera a Ana Loira. Juana era una mujer fuerte y robusta a la que no le asustaba el trabajo. Se quedó viuda a los pocos meses de nacer su hija y tuvo que buscarse el sustento. No le fue difícil encontrar un buen trabajo para ella y su hija. Entró en la casa de don Rafael, padre de don Manuel, y allí estuvo veinticinco años, los mismos que tenía Isabel. Cuando el pobre de don Rafael murió, y don Manuel y su esposa vinieron a ocupar la casona, le pidió atenderlos ella y su hija, y el joven boticario accedió. Llevaban cinco años trabajando en la casa y don Manuel nunca había tenido queja. Y cuando doña Rosario cayó enferma, Juana se hizo cargo de todo lo referente a la casa y la señora tampoco tuvo que llamarle nunca la atención.

Desde el primer día trató a la ayudante del boticario con respeto y amabilidad, pues, según ella, los que se sentaban a comer a la misma mesa tenían la misma categoría, y la joven compartía mesa y mantel con los señores desde que llegó. Aunque no consideraba a Ana Loira como señora, lo que estaba claro es que no era una simple criada como ellas.

Muy diferente era el trato que le dispensaba Isabel, que era todo lo contrario de su madre. Alta y delgada y con un rostro agraciado, esperaba que la vida le sonriera, pues hasta entonces solo le había ofrecido trabajar de criada y muchos pretendientes a los que ella iba rechazando porque solo le prometían una vida miserable de trabajo y de parir hijos. No, Dios no le había dotado de hermosura para que cualquier gañán la convirtiera en su mujer.

Con veinte años llegó a la casa de don Manuel y desde el primer día envidió y deseó todo lo que doña Rosario poseía, incluido el marido. Cuando el boticario y su esposa salían y se quedaba sola, corría al aposento de los señores y se probaba los vestidos y las joyas de doña Rosario. Soñaba con ser toda una señora y disponer de criadas y, por qué no, de alguna dama de compañía. Ella se dedicaría a bordar, a visitar y recibir a sus amigas, a mandar recado a las modistas y a traer hijos al mundo, que amamantarían las nodrizas y cuidarían las sirvientas.

—Pero ¡¿te has vuelto loca?! ¡Quítate todo eso, desgraciada, que no tienes vergüenza!

La primera vez que su madre la sorprendió en el cuarto de los señores de esa guisa sintió vergüenza y le prometió entre lágrimas, mientras oía sus insultos, que no lo volvería a hacer. Pero no podía evitarlo y lo hizo muchas otras veces. Se imaginaba ser la dueña de la casa y hablaba y se contestaba usando palabras que había oído a la señora. A veces pensaba si no estaría perdiendo el juicio, pero luego se decía que no, que ella se lo merecía y que lo que necesitaba era tener paciencia. «Todo el que tiene paciencia obtiene recompensa», se repetía. Solo tenía que estar atenta a las señales que la vida le mostraría llegado el momento, pero mientras tanto iría acostumbrándose a usar vestidos y chapines.

Cuando la esposa del boticario se puso enferma y comenzó a pasar semanas enteras en la cama creyó que era la señal que esperaba. No era que se alegrara de la enfermedad de la señora, pero algo le decía que aquello la iba a beneficiar.

Doña Rosario llevaba casi un año postrada en la cama, y un día don Manuel le pidió que trasladara todas sus cosas desde el aposento principal a uno reservado para los invitados; su esposa, dijo el boticario, se había empeñado en que se mudara, pues se sentía culpable de que él no pudiese descansar lo suficiente. A partir de entonces don Manuel tuvo que dormir alejado de su esposa, algo que no le gustaba, pero que aceptó a regañadientes por no contrariarla.

A raíz de la enfermedad de doña Rosario, a Isabel le fue imposible seguir con el juego de ponerse sus vestidos, pero a cambio empezó otro más peligroso y fue el de iniciar un inocente flirteo con el señor, que en un principio solo era un roce de manos al servir la comida, un tropiezo despistado por el pasillo que hacía que don Manuel la cogiera en brazos para no caer, un colocarse el pecho en el corpiño cuando solo él estaba presente. Hasta que un día consiguió que el boticario la mirara a los ojos y entonces descubrió el deseo en ellos.

Y en las muchas noches de desvelo que pasaba pensando en don Manuel comenzó a urdir su plan. Enamoraría al señor poco a poco, sin prisas, hasta conseguir que él la buscara; su esposa estaba enferma, pronto moriría y ella ocuparía su lugar; y si no era así se quedaría encinta, sabía que el boticario deseaba un hijo; cuando veía entrar a alguna mujer en la botica con un niño de pecho se le iban los ojos tras él. El juego era peligroso, lo sabía, si la señora la descubría en algún renuncio la echaría de la casa y se quedaría sin nada, tenía que ser cauta y prudente; ya había puesto el cebo, ahora tocaba ir recogiendo el sedal lentamente, sin tirones para que el pez no se asustara y se soltara del anzuelo antes de haberlo pescado.

—Y el pez, en esta ocasión, merece la pena porque es muy gordo —se dijo sonriendo, orgullosa de su plan y de la ocurrencia de la comparación.

Una mañana de domingo que doña Rosario se sintió con fuerzas asistió a misa acompañada de su esposo. Isabel corrió a la ventana para verlos entrar en la iglesia y se cercioró de que su madre también asistía al oficio. Desde la enfermedad de la señora no había vuelto a ponerse sus vestidos, y de eso hacía ya casi un año. Pero ahora las cosas eran distintas, se sentía segura, veía el deseo en los ojos de don Manuel y ella no estaba dispuesta a renunciar a él.

Entró en el aposento de la señora y se puso uno de los vestidos. Se miró en el espejo y se vio bonita, con su cintura estrecha y su pecho joven y generoso. Entonces se le ocurrió algo. Salió y se encaminó al cuarto que el señor ocupaba desde hacía unos meses. Abrió la puerta y se metió dentro. Lo había hecho muchas veces para limpiar y hacer la cama, pero siempre como criada; ahora, se dijo, lo hacía como señora. Se tumbó en el lecho y, abrazada a la almohada, cerró los ojos para imaginarse cómo serían sus caricias.

En ese momento la puerta se abrió y la figura de su madre apareció en el dintel.

—Sabía que algo tramabas, pero no creía que te atrevieras a tanto. Ya te estás quitando esos vestidos, desvergonzada. ¿Crees que no me he dado cuenta del juego que te traes entre manos? Te portas como una mujerzuela del callejón del Potro. Y antes de que don Manuel nos eche de aquí, por la memoria de tu padre, que en paz descanse, te vas tú. Mañana mismo le digo a la señora que dejas la casa, ya se me ocurrirá algo para justificar tu marcha y...

Isabel, de pie frente a su madre, se restregó con rabia los ojos para impedir que las lágrimas asomasen a ellos.

—Don Manuel no se merece una esposa enferma —dijo levantando la voz—, no se merece una mujer que le niega su cuerpo y no puede darle hijos. Él me desea y yo tengo derecho...

El bofetón impidió a Isabel seguir hablando.

—¡Tú no tienes ningún derecho, desgraciada! —gritó su madre—. Estás mordiendo la mano que nos da de comer. Si doña Rosario se entera de las locuras que tienes en la cabeza nos echará a patadas, ¿y adónde vamos a ir? Badajoz es una villa pequeña, todo el mundo se entera de todo. Nadie, ¿me oyes?, nadie nos abrirá las puertas de su casa.

Con los ojos arrasados, Isabel volvió a prometer a su madre que nunca volvería a hacerlo, pero esa misma noche vio al señor entrar solo en la habitación y se dijo que era hora de jugársela.

Esperó en su cuarto hasta que supuso que su madre se habría dormido y se dirigió al aposento del boticario. Comprobó que el pestillo no estaba echado y entró. Don Manuel dormía profundamente, Isabel escuchó su respiración acompasada. Se soltó los cordones y dejó que el camisón resbalara hasta sus pies, luego se metió desnuda en el lecho.

El boticario pegó un brinco al sentir que lo acariciaban y a punto estuvo de gritar. Pero Isabel le puso un dedo en los labios, acercó los suyos y lo besó apasionadamente. A don Manuel se le encendió el deseo en su cuerpo, atrajo a la muchacha hacia sí y esta se entregó a él con evidente voluntad. No era un amante experto, pero sí lo suficiente para darse cuenta de que la joven no era virgen, eso lo tranquilizó y gozó de aquel regalo hasta que, exhausto y sudoroso, se separó del cuerpo que lo aprisionaba.

Isabel sonrió y volvió a besarlo en los labios. Luego se abrazó a él hasta que este, satisfecho y avergonzado, le dijo en voz baja que se marchara antes de que alguien en la casa se diera cuenta.

A la mañana siguiente, al servir el desayuno a Isabel se la veía feliz, pero don Manuel no pudo mirarla y se apresuró a salir para la botica apenas dio los buenos días a su esposa.

Después de aquella noche siguieron otras en las que los amantes daban rienda suelta a su pasión. Algunas veces la criada encontraba la puerta cerrada y volvía contrariada a su cuarto, y es que el remordimiento y la atrición atormentaban al boticario, quien se prometía que nunca más caería en la tentación; pero luego veía a Isabel con su cuerpo joven y su pecho exuberante, incitándole, y al llegar la noche volvía a dejar la puerta abierta.

Cuando llegó Ana Loira, la sirvienta llevaba dos años visitando el aposento de don Manuel y lo único que lamentaba era que la tan ansiada preñez no se diera. Desde el primer momento la consideró una intrusa que iba a desbaratarle los planes. Su intuición le decía que le iba a complicar la vida y, de momento, desde que ella estaba en la casa, el señor cerraba todas las noches la puerta. Bien era cierto que la ayudante ocupaba un cuarto contiguo al del boticario y que quizá este temiera que pudiese oír los gemidos y la batalla amorosa que tenía lugar al otro lado del tabique. A pesar de todo, se dijo, ella no iba a renunciar a lo que tanto trabajo le había costado conseguir.

A veces es menester que suceda algo para que los ojos se nos abran, pues la ceguera no solo la pueden arrastrar aquellos desgraciados a los que Dios ha privado de la vista.

Yo había vivido muchos años en la seguridad de que mi hermano y mi tía la reina miraban solo por mi bien, sin pensar nunca en mi gran fortuna como algunas de mis damas de más confianza me insinuaban. Viví en la certeza de que cuando excusaban mi casamiento con los pretendientes que llamaban a mi puerta, siempre era en beneficio de mi interés. Nunca creí que los dineros y las haciendas pudiesen primar sobre los sentimientos, pero llegó el día en que la percepción de todo lo que me rodeaba cambió. Y fue como sigue.

A finales del año del Señor de 1556 me llegaron cartas de mi madre de que ya estaba en tierras de Castilla. Me alegré por ella, pues llegaba acompañada de su hermana la reina de Hungría y de su hermano el emperador. Sin embargo, me sentía dolida porque nada decía en aquellas cartas de que yo fuera a vivir a Castilla.

Desde la partida de Ruy Gómez anhelaba más que nunca poner los pies en esa tierra de la que un día pude haber sido reina y desde la que me llegó el amor sin yo esperarlo. Así se lo comenté una tarde de finales de abril a mi querida Juana Blasfelt, con quien no tenía secretos. Ella me miró con tristeza y en sus ojos adiviné que me ocultaba algo.

—Señora, vuestra madre no os ha olvidado. Lo único que

la ha mantenido viva todos estos años ha sido el deseo de reunirse con vos. Y no dejará de intentarlo hasta que Dios la llame a su lado.

—Sé que mi madre me quiere, pero quizá ahora ya no sienta tanta soledad. Está rodeada de su familia y puede ser que no necesite de mi compañía. El olvido es un sentimiento que todos podemos experimentar.

—¡No digáis eso, señora, vuestra madre jamás os olvida!

Lo dijo tan vivamente que pensé que sabía algo que yo desconocía. Dejó la labor que estaba bordando sobre una mesita y se levantó. Estaba nerviosa y le noté que se esforzaba por que las lágrimas no afloraran a sus ojos.

—Doña Juana, ¿qué me ocultáis? ¿Acaso le ha sucedido algo a mi madre?

Ella volvió a sentarse, se cercioró de que las ventanas estaban cerradas y nos encontrábamos a solas y me confesó todo.

—Antes de abandonar Flandes, vuestra madre envió al embajador Juan de Mendoza con cartas para el rey. El embajador expuso a vuestro hermano las razones para que os dejase salir de Portugal y os reunieseis con ella en Valladolid. Pero ni las razones ni la carta dieron resultado.

»Hace dos semanas volvieron a llegar cartas con el embajador Sancho de Córdoba. Esta vez era el emperador el que las enviaba, una para el rey y otra para vuestra tía. Tengo entendido que el emperador no rogaba, sino que exigía que os dejara marchar. Hubo voces y discusiones entre don Juan y doña Catalina. Las damas de la reina me han comentado que estaba muy alterada aquella tarde.

»Doña Catalina exigía a su esposo que os dejara partir, alegaba que una madre tenía el derecho de estar con su hija, pero el rey se mostró inflexible. Vuestra tía lloraba desconsoladamente, pero ni sus lágrimas lograron hacerle cambiar de parecer. Me contaron que exclamó que mientras él fuera rey jamás saldríais de estos reinos.

»Pero esto no fue lo peor. El rey obligó a vuestra tía a que

escribiera de su puño y letra a vuestra madre alegando las razones por las que se negaban a dejaros partir a Castilla.

Me quedé sin palabras con el relato que Juana me hizo y pareció que se me abrieron los ojos, a pesar de que yo tenía cumplidos ya los treinta y cinco años. Siempre hice oídos sordos a todas las hablillas acerca de que mi hermano no había olvidado la humillación que sintió cuando mi madre se negó a casarse con él y que la única manera que tenía de vengar el agravio era oponerse a que viera a su hija. A partir de ese momento empecé a creer que quizá tuvieran razón.

Sentí en el alma que ni mi hermano ni mi tía me hablaran de aquel asunto, y a partir de ese día el hilo que nos unía pareció hacerse un poco más fino. Estuve dos semanas sin visitar el palacio de Ribeira y sin contestar las cartas que mi tía la reina me enviaba preocupándose por mi salud.

Por aquellos días se celebraba la fiesta de la Natividad del Señor y recibí otra carta de mi tía invitándome, como era costumbre, a pasar esas fiestas en el palacio de Ribeira. En esa ocasión acepté. No fueron unas fiestas felices, aunque ninguna lo fue desde que tres años antes muriera el infante Juan Manuel, el último hijo de la reina.

Pero me aguardaba una sorpresa. Mi hermano el rey daba su permiso para que saliese de Portugal. La emoción que me embargó me impedía hablar para agradecerle la merced que me hacía. Por fin podría ir a Castilla y reunirme con mi madre.

En ese momento de felicidad no pensé a qué se debía su cambio de actitud. Pocos minutos después escuché de sus labios la respuesta: saldría de Portugal con una condición, que tomara esposo. Se trataba, de nuevo, de mi tío Fernando, viudo desde hacía años. Me quedé sin palabras. Creí que esa propuesta estaría olvidada, pues mi madre nunca fue partidaria de ella. Con ese casamiento tendría que ir a Flandes a vivir con un rey casi veinte años mayor que yo y con trece hijos. ¿Qué podría yo aportar a ese matrimonio? Lo único que yo quería era reunirme con mi madre. Me sentía humillada y dolida. Fue entonces cuando empecé a tomar conciencia de que estaba prisionera en mi propio reino.

Todavía recuerdo las palabras exactas que pronuncié, pues fue la primera vez en toda mi vida que me enfrenté a mi hermano.

—Cuando hubo que tratar negocios que parecían buenos, anduvo vuestra alteza en dilaciones y de feria en feria sin quererlos concluir, y ahora que no hay ninguno, me salís con eso. Pues aunque fuese el monarca del mundo quien solicitase mi mano para salir del reino no aceptaré, ni se ha de pensar tal cosa de mí.

Los reyes se me quedaron mirando sin dar por cierto que aquella infanta sumisa y obediente pudiera estar hablando de tal modo, y tengo para mí que en ese instante entendieron que no podrían retenerme más y que yo tomaba, por fin, las riendas de mi vida.

80

El rey don Felipe de Castilla se hallaba junto a su embajador y amigo don Ruy Gómez de Silva en uno de los salones del palacio de Coudenberg, en Bruselas. Le había mandado llamar para ponerle al tanto de la situación. Sostenía en las manos la carta de su tía doña Leonor enviada desde Valladolid en la que le suplicaba que rompiera las capitulaciones matrimoniales entre don Ruy Gómez de Silva y la hija del conde de Mélito. Apelaba la reina a la generosidad de su sobrino y le rogaba, antes de que fuera demasiado tarde, pues las fuerzas le comenzaban a fallar, que disueltas las capitulaciones diera el consentimiento para que el caballero portugués matrimoniara con su hija, pues era la única forma de que su adorada María pudiera salir de Portugal, estando casada.

Don Ruy escuchaba las palabras del rey y los latidos de su corazón comenzaron a martillearle en las sienes. En su pensamiento apareció nítida la imagen de su amada doña María. ¿Habría hablado la infanta con su madre? ¿Acaso todas las fuerzas del destino se habían aliado en su favor para que doña María y él unieran sus vidas para siempre?

—Don Ruy, ¿habéis escuchado lo que acabo de deciros?

El embajador salió de su ensimismamiento.

—Bien, ¿qué tenéis que alegar en este asunto? Al fin y al cabo, sois parte interesada —añadió el rey don Felipe antes de que pudiera contestar.

El caballero portugués tuvo que tragar varias veces para

deshacer el nudo que le estaba oprimiendo la garganta desde que el rey había comenzado a hablar.

—Estoy seguro de que lo que decida vuestra majestad será lo más conveniente para mi persona —dijo por fin sin que le temblara la voz.

El rey lo miró unos instantes y sonrió.

—A vuestro regreso de Portugal me contasteis que mi prima os pareció hermosa.

—Y lo es, majestad, recuerdo que os dije que perdíais una hermosa y discreta esposa y Castilla una gran reina.

Don Felipe se acercó a la ventana y se quedó contemplando los pequeños copos de nieve que comenzaban a caer.

—¿Sabéis que hasta que no vine a Flandes nunca había visto la nieve? —preguntó mientras seguía con la vista cómo los diminutos copos se deshacían al tocar la tierra del jardín.

Al cabo, se volvió y miró a don Ruy.

—Mi tía Leonor ha sufrido mucho y se merece pasar sus últimos años en compañía de su hija. Sería un detalle por mi parte concederle lo que me pide.

Don Ruy tuvo que llevar sus manos a la espalda y entrelazarlas para que el temblor no lo delatara.

—Sin embargo —siguió el rey—, dejaría en entredicho mi palabra ante el conde de Mélito, puesto que fui yo el que os propuso como esposo de su hija. Claro que en el cambio ganaríais mucho. La hija de un conde, aunque sea unigénita, no se puede comparar con una infanta de Portugal hermosa y rica. No cabe esperar más dicha. Además de que pasaríamos a ser familia, cosa que me enorgullecería.

Don Ruy se acercó a la mesita en la que unos momentos antes don Felipe había escanciado licor en dos copas de vidrio labrado. Necesitaba tener ocupadas las manos porque su nerviosismo iba en aumento.

—Aunque cabe que mi prima María aún me guarde inquina por lo del plantón en Lisboa y quizá con el tiempo logre poneros en mi contra.

—Majestad, durante el poco tiempo que la traté en Lisboa

pude ver que doña María es noble de corazón y sus palabras no dejaban entrever rencor o escozor, antes bien estaba resignada como infanta a hacer la voluntad del emperador.

—Sí, puede ser. De todas formas, el rey de Portugal se ha negado siempre a cualquier matrimonio que le han propuesto a mi prima; príncipes y reyes han sido rechazados con mil excusas. ¿Por qué habría de aceptar esta propuesta? No os ofendáis, don Ruy, que sabéis que os quiero bien, pero vos sois un caballero sin fortuna.

Don Ruy encajó el golpe sabiendo que el rey tenía razón. ¿Cuál habría sido el motivo por el que la reina doña Leonor lo había elegido? La única respuesta que encontraba era que doña María se lo hubiera pedido.

Le vinieron a la mente las palabras de la infanta aquella tarde en el jardín: cuando se disparaba una flecha tenía que apuntarse alto, pues cuanto más alto se apuntara más lejos llegaría. ¿Le quiso decir que luchara por su amor?

—Si deshacemos las capitulaciones y rompemos el compromiso con el conde de Mélito —seguía hablando el rey—, puede suceder que el rey Juan no deje salir a mi prima de Portugal y entonces vos os encontraríais compuesto y sin novia.

El rey se rio de su propia ocurrencia y el embajador lo emuló.

Don Ruy tomó un largo sorbo del licor para disimular una vez más el nerviosismo que se había apoderado de todo su cuerpo.

—No, don Ruy, creo que es mejor dejar las cosas como están, ¿no os parece? Que mi tía Leonor le busque otro marido a mi hermosa prima. Con su belleza y su fortuna no le faltarán nobles castellanos.

El caballero portugués apuró la copa. Había estado a punto de tocar el cielo con la punta de los dedos y su mala fortuna ahora le hacía hundirse en la más profunda de las simas.

81

Hacía dos meses que Ana Loira había dado a luz y se sentía dichosa. Jamás hubiera sospechado que la herida sangrante provocada por la separación de Antonio la pudiera restañar la llegada al mundo de su hijo. Pero así era. En el instante en que lo tuvo en sus brazos supo que quería comenzar una nueva vida y que la alegría formara parte de ella; deseaba que se sintiera orgulloso de ella y que cada mañana al despertarse lo primero que viera fuera la cara sonriente de su madre.

Sin embargo, en los últimos días la tristeza volvía a empañar los ojos de la joven. La enfermedad de doña Rosario avanzaba y el ver cómo el cuerpo de la mujer, a la que quería como a una hermana, se iba consumiendo agotado por los dolores la sumía en una pena infinita.

Don Manuel apenas se separaba de su esposa. Hacía meses que había vuelto a compartir el lecho con ella por temor a que empeorara durante la noche.

Ana Loira se hizo cargo de la botica y en los ratos que tenía libres elaboraba nuevos elixires, emplastos y ungüentos con los que aliviar el sufrimiento de doña Rosario.

Una tarde de principios de junio, se encontró con fuerzas para levantarse de la cama y sentarse en una mecedora en el patio. Pidió que la acompañara Ana Loira y esta aceptó gustosa, y llevó a su hijo consigo para que la enferma disfrutara del pequeño Antonio.

Allí, bajo los limoneros y las parras que ya comenzaban a

verdear, las dos mujeres se sentían a gusto y la joven portuguesa se animó a las confidencias.

—¿Sabéis que mis abuelos eran extremeños? —dijo sonriendo—. Pues sí, nacieron en Valencia de Alcántara. Eran judíos conversos, y aunque se convirtieron y abrazaron la fe en Cristo tuvieron que huir de Castilla e irse a Portugal. Allí nació mi padre.

—¿Por eso hablas tan bien el español?

—Sí, desde pequeña mi padre quiso que aprendiera la lengua de Castilla y también el francés, *que je parle un peu.* —Volvió a sonreír—. Fui muy feliz en mi infancia. Ya os conté que nací en una aldea muy pequeña llamada Flor da Rosa, y al día siguiente de nacer me llevaron a Marvão y luego vivimos en Évora, para finalmente acabar viviendo en Lisboa. Le he dicho a don Manuel que cuando cojáis fuerzas tenemos que ir a Évora. ¡Cuánto me gustaría mostraros también Lisboa! Es la villa más bulliciosa del mundo, con decenas de tiendas y personas que transitan por la rua Nova. Allí trabajaba yo, en la botica de don Nuno, pero eso ya os lo he contado muchas veces.

De pronto, doña Rosario se puso triste y sus ojos se empañaron.

—Ana Loira, te quiero como a una hermana y nada me gustaría más que acompañarte a conocer esas ciudades, pero no creo que mi enfermedad me lo permita. Sé que has sufrido mucho, pero aquí no tienes que temer nada, estás a salvo y podrás criar a tu hijo sin miedo.

La muchacha se quedó en silencio.

—Doña Rosario —dijo al cabo—, hay algo que todavía no os he dicho.

En ese momento, Isabel apareció con una bandeja de limonada y unos dulces y la puso sobre la mesa. La criada se dio cuenta de que la conversación que mantenía su señora con la intrusa debía de ser importante, porque ambas permanecían calladas mientras les servía el refrigerio.

En cuanto la criada hubo salido del patio, la joven continuó:

—Quiero que sepáis quién es el padre de mi hijo.

—Ana Loira, no es menester que me cuentes todos tus secretos.

—Quiero hacerlo. Como ya supondréis, no estoy casada, pero mi hijo fue concebido en el amor. Yo me enamoré de Antonio cuando aún no pertenecía a la Iglesia, aunque tampoco habríamos podido casarnos porque nos separaba un mundo, pues él es noble y yo, ya veis, una pobre ayudante de boticario. Nos juramos amor eterno. Pero su padre, el infante don Luis, murió y le dejó sucesor del Priorato de Crato. Así que, ya veis, mi hijo nunca llegará a conocer a su padre.

Doña Rosario no daba crédito a lo que estaba oyendo. Cierto que su esposo y ella habían comentado muchas veces cuál sería la historia que arrastraba la joven, pero jamás pensaron que el hijo pudiera ser de...

—Entonces ¿tu hijo está emparentado con el rey de Portugal?

La muchacha asintió con la cabeza.

—Sí, doña Rosario, Antonio es sobrino del rey don Juan.

—Por tanto, el difunto rey don Manuel, que en gloria esté, es el bisabuelo de Antoñito.

El estruendo de una copa al caer cortó de nuevo la conversación.

Isabel recogió los cristales del suelo y se apresuró a llevarlos a la cocina. Una vez allí, se sentó y comenzó a pensar qué beneficio podría sacar de las palabras que acababa de oír.

82

La lluvia no había dejado de caer en toda la tarde en el monasterio de Santa María de Flor da Rosa, y ahora, entrada la noche, parecía estar arreciando. A pesar de ser ya primavera, hacía días que el sol no se dejaba ver y en su lugar unas nubes negras ocupaban los cielos la mayor parte del día. La campana del priorato comenzó a sonar convocando a los freires para los rezos de completas, pero el prior no parecía tener mucho interés por acudir a la iglesia.

Sentado en la amplia estancia del palacio monacal, don Antonio leía y releía el billete recibido a primera hora de la tarde. Contenía solo tres palabras, pero lo suficientemente inquietantes para que se sintiera nervioso desde que lo leyó.

Después de volver de Malta, donde demostró sus dotes organizativas, y de haber tratado con los priores de otros reinos y con el Gran Maestre, creía encontrarse en mejor situación para dar el paso definitivo cuando llegara el momento. La muerte violenta de su primo frey Duarte complicó su deseo, pues el monasterio se hallaba en el punto de mira de la Orden que, escandalizada, veía cómo por tercera vez moría uno de los hermanos de forma violenta. Pero frey Atilio, dando muestras de su inteligencia, había conseguido desenmascarar al asesino que, a Dios gracias, no resultó ser ninguno de sus hermanos. Aunque también, y que Dios le perdonara, este último asesinato le allanaba el camino, pues frey Duarte fue uno de los más firmes opositores a su nombramiento de prior y seguramente se hubiera opuesto a que él, algún día, llegase a lo más alto.

Había esperado mucho tiempo y seguiría esperando. Tenía la corazonada de que el infante don Sebastián no llegaría a reinar. Solo debía tener paciencia y algún día el Reino de Portugal sería suyo.

Volvió a leer el papel. Su mente comenzó a elucubrar sobre lo que esas tres palabras podían significar en su vida. Sonrió, pero la sonrisa pareció convertirse en un rictus cuando otras palabras, esta vez malditas, aparecieron en sus pensamientos. Aquellas que en su infancia hacían que sus ojos se llenaran de lágrimas, aquellas que le impedían vivir en el palacio de Ribeira, aquellas que llegaban a sus oídos pronunciadas con desprecio y en voz baja, aquellas que un día su padre le prohibió que repitiera cuando fue consciente de lo que significaban, aquellas por las que su madre lloraba en silencio cuando se quedaba a solas sin saber que el niño la veía.

Esas dos palabras le habían perseguido siempre, y dedicó y seguía dedicando todos sus esfuerzos a borrarlas de su vida.

—*Bastardis et iudaeum* —pronunció con desprecio en latín.

Sí, bastardo y judío, las peores ofensas que podían hacerse a una persona, las únicas contra las que no cabía luchar porque, a pesar de los esfuerzos, nunca podría dejar de ser bastardo o judío, ¿o sí?

Hacía dos años que era prior de Crato, y por tanto caballero de la legendaria Orden de Malta, los mismos que hacía que su padre, el infante don Luis, descansaba en el Señor, y en este tiempo parecía haberse hecho respetar por la congregación, aunque no se le escapaba que un buen número de freires caballeros encabezados por frey Duarte lo veían como un intruso. Con la muerte de su primo, ese escollo ya no existía. La mayoría de los congregantes eran caballeros, nacidos de noble cuna, y solo unos cuantos eran sirvientes. Era en los ojos de algunos de los primeros en los que adivinaba el desprecio por tener de superior a un cristiano nuevo, pues de la bastardía no estaban exentos muchos de los ordenantes.

Todos los reyes de Portugal habían tenido hijos bastardos reconocidos, sin ir más lejos su otro primo Duarte, hijo bastardo de su tío el rey Juan III, quien había llegado a ser arzobispo de Braga. Incluso el primer prior de Crato, don Álvaro Gonçalves Pereira, tuvo hijos. La regla de la Orden de Malta exigía a los caballeros ser hijos legítimos, excepto si eran hijos de reyes o de príncipes. Así que creía que no era la mancha de la bastardía lo que les preocupaba, ni el motivo de esas hablillas que enmudecían cuando él llegaba. Era la sangre judía de su madre, Violante Gomes, la que pendía sobre él como una espada de Damocles amenazando con desposeerle de lo que más ambicionaba en el mundo: ser rey de Portugal.

Aunque reconocía que ser prior de Crato le otorgaba poder, no era ese el destino con el que soñaba desde niño. Nunca entró en sus planes renunciar al poder mundano y de la corte, por más títulos eclesiásticos que le otorgaran, como sucedía con todos los bastardos hijos de príncipes y reyes. No era por beneficiar o legitimar al bastardo, no, sino por alejarle de unos hipotéticos derechos al trono o por impedirle el matrimonio con alguna poderosa familia que pudiera hacer sombra al rey o a sus descendientes. Esconderlos en la Iglesia, ese era el destino de los bastardos y ese parecía ser el suyo, aunque en esta ocasión su padre hubiese querido compensarle otorgándole el cargo religioso más importante de Portugal, prior de Crato, además de una suculenta fortuna que incluía un palacio en Lisboa con decenas de sirvientes.

Esa sangre judía que no le había impedido a su padre engendrarle a él, la misma sangre que su abuelo don Manuel expulsó de sus reinos: ese era el escollo que le impedía mirar a esos orgullosos freires caballeros cara a cara; aunque su madre hubiese optado por tomar los hábitos e ingresar en un convento para acallar rumores, la sombra de la duda siempre estaba presente en su vida. Ese insulto que tuvo que soportar desde niño en los conventos y durante sus estudios en Guimarães, Coímbra o Évora: *O filho da Pelicana*, el hijo de la Pelícana, la judía.

Volvió a oír la campana y esta vez, muy a su pesar, guardó el papel bajo el manto y se dirigió a cumplir con el deber.

No pudo concentrarse en los rezos pues en sus pensamientos se coló, una vez más, la imagen de su amada. Ana Loira. Llevaba un mes buscándola, desde el mismo día en que volvió de Malta. En los primeros días creyó que se habría mudado de casa pues su criado traía de vuelta los billetes que le enviaba, y luego comenzó a preocuparse ante la idea de que hubiera sufrido algún daño o que hubiera huido porque no quería saber nada de él.

Había hecho discretas averiguaciones enviando a un criado a la botica de don Nuno, pero este no sabía nada del paradero de la joven. Tampoco supo darle noticias su tío el cardenal don Enrique, a quien preguntó tras recordar las palabras que le dijo la última vez que lo llamó a su presencia acerca del peligro que suponía estar con Ana Loira. Una tarde se presentó él mismo en la botica y don Nuno, roto de dolor, le confesó que lo único que sabía era lo que la joven le dijo un día, que se iba a Castilla con unos parientes.

¿Por qué habría huido? ¿Era quizá porque pensó que él nunca volvería de Malta? ¿Acaso alguien la convenció en su ausencia para que lo abandonara? ¿La habrían amenazado? ¿Tendría algo que ver su tío el cardenal? Cada noche se dormía con estas preguntas martilleándole la cabeza, sin hallar respuesta. Luego, rendido y con el corazón encogido por el dolor, lograba dormir unas horas. Cuando la luz del sol le despertaba, volvían de nuevo las preguntas.

El recuerdo de Ana Loira lo estaba volviendo loco, se dijo.

Volvió a pensar en el papel que guardaba bajo el manto.

Los freires comenzaron a salir de la iglesia dando por finalizados los rezos. La lluvia había amainado, pero persistía. El prior cruzó la mirada con frey Atilio y este lo siguió hasta la gran estancia.

—He recibido un recado de palacio —dijo apenas el rector cerró la puerta—. Mi tío está agonizando.

Frey Atilio sintió un estremecimiento y una pena infinita por el rey de Portugal.

—Tengo un presentimiento y creo que el infante Sebastián no llegará a reinar. Además, mi tío don Enrique ya tiene bastante con ser cardenal e inquisidor. Así que, como ve vuestra paternidad, parece allanárseme el camino.

El administrador del monasterio se quedó pensando en las palabras que el infante don Luis le dijo en su lecho de muerte. ¡Qué bien conocía a su hijo!

—¿En qué piensa vuestra paternidad? Parece que mis palabras no son de vuestro agrado.

—Me sentiría muy orgulloso si algún día os viera sentado en el trono de Portugal —se vio obligado a decir.

¿Cómo hacerle entender a aquel joven ambicioso que para que sus sueños se cumpliesen el infante, el último descendiente de los reyes, tendría que morir y que a la reina Catalina, si aún viviera, la pena la llevaría a la tumba?

—Podéis retiraros, hermano. Necesito meditar —dijo don Antonio acercando el billete a la llama de la lamparilla.

Las tres palabras, «El rey agoniza», se convirtieron en ceniza.

El freire inclinó levemente la cabeza y se encaminó hacia la salida.

De pronto, al prior pareció ocurrírsele una idea.

—¡Esperad! Sentaos, necesito que me oigáis en confesión.

—Vuestra ilustrísima me hace un gran honor abriendo su alma a este pobre pecador.

—Os tengo por un hombre inteligente, frey Atilio, quizá el hombre más inteligente que he conocido. No hay que ver sino cómo resolvisteis el misterio de los asesinatos. Por cierto, ¿qué fue del carbonero?

—Escapó. Ese pobre diablo, Dios le haya perdonado, lleva en su delito la penitencia. Lo importante es que haya vuelto la paz a nuestra vida.

—Como os decía… Pero sentaos, os lo ruego —repitió viendo que el freire seguía de pie—. Bien, decía que a vuestra paternidad no se le habrá escapado la zozobra y el desasosiego en que me hallo desde hace semanas.

El freire asintió.

—Sí, ilustrísima, me he dado cuenta, pero creo que es más grande lo que os atormenta el alma, aunque ignoro qué pueda ser.

El prior se quedó pensando en las palabras de su hermano. Era cierto, lo peor era el tormento de su alma. La idea de la condenación por amar a Ana Loira era una espina que se le clavaba hasta lo más hondo y que ni siquiera la atrición le aliviaba.

—Decís bien —contestó al cabo don Antonio—. Mi pecado es mi tormento y mi tormento es una locura, un deseo irrefrenable que me lleva a olvidar que soy un hombre de Iglesia, aunque después piense: ¿qué mal hago yo al mundo con mi pecado? Solo mi espíritu se condena.

—Ilustrísima —dijo con voz pausada frey Atilio—, no sois el primer hombre consagrado a Dios que cae en la tentación de la carne.

El prior se quedó mirando los sagaces ojos del freire.

—¿Tan evidente es, hermano? —dijo con voz quebrada.

El freire pensó en las palabras que debía decir a su superior.

—Si no existiera la tentación, si el hombre estuviera libre de todo pecado, ¿qué valor tendría la gloria? El pecado llegó por la rebelión del hombre, pero Dios nos ha dado el libre albedrío y la fuerza para combatirlo, para resistir. Ese es uno de los principios en el que se sustenta nuestra fe, vencer al pecado.

—Y si sucumbo una y otra vez al pecado, ¿qué me queda sino la condenación de mi alma?

—Decía san Agustín que había que resistir a la vida de los sentidos con todas las fuerzas del alma, y que si las cosas sensibles atraen demasiado debe hacerse que pierdan su encanto con la costumbre de carecer de ellas y de apetecer cosas mejores.

—¡Pero yo no puedo hacer que ella pierda su encanto! Su imagen me persigue y el haberla perdido me atormenta mucho más que cuando la tenía.

—¿Debo entender que vuestra ilustrísima ha roto la relación con esa persona? —preguntó cauto.

—No, frey Atilio. Mi pecado es aún más grave, pues sufro

por no tener a la persona que dio origen a él. No sé si cometo herejía si digo que estoy sufriendo por no poder pecar.

—Entonces ¿es ella la que os ha abandonado? Quizá Dios le ha dado más fuerza a ella y…

—No lo sé, lo único cierto es que ha desaparecido de mi vida y de la tierra, se ha esfumado sin dejar ni rastro. ¡Es un misterio! En Lisboa envié a un criado para que averiguase su paradero y no consiguió nada, incluso yo mismo fui a la botica de don Nuno…

El rector sintió los latidos del corazón en las sienes y temió no poder dominarse. ¿Qué estaba diciendo el prior? No podía ser, Dios santo, no…

—¿Se encuentra vuestra paternidad bien? Os habéis puesto pálido.

—Sí, sí, no es nada. A veces me dan estos vahídos, no tiene importancia —reaccionó—. ¿Cómo se llama la que os causa esos pesares?

—Ana Loira. Un nombre extraño, ¿verdad?

El bailío menor tuvo que esforzarse mucho para que el temblor de sus manos no le traicionase.

«Señor, cuán insondables son tus juicios y cuán inescrutables tus caminos», pensó el freire recordando las palabras de san Pablo en la Carta a los Romanos.

El año del Señor de 1557 me trajo una nueva. Mi hermano consentía mi salida de Portugal sin condiciones. Recibí cartas de mi madre que, emocionada y loca de contento, se preparaba en Valladolid para mi llegada. Allí me encontraría también con mi tía María, la reina de Hungría, y con mi desgraciada prima Juana de Austria, viuda de mi sobrino el infante Juan Manuel.

Con ilusión y ayudada por mi tía Catalina, que bien veía yo que se alegraba de mi dicha, fuimos eligiendo el séquito que me acompañaría hasta la Raya de Portugal, donde me esperaría la comitiva española para llevarme a tierras de Castilla.

Lo único que lamentaba yo de aquel viaje era el no poder conocer a mi tío el emperador, pues ya se hallaba en Jarandilla, cerca de Yuste, el lugar elegido para pasar los últimos años de su vida.

La primavera llegó perfumando de azahar los jardines de mi palacio, donde todo era un ir y venir de sirvientes y criados preparando ropas y enseres. No sabía aún si este viaje sería definitivo o tornaría después a mi Lisboa querida. No habíamos hablado los reyes y yo de cuánto duraría mi estancia en Castilla, creo que mi hermano el rey temía que yo me molestara de nuevo y decidiera quedarme allí para siempre. De modo que todo eran buenas palabras y comedimiento.

Así llegó el mes de junio y nos trajo la desgracia de la enfermedad de mi hermano el rey. En pocos días y sin que nadie lo esperara, murió dejándonos en el más absoluto desamparo.

Toda Lisboa se vistió de luto, y mi tía la reina Catalina, desaparecido el último bastión en el que se apoyaba para seguir viviendo, quedó tan abatida que todos nosotros temimos por su vida. De nada servía que le dijéramos que tenía que velar por el infante Sebastián, que a sus tres años pronto debía ser coronado rey.

Cumpliendo el testamento de su esposo, mi tía Catalina constituyó entonces un consejo regente y nombró a su cuñado el cardenal Enrique regente adjunto. Unos años después la reina, cansada y enferma, renunciaría a la regencia y mi hermano Enrique quedaría como regente absoluto.

Cuando llegó el estío la reina experimentó una mejoría de cuerpo, sin embargo su mente parecía estar siempre ausente. La sombra de la enfermedad de mi abuela Juana de Aragón volvió a instalarse en todos nosotros y temimos que otra desgracia cayera sobre el reino.

Yo desterré de mi mente la idea de viajar a Castilla para encontrarme con mi madre, y me decía que el destino jugaba de nuevo conmigo y me negaba el deseo de pisar la tierra de mis antepasados, porque no acertaba a entender qué razón tendría Dios para impedir esa unión.

Desde la muerte de mi hermano yo me había instalado en el palacio de Ribeira para estar al lado de mi tía, de manera que la obligaba a pasear por los jardines acompañadas del rey Sebastián que, como niño, nos alegraba con sus travesuras y juegos.

Cuando llegó el invierno, la reina mejoró y una tarde me habló de mi deseo frustrado de encontrarme con mi madre. Yo seguía recibiendo sus cartas desde Valladolid, en las que me pedía que no olvidara el viaje. Decía no encontrarse muy bien de salud y deseaba fervientemente verme antes de que fuera demasiado tarde. Así que cuando mi tía me preguntó si aún tenía deseos de ir le contesté que sí.

Ella me dijo que era de ley que me encontrara con ella, pero que ahora más que nunca debía pensar en que si me quedaba en Castilla sería perjudicial para el reino.

Yo *me quedé suspensa, pues en estos meses había tenido tiempo de pensar y decidí que quería vivir junto a ella en Castilla. Le dije que lo pensaría, pero unos días después me llamó a su aposento.*

Las palabras que salieron de sus labios me atormentarían mucho tiempo, de manera que fueron ellas las que determinaron mi destino.

83

Los días de extremo calor en la villa de Badajoz coincidieron con la gravedad de doña Rosario. La esposa del boticario se fue consumiendo hasta que un día no tuvo fuerzas para tomar alimento alguno. Aquella tarde, Ana Loira, solícita, intentaba darle cucharaditas de lectuario, pero ella apenas abría la boca.

Desde que murió su madre, el don que según frey Atilio le había regalado Dios parecía haber desaparecido. Pensaba muchas veces en ello y llegó a la conclusión de que ya no lo tenía, pues si cuando niña sentía quemazón en las manos solo con tocar algún objeto que hubiera estado en contacto con la persona que iba a morir, cuando murió su madre necesitó tomarle las manos para cerciorarse de que le quedaban horas de vida. Quizá con los años se le iba debilitando el poder; sí, eso debía de ser. Y en parte se alegraba de que aquella responsabilidad de saber si una persona iba a morir o no, y que tanto le hacía sufrir, se alejara para siempre de su vida.

Miró el cuerpo consumido de doña Rosario y los ojos se le llenaron de lágrimas. Le tocó la frente para comprobar si tenía fiebre.

En ese momento, don Manuel entró en el aposento. En los últimos días parecía haber envejecido y unas ojeras cárdenas se adivinaban en su rostro. Se acercó al lecho en el que yacía su esposa y le sacó de entre las ropas una mano para tomarle el pulso.

—Creo que esta tarde está un poquito mejor —dijo dirigiéndose a Ana Loira.

La joven le cogió la mano y se la acarició. Sintió los huesos bajo la fina piel asirse a sus dedos y se estremeció. Las manos de doña Rosario, antaño hermosas, le parecieron ahora unos sarmientos que intentaban aferrarse a las suyas. La sintió fría y comenzó a frotarla suavemente. De pronto, sintió calor en ella y se detuvo.

Con la mano de doña Rosario entre las suyas, suplicó a Dios que le negara ese don al tiempo que notaba cómo el ardor le empezaba a quemar. Se retiró del lecho y sintió que el corazón le martilleaba en las sienes.

¿Quién era ella para predecir la muerte de una persona? ¿Por qué Dios hacía que llevara esa carga? ¿Por qué no terminaba todo aquello de una vez?

Don Manuel la miró y se asustó.

—Es doña Rosario, se está muriendo —dijo cuando las lágrimas ya brotaban de sus ojos.

El boticario se acercó a la cama y volvió a tomarle el pulso a la enferma. Era débil, pero aún se notaba claramente el latido.

—No tiene fiebre. Yo creo que está un poco mejor que esta mañana, ¿por qué has dicho eso?

La joven se había sentado y lloraba mientras se apretaba la mano que seguía quemándole.

—Ana Loira, tranquilízate, doña Rosario está mejor. He visto a muchos enfermos morir y te aseguro que no está en la agonía.

—No, don Manuel, su vida se está apagando. Creo que deberíais llamar a don Miguel para que le dé la extremaunción —contestó hipando.

En ese momento entraron Juana y su hija a tiempo de oír las últimas palabras de la joven ayudante. Juana miró a don Manuel y este asintió con la cabeza. La criada salió en busca del cura.

Un rato después hizo su aparición el sacerdote revestido con los ornamentos sagrados, el alba y la estola. Cuando terminó de administrarle el sacramento a doña Rosario, se acercó al boticario.

—Yo creo que no está en peligro de muerte, pero habéis hecho bien en avisarme, pues el sacramento de la extremaunción también se administra a los enfermos para que no desfallezcan.

Una vez el sacerdote se despidió, don Manuel se sentó junto a la cabecera de la cama de su esposa, que parecía dormir plácidamente. Tomó una de sus manos y la sintió inerte. Llamó a Ana Loira y esta se acercó temblando.

—¿Puedes comprobar si respira? Yo no me atrevo.

En ese momento, la joven sintió una pena infinita por el boticario.

—No hace falta, don Manuel —dijo con las lágrimas corriéndole por las mejillas—. Doña Rosario se ha reunido con el Señor.

El boticario se la quedó mirando sin entender lo que quería decirle. Puso los dedos en el cuello de su esposa y no sintió los latidos. Se abrazó al cuerpo inerte de doña Rosario y los sollozos llegaron hasta la cocina.

Juana e Isabel se apresuraron a entrar en el aposento y se percataron de que la señora había muerto. Serena y eficiente, como siempre, y con los ojos llorosos, Juana salió para ir a avisar de nuevo al sacerdote.

—¿Cómo sabías que estaba agonizando? —preguntó don Manuel a Ana Loira, que permanecía de pie junto al lecho.

Ella se quedó callada, pero ante la mirada suplicante del boticario se vio forzada a contestar.

—Su mano me quemaba cuando la cogí. Frey Atilio me dijo que era un don de Dios. A veces, cuando tomo las manos de una persona enferma me quemo y entonces sé que va a morir.

Don Manuel se quedó mirándola y pensó en cuántos secretos más ocultaría la vida de aquella hermosa joven.

Otros pensamientos muy diferentes eran los que pasaban por la mente de Isabel, que en vez de seguir a su madre se había quedado escondida detrás de la puerta del aposento. La criada se decía que últimamente la suerte le estaba llegando a raudales. Lo que acababa de oír, de momento no sabía qué beneficios le acarrearía, pero por lo pronto sabía que la mosquita muerta de la ayudante de botica no era lo que todos pensaban; primero había engañado a un noble y se había hecho preñar, y ahora resultaba que hacía brujería. Eran muchos secretos para venderlos a quien los pagara bien.

84

Hacía tres meses que doña Rosario había muerto y nada parecía haber cambiado en la casa del boticario sino la tristeza que arrastraba don Manuel. Ana Loira respetaba su dolor y sus silencios en la botica trabajando sin apenas dirigirle la palabra, hasta que una mañana después del almuerzo él le pidió que le llevara a su hijo. No había querido verlo desde que murió su esposa porque le recordaba demasiado a ella. Durante los dos meses en que pudo disfrutar del niño, y a pesar de que ese tiempo fue el más duro de la enfermedad, doña Rosario lo cogía en brazos, lo acunaba y le cantaba nanas, y este recuerdo le reabría la herida. Sin embargo, aquella tarde el boticario sintió que necesitaba las risas del pequeño.

Estaba sentado en el patio debajo del parral cuando la joven apareció con su hijo en brazos y don Manuel pensó que le sentaba bien la maternidad, pues estaba más hermosa que nunca. Se sorprendió y al mismo tiempo se avergonzó de sus pensamientos.

El pequeño Antonio había cumplido cinco meses y era un niño alegre y robusto que encandilaba a todo el que lo trataba. Ana Loira se sentó con él en el suelo sobre una manta y Antoñito empezó a jugar con sus pies descalzos provocando las risas de su madre y de don Manuel, que se levantó de la silla para sentarse junto a ellos. Era la primera vez que la joven veía reír al boticario desde la muerte de su esposa y se alegró de que comenzase a salir del pozo negro en el que llevaba sumido todo este tiempo.

Durante un buen rato las risas llenaron el patio y llegaron hasta la cocina, donde Juana y su hija fregaban la loza del almuerzo. Isabel sintió una punzada de celos y tuvo que aguantarse las ganas de salir al patio y sacar a rastras a Ana Loira de allí. Su madre la miró y vio el odio reflejado en sus ojos. No le dijo nada, por no remover, pero pensó en las palabras que su hija le dijo un día acerca del señor y presintió que la tormenta acabaría por estallar.

Antoñito comenzó a dar muestras de sueño y su madre hizo amago de cogerlo, pero el boticario se le adelantó.

—Permítame que le acueste en su cuna —dijo con el niño en brazos.

La joven asintió y pensó en lo buen padre que podría haber sido.

Don Manuel se llevó al niño y ella recogía la manta del suelo cuando vio entrar a Isabel en el patio. Se levantó despacio y la miró.

—¿Te crees que no me he dado cuenta del jueguecito que te traes? —dijo la criada cogiéndola del brazo y zarandeándola—. No pudiste cazar al sobrino del rey, aunque te hiciste preñar de él, y ahora quieres cazar a don Manuel. Pero él es mío, ¿lo oyes? Él me quiere a mí, he yacido con él y sentía cómo su cuerpo se estremecía junto al mío. Así que no me lo vas a quitar, ¿me has oído? Busca otro padre para tu hijo. Te presentas aquí haciéndote la mosquita muerta y no eres más que una aprovechada que...

—¿Qué está pasando aquí?

El vozarrón del boticario sorprendió a la criada, que soltó a Ana Loira y enrojeció hasta la raíz del cabello.

—He preguntado qué está pasando aquí —repitió silabeando y clavando sus ojos en los de Isabel.

Esta se quedó mirándolo sin decir nada, sin encontrar una excusa con la que explicar su comportamiento, y sin más echó a correr.

Don Manuel se acercó a Ana Loira, que se esforzaba por no llorar, y le cogió las manos.

—No le tengas en cuenta lo que ha dicho. Isabel es envidiosa y resentida. Hace tiempo que debería haberla echado, pero entonces se iría Juana y ella sí que no lo merece. Pero si su presencia va a incomodarte, mañana mismo se van las dos.

Se habían sentado en el banco de piedra y él le tenía cogidas las manos.

Aquella noche, Ana Loira pensó en las palabras de la criada y se entristeció, pero luego la imagen de don Manuel con su hijo en brazos apareció en su mente y se durmió con la risa de ambos resonando en sus pensamientos.

85

La taberna de Dinis, O Coixo, estaba en el barrio de Alfama y era frecuentada por pescadores que no le hacían ascos al vino aguado y al desabrido guiso de cabrito que se servía allí. Su dueño perdió la pierna en su juventud en una pelea, una noche de borrachera. Le dieron tres cuchilladas, una de ellas grave, que le provocaron gangrena y no hubo manera de salvarle la pierna. Incapacitado para la pesca de la sardina, aprendió a guisar y a regatear vinos y abrió su modesto establecimiento en el barrio que le vio nacer. A sus cuarenta años no se había hecho rico, pero sacaba para vivir y alimentar a su mujer y a sus cuatro hijos.

A aquella hora de la noche la taberna ya debería estar cerrada, pero el dueño hizo una excepción cuando vio las monedas que le entregó el desconocido que, sentado en el lugar más oscuro y alejado de la puerta, no le quitaba ojo a todo aquel que entraba. Llevaba allí largo rato y parecía estar a punto de irse.

Una ráfaga de viento hizo parpadear las pocas velas que alumbraban la taberna y el desconocido prestó atención, de nuevo, a la puerta abierta.

Un marinero dio las buenas noches a Dinis y se dirigió a la mesa del fondo.

—¿Conocéis al capitán Corinto? —preguntó el recién llegado.

—Te has confundido, amigo —contestó el desconocido, al que apenas se le veía el rostro pues había tenido la precaución de apagar la lamparilla que había sobre su mesa.

—Perdonad entonces, creí que debía hacer un recado.

El desconocido aprovechó que O Coixo estaba de espaldas limpiando las mesas para sacar una carta y una bolsa. Habló deprisa, pero el joven marinero era despierto y lo entendió todo.

—Esta es la carta. Tienes que entregársela a una de las dos personas que te he dicho y en esa dirección. ¿Te la has aprendido?

El marinero asintió.

—Asegúrate de que son las personas que te he dicho y dásela a una de las dos. Solo a ellas. Si hay alguien más en el lugar, espera a que se vaya. Aquí tienes el precio acordado. Mañana a esta misma hora te esperaré aquí, por si tienes que traerme respuesta. Gracias, amigo, que Dios te guarde.

El marinero salió de la taberna, no sin antes despedirse de Dinis.

—Hacerme venir para nada —dijo en voz alta para que O Coixo lo oyera.

Estaba ya entrada la mañana cuando Akosua se dispuso a barrer la puerta de la botica. No tenía suciedad alguna, pero a la criada le gustaba barrerla todos los días, así veía y se dejaba ver, solía decir. Un marinero joven se paró delante del establecimiento.

—Buenos días, preciosa, ¿es esta la botica de don Nuno de Almeida? —preguntó sonriendo.

La joven se le quedó mirando un instante.

—Sí, pero no creo que vuestra merced pueda comprarle nada —contestó con altivez y volvió a su tarea.

—¿Por qué? ¿Acaso le ha sucedido algo? —inquirió el joven con preocupación.

—¡San Antonio no lo permita! Mi señor está muy bien y ahora mismo está atendiendo a unas damas de alta alcurnia, que son las que visitan la botica.

Esperó a que las damas salieran del establecimiento para entrar él.

—Buenos días, señor —saludó el marinero quitándose el bonete y mirando en derredor por si había alguien más.

El boticario lo miró con un gesto de desagrado.

—¿Sois vos don Nuno de Almeida, el boticario?

—Soy yo. ¿A quién debo el placer? —preguntó con sorna.

—Traigo una carta que debo entregar a Ana Loira o a vuestra merced —dijo el joven bajando la voz.

—¿Una carta? ¿De quién?

—Eso no lo sé. A mí solo me pagan para entregarla a uno de los dos y luego esperar respuesta.

El boticario cogió la carta que le tendía el marinero y rompió el lacre. A medida que leía el papel, las lágrimas se iban alternando con la sonrisa de sus labios.

—¡Eh, muchacho! —llamó cuando terminó de leer.

El marinero, vuelto de espaldas, contemplaba por el ventanal el exuberante cuerpo de Akosua.

—¿Quién te ha dado la carta? ¡Y no me digas que no lo sabes!

—Pues tampoco lo sé, señor. Me la entregó un hombre en una taberna, en el puerto, pero no le vi la cara. Me dijo que aguardara, que seguramente tendría respuesta. Me esperará esta noche a la misma hora en la taberna de O Coixo para que se la lleve.

El boticario se quedó pensativo. Estaba nervioso, sin saber qué hacer ni qué decir.

—Está bien, ven esta tarde a por la respuesta —dijo por fin, y le entregó una moneda.

Al salir de la botica, el marinero se despidió de Akosua.

—Esta tarde vuelvo a verte, preciosa.

Cuando don Nuno se hubo quedado solo, le dijo a Akosua que cerrara la botica, que no atendería a más clientes por ese día. Desde que tuvo que echar al ingrato de Bento, el boticario había entrevistado a una docena de mozos para que le sirvieran como ayudantes pero a todos les encontraba defectos. Los comparaba con la inteligencia, la gracia y el donaire de Ana Loira o con la pericia de Bento para eviscerar ranas y los despedía sin esperar, a veces, a que le demostraran lo que sabían.

Hacía un año que la joven se había marchado de Lisboa y, aunque recibía sus cartas a menudo, la echaba muchísimo de menos, pues sentía por ella un cariño que nunca había sentido por nadie, excepto por su santa madre, que el Señor la tuviera en su seno. La última carta le llegó hacía una semana y en ella Ana Loira le contaba las nuevas que se habían producido en su vida y le decía que esperaba con ansia su llegada. Don Nuno ya había encargado varios trajes para impresionar a los castellanos, no quería que pensaran que Ana Loira, por había llegado sola y encinta, era una cualquiera.

Ya en su cuarto volvió a releer la carta y se emocionó al pensar en Ana Loira.

Cogió papel y pluma y comenzó a escribir. Al cabo de una hora tenía emborronados cuatro pliegos porque había empezado otras tantas veces la carta. De pronto, se le ocurrió una idea.

A la caída de la tarde, el joven marinero se presentó en la botica y, por más que miró, no vio a la hermosa Akosua.

—Eso no era lo acordado —le dijo a don Nuno cuando este le contó lo que se proponía.

—Ya lo sé, ya lo sé, pero créeme que no habrá ningún problema. Al contrario, mi presencia le alegrará mucho más que una carta.

—Está bien, pero tendréis que vestiros mejor.

El boticario le miró con cara de sorpresa. ¿Le estaba diciendo un marinero que iba mal vestido? ¿Era eso lo que había entendido?

—Me pareció que el hombre que me hizo el encargo no quería llamar la atención, y con esas ropas toda la taberna estará pendiente de nosotros —continuó el joven.

—¡Ah, es eso! Pues no tengo una ropa más sencilla. Bueno, espera aquí.

Subió a la vivienda y al cabo de un rato se presentó con una capa descolorida que le tapaba todo el vestido.

—Eso está mejor, sí señor, mucho mejor —dijo el marinero.

Cuando salieron de la botica, el criado Miguel pensó que nunca hubiera imaginado que su amo le pediría la capa más vieja que tuviera, y que debía de haberse vuelto loco para ir de aquella guisa.

En la taberna de O Coixo apenas había unos cuantos parroquianos que no se fijaron en los dos hombres que abrían la puerta. Era ya entrada la noche y el establecimiento estaba a punto de cerrar.

El desconocido estaba sentado en la misma mesa del fondo y se puso alerta cuando reconoció al marinero que entraba acompañado de otra persona. ¿Lo habría delatado? El capitán Corinto le había dicho que era un joven de toda su confianza, pero una bolsa de dinero podía comprar voluntades. ¿Habrían interceptado la carta?

—Buenas noches, señor. Soy el boticario Nuno de Almeida.

El hombre se relajó y sonrió. Echó una mirada por todo el establecimiento y vio que los clientes se marchaban y el joven marinero conversaba amigablemente con Dinis.

—Permitidme que me presente. Soy el doctor García de Orta, el padre de Ana Loira.

TERCERA PARTE

1558

86

L a comitiva de doña María de Avís salió de los Palacios
Viejos de Alcaçova una mañana fría de enero, y los lisboetas se echaron a las calles para despedir a su infanta más querida: la que había permanecido siempre al lado de su pueblo, la
que gastaba su inmensa fortuna en obras pías y en levantar
iglesias, la que sufrió por los desaires de los Austrias, primero
por el abandono de su madre y luego por los desplantes del
heredero don Felipe de España; la que vio pasar su mocedad
esperando que su despiadado hermano le concediera permiso
para casarse con alguno de los muchos pretendientes que, atraídos por su belleza y su fortuna, llamaban a su puerta sin obtener nunca respuesta; la que suplicó durante años al rey, inútilmente, que la dejara salir de Lisboa para abrazar a su madre
antes de que fuera demasiado tarde.

Hacía quince años que una infanta portuguesa no abandonaba el reino para ir a Castilla. Entonces la malograda doña
María Manuela salió del palacio de Ribeira casi con el mismo
boato y esplendor con que lo hacía ella, pues si aquella iba al
encuentro de un príncipe para casarse con él, doña María se
encontraría con dos reinas, su madre doña Leonor de Austria,
reina viuda de Francia, y su tía doña María, reina viuda de
Hungría.

Era un largo viaje el que la esperaba hasta llegar a Badajoz,
en Extremadura, donde todo estaba dispuesto para el encuentro regio. Un inmenso cortejo acompañaba a la infanta para

dar cuenta, una vez más, de la esplendorosa riqueza del reino portugués.

Entre el séquito, de casi trescientas personas, se encontraba su sobrino don Antonio, el prior de Crato, y su primo don Alfonso de Braganza. Desde la muerte de su hermano don Luis, la infanta doña María había procurado acercarse más a su sobrino, pues hasta entonces lo había tratado en contadas ocasiones. La invitación para que la acompañara a reunirse con su madre fue muy bien acogida por parte de don Antonio, que veía así una forma de acercarse a la corte y a su influyente tía, ahora que el rey había muerto. Pero, sobre todo, se dijo que el viaje le permitiría tener ocupada la mente y no pensar a todas horas en Ana Loira. No fue de la misma opinión frey Atilio, que intentó por todos los medios disuadir a don Antonio de que viajara hasta la villa extremeña, pero fue en vano y además hubo de acompañarlo.

Montemor, Évora, Estremoz, Elvas..., los pueblos y villas lusitanas se sucedían en monótonas y agotadoras jornadas de viaje en las que las damas aguantaban arrebujadas en sus capas de terciopelo el frío que se colaba por las puertecillas de los coches, y los caballeros, criados y sirvientes, a lomos de caballos y acémilas, combatían las temperaturas y la llovizna con gruesos mantos de lana y sus capotes embreados.

En la última jornada, el cortejo se detuvo a pernoctar en Elvas, última ciudad de Portugal, ya en la Raya, a dos leguas de Badajoz, su destino.

Esa noche la infanta doña María la pasó desvelada. A pesar de la fatiga y el cansancio acumulado durante tantas jornadas, sus ojos se negaban a cerrarse y una zozobra parecía apoderarse de su ánimo, aunque lo había conservado tranquilo durante todo el viaje. El encuentro con su madre, a la que no recordaba, la llenaba de temor. ¿Cómo recibiría una madre a una hija a la que llevaba sin ver treinta y cinco años? Y ella, ¿qué podría decirle?

Pero además estaba el miedo a encontrarse con don Ruy Gómez de Silva. Nadie le había informado de que estaría allí, pero ella tenía un pálpito, estaba segura de que el caballero portugués habría encontrado una excusa para viajar hasta Badajoz y volver a verla.

Se levantó del lecho, incapaz de sosegar los rápidos latidos de su corazón. Se acercó al casi extinguido fuego de la chimenea y removió los rescoldos. Un escalofrío le recorrió el cuerpo, y no solo por la humedad de la noche. Don Ruy. Su gran amor. Aún recordaba sus ojos anegados en lágrimas cuando se despidió de ella para siempre, y ahora el azar quizá los volviera a unir. O quizá no. Tal vez su desasosiego se debiera al deseo inconfesable de verle de nuevo para cerciorarse de que aún la seguía amando, de que no podía olvidarla pese a estar ya unido a otra mujer, de que sus palabras fueron sinceras cuando le juró que siempre la amaría.

Una fuerte ráfaga abrió de golpe la ventana del aposento sacándola de su abstracción. El viento frío de enero levantó algunas pavesas del fuego y la infanta se apresuró a cerrar el ventanal. Volvió al lecho. Sus criadas entraron al oír el golpe y le recomendaron que descansara y se tomara las tisanas de melisa y pasiflora para que durmiera y estuviera recuperada para el gran día. Ella hizo caso, pero el ansiado sueño no llegaba. El recuerdo amoroso de don Ruy se coló de nuevo en sus pensamientos. Doña María sonrió tristemente.

Por fin amaneció. Las damas de compañía y las criadas entraron en el aposento para vestir a su señora. Le trajeron el más rico de entre las tres docenas de vestidos que llenaban sus baúles. Para la ocasión había elegido uno confeccionado a imitación del que su madre le dejó cuando salió de Portugal, y que ella con mimo y esmero había conservado durante años pero que el tiempo y la polilla habían dejado inservible. El vestido de terciopelo de seda granadino de color carmesí, adornado con perlas, sobresalía entre todos los demás. No era baladí la elección del vestido y de las joyas que adornarían su cabeza, manos y cuello. Quería que los castellanos lamentaran la reina que se habían perdido, aunque ninguno de los presentes en el encuentro tuviera nada que ver con los tejemanejes de su tío el emperador.

Sus doncellas se esmeraron en el acicalamiento y el peinado, y cuando colocaron la última perla que adornaba su cabello, su aspecto era el de una auténtica reina.

—¡Por Dios, señora, parecéis la reina de Saba! —se admiró una joven doncella.

Doña María sonrió. Nunca había sido dada a la profusión de joyas, pero la ocasión lo requería. No solo deseaba que su madre se sintiera orgullosa de ella, sino impresionar a los castellanos y, en su fuero interno, a su amado don Ruy, pues estaba segura de que estaría esperándola.

Cuando salió del palacete de Elvas en el que había pasado la última noche, todo el acompañamiento no pudo por menos que admirar el porte y la gallardía de la infanta de Portugal.

Se dirigieron a la linde con Badajoz en coche. Después, la infanta se apeó y se subió a una yegua.

87

L a niebla amenazaba con no levantar. El cortejo pareció dibujarse al otro lado del puente de Palmas y el cabildo, los nobles y los prelados, que aguardaban ansiosos y expectantes, vieron por fin recompensadas las largas horas de espera. Como por ensalmo, los últimos jirones de niebla desaparecieron en las frías aguas del río. Y fue entonces cuando todos pudieron contemplar el lujo y el boato de la comitiva que en nada tenía que envidiar a la de la infanta María Manuela y que algunos de los presentes recordaban como el séquito propio de una auténtica reina.

Una docena de ministriles y otros tantos músicos haciendo sonar trompetas y atabales encabezaba el cortejo.

Doña María de Avís y Habsburgo, infanta de Portugal y duquesa de Viseu, apareció ante los ojos de todos los presentes. Subida a lomos de una hacanea blanca vestida con gualdrapa de seda también blanca, en la que estaba bordado el escudo de la Casa de Avís y adornada de guarniciones de brocado y con sillón con adornos de plata, la hija del rey don Manuel parecía lo que era, la infanta más rica de la cristiandad. Delante de ella iba un palafrén y detrás, su camarera mayor y sus damas, montadas todas sobre hermosas yeguas. El numeroso cortejo lo formaban nobles, caballeros, clérigos, camareras, músicos... seguidos de los mayordomos al cuidado de los carros cargados con decenas de baúles.

El cabildo, al igual que hiciera con la infanta doña María

Manuela, había dispuesto la entrada del cortejo por la puerta de Santa Marina y no por el puente de Palmas, que, aunque significaba dar un gran rodeo, evitaba las estrecheces de las callejuelas que conducían a la catedral.

Al lado del regidor de la villa de Badajoz se encontraba don Juan Alonso Pérez de Guzmán, duque de Medina Sidonia, que aceptó gustoso la petición de doña Leonor de dar la bienvenida a su hija. El duque torció el gesto cuando acertó a ver el fasto del cortejo que acompañaba a la infanta, y no porque él no fuera dado a la pompa y al boato, al contrario. Recordó con disgusto que la reina doña Leonor había rechazado educadamente la comitiva con la que pretendía hacerse acompañar para recibir a la infanta doña María, que sin llegar a ser como la de la infanta doña María Manuela, sí daría una idea de la grandeza del ducado de Medina Sidonia. Pero la reina fue inflexible, recordándole al duque que su hija no venía para ser la reina de Castilla y, por tanto, se la debía tratar como a una infanta. Ahora, extasiados sus ojos por la magnificencia desplegada por la hija del difunto rey de Portugal, recordaba con nostalgia el acompañamiento con el que se presentó en ese mismo lugar para recibir a la futura reina de Castilla: cuarenta pajes a caballo con ropa de terciopelo amarillo y rojo, treinta lacayos de librea, mayordomos, camareros, maestresalas, músicos, decenas de acémilas con reposteros de terciopelo azul recamado de oro. El duque suspiró. Menos mal que doña Leonor había consentido que llevara a sus preciados músicos, cinco esclavos que compró en Lisboa por quinientos mil maravedíes, y que tocaban como los ángeles las chirimías y los sacabuches.

La música calló cuando la infanta llegó hasta ellos.

Doña María recibió con agrado las palabras de bienvenida del regidor y rechazó con amabilidad el ofrecimiento del duque para alojarse en su palacio los días que durase su estancia en la villa, pues ya tenía acomodo. A todo asentía la infanta con una inclinación cortés de cabeza y con palabras de agradecimiento. Mientras sus labios pronunciaban frases de cortesía, sus ojos estaban pendientes del resto de los caballeros que, ataviados con sus mejores galas, se habían desplazado, algunos desde muy lejos, para dar la bienvenida no ya a una infanta de Portugal, que poco se les daba, sino a la sobrina del emperador.

Los ojos azules de doña María escrutaban los rostros jóvenes o arrugados y, con un suave movimiento de cabeza y una tímida sonrisa, agradecía a todos su presencia. Sin embargo, no era esa la razón por la que la infanta miraba a los presentes. Buscaba unos ojos negros, unos ojos en los que se había mirado muchas veces, unos ojos que cuando creyó morir le volvieron a la vida. No los encontró. Sintió que algo en su interior se rompía y tuvo que hacer un esfuerzo para impedir que las lágrimas asomasen a sus ojos.

—Señor duque, llevadme junto a mi madre, os lo ruego —dijo la infanta con una voz que dejaba traslucir angustia y que todos atribuyeron a la emoción de una hija que va a reunirse con su madre después de tantos años alejada de ella.

La comitiva, precedida de los músicos del duque de Medina Sidonia, subió en derechura por la calle del hospital de Nuestra Señora de la Piedad hasta llegar al Campo de San Juan, la plazoleta en la que estaba situada la catedral. La música calló de nuevo y el silencio se adueñó de la plaza. En la puerta de la seo de San Juan Bautista esperaba el obispo escoltado por las reinas doña Leonor de Francia y doña María de Hungría. La infanta de Portugal descabalgó y se postró ante su ilustrísima reverendísima Cristóbal de Rojas y Sandoval. Luego, cuando fue a hacer lo propio ante su madre, esta la tomó de los brazos impidiendo que se arrodillara y se fundieron en un emotivo abrazo. Después de treinta y cinco años, la reina doña Leonor, por fin, abrazaba a su hija.

Las damas de compañía de la infanta no pudieron reprimir el llanto, al que se unieron todas las invitadas de abolengo. Doña María se limpió las lágrimas y quiso saludar con respeto a su tía doña María, a la que veía por primera vez. También la reina de Hungría alzó a su sobrina y la abrazó con cariño.

Terminados los saludos protocolarios, el cortejo entró en el templo para oír la santa misa. La música del órgano inundó las naves de la catedral y las tres invitadas de honor ocuparon sus asientos a un lado del altar mayor.

Doña María escuchaba con recogimiento los latines en la voz engolada del obispo. En una ocasión levantó la vista para recrearse en una talla de un Cristo doliente y, cuando iba a volver a su meditación, lo vio. Creyó que el corazón se le saldría del pecho e intentó calmarse. ¿Acaso no era eso lo que estaba esperando? ¿A qué venía, entonces, ese galopar de su corazón? Intentó concentrarse en los rezos, pero sus ojos, su mente y todo su cuerpo estaban pendientes de don Ruy, que, tras darse cuenta de que la infanta lo había descubierto, tuvo la precaución de esconderse tras una pilastra. Ya habría tiempo para verla.

En ese momento, los ojos de alguien no menos enamorado acababan de hacer también un descubrimiento y su corazón latía como un caballo desbocado.

88

El prior de Crato no podía dar crédito a lo que veían sus ojos. No, la vista o el cansancio no le podían estar jugando una mala pasada y tampoco creía que sus nervios le hicieran ver lo que estaba seguro de estar viendo. Ana Loira estaba allí. Sus cabellos del color del trigo eran inconfundibles, además ella se había quedado mirándolo tan sorprendida como él. Recordó las palabras de don Nuno de que Ana Loira se había ido a Castilla con unos parientes.

Miró al regidor, que estaba sentado a su lado, como si de la autoridad le pudiera venir la ayuda que imploraban sus ojos.

—¿Conocéis al caballero que está sentado en la tercera fila de la izquierda, el que viste un herreruelo verde? —le preguntó de pronto en voz baja, aunque se hallaban en mitad de la homilía.

El regidor le miró extrañado, pero no era quién para imponer silencio al sobrino de la infanta doña María.

—Señor, mi vista ya no es la que era y desde aquí no distingo quién pueda ser.

A don Antonio le comenzó a latir el corazón más deprisa.

—Y la dama que está a su lado, ¿acaso podéis reconocerla?

—Lo lamento mucho, ilustrísima, no alcanzo a verla.

El prior volvió la vista hacia la tercera fila y el lugar que ocupaba antes Ana Loira aparecía ahora vacío. Tuvo que hacer un esfuerzo sobrehumano para aguantar hasta que terminó el ceremonial y la comitiva salió del templo.

El séquito de la infanta doña María se adentró en las estrechas calles de Badajoz desde cuyos balcones, adornados con colgaduras y guirnaldas, los habitantes de la villa daban la bienvenida a tan ilustre invitada. Pasaron la calle de San Juan y siguieron por la de las Carnicerías y Zapaterías hasta llegar a la plazuela Alta, donde estaba la puerta que daba acceso al castillo de la ciudad.

Lo que los habitantes de Badajoz llamaban castillo no era sino una serie de fuertes medievales que habían ido alejándose de la función defensiva para la que fueron construidos y se habían convertido en palacios, fortines e iglesia rodeados por una muralla desde la que se divisaba la vega del Guadiana y el transcurrir de las aguas mansas del río. Allí se ubicaba el palacio del tesorero del rey, en cuya puerta principal, escoltada por dos fuertes torres, los estaban esperando los dueños don Bartolomé Sánchez y su esposa Elvira de Aguilar.

En cuanto tuvo ocasión, el prior don Antonio, después de tomar acomodo, mandó a un sirviente a buscar al rector.

El freire entró en el aposento de su superior temiendo lo peor.

—No va a creer vuestra paternidad lo que ha sucedido —dijo nervioso don Antonio en cuanto el hermano traspasó la puerta—. Ana Loira está aquí, la he visto.

Frey Atilio asentía serio.

—Pero ¿qué le pasa a vuestra paternidad? Estoy diciendo que he visto a Ana Loira. Llevo buscándola dos años, he llegado a pensar que estaba muerta, y ahora me la encuentro en esta villa de Castilla. Don Nuno me dijo que se había ido a vivir con unos familiares. Estoy seguro de que era ella, esos ojos y ese cabello no se pueden olvidar y...

Don Antonio dejó de hablar al darse cuenta de que el freire lo miraba muy serio.

—Ilustrísima, sé que ella está aquí y que...

—¡¿Qué?! —gritó el prior sonriendo—. ¿Vuestra paternidad también la ha visto? ¡Lo sabía, sabía que no me engañaban mis ojos!

—Hace tiempo que sé que ella vive aquí.

Don Antonio se quedó mirando al rector sin creer lo que acababa de oír.

—¿Qué queréis decir? ¿Acaso vuestra paternidad sabía que ella estaba viva y que vivía en Badajoz? ¿Me lo ocultasteis mientras me veíais llorar de dolor y enloquecer por su ausencia? ¿Es eso lo que queréis decir, frey Atilio?

—Sí, ilustrísima. Por primera vez en mi vida actué pensando solo en la joven, y os pido perdón por ello. No fuisteis vos la prioridad de mis preocupaciones. Ana Loira me suplicó que la ayudase y lo hice.

—¿Os suplicó que la ayudaseis? —preguntó incrédulo—. ¿Acudió a vuestra paternidad en vez de venir a mí? ¿Qué me estáis ocultando?

—La Inquisición la amenazó con procesarla si se quedaba en el reino y se acercaba a vuestra ilustrísima.

—¿La Inquisición? ¡Yo me habría enfrentado a la Inquisición! ¡Tengo poder! —gritó don Antonio fuera de sí.

El administrador del monasterio suspiró y habló con calma.

—Nadie puede enfrentarse a la Inquisición, ilustrísima. Está por encima de cualquier poder, no respeta ni a los suyos. Aquí, en Castilla, el arzobispo de Toledo, Bartolomé de Carranza, es dominico y el Santo Oficio anda detrás de él. ¿Creéis acaso que se detendrían solo porque el prior de Crato se lo pidiese? Podéis estar seguro de que no. Hubiéramos expuesto a esa joven y quién sabe a lo que se habrían atrevido. Sobre ella pende una sentencia absolutoria de la instancia. Dad gracias a Dios de que no la acusaran de nuevo y le hayan permitido salir del reino. Tuve que elegir entre vuestra felicidad y la vida de Ana Loira, y elegí salvarle la vida a ella. No me arrepiento de lo que hice.

El prior se dejó caer en un diván y se ocultó el rostro con las manos.

—¿Y por qué acudió a vuestra paternidad, acaso os conocía? —preguntó al cabo con voz cansada.

—Es una historia antigua que creo que debéis conocer.

Durante largo rato frey Atilio le contó la historia de Ana

Loira: la muerte de su madre al alumbrarla, cómo él se la entregó al médico García de Orta y que no había vuelto a saber de ella hasta que dos años antes se presentó en el monasterio en busca de ayuda. Solo una cosa se guardó el freire de decirle a su superior: que su primo don Alfonso de Braganza era el padre de Ana Loira.

—Parte de esa historia la conocía, pero ignoraba que fue vuestra paternidad quien se la entregó al médico —dijo don Antonio, abatido.

—Ana Loira me contó que la Inquisición la había amenazado porque tenía relaciones con un hombre de Iglesia. No me dijo su nombre ni yo se lo pregunté, aunque supuse que sería alguien importante, un obispo quizá, si el Santo Oficio se tomaba tantas molestias y le daba la oportunidad de salvarse. Mucho después, cuando vuestra ilustrísima me habló de ella, ya no podía descubrirla. Sabía que hubierais ido a buscarla y la habríais puesto en peligro.

Don Antonio, con el ánimo apesadumbrado, escuchaba en silencio.

—Bien, lo hecho, hecho está —dijo al cabo—. Lo importante es que la he encontrado y que aquí la Inquisición no tiene nada contra ella. Averiguad dónde vive, quiero verla mañana. No, mejor esta noche.

El rector dudó, le costaba decir algo que le iba a doler al prior aún más que la falta de noticias de Ana Loira.

—Ilustrísima, eso no va a ser posible. No podéis verla porque...

Don Antonio se levantó de un brinco del sillón.

—¡Ya está bien, frey Atilio! He aguantado todo el sufrimiento que me habéis causado por el respeto que os tengo, pero no permitiré que os inmiscuyáis más en mis asuntos. Si vuestra paternidad no quiere hacer las averiguaciones, enviaré a un sirviente.

—Vuestra ilustrísima debe saber que Ana Loira... —Hizo una pausa para insuflarse ánimos—. Ana Loira es ahora una mujer casada.

89

Ana Loira salió de la iglesia sofocada y apretó el paso para llegar cuanto antes a su casa. Se había excusado ante su esposo y le dejó en el templo. Abrió la puerta limpiándose las lágrimas que comenzaban a correrle por las mejillas. Oyó la voz de Juana que le preguntaba si estaba bien, y se vio forzada a responder que solo era un malestar pasajero.

En el aposento, ya tendida en la cama, los recuerdos dormidos despertaron de golpe y acudieron en tropel a su mente: Antonio, las miradas encendidas, sus palabras de requiebro, los primeros paseos por discretos lugares de Lisboa, el día en que le declaró su amor, sus caricias, sus besos, el temblor de su cuerpo bajo el suyo; pero también estaban los frailes dominicos que se presentaron en la botica de don Nuno, el viaje a Crato para pedir ayuda a frey Atilio, el nacimiento de su hijo... ¡Cuántas cosas vividas en tan poco tiempo!

Sonrió al recordar la tarde en que, después de morir doña Rosario, don Manuel le pidió que sacara a Antoñito al patio y ella, al ver a su hijo en brazos del boticario, se sintió dichosa porque creyó que al niño nunca le faltaría de nada.

Luego vinieron los días de dudas e incertidumbre porque don Martín Sandoval, sobrino del regidor de la villa, pidió su mano a don Manuel y ella se debatió entre seguir con su plácida vida, en la que los tiempos convulsos habían quedado sepultados y que se parecía mucho a la felicidad, o darle un apellido y un padre a su hijo.

A su mente volvieron aquellos recuerdos.

—Yo solo te transmito lo que el joven Martín me dijo: desea casarse contigo —dijo el boticario intentando que no se notase el gran esfuerzo que le suponía decir aquellas palabras.

Ella se quedó atónita con la noticia que don Manuel acababa de darle. Jamás había pensado que alguien pidiera su mano y que ella pudiera casarse, nunca se imaginó estar en otros brazos que no fueran los de Antonio.

—No necesitas darle una respuesta hoy, ni tampoco mañana. Tómate tu tiempo para pensarlo, él lo entenderá.

Esto último don Manuel lo dijo deprisa por temor a que su hermosa ayudante se pronunciase respecto a la proposición que hacía unos días le hiciera Martín Sandoval y que él había ido demorando.

Ana Loira, incapaz de reaccionar, asintió con la cabeza. Durante el resto del día ninguno de los dos volvió a hablar del asunto, aunque sus mentes estaban ocupadas por ese único pensamiento.

Ya por la noche, a don Manuel le costaba coger el sueño. Llevaba horas dando vueltas en la cama. Oyó unos suaves golpes en la puerta y supuso que era Isabel; hacía varias noches que la criada volvía a requerirle, pero él se hacía el dormido. Tendría que hablar con ella y dejarle las cosas muy claras. Desde que la sorprendió dándole voces a Ana Loira, su presencia le mortificaba y temía que le hiciera daño a ella o a su hijo, pues la había visto alguna vez mirando al niño mientras este lloraba sin hacer nada por consolarlo. Lo sentía por Juana, pero no podía poner en peligro la vida de Antoñito y de su madre por las envidias de una criada.

Se levantó del lecho y se acercó a la ventana. Abrió los postigos y se asomó a la plaza, desierta a esas horas de la madrugada. Ese año, octubre estaba siendo un mes templado y la caricia tibia de la noche le reconfortó.

Pensó en Ana Loira y en la tristeza que envolvería su casa si las risas del niño desaparecían. Era eso lo que no quería, volver a la melancolía que le embargó tras la muerte de su esposa; sí, eso era, se había encaprichado del niño y temía perderlo. Sonrió al recordar los juegos de Antoñito, su cara gordita, sus ojos del color del mar, iguales que los de su madre. La imagen de la joven en un rincón del patio dando de mamar a su hijo se coló en sus pensamientos. Era uno de los recuerdos más hermosos que tenía de ella; entonces, al igual que en esos momentos, sintió una ternura infinita por los dos y se dijo que siempre cuidaría de ellos. Y ahora ese joven orgulloso y prepotente venía a privarle de la alegría del pequeño. Le pediría que, si aceptaba, le permitiera seguir viendo al niño, pues lo quería.

Se apartó de la ventana y miró el retrato de su esposa que pendía de la pared. Pensó en lo mucho que la había querido y la pena le volvió. Pero la vida continuaba, se dijo, y él debía seguir su camino hasta que el Señor los reuniera de nuevo.

Se limpió las lágrimas que corrían por sus mejillas y regresó a la ventana. La luna brillaba en un cielo cuajado de estrellas y se imaginó junto a Ana Loira contemplándolas. Pero la imagen que ahora aparecía en sus pensamientos no era la de la joven madre, y el sentimiento de ternura que le había embargado hacía unos momentos se trocó por el de deseo. Ahora se la imaginaba con su cabello rubio enmarcando el óvalo perfecto de su cara y con sus hermosos ojos glaucos y su sonora risa llenando el patio y mirándolo con amor. Se preguntó cómo sería estrechar entre sus brazos el cuerpo joven de Ana Loira, besar sus labios, acariciar sus pechos… De pronto, dejó de pensar y se acercó al aguamanil para verter agua en la palangana y refrescar su cara y su cuerpo, y de paso aplacar el deseo que le estaba invadiendo.

Ya más tranquilo, se metió en el lecho y siguió pensando en ella. ¿A quién quería engañar?, se dijo. Por mucho cariño que hubiese cogido al niño era a Ana Loira a la que iba a echar de menos, y se preguntó si estaba dispuesto a dejar que se fuera sin haber luchado por… Le costó pensar en la palabra y mucho más pronunciarla.

—Sin luchar por su amor —dijo en voz baja.

Comenzó a sentir el golpeteo de su corazón y, preso de un nerviosismo que no atinaba a comprender, volvió a levantarse de la cama.

Se dirigió a la cocina para intentar calmar su desasosiego tomando alguna de las infusiones de hierbas que guardaban en la despensa. Un tenue resplandor se colaba a través de la puerta entreabierta de la cocina y el boticario se detuvo por miedo a que fuera Isabel. Atisbó por la rendija y el corazón volvió a latirle con fuerza cuando vio que era Ana Loira la que, sentada a la mesa, tomaba una taza humeante de alguna tisana.

Entró despacio para no asustarla, pero aun así ella pegó un brinco cuando lo vio aparecer como una sombra. El boticario se disculpó y la joven lo invitó a tomar una tisana de valeriana y pasiflora.

—No podía dormir —dijo don Manuel mientras observaba a la joven poner a hervir el agua y echar las hojas.

Llevaba un sencillo camisón y la melena rubia le caía sobre la espalda. El boticario pensó que nunca la había visto tan hermosa.

Sentados ambos a la mesa, el silencio se adueñó de la cocina durante unos minutos. A don Manuel le costaba encontrar las palabras para iniciar una conversación y Ana Loira se encontraba cohibida por estar vestida solo con la ropa de dormir.

—¿Has pensado en lo que te dije ayer? —preguntó por fin el boticario.

Ella levantó los ojos y los clavó en los suyos.

—Yo, don Manuel, soy muy feliz aquí con mi hijo. No me falta de nada y el niño se cría sano y fuerte. Pero si os parece bien que me case, pues me casaré, no quiero ser una carga para nadie y menos para vos, que tan bien os habéis portado conmigo.

El boticario suspiró con fuerza y cerró los ojos un instante. Tuvo que resistir el impulso de levantarse y abrazar a la joven y cubrirla de besos.

—Ana Loira, quiero que sepas que eres libre para hacer tu

voluntad, pero si te quedas aquí me harás el hombre más feliz de la tierra.

Lo dijo en tono solemne, y apenas hubo terminado de hablar se arrepintió. Dios santo, ¿había dicho «el hombre más feliz de la tierra»? ¿Qué habría entendido? ¿Qué quería casarse con ella? ¿No eran esas las palabras que se decían cuando uno se declaraba? ¿Y si se asustaba y se iba de la casa? ¿Y si pensaba que quería aprovecharse de ella? ¿Y...?

—Don Manuel, os estoy muy agradecida por vuestras palabras —dijo ella sonriendo e interrumpiendo sus pensamientos—. Tanto mi hijo como yo nos sentimos las personas más felices de la tierra.

Lo dijo imitando el tono del boticario, por lo que don Manuel estalló en una sonora carcajada que hizo que se evaporara el nerviosismo y la tensión que reinaban en la cocina.

Ana Loira se puso un dedo en los labios ordenando a don Manuel que se callara. Él se levantó, rodeó la mesa y se sentó a su lado.

—Gracias por quedarte —le dijo en un susurro, y tomándole las manos depositó un cálido beso en ellas.

Se bebieron las tisanas en silencio, mirándose y sonriendo. Después don Manuel salió de la cocina procurando no hacer ruido. Una puerta, al final del pasillo, se cerró despacio para ocultar quién había estado espiando.

Ya de vuelta en su cuarto, el boticario seguía con la sonrisa en los labios, suspiró y se sintió dichoso. Se metió en la cama y el sueño, esta vez sí, cerró sus ojos con la imagen de la joven en ellos.

Ana Loira y don Manuel se casaron un mes después, un frío día de noviembre, pero ni el viento ni la lluvia lograron empañar la sonrisa de los novios.

Don Nuno de Almeida había llegado unos días antes invitado por la joven, y el feliz novio insistió para que se alojase en su casa.

El mismo día de su llegada, el boticario de Badajoz los dejó solos para que se pusieran al día de sus vidas. Estaban sentados los dos delante de la chimenea.

—Pero vamos a ver, niña, ¿tú amas a don Manuel? —preguntó don Nuno.

Ana Loira suspiró.

—Antonio fue mi primer amor y jamás voy a amar a otro como a él. Don Manuel es un hombre bueno, quiere muchísimo a mi hijo y me ama. Aprenderé a quererlo, no me será difícil.

—Pues yo creo que te has precipitado. No digo que tu prometido no sea un buen hombre, es galante y discreto, además de un buen partido, pero podías haber esperado a que el amor llamase de nuevo a tu puerta. Eres muy bella y seguro que lo habría hecho muy pronto.

—Hace un mes, el sobrino del regidor pidió mi mano y yo creí morir. Es un joven gallardo, pero me imaginaba en sus brazos y sentía náuseas. Sin embargo, con don Manuel todo ha sido muy sencillo. Me encuentro a gusto con él, y cuando estamos en la intimidad es delicado y cariñoso. Sí, no me será difícil amarle con el tiempo.

—Estoy seguro de que así será. Bueno, niña, ya sabes que no se me escapa una y en las pocas horas que llevo aquí he observado varias cosas. La primera es que te ama de verdad, por no decir que está loco por ti, y la segunda, y no menos importante, es que la criada, la joven, se muere de celos y te odia. Debes sacarla de aquí de inmediato si quieres ser feliz. Por ti y por tu hijo. Puede causarle algún daño al niño y eso no te lo perdonarías.

Se quedó pensando. Sabía que don Nuno tenía razón. Isabel seguía abordándola e insultándola cuando nadie la veía. No le había comentado nada a don Manuel por no preocuparle, pero las palabras del boticario acerca de que la criada pudiera hacer daño a su hijo la llenaron de preocupación.

—Sí, don Manuel ya ha hablado con Juana acerca del asunto y ella lo ha comprendido. Están buscando otra casa en la que Isabel trabaje, y en cuanto la encuentren se marchará. A decir verdad, yo me quedaré más tranquila.

—¡Ay, niña! Solo espero que en la noche de bodas no llames a tu esposo don Manuel. —Soltó una risita pícara que hizo sonrojar a la joven—. Bueno, y ahora mi regalo de bodas —dijo sonriendo y sacando un paquete pequeño—. Creo que es el mejor regalo que te han hecho nunca.

—¡Ay, don Nuno, habéis sido como un padre para mí! Bueno, mejor un hermano mayor —se apresuró a corregir con una sonrisa ante el mohín de disgusto que apareció en el rostro del boticario—. Y cualquier regalo vuestro lo guardaré como un tesoro.

—En este caso, lo que estoy a punto de entregarte es un tesoro. Toma, ábrelo y prepárate para la emoción.

Ana Loira comenzó a desenvolverlo. Eran dos cartas. Una estaba abierta e iba dirigida a don Nuno de Almeida y a ella; la segunda, cerrada y dirigida solo a ella.

Sin atreverse a abrirlas, interrogó con la mirada al boticario. Este se levantó y se acercó a la chimenea para dejar un poco de intimidad a la joven.

Ana Loira empezó a leer la primera.

Mi queridísima hija:

—¡Dios mío! ¡No puede ser, es de mi padre! —gritó de pronto—. ¡Decidme, por Dios! ¿Quién os dio la carta? ¿Sigue en Goa? ¿Está bien de salud?

—Cálmate, niña. Creo que primero debes leer las dos cartas y luego te contaré todo con pelos y señales. Vamos, lee.

Ana Loira leyó deprisa las dos cartas y cuando terminó tenía los ojos arrasados.

Era cerca de medianoche cuando don Manuel se atrevió a interrumpir a los dos amigos. En cuanto ella lo vio entrar, se abalanzó a sus brazos y lo colmó de besos. El boticario se extrañó de la euforia de su prometida.

—Mi padre ha estado en Lisboa, don Nuno ha hablado con él y me ha traído sus cartas. Iba camino de Brasil y el barco ha hecho escala en Lisboa. Al saber que yo estoy en Castilla hará lo imposible para ir a Sevilla. ¡Oh, don Manuel, digo Manuel, qué alegría más grande, qué dichosa soy! —dijo atropelladamente mientras el boticario de Badajoz asimilaba toda la información—. Quizá podamos viajar hasta Sevilla y encontrarme con él…

Unos golpes en la puerta la sacaron de su ensoñación. Se limpió las lágrimas y abrió. Era su esposo que, preocupado por ella, había abandonado el ceremonial.

90

L a casa que don Luis Zapata poseía en el castillo no era ni la más grande ni la más lujosa, ni siquiera su dueño pertenecía a la nobleza de Badajoz. Sin embargo, cada vez que el caballero de Santiago abandonaba su Llerena natal para venir a la villa y abría las puertas de su casona, sus vecinos más destacados esperaban con ansia la invitación a una de sus animadas veladas.

En esa ocasión había acudido a la villa solo, porque su esposa doña Leonor de Portocarrero estaba llevando mal la preñez y no era conveniente poner en peligro al hijo que esperaban con tanta ilusión, pues sería el primogénito.

A don Luis, educado en la corte, primero como paje de la emperatriz doña Isabel y luego del príncipe don Felipe, no le dolían prendas gastarse los dineros para agasajar a sus invitados, y los que esperaba esa noche eran los más ilustres que habían pisado su casa. Por eso los nobles de la villa, algunos llegados de la corte y que tenían casa o palacio en Badajoz, llevaban días haciéndose lenguas de cómo sería el recibimiento que el llerenense tenía preparado nada menos que para dos reinas y una infanta.

La casa estaba situada junto al muro oeste de la muralla y su mayor privilegio era que desde todas las estancias se divisaba la vega por la que discurría el Guadiana. Además se encontraba justo enfrente de la de don Bartolomé Sánchez de Badajoz, donde estaban alojados la infanta doña María y su sobrino el prior de Crato, lo que la convertía en idónea para la gran velada. En la invitación que se cursó el día antes se recomendaba que tanto damas como caballeros fueran velados por máscaras o antifaces.

La noche de la fiesta la casa no parecía la misma. El patio empedrado que daba acceso a la vivienda estaba adornado con macetones de arrayán, y multitud de bujías colocadas en recipientes de barro le daban un aspecto de jardín moro. Don Luis aguardaba en la entrada para dar la bienvenida a sus invitados, y un criado entregaba un antifaz a quien hubiese olvidado llevarlo.

En cuanto los invitados pisaban el salón, caldeado por la gran chimenea y los braseros repartidos por la estancia, quedaban admirados por la decoración moruna del lugar. Del techo pendían telas multicolores que, recogidas luego en las paredes con grandes broches, le daban el aire de una inmensa tienda árabe; una decena de pebeteros exhalaban aromas de incienso y había multitud de cojines esparcidos por los divanes, mientras que montones de bandejas repletas de golosinas estaban repartidas sobre mesitas bajas de taracea.

Pero lo que sin duda dejaba boquiabiertos a los invitados eran los cinco músicos ataviados a lo moruno, que esperaban la orden de don Luis para comenzar a tocar sus instrumentos y, aunque expertos en chirimías y sacabuches, esa noche los iban a alternar con zurnas o nays. Se los había ofrecido don Juan Alonso Pérez de Guzmán, duque de Medina Sidonia, y don Luis los aceptó muy gustoso.

Todos los invitados hicieron su entrada y aguardaban ansiosos la llegada de las reinas y la infanta, pues don Antonio, prior de Crato, excusó por la mañana su presencia alegando no ser adecuada a su condición de clérigo. Solo frey Atilio sabía la verdadera causa de su ausencia.

Don Ruy Gómez de Silva esperaba con verdadera ansia la llegada de doña María, con la que aún no había tenido oportunidad de hablar, pues el día anterior lo dedicó la infanta a descansar y a tratar con su madre, de la que llevaba más de treinta años separada. Tenía puesto el antifaz, por lo que se sentiría a salvo de murmuraciones si tenía la fortuna de bailar con su amada María.

No obstante, estaba nervioso. Hacía casi cinco años que no hablaba con ella y por aquel entonces estaba prometido. Ahora, sin embargo, era un hombre casado que, muy a su pesar, tuvo que dejar de enviarle cartas hacía un año, desde el mismo día que matrimonió con la hija del conde de Mélito. Temía que la infanta no se lo hubiera perdonado y, lo que era peor, que no le dirigiera la palabra. Solo Dios sabía el esfuerzo que durante meses tuvo que hacer para no coger la pluma y seguir escribiendo al gran amor de su vida, y solo Dios sabía, también, el dolor que le causó tener que quemar sus cartas ante el miedo de que su esposa las encontrase.

El murmullo de voces y risas se desvaneció cuando las tres damas entraron en el salón. La mayoría de los invitados no había estado nunca en presencia de una infanta, y no digamos de una reina, por lo que el nerviosismo se hacía patente, sobre todo en las damas, que comenzaron a preguntarse si los vestidos y las joyas que lucían aquella noche eran apropiados para tan magna reunión.

Las dos reinas y la infanta María saludaron a todos los invitados que, uno a uno, iban pasando por delante de ellas para rendirles pleitesía. Ya casi al final del besamanos, la infanta María sintió que un gallardo caballero velado con antifaz retuvo su mano más de lo que la cortesía recomendaba y, rozándola apenas con sus labios, le dio la bienvenida. Doña María se turbó un instante, pero recuperó enseguida la compostura.

Cuando acabaron los cumplidos, las reales invitadas pidieron una máscara y la atmósfera se relajó. La música comenzó a sonar. Don Ruy se acercó a la infanta para solicitarle que le concediese un baile. Bajo la máscara, ella lo reconoció.

Durante los primeros compases, ninguno de los dos habló.

—Estáis aún más hermosa que como os recordaba, María —dijo por fin don Ruy.

La infanta sonrió.

—¡Vaya! Creía que a un hombre casado le estaban vedados los cumplidos a una dama que está por casar.

—Los cumplidos a una dama hermosa, señora, esté casada o no, no solo no están prohibidos sino que son de obligado cumplimiento.

La música seguía sonando y doña María se dejaba llevar por los brazos expertos de don Ruy.

—Ni un solo día desde que nos despedimos aquel primero de mayo de hace casi cinco años he dejado de pensar en vos —le dijo al oído.

Doña María sintió los latidos de su corazón en las sienes y procuró serenarse.

—¿Los requiebros también son de obligado cumplimiento? —preguntó la infanta mirándole a los ojos, a la vez que una sonrisa burlona se dibujaba en su bello rostro.

—*Touché*, madame. Los requiebros no nacen de la galantería sino del corazón. Y vos sabéis que el mío se quedó en un bello palacio de Lisboa una hermosa tarde de primavera.

Había pronunciado las últimas palabras con tristeza y doña María fue incapaz de seguir con el tono burlesco.

Don Ruy se fijó entonces en la cadenilla con un camafeo que pendía del cuello de doña María.

—La joya que lleváis es poco valiosa para una infanta.

Doña María sintió un escalofrío al oír lo mismo que le dijo don Ruy cuando le regaló el camafeo. Y en ese instante supo que las palabras que acababa de escuchar de que no la había olvidado ni un solo día eran ciertas.

—Para mí es la más valiosa de mi joyero. Fue un regalo de un caballero al que nunca he olvidado. Me la entregó en un bello palacio de Lisboa una hermosa tarde de primavera.

Don Ruy sintió acelerársele el corazón, pues doña María acababa de repetir las mismas palabras que le dijera hacía cinco años.

En ese momento se oyeron aplausos para corresponder a la buena ejecución de los músicos. Don Ruy tomó a la infanta del brazo y ella se dejó llevar hacia un diván para tomar alguna de las golosinas que atiborraban las bandejas.

—El destino nos unió y el mismo nos separó. La flecha que disparé estuvo a punto de llegar muy lejos porque alguien le dio empuje, y por poco ahora no estamos hablando como esposos.

Doña María abrió sus hermosos ojos para expresar su extrañeza.

—Lamento deciros que no sé de qué me habláis.

Don Ruy le contó lo sucedido en Bruselas y cómo el rey prefirió dejar las cosas como estaban.

La infanta no salía de su asombro.

—Por lo que decís, una vez más, mi destino y mi felicidad dependieron de la voluntad de un rey. Algún rumor debió de llegar a oídos de mi madre y ella, por intuición, creyó que yo os amaba y buscó mi felicidad —dijo al cabo con un punto de tristeza en la voz.

Al otro lado del salón, doña Leonor solo tenía ojos para su hija. Quería verla hablar, reír, bailar, no se cansaba de admirar su belleza, su discreción, su elegancia. Cuando la vio bailar con don Ruy, dejándose llevar por sus brazos y mirándose a los ojos, pensó que lo que le habían contado era cierto: se amaban. ¡Qué buenos esposos habrían sido y qué feliz sería ella ahora!

En ese momento doña María tuvo un pálpito y al volver la cabeza se encontró con la sonrisa cómplice de su madre.

—¿Creyó que me amabais o...? —seguía hablando don Ruy.

La charla quedó interrumpida por el anfitrión, que se acercó a ellos para solicitarle un baile a la infanta.

Don Luis Zapata, además de ser un consumado bailarín, sabía mucho de amores. Desde que había visto al caballero portugués con la bella infanta se dijo que la pareja compartía algo más que el ser compatriotas. Así que después de bailar con ella una gallarda la acompañó al diván en el que seguía sentado don Ruy, pero ese momento fue aprovechado por varios caballeros que se acercaron solícitos para invitar a bailar a la hermosa infanta portuguesa.

—Ha sido un honor bailar con vos, doña María —dijo haciendo una ligera reverencia—, pero me temo que los jóvenes caballeros parten con ventaja en esta lid.

Los tres rieron de buena gana.

—¡Ah! Por cierto, mañana tengo previsto dar un paseo a caballo, aunque el día esté frío saldrá el sol. Tal vez os apetezca acompañarme. Suelo salir a cabalgar solo, pero me sentiría muy honrado con tan grata compañía.

Llegada la medianoche, las reinas se retiraron y las damas y los caballeros de más edad fueron abandonando la fiesta. Don Ruy se brindó para acompañar a doña María hasta su alojamiento.

Ya en la puerta, el caballero le tomó las manos y se las besó. Tuvo que esforzarse para no besarla en los labios y volver a declararle su amor, como si el tiempo no hubiera pasado y su matrimonio hubiese sido solo un sueño.

91

L as voces de doña Ana de Mendoza, esposa de don Ruy Gómez de Silva, se oían por todo el palacio de Pastrana, en Guadalajara. Sus damas, sirvientes y criados, aunque acostumbrados a los cambios de humor de su señora, desaparecieron de su vista y se aplicaron a sus quehaceres con más ahínco que de costumbre. Solo doña Bernardina, antigua nodriza y dueña, permanecía impasible ante los gritos de doña Ana e intentaba, como siempre, calmar sus arrebatos con palabras sosegadas que la hicieran entrar en razón.

—Por Dios, señora, sosegaos. Debéis ser prudente con lo que decís. Hacedlo por el preñado. Vuestro esposo...

—¡Mi esposo es un traidor y un mequetrefe! —rugió la dama.

La dueña se persignó. Aunque había visto a su señora con esos ataques de ira por cualquier nadería desde que era niña, nunca hasta entonces había temido por su salud, y aunque creía que en esta ocasión doña Ana tenía razón en sentir celos, se guardó mucho de expresar lo que pensaba por no echar más leña al fuego.

—Por el amor de Dios, doña Ana, vuestro esposo es un caballero y os guarda fidelidad. Si ha actuado así será porque se ha visto obligado a acompañar a las reinas.

—Sí, a esas viejas arpías, que lo han llevado como señuelo para atraer a esa desvergonzada solterona portuguesa.

Doña Bernardina volvió a persignarse. Sabía que cuando su

señora se dejaba llevar por la ira, las palabras que salían por su boca no eran propias de una dama.

—¡Válgame Dios, doña Ana! Guardaos en lo que decís. Doña María es una principal dama de Portugal y prima de nuestro excelso rey.

—¡Ah! ¿Acaso no soy yo también dama y principal? ¿Y más joven y hermosa? ¿Es que se lo tengo que hacer ver al zascandil de mi esposo? ¿Cree acaso que porque tengo dieciocho años soy necia?

La dueña seguía a su señora por toda la estancia.

—Doña Ana, por lo que más queráis, teneos, mostrad comedimiento y no cometáis ninguna locura.

—Doña Bernardina, creía que me teníais en más consideración —dijo deteniéndose de pronto y mirándola a los ojos—. Por supuesto que no diré nada a don Ruy, pero es menester que acabe de una vez por todas con esta aventura que dura ya demasiados años. Si se piensa que cuando vuelva vamos a hacer las paces está muy errado. ¡Ja!

—Mi niña Ana —dijo con voz dulce la dueña, y le tomó las manos con la confianza de quien ha visto nacer a su señora—. Vos sabéis que vuestro esposo os ha sido siempre fiel, que el poco tiempo que le han dejado libre sus obligaciones lo ha pasado con vos.

—Soy joven y poco versada en asuntos amorosos, pero a ninguna mujer se le escapa que a veces se puede ser infiel con el pensamiento; y sé que mi esposo se los dedica a esa vieja de oro. Pero esa robaesposos sin corona no sabe quién es doña Ana Hurtado de Mendoza y de la Cerda y de Silva y Álvarez de Toledo. Ha entrado en mi vida como asno en centeno verde. Y no sabe con quién se la juega.

La dueña meneó la cabeza y sonrió. Si de inventar insultos se trataba, su señora no tenía parangón, no ya entre las damas de la corte sino entre las mujerzuelas de las tenerías.

Doña Ana siguió paseando por la sala. De pronto, una sonrisa de triunfo se dibujó en su bello rostro.

—Doña Bernardina, mandad recado para que don Lope

venga a verme tan pronto como sea posible. Vamos a sacar los azores a cazar, a ver quién se lleva la paloma.

Y dicho esto, salió de la estancia con la cabeza altiva y abrazando su incipiente preñez.

92

La primera claridad del día entró en el aposento en el que los esposos dormían. Ana Loira había estado desvelada toda la noche intentando desterrar de su mente los meses vividos con Antonio. Se levantó procurando que su esposo no se despertara y se dirigió al salón. Abrió los postigos y vio a un clérigo abrir las puertas de la iglesia mayor. Se sintió atraída por la idea de ir a misa de prima, quizá pudiese aliviar el tormento que sufría desde el día anterior, desde el mismo momento en que vio a Antonio en la iglesia. Debía pedir perdón a Dios, una vez más, por el pecado cometido en el pasado. Nunca se lo contó a su confesor porque la vergüenza que sentía era más grande que el temor al castigo. Y aun así, Dios, en su infinita misericordia, en vez de castigarla le había regalado un hijo y un esposo bueno y generoso, que la amaba y que se desvivía por el niño.

Se vistió deprisa y cogió el manto. Miró de nuevo por la ventana. Unas palomas tempraneras cruzaron el cielo y se oyó el canto de un gallo a lo lejos. Sonrió. La vida se abría paso. Las campanas comenzaron a tocar para llamar a los fieles, pero eran pocos los que a esa hora entraban en el templo.

De pronto, sus ojos se quedaron fijos en una figura que bajaba la calle. El hábito negro y la capa roja lo delataban. Ana Loira se retiró de la ventana como si la hubieran descubierto desde el exterior. Con el corazón golpeándole el pecho, volvió a atisbar la calle. Don Antonio, el prior de Crato, cruzó la plaza y entró en la iglesia.

Ella se quitó el manto y se dejó caer en un sillón. A su mente volvieron los días felices junto a su amado, las caricias, los besos, pero también el destierro de su querida Lisboa.

93

Don Luis Zapata y don Ruy Gómez de Silva esperaban pacientemente a la infanta para iniciar el paseo. Doña María salió de la casa acompañada de dos de sus damas y saludó risueña a los caballeros. Detrás venían los criados llevando de las riendas a tres yeguas, entre las que sobresalía la hacanea blanca en la que la infanta había hecho su entrada en Badajoz unos días antes.

—No sé si hemos escogido un buen día para cabalgar, don Luis —comentó la infanta mirando unas nubes grises que cubrían el cielo.

—No os preocupéis, señora, tardarán unas horas en llegar aquí. Por lo que adivino a ver, están aún en su tierra.

Don Ruy ayudó a la infanta a subir a su cabalgadura mientras los criados hacían lo propio con las damas. Cuando todos estuvieron prestos, iniciaron la bajada del castillo.

Las aguas del Guadiana corrían raudas debido a las últimas tormentas, que habían hecho aumentar su caudal, por lo que las damas temieron que fuera peligroso pasar el puente.

—No hay de qué alarmarse, señoras. Desde aquí se ven bravas, pero cuando lleguemos abajo comprobaréis su mansedumbre.

En efecto, una vez en el puente las aguas parecían discurrir plácidamente, por lo que las damas, aliviadas, aspiraron el olor a hinojo y mastranzos que les llegaba desde la orilla del río.

—Me he tomado la licencia de preparar un refrigerio que

tomaremos en una de las huertas que salpican las orillas del Guadiana. Sus dueños son gente humilde, pero buenos y honrados. Uno de mis criados se ha adelantado con las viandas.

Cuando cruzaron el puente tomaron un camino que los llevó a una hermosa alameda de fresnos. Desmontaron para admirar la belleza del sitio y luego reemprendieron el paseo. Don Luis Zapata encabezaba la marcha entreteniendo con su cháchara a las damas de compañía: les habló de su estancia de niño en la corte española como paje de don Felipe y, sobre todo, del viaje que hizo acompañándolo por toda Europa.

La infanta María y don Ruy los seguían a corta distancia charlando distendidamente de cuanto había acontecido en el tiempo que estuvieron separados.

—Aquella es la huerta en la que hemos de pararnos —dijo don Luis en voz alta para que lo oyeran también los rezagados.

Tanto la casa como sus moradores, un matrimonio de mediana edad, eran humildes, tal como había afirmado don Luis, y estaban alborozados de tener tan ilustres invitados.

La mujer les propuso visitar la huerta mientras su esposo terminaba de cocer el pan en el horno, y entregó una pequeña cesta a cada dama.

—Para recoger naranjas —dijo.

Las señoras aceptaron encantadas.

—Tened cuidado con los vestidos, el regato va crecido con las últimas lluvias.

Don Ruy se apresuró a tomar de la mano a doña María para pasar el arroyuelo y don Luis ayudó a las damas.

Cuando la mujer abrió la cancilla para que entraran todos, se quedaron admirados de lo que les apareció ante la vista. En perfectas hileras, decenas de naranjos alternando con granados mostraban sus frutos en sazón mientras que surcos de nabos, acelgas, coles y calabazas seguían la orilla del regato que atravesaba la huerta. Las damas comentaron que la estampa que se ofrecía a sus ojos parecía un auténtico cuadro de los que adornaban los palacios.

Los caballeros se ofrecieron a sostener las cestas mientras las damas recogían naranjas y, divertidas, probaban los frutos.

—El criado de don Luis me dijo que vuestras excelencias son de Portugal —dijo la hortelana mostrando una sonrisa cálida.

—Así es, buena mujer —contestó divertida una de las damas al percatarse de que no había reconocido a la infanta.

—Portugal es un hermoso reino. En una ocasión uno de mis hijos me llevó a Elvas. Es una villa muy elegante.

En ese momento apareció en la huerta un hombre de mediana edad con un haz de leña al hombro.

—Ah, él también es de Portugal. Lleva con nosotros unos cuantos meses.

La mujer lo llamó y el hombre se acercó.

—Silvina, no importunemos a las señoras y…

—No, no os preocupéis, don Luis. Siempre es bueno conocer a compatriotas cuando estamos fuera de nuestras fronteras —dijo amablemente la infanta—. ¿De qué parte de Portugal eres?

El hombre se quedó mirando con extrañeza al grupo de nobles cargados con las cestas de fruta.

—De una aldea *muito pequena, minha senhora*, al lado de Crato.

—¡Crato! —exclamó alborozada la infanta—. ¡Cuánto deseo conocer ese lugar! Allí se casaron mis padres, y mi sobrino es el prior del monasterio de Santa María de Flor da Rosa.

El hombre palideció.

—¡Ya está el pan fuera del horno! —gritó el hortelano desde la puerta de la casa.

Se encaminaron hacia allí y se olvidaron del hombre del haz de leña.

—Chico, encárgate de dar agua a los caballos —dijo la mujer al hombre antes de cerrar la cancilla.

La comida transcurrió en un ambiente distendido y jovial, amenizado con algunos chascarrillos que contaba con mucha gracia don Luis.

Por fin, el grupo de nobles se despidió del matrimonio de hortelanos, no sin antes darle don Luis una bolsita con monedas.

—Muy agradecidos, don Luis. En cuanto estén las alcachofas y las otras hortalizas os las acerca Chico.

Subieron todos a las monturas e iniciaron el regreso a la villa.

Habían dejado atrás la huerta cuando de pronto un relámpago seguido de un trueno les cogió de improviso. Los animales se asustaron y tanto damas como caballeros tuvieron que demostrar su destreza tirando de las riendas para sofocarlos.

Gruesos goterones comenzaron a caer preludiando una tormenta.

—Es lo que aquí en Extremadura llamamos una cuerda de tormenta. Va a caer una gran cantidad de agua en muy poco tiempo, tenemos que buscar algún sitio para refugiarnos —dijo don Luis mirando los nubarrones negros que se movían deprisa.

Se oyó otro trueno y los animales volvieron a asustarse. La yegua de doña María se espantó y, dando la vuelta, comenzó un trote ligero.

—Seguid vos con las damas, don Luis, yo voy a socorrer a doña María —gritó don Ruy para hacerse oír entre los truenos y el ruido de la lluvia, que ya caía con intensidad, mientras volvía grupas e iba en pos de la infanta.

La alcanzó pronto y obligó a la yegua a pararse tomándola del ronzal. Estaban cerca de la huerta, por lo que se dieron prisa en llegar y refugiarse en la casa.

Cuando entraron, sus ropas chorreaban y el hortelano se apresuró a avivar el fuego con un gran tronco que hizo chisporrotear las ascuas en la chimenea.

—Dejaremos solos a vuestras excelencias por si quieren quitarse alguna prenda y secarla al calor de la chimenea. Nosotros vamos al establo a tranquilizar a los animales —dijo la mujer, y salió de la casa junto a su esposo.

Se arrimaron al fuego y sus ropas pronto comenzaron a humear.

—Será mejor que os quitéis el tabardo, la piel está mojada —dijo don Ruy, y se acercó a la infanta para ayudarla a deshacerse de la prenda.

Puso las manos en sus hombros y las dejó allí un momento. Doña María sintió que se le aceleraba el corazón.

Detrás de ella, don Ruy le habló al oído.

—María, vuestra madre cree que os quedaréis en Castilla con ella, pero no es así, ¿verdad?

Estaban solos, en un lugar apartado, empapados... Ella se volvió lentamente para encontrarse primero con la tristeza reflejada en los ojos oscuros de don Ruy y luego con sus labios ardientes de deseo.

Él la miró con pasión. No hicieron falta las palabras para que entendiera que su amor resistía al tiempo pasado, para que comprendiera que lo que sentía por su esposa no se parecía en nada a aquel aguijón que le traspasaba el alma, para que supiera que lo que sintió por ella durante aquellos meses en Lisboa no nació de la desazón de verla triste tras ser abandonada por don Felipe, sino que se parecía mucho al verdadero amor, aquel que solo se sentía una vez en la vida.

Se besaron con ardor, sabiendo que sus labios no volverían a unirse jamás, que sus vidas, ahora sí, tomaban caminos opuestos, que ella volvería a Portugal porque se debía a su pueblo y que a él le esperaba una joven esposa con un hijo en las entrañas.

94

El prior de Crato miraba por la ventana el discurrir de las aguas del Guadiana. Llevaba dos días en Badajoz y aún no había abandonado su aposento. Las palabras de frey Atilio resonaban una y otra vez en sus oídos: «Ana Loira está casada, la expondréis a la vergüenza, su esposo es un hombre principal de la villa, vuestra ilustrísima es un hombre de Iglesia, será un escándalo, el cabildo se enterará...».

Habría preferido mil veces que estuviese muerta a vivir el resto de su vida pensando que a Ana Loira la estrechaban otros brazos, que... Se dio cuenta de que estaba desvariando y se avergonzó de sus pensamientos, se dijo que era un miserable que solo pensaba en su felicidad. Sí, el rector tenía razón, debía olvidarla, ahora estaban en un reino extranjero en el que no tenía ningún poder, en Castilla la Inquisición era aún más cruel que en Portugal, Ana Loira había sufrido mucho y se merecía ser feliz...

Se dispuso para salir de su encierro y decidió tomar la bajada del castillo. En la plazuela se encontró con don Alfonso de Braganza, que se brindó gustosamente a acompañarle. Don Antonio hubiera preferido la soledad, pero no pudo negarse al ofrecimiento de su primo.

En su deambular por la villa sus pasos llevaron a los caballeros a la plaza del Campo de San Juan. Entraron en la catedral y rezaron con fervor, pidiendo perdón a Dios por lo mucho que le habían ofendido de palabra y de obra. Don Antonio estuvo tentado de confesar sus culpas con algún canónigo que esperaba pacientemente sentado en su confesionario, pero desechó la idea. No quería empañar la visita de su tía dando cuenta de su deplorable comportamiento, aunque fuera a un sacerdote. Inclinó la cabeza a modo de saludo al confesor cuando ya salían de la catedral.

De nuevo en la plaza, recorrieron las calles aledañas engalanadas aún con las colgaduras y los adornos en los balcones con los que las gentes de Badajoz habían dado la bienvenida a doña María y a las reinas. Se detuvieron ante el ventanal de una botica y el prior recordó el día que fue a visitar a Ana Loira por primera vez a la botica de don Nuno, y la vergüenza y el nerviosismo que mostró ella. Sonrió y tuvo que hacer un esfuerzo para tragar el nudo que se le iba formando en la garganta.

Esta era una botica grande, con estanterías llenas de albarelos y tarros, como la de don Nuno, y también tenía una mesita, seguramente para que las damas descansaran mientras eran atendidas. De pronto recordó que frey Atilio le dijo que Ana Loira estaba casada con un boticario y que era un notable de la ciudad. ¿Podría tratarse de la botica de su esposo? Un nerviosismo se apoderó de su cuerpo y estuvo a punto de salir corriendo, pero la compañía de su primo se lo impidió. Se quedó eclipsado en el cristal del ventanal. No se veía a ningún comprador, solo la figura espigada de un ayudante andaba de aquí para allá, pero en ese momento una mujer joven salió de la rebotica con un pomo de porcelana en la mano.

—¿Necesitáis algo de la botica, primo? —preguntó solícito don Alfonso.

—Sí —contestó con voz apenas audible.

Don Alfonso se fijó en la joven que estaba dentro de la botica. Solo podía ver su talle y su cabello de color del trigo cayéndole por la espalda. Sonrió pensando que el prior querría hablar con ella. Suspiró al recordar que hacía ¿cuántos años?, ¿treinta?, él perdió la cabeza por una mujer con los mismos cabellos. ¿Cómo se llamaba? Margarida, eso es, Margarida. ¡Qué hermosa era! ¿Qué habría sido de ella? Tardó mucho en olvidarla. Aunque al poco tiempo volvió a casarse con una joven noble que le había dado cinco hijos, todavía recordaba la pasión con la que Margarida se entregaba a él. ¿Habría llegado a casarse con ella, incluso enfrentándose a su padre y exponiéndose a que lo desheredara? Sonrió de nuevo al pensar en la ingenuidad de la mocedad. A Dios gracias que su hermano Duarte le hizo entrar en razón. Su hermano Duarte, ¡cuánto había llorado su muerte! Y todavía el dolor era más grande pues el asesino no había pagado su crimen.

—Adelantaos, Alfonso, ya os alcanzaré luego —pudo decir don Antonio mientras apoyaba ambas manos en el cristal como si temiera caerse, como si con ello pudiera tocar el rostro de Ana Loira, que en ese mismo instante se había vuelto hacia él.

Ella se quedó mirando al ventanal y esta vez el bote no cayó de sus manos, sino que lo colocó lentamente encima de la estantería. Se dio la vuelta y, paso a paso, se acercó al cristal. Sin decir nada, colocó sus manos sobre las del prior, que seguían al otro lado. Una triste sonrisa iluminó su rostro mientras las lágrimas comenzaban a rodar por sus mejillas. Don Antonio sonrió a su vez y ella creyó que no podría soportarlo, que de un momento a otro traspasaría la puerta y se abalanzaría a su cuello y lo colmaría de besos y huiría con él, no importaba dónde, renunciaría a todo, a su esposo, a su vida cómoda, a...

—Señora, tengo que salir a hacer unos recados, ¿podéis coger a vuestro hijo? —dijo una muchacha con un niño en los brazos.

El prior vio entrar a la doncella en la botica, que sin duda comunicaba con la vivienda, y durante unos instantes Ana Loira le dio la espalda. Cuando volvió a mirarle, se acercó con el niño en brazos. Tenía el pelo muy rubio y era tan hermoso como su madre.

Entonces ella hizo algo que el prior recordaría toda su vida: acercó al niño al ventanal, cogió su manita y la colocó sobre la de su padre. Don Antonio clavó sus ojos en los de Ana Loira suplicándole con la mirada, con el corazón desbocado por la emoción y con un nudo en la garganta que casi le impedía respirar, y ella no pudo sino volver a sonreír, dándole a entender con la tristeza de su sonrisa y las lágrimas que sí, que aquel era su hijo, pero que ya nada importaba, que ella era una mujer casada con un hombre al que le debía la vida y que él era un hombre de Iglesia y los separaba todo un abismo que un día creyeron poder salvar, pero que la Inquisición y Dios se opusieron a esa locura y que ahora su vida era estar al lado de su esposo y de su hijo.

Entonces él se fijó en que llevaba colgado del cuello el camafeo que le regaló al día siguiente de visitarla en la botica y que tantas veces le juró que jamás se lo quitaría.

Ella se dio cuenta y se lo llevó a los labios.

—Ana Loira, ¿estás ahí? —se oyó la voz de un hombre desde la rebotica.

La joven volvió a mirarle con sus ojos glaucos y él supo que era la última vez que se veía en ellos.

95

El jinete salió a mediodía de la aldea de Talaveruela, a cuatro leguas de Badajoz, con el mejor corcel del séquito de doña Leonor de Habsburgo. Esperaba llegar a Elvas esa misma noche para darle a su amada la fatal noticia: doña Leonor de Habsburgo y Aragón, reina de Portugal y Francia, acababa de expirar.

Desde hacía tres días se había debatido entre la vida y la muerte, resignada a abandonar este valle de lágrimas y poder descansar, por fin, en la paz del Señor. Estas eran las palabras que repetía constantemente a su hermana doña María, quien no se separaba de la cabecera del lecho.

Tras abandonar Badajoz, la comitiva tuvo que detenerse en el camino de vuelta en la aldea de Talaveruela porque la reina se sintió indispuesta, pero ni los médicos que llevaba consigo pensaron nunca en tan trágico desenlace.

Don Ruy Gómez espoleaba el caballo para llegar a la villa portuguesa antes de que la noche se le echase encima. Sentía en el alma tener que comunicar tal desgracia a su amada, pero había solicitado a la reina doña María ser él quien se lo dijera. Quería calmar su llanto, consolar la pena infinita que sentiría por la muerte de su madre. Pero, sobre todo, quería estar con ella para atenuar la culpa y el remordimiento que, sin duda, la embargaría al pensar que su partida pudo propiciar su muerte.

A lo largo de mi vida he recordado muchas veces los días pasados en Badajoz. Primero se me presentan las imágenes de Ruy Gómez, bizarro y galante, mostrándome su amor, bailando en la casa del caballero Luis Zapata, cabalgando por la alameda de fresnos a la orilla del Guadiana, empapados bajo la lluvia y luego sus labios en los míos.

Que Dios me perdone, pero aún hoy, con la sombra de la muerte llamando a mi puerta, no puedo sentir atrición por lo que viví. Sabía que era pecado, que infringía las leyes de Dios y de los hombres, pero me dejé arrastrar por la pasión que creía apagada. No sé si quería demostrarme que, a mis treinta y seis años, mi cuerpo de mujer aún seguía vivo, que podía sentir el amor a raudales, que podía estremecerme solo con que Ruy Gómez me cogiese las manos, demostrarme que las cenizas de mi amor pasado contenían rescoldos que al ser soplados por el viento del amor volvían a prender en mi corazón.

Por aquellos días me llegaron nuevas de que mi primo Felipe preparaba su tercera boda, esta vez con Isabel de Valois, una niña de catorce años hija del rey de Francia, y de nuevo me sentí herida en mi amor propio. Mi deseo de ser reina no tenía ya nada que ver con el amor, pues lo sentía por Ruy Gómez. Pero aquel debería haber sido mi destino natural, para lo que me había preparado toda mi vida, y verlo tantas veces frustrado se me clavaba en el alma como un alfiler; no era una *herida mortal, pero el resquemor que me producía me impedía olvidar el agravio.*

Aunque también me vienen otros recuerdos amargos de esos días. Mi madre llorando abrazada a mí, su despedida suplicándome que la acompañara, mis palabras jurándole que volveríamos a vernos, que mi tía Catalina y los notables del reino ante los que había jurado que regresaría no se opondrían.

Si volvía a Portugal me reencontraría con mi cómoda vida, con las tardes de tertulias y saraos, con mis libros y mis obras pías, con mi tía Catalina, viuda y más sola que nunca, con el pueblo que me quería, pero también con mi soledad.

Si, por el contrario, me marchaba con mi madre, recuperaría el tiempo perdido, la haría dichosa, viviría en la corte española, conocería por fin a mi primo Felipe, pero también viviría cerca de Ruy Gómez y sufriría por ello. Y faltaría a la palabra dada.

No fue fácil la decisión que tomé, pero creo que era la única posible.

El peor de los sentimientos que se puede albergar en el corazón es el remordimiento. No tiene comparanza con el odio o el rencor, que suele decirse que son los más perniciosos para el alma, pues la consumen y la secan. Sin embargo, a veces, estos dos sentimientos pueden convertirse en los únicos asideros a los que agarrarse, cual náufrago, para mantenerse a flote en un mar de aguas procelosas, y pueden convertirse, como digo, en el único motivo para sostenerse en pie, esperando ver caer a aquel que dio origen a tal odio.

El remordimiento, en cambio, te va royendo el alma y el corazón hasta socavarlos por dentro, igual que los topillos del campo van excavando en la tierra hasta hacer que el terreno de firme se torne quebradizo. Como un león que muerde al desprevenido cervatillo, así mordía a mi corazón el remordimiento, haciendo que la luz del día se me tornara en oscuridad y que las sombras de la noche me pareciesen fantasmas del pasado que andaban en pos de mí.

En mis desvelos, sentía las últimas palabras de la despedida de mi madre como la disciplina que lacera la piel del penitente, y el recuerdo de sus ojos suplicantes anegados en llanto me traspasaba el alma. Rememoraba una y otra vez el cruel momento de la despedida esforzándome por que las lágrimas no empañaran mis ojos mientras a mi madre se le iba la vida en ellas. Yo le repetía que volveríamos a vernos, quería que se llevara el consuelo y siguiera viviendo en la esperanza.

En esos momentos traje a la memoria las imágenes tristes y amargas de mi niñez y mocedad esperando siempre su vuelta y el reencuentro. Y ahora que este se producía, yo me debía a mi palabra.

Recordaba también como puñales de traición mis palabras de juramento. No cabe que me acoja a que fui obligada a ello si quería salir del reino. Miles de veces habría de reprocharme a lo largo de mi vida el haber cumplido la palabra dada. Mi partida del reino se había convertido en razón de Estado y se alegaba que como infanta de Portugal era heredera del trono, pues Sebastián era muy niño y pudiera ser que no llegara a reinar y mi hermano el cardenal Enrique tenía ya una edad avanzada.

Volvía, pues, a ser prisionera, igual que mi madre. Ella de Francia y Castilla, yo de Portugal. Ella rehén de su hermano Carlos V, rey de las Españas, y yo primero del mío, Juan III, y luego del Reino de Portugal. Ambas dos utilizadas como peones en una partida de ajedrez en la que nunca nadie se atrevió a dar jaque al rey.

En aquellos días que pasé en Elvas, incapaz de proseguir el camino hacia Lisboa, Ruy Gómez permaneció cabe mí como un esposo solícito, enjugando mi llanto, encontrando palabras de aliento para mi desconsuelo, haciendo suya la pena que me horadaba el alma. A veces, su presencia se me hacía insoportable al pensar que un día tendría que irse para siempre y me dejaría más sola y desamparada que nunca.

La atrición consumía las horas dedicadas al rezo, pues en cualquier momento esperaba el castigo divino que me habría de llegar por tan atroz pecado.

El día de la despedida me esforcé por que las lágrimas no acudieran a mis ojos, pues no deseaba que la última imagen que vieran los suyos fuera mi rostro triste. Quería que, pese al dolor que me carcomía por dentro, me recordara alegre, que fuera mi sonrisa la que lo acompañara durante toda su vida. Él, sin embargo, no pudo contenerse y lloró sobre mi pecho. Nunca lo había visto llorar y me conmovió vivamente, y entonces fui yo la que hube de consolarlo.

Mi sobrino Antonio permanecía a mi lado. Me confesó todo su sufrimiento, y yo supe comprenderlo y compartí su dolor como antes lo hice con su padre, el infante Luis. Estábamos unidos por un destino: el habernos enamorado de la persona equivocada, o quizá no era la equivocada y sí la que estaba destinada a hacernos felices, solo que la felicidad no estaba concebida para que los Habsburgo y los Avís la disfrutáramos por mucho tiempo.

Aquel año desventurado de 1558 habrían de acaecer más desgracias, pero no en la Casa de Avís, que pocas podían ocurrir ya. Era el turno de los Habsburgo. Mi madre fue la primera en rendir cuentas a Dios. Y en cuanto los árboles comenzaron a mostrar sus ramas desnudas llegaron las nuevas de que mi tío, el emperador, abandonaba este mundo en su retiro de Yuste. Un mes más tarde, mi tía María, reina de Hungría, a quien había conocido en Badajoz, seguía a su hermano Carlos hacia la morada eterna.

Estaba segura de que el mundo conocido se preparaba para un cambio, pero, sobre todo, el mundo de los Avís y el de los Habsburgo tomaban caminos que nunca más volverían a unirse.

Tiempos habrían de venir para que viviéramos más penas

y alegrías, y en los que el destino volviera a zarandear nuestra vida como el viento que ahora contemplo tras los cristales juega con las hojas del jardín, pero eso nosotros aún no lo podíamos aventurar.

Dramatis personae

Casa de Avís, Reino de Portugal

Juan III, rey de Portugal, hijo de Manuel I y María de Aragón.
Enrique de Avís, inquisidor general y cardenal, hijo de Manuel I y María de Aragón.
Luis de Avís, prior de Crato, hijo de Manuel I y María de Aragón.
Antonio de Avís, prior de Crato, hijo de Luis de Avís y de Violante Gomes, la Pelícana.
Juan Manuel de Avís, hijo de Juan III y Catalina de Habsburgo.
María de Avís, infanta, hermana de Juan III, hija de Manuel I y Leonor de Habsburgo.
Sebastián de Avís, hijo de Juan Manuel de Portugal y Juana de Austria.

Casa de Habsburgo, Reino de España

Carlos V, emperador, hijo de Juana de Aragón y Felipe de Habsburgo. Esposo de su prima Isabel de Portugal.
Leonor de Austria, hija de Juana de Aragón y Felipe de Habsburgo. Tercera esposa de Manuel I de Portugal y segunda de Francisco I de Francia.
Isabel de Austria, hija de Juana de Aragón y Felipe de Habsburgo, reina de Dinamarca, Suecia y Noruega.

María de Austria, hija de Juana de Aragón y Felipe de Habsburgo, reina de Hungría.

Fernando de Austria, hijo de Juana de Aragón y Felipe de Habsburgo.

Catalina de Austria, hija de Juana de Aragón y Felipe de Habsburgo. Esposa de su primo Juan III de Portugal.

Felipe de Austria, hijo de Carlos V. Casado en primeras nupcias con su prima María Manuela de Portugal.

María de Austria, hija de Carlos V. Esposa de su primo Maximiliano de Austria.

Juana de Austria, hija de Carlos V. Esposa de su primo Juan Manuel de Portugal.

CASA DE VALOIS, REINO DE FRANCIA

Francisco I, rey de Francia.

Margarita de Angulema, hermana de Francisco I.

Francisco de Valois, primogénito de Francisco I.

Enrique de Valois, segundo hijo de Francisco I.

Carlos de Valois, sexto hijo de Francisco I.

Ana de Pisseleu, duquesa de Étampes, amante de Francisco I.

CASA DE TRASTÁMARA, REINO DE ESPAÑA

Juan de Aragón, hijo de los Reyes Católicos. Esposo de Margarita de Habsburgo.

Isabel de Aragón, hija de los Reyes Católicos. Primera esposa de Manuel I de Portugal.

María de Aragón, hija de los Reyes Católicos. Segunda esposa de Manuel I de Portugal.

Juana de Aragón, apodada la Loca, hija de los Reyes Católicos. Esposa de Felipe de Habsburgo.

Catalina de Aragón, hija de los Reyes Católicos. Esposa de Enrique VIII de Inglaterra.

PRIORATO DE CRATO

Luis de Avís, prior de Crato.
Antonio de Avís, prior de Crato, hijo de don Luis.
Frey Duarte de Braganza, prior claustral, primo del rey.
Frey Atilio, rector, bailío menor o administrador del monasterio.
Frey Armando, bibliotecario.
Frey Eugenio, ayudante de frey Armando.
Frey Dionisio, viñador y bodeguero.
Frey Tadeo, viñador.
Frey Jacinto, portero.
Frey Andrés, boticario.
Frey Demetrio, ayudante de frey Andrés.
Frey Ambrosio, estudioso.
Frey Ezequiel, apicultor.
Frey Martín, sacristán.

ALDEA DE FLOR DA ROSA

Chico, carbonero.
Margarida, madre de Ana Loira.
Catarina, partera.

LISBOA

Ana Loira, joven herbolaria.
García de Orta, médico de origen judío.
Brianda de Solís, esposa de García de Orta.
Antonio Silva, médico amigo de García de Orta.
Manuel Pereira, médico del rey.
Nuno de Almeida, herbolario lisboeta.
Bento, ayudante de Nuno de Almeida.
Miguel y Akosua, criados de Nuno de Almeida.

Alfonso de Braganza, noble, hermano de frey Duarte, primo del rey.

Violante Gomes, la Pelícana, amante del prior Luis de Avís y madre del prior Antonio de Avís.

Benito de Guzmán, notario de secuestros de la Inquisición.

Helder Sousa, abogado defensor.

OTROS

Ruy Gómez de Silva, caballero portugués y secretario de Felipe II.

Ana de Mendoza, esposa de Ruy Gómez de Silva.

Luis Zapata, caballero llerenense, amigo de Felipe II.

Juan Alonso Pérez de Guzmán, duque de Medina Sidonia.

Manuel de los Riscos, boticario de Badajoz.

Rosario, esposa de Manuel de los Riscos.

Juana, criada de Manuel de los Riscos.

Isabel, hija de Juana, criada de Manuel de los Riscos.

Dinastía de los Austrias

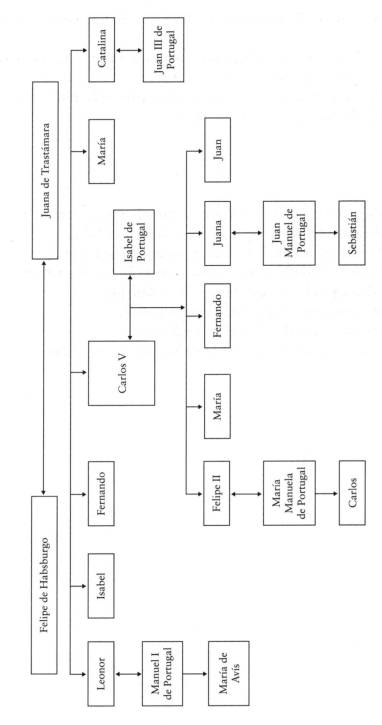

Dinastía de los Avís

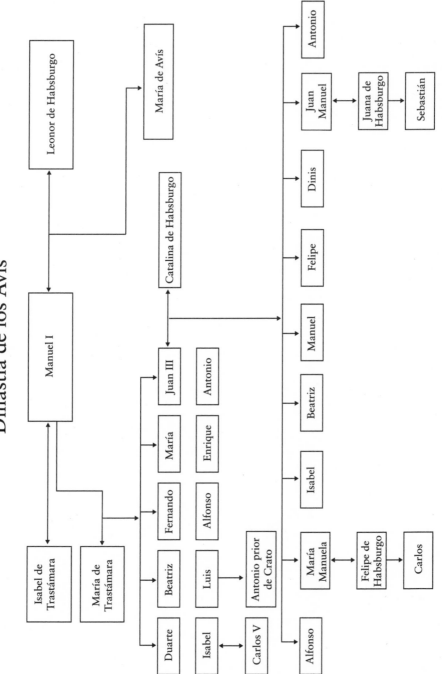

Agradecimientos

Mi agradecimiento a un puñado de personas sin cuya ayuda me habría sido bastante ingrato escribir esta novela.

A Cristina Castro, mi editora, que creyó en este proyecto y me guio sabiamente y con paciencia para que *El linaje maldito* llegara a los lectores mejor de lo que le llegó a ella.

A Ana y Cati Cano, Ángeles Santos y Ángel Galván, que dedicaron su precioso tiempo a leer el manuscrito y darme su opinión.

A María Fidalgo, por sus sabios y acertados consejos sobre personajes y lugares.

A Alexandrina Capão, que me mostró el monasterio de Flor da Rosa, ahora preciosa *pousada*, y me contó anécdotas que no recogen los libros.

A muchos lisboetas trabajadores y guías de museos, iglesias, conventos y palacios por su innata amabilidad y cortesía al mostrarme lugares prohibidos para el turista de a pie.

A Álvaro Meléndez, con el que paseé por el Badajoz del siglo XVI y del que tanto aprendí.

A mis compañeros del IES Zurbarán de Badajoz, a mis amigas de Campanario y a mis lectores, por su apoyo incondicional y sincero.

A David, por su infinita paciencia ante mi torpeza en este mundo de la informática, tan complicado y difícil para mí.

A todos los que me alentaron y apoyaron, gracias.

RAFAELA CANO
Campanario, Badajoz, junio de 2020

«Para viajar lejos no hay mejor nave que un libro».

EMILY DICKINSON

Gracias por tu lectura de este libro.

En **penguinlibros.club** encontrarás las mejores
recomendaciones de lectura.

Únete a nuestra comunidad y viaja con nosotros.

penguinlibros.club